Mario Gonsierowski

Weidekrieg

EK-2 Militär

Verpassen Sie kein Buch mehr!

Tragen Sie sich in den Newsletter von *EK-2 Militär* ein, um über aktuelle Angebote und Neuerscheinungen informiert zu werden und an exklusiven Leser-Aktionen teilzunehmen.

Als besonderes Dankeschön erhalten Sie **kostenlos** das E-Book »Die Weltenkrieg Saga« von Tom Zola.

Deutsche Panzertechnik trifft außerirdischen Zorn in diesem fesselnden Action-Spektakel!

Ihre Zufriedenheit ist unser Ziel!

Liebe Leser, liebe Leserinnen,

zunächst möchten wir uns herzlich bei Ihnen dafür bedanken, dass Sie dieses Buch erworben haben. Wir sind ein kleines Familienunternehmen aus Duisburg und freuen uns riesig über jeden einzelnen Verkauf!

Mit unserem Label *EK-2 Militär* möchten wir militärische und militärgeschichtliche Themen sichtbarer machen und Leserinnen und Leser begeistern.

Vor allem aber möchten wir, dass jedes unserer Bücher **Ihnen ein einzigartiges und erfreuliches Leseerlebnis** bietet. Daher liegt uns Ihre Meinung ganz besonders am Herzen!

Wir freuen uns über Ihr Feedback zu unserem Buch. Haben Sie Anmerkungen? Kritik? Bitte lassen Sie es uns wissen. Ihre Rückmeldung ist wertvoll für uns, damit wir in Zukunft noch bessere Bücher für Sie machen können.

Schreiben Sie uns: info@ek2-publishing.com

Nun wünschen wir Ihnen ein angenehmes Leseerlebnis!

Jill & Moni
von
EK-2 Publishing

VORWORT

Als ich mich dazu entschlossen hatte, diesen Roman zu schreiben, vernebelte eine unrealistische Hollywood-Romantik die Geschichte, die ich erzählen wollte. Westernhelden, wie sie von John Wayne, Gary Cooper oder Clint Eastwood verkörpert wurden, siegten als aufrechte, Revolver schwingende Kämpfer über das Böse. Die Siedler waren immer die Guten und wurden von der glorreichen US-Armee vor den blutrünstigen Rothäuten beschützt. Solche oder ähnliche Storys prägten das Genre und hatten wenig mit der Realität zu tun.

Bereits nach kurzem Literaturstudium fand mein erster Entwurf den Weg in den Papierkorb. Und je tiefer ich in die Thematik eindrang, umso mehr lichtete sich der Nebel, umso schärfer wurden die Konturen meiner Handlung.

Ich wollte eine spannende Geschichte erzählen, in die prägende historische Ereignisse einfließen und die sich mit dem menschlichen Wesen beschäftigt: Was treibt den Menschen an, was animiert ihn und lässt ihn so werden, wie er ist?

Das ist zweifellos kein neues Thema, aber für mich eines der interessantesten und spannendsten unserer bewegten Zeit!

BEGRIFFE

In diesem Roman werden Begriffe verwendet, die in nachstehend aufgeführter Übersicht erläutert werden:

Buffalo Soldiers

Den Namen bekamen die afroamerikanischen Soldaten von den Indianern, welche die gelockten Haare mit der Mähne von Büffeln verglichen.

Die Nordstaaten stellten afroamerikanische Einheiten zum Ende des amerikanischen Bürgerkrieges auf. Aber auch in den Indianerkriegen setzte die US-Armee sogenannte „schwarze" Regimenter im Kampf gegen die Indianer ein.

Greenhorn

Im Englischen bedeutet das Wort „Grünschnabel" und bezeichnet einen Anfänger oder Neuling mit entsprechendem ungeübtem, von Unwissen geprägtem Verhalten.

Hereford-Rinder

Dieses im 17. Jahrhundert im englischen Hertfordshire gezüchtete Rind wird auch aufgrund der Struktur des Fleisches (Marmorierung) als Fleischrind bezeichnet. Das anpassungsfähige und robuste Tier zählt heute zu den am meistverbreiteten Fleischrinderrassen in Nord- und Südamerika.

Korral

Gehege

Longhorn-Rinder

Diese Rinder wurden vermutlich Anfang des 19. Jahrhunderts zwischen spanischen und englischen Rindern gekreuzt und sind durch ihre imposanten Hörner bekannt, die eine Spannweite von bis zu zwei Metern betragen können. Aufgrund ihrer guten Anpassung an die Prärielandschaft eigneten sich die Texas Longhorns für die langen Viehtriebe, die den Norden mit Fleisch versorgten.

Mit der Einführung des Stacheldrahts und verbesserten Transportmöglichkeiten wurden später Rinder gezüchtet, die mehr Fleisch lieferten.

Mavericks

Das sind herrenlose Rinder. Sie haben kein Brandzeichen und können somit keinem Besitzer zugeordnet werden. Meistens handelt es sich um bisher nicht markierte Jungtiere.

Military Institute Virginia

Das Institut wurde 1839 gegründet und befindet sich in der Stadt Lexington im Bundesstaat Virginia. Es wird als erstes Militär-Institut der USA mit einer vierjährigen Ausbildungszeit ausgewiesen.

Outlaw

Gesetzloser

Peacemaker

Dieser 16 Single-Action-Revolver dreht die Trommel beim Spannen des Hahns weiter. Die Serienproduktion des „Colt Single Action Army" begann im März 1873 zunächst für die Armee. Jedoch war die robuste, einfach zu bedienende Waffe auch bald auf dem zivilen Markt zu erwerben. Die Popularität der Waffe drückte sich auch in den makabren Spitznamen „Peacemaker" (Friedensstifter) oder auch „Widowmaker" (Witwenmacher) aus.

Perkussionsrevolver

Die Treibladung (Schwarzpulver) und Geschosse wurden bei dieser Handfeuerwaffe von vorn in die Kammer des Revolvers eingeführt. Das am hinteren Ende der Kammer aufgesetzte Zündhütchen zündete die Treibladung durch ein Zündloch. Perkussions-Waffen nennt man wegen dieser Ladepraxis Vorderlader.

Posse

Hierbei handelte es sich um einen meist vom zuständigen Sheriff zusammengestellten Suchtrupp von Freiwilligen bei der Verbrecherjagd.

Remington

Unternehmen, das 1816 von Eliphalet Remington gegründet wurde und Waffen herstellt.

Satteltramp

Umgangssprachlich versteht man im Western-Genre unter „Satteltramp" einen Herumtreiber mit vorwiegend unlauteren Absichten.

Sezession

Abspaltung

Spencer-Karabiner

Dieses Mehrlader-Gewehr hatte ein eingelassenes, sieben Schuss fassendes Röhrenmagazin. Das Nachladen der nächsten Patrone erfolgte durch das Repetieren mittels Unterhebel. Die Waffe wurde 1860 von Christopher Spencer entwickelt. Sie wurde im amerikanischen Bürgerkrieg bei den Unions-Truppen eingesetzt. Aufgrund der hohen Feuerkraft dieser Waffe waren die US-Truppen damit den schlecht bewaffneten Südstaatlern weit überlegen.

Texas-Fieber

Diese durch Zecken übertragbare Krankheit verläuft bei Wiederkäuern zum Teil tödlich und führte im 19. Jahrhundert in den USA zu großen wirtschaftlichen Schäden.

West Point Academy

Die berühmte Militärakademie der USA „United States Military Academy" in West Point, New York wurde 1802 gegründet.

Im Roman sind bestimmte Namen fett-kursiv hervorgehoben. Diese Personen haben tatsächlich gelebt, und ihre geschichtliche Rolle wird auch im Roman korrekt beschrieben. Im Kapitel „Historische Personen" findet der Leser über diese Menschen ausführliche Informationen, insbesondere über die, welche im historischen Kontext zur Romanhandlung stehen.

PROLOG

Längst hatte die Pasqueflower ihre Kelche geöffnet. Diese Wildblume, deren Blüte mit winzigen Haaren bedeckt ist, begrüßte mit sanftem Lila den Frühling. Die Herrschaft von Eis und Schnee war besiegelt. In nur kurzer Zeit war die Natur erwacht und hatte die Landschaft in ein gigantisches Grasmeer verwandelt. Wahrlich, ein grüner Ozean, der sich in unendlich erscheinende Weite erstreckte und dessen Wogen sich vom eiszeitlich geschaffenen wellenartigen Urgrund erhoben. Geschmeidig beugten sich die Gräser der Kraft des stetigen Windes, der ungebremst durch die Great Plains bläst, im Winter häufig zu unerbittlich eisigen Blizzards anwächst und im Frühjahr als heißer Tornado wütet.

An diesem Tag rauschte der Wind aber sanft über das Grasland, aus dessen Grün die Farbenpracht vieler Blumen leuchtete. In der bunten, urwüchsigen Pflanzenwelt wimmelte es von großen grünen und gelben Heuschrecken, die plötzlich ihre Flügel entfalteten, um dann mit riesigem kraftvollem Sprung durch die Luft zu schnellen.

Im Glanz des rot gefärbten Horizontes verschmolzen die Farben dieser wilden, prachtvollen Graslandschaft zu einem märchenhaften Bild verzaubernder Harmonie.

Inmitten dieser üppigen Schönheit wachte ein possierlicher kleiner Präriebewohner mit gelb-braunem Fell. Auf die Hinterbeine aufgerichtet stand er vor dem kegelförmigen Erdhügel am Eingang seines Baus. Hastig, mit ruckartigen Bewegungen seines Köpfchens, beobachtete er misstrauisch die Gegend. Nichts sollte dem drollig anzuschauenden Nager entgehen. Wache zu halten und immer wieder sein Äußeres zu pflegen, das schien seine Hauptbeschäftigung zu sein. Ein zweiter Artgenosse gesellte sich zu ihm und vollzog das gleiche Ritual, allerdings mit dem Blick in eine andere Richtung. Bei zwei so aufmerksamen Wächtern würde den Feinden aus der Luft und am Boden nur schwer eine Überraschung gelingen. Abrupt unterbrachen beide die Fellpflege. Starr verharrten sie, alle Sinne sensibilisiert, das Mäulchen leicht geöffnet, sodass die beiden großen Nagezähne zu sehen waren.

Urplötzlich warnten sie mit einem schrillen, bellenden Laut die gesamte Kolonie. Dann verschwanden sie blitzartig in ihrem Bau.

Auch wenn es dieses Mal keiner auf ihr Leben abgesehen hatte, so kündigten die Präriehunde zwei unerwünschte Reiter an, die ihre Pferde mit brutalem Zügelzug vom scharfen Galopp zum Stehen zwangen. Unschwer waren diese als Satteltramps zu erkennen, Gesindel, das sich im Indianerland vor dem Gesetz versteckte und die Gegend mit unlauteren Absichten durchstreifte.

Jack trieb die Sporen in die Flanken seines erschöpft schnaufenden Pferdes, sodass es wiehernd nach vorn sprang. Und als ob er an der armen Kreatur seinen ganzen Frust auslassen wollte, riss er noch im Anreiten die Zügel wieder an und zwang sein Pferd mit hektischen Bewegungen, sich im Stand zu drehen.

»Wo ist dieser gottverdammte Hurensohn geblieben? Wenn wir ihn nicht bald finden, ist er uns entwischt«, klagte Jack mit fast weinerlicher Stimme und tastete mit suchendem Blick die Gegend ab.

Seit drei Tagen folgten sie einem fremden Reiter, der in dieselbe Richtung unterwegs war, in der auch ihr Ziel lag. Ein Dummkopf, der förmlich darum bettelte, überfallen zu werden. Da waren sie sich einig. Denn, wenn sie ihn nicht erledigten, dann würden es die Rothäute tun. Vielleicht lieferte er ihnen bessere Kleidung, passende Stiefel, Waffen, Wertsachen, aber auf jeden Fall ein gutes Pferd.

Sie hatten ihn in größerem Abstand verfolgt, eine Gelegenheit abwartend, um dann erbarmungslos zuschlagen zu können. Doch jetzt war er wie vom Erdboden verschlungen. Die Verfolger hatten ihre Pferde im wilden Galopp vorangetrieben und dabei großräumig die Gegend erkundet, um vielleicht doch noch auf die erhoffte Spur zu stoßen. Doch so angestrengt sie auch suchten, der vermisste Reiter war nicht zu sehen. Besonders Jack, vom zwanghaften Jagdfieber ergriffen, litt unter diesem Misserfolg. Er wollte es nicht wahrhaben, dass ihnen der Reiter entwischt war. Nun saß er auf seinem dampfenden Pferd, dessen Schweißgeruch sich mit den übelriechenden Ausdünstungen seines Reiters vermischte.

Das Rot am Horizont kündigte das Ende des Tages an. Es würde eine helle und zu dieser Jahreszeit noch sehr kühle Nacht werden.

Der klare Himmel mit dem vollen Mond böte auch bei Nacht gute Sicht und wäre somit die ideale Gelegenheit für einen Überfall. Jack biss sich wütend auf die Lippen. Aber plötzlich hellte sich sein hageres Gesicht auf. Ein breites Grinsen entblößte seine gelben, langhalsigen Zähne, als er am Horizont Rauch aufsteigen sah.

»Der verdammte Hund ist wieder zurückgeritten, will sich wohl im Wäldchen vor dem Wind schützen und seinen Arsch am Feuerchen wärmen«, witzelte er indessen wieder gut gelaunt, mit gekünstelter Kopfstimme. »Aber noch heute Nacht wird sein Arsch kalt sein!«

»Lass es mich machen«, Jacks Begleiter klopfte vielsagend auf den am Sattel angebrachten Spencerkarabiner, »ich erledige ihn mit einem Schuss und aus größerer Entfernung. Das ist sicherer. Hast du gesehen, wie er mit dem Pferd umgeht und reitet? Das ist nicht ein Dummkopf, der leichtsinnig durchs Indianerland reitet. Ich habe ein furchtbar ungutes Gefühl.«

»Blödsinn! Wenn du die Hosen voll hast, dann mache ich es allein. Ich habe ihn wiedergefunden, er gehört mir«, zischte Jack seinen Partner an. Und fast liebevoll streichelte er über den Griff seines großen Jagdmessers, dessen Futteral am Gürtel seiner vor Schmutz glänzenden Hose hing. »Man nennt mich nicht umsonst Knife-Jack. Und dem Hurensohn will ich es schon bald zeigen!« In seinem bärtigen hohlwangigen Gesicht war eine wilde Entschlossenheit zu sehen. In seinen Augen glänzte eine gefährliche Lust.

»Gut, wie du meinst, Jack«, gab der Gefährte sofort nach. Jacks offenkundige Mordlust und sein Gesichtsausdruck rieten ihn zur Vorsicht. Vor allem der eigenartige Blick ließ ihn erschauern. Es waren die Augen eines Wahnsinnigen, dessen Handeln unberechenbar ist.

Nur wenige Stunden später, die Nacht war sternenklar, erreichten die beiden Halunken das Nachtlager des Fremden. Die Aufgaben waren bereits verteilt. Beide sollten sich so nah wie möglich an ihr Opfer heranschleichen. Und während sein Partner für die Rückendeckung zu sorgen hatte, wollte Jack den Mann im Schlaf überraschen und ihn mit seinem Messer töten. Mehrfach hatte

Jack dem Gefährten eingeschärft, dass er nur dann schießen sollte, wenn Jack in eine gefährliche Lage käme.

In sicherer Entfernung hobbelten sie ihre Pferde an und schlichen sich an die Stelle, wo sie das Nachtlager vermuteten. Es war leicht zu finden, denn das Lagerfeuer leuchtete vom Rand einer kleinen Baumgruppe hervor. Schritt für Schritt arbeiteten sie sich voran, ständig bemüht, jedes auch noch so kleine Geräusch zu vermeiden. Und schließlich gelangten sie bis auf wenige Fuß an die Schlafstätte. Im Schein des Lagerfeuers sahen sie den Fremden in eine Decke gewickelt, den Kopf auf den Sattel gebettet und mit dem Hut abgedeckt. Unmittelbar neben ihm war sein Pferd angebunden, ein ausgesprochen schöner Hengst, wie beide sofort anerkennend registrierten. Mit Handzeichen wies Jack seinen Spießgesellen an, Stellung zu beziehen. Dieser ging sofort mit seinem geladenen Karabiner in den Anschlag. Jack schlich sich noch ein paar Fuß weiter. Er wollte seitlich auf sein Opfer losgehen, um so dem Gefährten eine freie Schussbahn zu bieten.

Mit klopfendem Herzen und einer seltsam berauschenden Erregung bereitete Jack den Angriff vor. So ein Greenhorn, das in der Wildnis umherspaziert, als ob es sich in einem Park erholen wollte, dass ein für alle sichtbares Feuer entfachte, sodass auch die verwirrteste Rothaut wusste, wo es sein Nachtquartier aufschlug. Dieser Blödmann wird zwar seinen Skalp behalten, aber überleben, nein, überleben würde er diese Nacht nicht. Jack genoss das Gefühl seiner absoluten Überlegenheit. Langsam zog er sein Jagdmesser aus dem Futteral und maß die Entfernung zum friedlich schlafenden Fremden ab. Nur noch zehn, höchstens fünfzehn Fuß und dann würde er es zu Ende bringen. Geduckt, jede Faser seines Körpers angespannt, schlich er sich wie ein blutrünstiges Raubtier an sein Opfer heran, das Messer bereit zum todbringenden Stoß. Beim Anpirschen übersah Jack jedoch einen kleinen Ast. Es knackte. Laut. Viel zu laut. Der Hengst schnaubte und stampfte mit einem Vorderhuf. Erschrocken verharrte Jack. Würde der Fremde gleich hochschnellen und seinen Revolver ziehen? Aber für diesen Fall würde ihn sein Partner mit einem gezielten Schuss ausschalten. Jack beruhigte sich und wartete.

Doch nichts geschah. Unfassbar! Dieser Trottel schlief den gerechten Schlaf eines Kindes. Hier, wenige Meter vor ihm, ruhte wohl der einfältigste Dummkopf des ganzen Westens.

Jack hatte den Schlafenden fast erreicht, als es dumpf knackte, so, als ob ein ausgetrockneter dicker Ast durchbräche. Es kam aus der Richtung seines Gefährten. Wütend wendete Jack den Kopf. Das Bild, das sich ihm im Mondlicht darbot, ließ ihn vor Schreck erstarren.

Jack sah nicht wie erwartet seinen Kameraden, dem vielleicht dasselbe Missgeschick passiert war wie kurz zuvor ihm selbst. Nein, an derselben Stelle stand jetzt ein fremder Mann. Im rechten Arm hielt er in einer Art Würgegriff Jacks Partner. Lässig löste er nun den Griff. Leblos sackte der Körper zusammen und blieb nach einer halben Drehung um sich selbst regungslos liegen. Der Kopf war so unnatürlich verdreht, dass Jack erschauernd die Ursache für das dumpfe Knacken erfasste: Der hat ihm das Genick gebrochen – knack – einfach so, als ob man einen dürren Ast zerbricht. Jacks Gedanken begannen wie wild zu rasen. Bis hoch zum Hals spürte er den wild pochenden Herzschlag. Kalter Schweiß rann ihm aus den Poren. Alle Muskeln verkrampften sich. Er hatte unsagbare Angst. Todesangst! Hastig verbarg er mit zitternder Hand sein Messer hinter dem Rücken. War es das jetzt? Innerlich bäumte sich alles in ihm auf. Nein! Er wollte nicht sterben. Unterwürfig hörte er seine Stimme, so als ob diese aus einem anderen Mund käme: »Sir, Sie denken bestimmt das Falsche. Wir kamen hier zufällig vorbei und wollten nur sehen, mit wem wir es zu tun haben.«

»Dein Kumpan mit dem Gewehr im Anschlag und du mit dem Messer in der Hand«, antworte eine kräftige Stimme. Deutlich war dabei der zynische Unterton zu vernehmen.

Jack log nun – im wahrsten Sinne des Wortes – um sein Leben: »Glauben Sie mir, Sir, wenn wir Sie hätten erledigen wollen, so hätten wir das doch gleichgetan. Nein, wir zogen unsere Waffen lediglich zu unserem eigenen Schutz. Man kann doch nie wissen. Es treibt sich zu viel übles Gesindel in dieser Gegend herum.«

»Ah, das verstehe ich nur zu gut«, erwiderte der Fremde und kam noch näher an Jack heran. »Demnach seid ihr äußerst besorgte Menschen. Nachdem ihr mir drei Tage gefolgt seid und nicht klären konntet, ob ich ein guter oder böser Junge bin, wolltet ihr auf keinen Fall eure Reise fortsetzen. Und so musstet ihr einfach zufällig hier vorbeikommen, um mir die Frage zu stellen: Bist du gut oder böse? Ich dachte mir das schon. Und da ihr offenbar meine Spur verloren hattet, habe ich euch mit dem kleinen Feuer ein entsprechendes Signal gegeben. Nun verrate mir doch, mein edler Freund mit der redlichen und tugendhaften Gesinnung, woran wolltest du erkennen, ob ich ein guter oder böser Mensch bin? Von den Fellen unter meiner Schlafdecke hättest du es sicherlich nicht erfahren können.«

Jack begriff, dass der Mann ihn durchschaute und jetzt mit Spott überschüttete. Er hatte sie demnach bereits am ersten Tag bemerkt und schließlich in diese Falle gelockt. Die Überlegenheit dieses Fremden drückte schwer auf Jacks Brust. Niedergeschlagen musterte er sein Gegenüber. Vor ihm stand ein großer, sehniger Mann. Sein Äußeres verriet den Trapper oder Büffeljäger. Hose und Jacke waren aus Wildleder. Der Halfter seines Revolvergurtes hing wie bei den gefürchteten Revolvermännern tief, sodass die Waffe darin schnell gezogen und abgefeuert werden konnte. Zusätzlich steckte im Gürtel vor dem Bauch ein weiterer Revolver. Wie Jack hatte auch der Fremde ein großes Jagdmesser, dessen Futteral an der linken Körperseite am Gürtel hing.

Die helle Nacht und der Schein des Feuers, das etwas seitlich zwischen den beiden Männern loderte, ermöglichte trotz nächtlicher Stunde eine gute Sicht. Jack schätzte den Fremden auf etwa vierzig Jahre. Sein Blick fiel auf die blank geputzten Stiefel, wohl eine Marotte dieses gefährlichen Mannes.

In seiner Verzweiflung verfiel Jack in die Taktik des Dauerredens. Mit allen Mitteln wollte er den Moment hinauszögern, in dem der Fremde handeln würde. Bald ist es aus mit mir, da war sich Jack nunmehr ganz sicher.

»Sir, bitte glauben Sie mir«, Jack sprach diese Worte in tiefem Brustton und legte dabei mit unterwürfigem Blick die linke Handfläche auf seine Brust. »Wir hatten wirklich niemals vor, Ihnen ein Leid anzutun. Ja, wir ritten schon eine Weile hinter Ihnen her. Und nach drei Tagen glaubten wir, Sie wollten auch nach

Kansas. Vielleicht hatten Sie sogar das gleiche Ziel? Deshalb entschlossen wir uns, zu Ihnen zu reiten, um Sie zu fragen, ob Sie sich uns anschließen wollen. Wir sind wirklich sehr vorsichtige Leute. Schließlich befinden wir uns hier in einer sehr unsicheren Gegend. Und zu dritt kann man sich doch viel besser zur Wehr setzen, wenn die Rothäute oder irgendwelches andere Gesindel uns angreift.«

»Gesindel gibt es hier wahrlich genug. Jedoch hat dieses ausnahmslos eine weiße Hautfarbe«, antwortete der Fremde mit unüberhörbarer Verachtung. »Wohin wolltet ihr reiten?«

In Jack keimte ein Fünkchen Hoffnung auf. Der Fremde schien auf das Gespräch einzugehen. Er schwor sich, wenn er hier mit heiler Haut herauskäme, würde er sich grundlegend ändern. Keine krummen Dinge mehr. Nein! Er würde es mit ehrlicher Arbeit versuchen und ein ganz anderer Mensch werden. Und so entschloss er sich wahrheitsgemäß zu berichten: »Wir wollten nach Wichita. Ein Rancher sucht gute Leute, die als Regulatoren für ihn arbeiten.«

»Davon habe ich schon gehört. Sogenannte Rinderbarone halten sich eine Privatarmee, mit der sie ihre zweifelhaften Ziele verwirklichen wollen«, höhnte der Fremde. Lässig trat er mehrere Schritte auf Jack zu. Beide Männer trennten nun nur noch ungefähr zehn Fuß.

Jack sah in ein hochmütiges Gesicht. Als er in die Augen des Fremden blickte, schien ihm das Blut in den Adern zu gefrieren. Was war das für ein erbarmungsloser, eiskalter Blick! Unterwürfig, mit kläglicher Stimme bemühte sich Jack, diesen furchtbaren Fremden doch noch zu besänftigen: »Der Rancher zahlt fünf Dollar Spesen am Tag. Und für jeden gehängten oder erschossenen Outlaw gibt es eine Zusatzprämie von fünfzehn Dollar. Das ist doch ein gutes Angebot. Und wer ein Outlaw ist, das steht auf der Liste, die uns der Boss überreicht.« Den letzten Satz beendete Jack mit einem gekünstelten Lachen und blickte dabei Beifall heischend sein Gegenüber an.

»Wie heißt denn dein zukünftiger Boss?«, hörte Jack wie aus der Ferne den Fremden fragen.

»Harrison Baker«, antwortete Jack hastig. »Mister Baker hat die größte Ranch in der Umgebung. Allerdings muss er seinen Besitz verteidigen und will ihn, so glaube ich, auch noch vergrößern.«

»Und dazu benötigt er ein paar tüchtige Männer, so wie dich zum Beispiel«, unüberhörbar war der Spott des Fremden. »Wenn dieser Baker eine derartig schlagkräftige Streitmacht um sich versammelt, so will er sicherlich die ganze Region beherrschen. Offensichtlich reicht ihm der Baron-Titel nicht. Ja, jetzt habe ich es: Er will der große, übermächtige, einzigartige Rinderkönig von Wichita werden und jedes Rindvieh kontrollieren, ob vier- oder zweibeinig.«

»Na ja, vielleicht hat er wirklich so etwas Ähnliches vor«, Jack wusste nicht, wie er mit den höhnischen Worten dieses Mannes umgehen sollte. »Ganz so leicht wird das nicht gehen. Es gibt noch einen großen Rancher, der schon lang vor Mr. Baker in der Gegend war und in der Stadt viel zu sagen hat. Und dann ist da noch dieser Marshal, ein gefährlicher Mann. Man sagt, er war ein Kriegsheld, allerdings auf der Seite der Rebellen, äh, Konföderierten«, verbesserte sich Jack rasch, denn der Dialekt seines Gegenübers ließ zweifellos auf dessen Herkunft aus dem Süden schließen.

Beim letzten Satz war der Fremde einen weiteren Schritt auf Jack zugekommen. Sein spöttischer Gesichtsausdruck war verschwunden. Stattdessen musterte er Jack aufmerksam.

Dieser Mann schien nicht nur sehr gefährlich, sondern auch ziemlich gebildet zu sein. So wie der redet, spricht doch kein Mensch, der in der Wildnis lebt, schoss es Jack durch den Kopf. Gleichzeitig verspürte er wieder Mut. Der Fremde schien sich für seine Geschichte zu interessieren. Außerdem kam er immer näher auf ihn zu. Es sah nicht so aus, als ob er ihn einfach so über den Haufen schießen wollte. Jack umfasste fest den Griff seines Messers.

»Woher kennst du die vielen Details? Und kannst du mir vielleicht auch den Namen des Marshals nennen?«, fragte der Fremde nunmehr unverkennbar interessiert.

Beflissen bemüht, das Wohlwollen des Fremden zu gewinnen, antwortete Jack: »Vor ungefähr zwei Wochen traf ich einen guten alten Freund. Er kam gerade aus Wichita. Er hatte dort Ärger mit dem Marshal und musste die Stadt verlassen. Nach der Beschreibung meines Freundes muss dieser Marshal ein wahrer Teufel sein – riesig und stark wie ein Bär, schnell wie eine Raubkatze. Und dabei ist er schon über fünfzig. Mein Freund hatte einen so großen Respekt vor diesem Mann, dass er sofort aus der Gegend verschwand. Nicht einmal das Angebot von Mr. Baker reizte ihn.«

»Vor einem einzigen Mann hat dein Freund einen solchen Respekt, dass er sich nicht einmal in den Reihen von angeheuerten Raufbolden sicher fühlt«, ungläubig, aber immer noch ernsthaft, stellte der Fremde diese Frage.

»Glauben Sie mir, Sir«, beteuerte Jack. »Dieser Stadt-Marshal ist ein ganz besonderer Brocken. Sein Name, ach, wie hieß er doch nur? Ach ja, jetzt fällt er mir wieder ein: Er heißt Ralph Hudson.«

Als Jack den Namen des Marshals nannte, sah er deutlich die Verwirrung im Gesicht des Fremden. Nichts war mehr von seiner lässigen, spöttisch-überheblichen Art zu erkennen. Auch seine Wachsamkeit schien abrupt nachzulassen. Jack erkannte sofort seine Chance. Blitzartig gewann er seine Selbstsicherheit zurück. Triumphierend rasten seine Gedanken: Das Pferd des Fremden, die Stiefel und der Revolvergürtel mit Waffe, all das würde bald den Besitzer wechseln. Hoffentlich passten die Stiefel. Wie gut konnte er diese gebrauchen. Nur den uralten Revolver, den dieser Hurensohn im Gürtel stecken hat, den soll er ruhig mit ins Grab nehmen. Jacks Finger wechselten den Druck auf dem kalten Griff des Jagdmessers. Warum sich dieser Mann beim Namen des Marshals so merkwürdig benahm, interessierte Jack nicht. Er hatte seine Chance erkannt und diese musste er sofort nutzen.

Mit wohlwollender Unschuldsmiene ging Jack auf den Fremden zu, der ganz in Gedanken zu verweilen schien.

»Kommen Sie doch mit nach Wichita«, bot er scheinheilig an. Dabei berührte er leutselig mit der linken Hand den rechten Oberarm des Fremden und gleichzeitig schoss Jacks Rechte mit größtmöglicher Wucht nach vorn, die Messerspitze zielgerichtet auf die Brust seines Gegenübers geführt. Jacks Gesicht verwandelte sich dabei in eine hässliche Fratze. Mit weit aufgerissenen Augen und verzerrtem Mund, aus dem der Speichel spritzte, gab er einen kreischenden Triumph-Schrei von sich. Nimm das, du aufgeblasener Wichser, schoss es Jack dabei durch den Kopf. Verbunden damit war ein übernatürliches, berauschendes Gefühl der absoluten Macht.

Aufbruch

...im trüben Licht des erwachenden Tages stellte er sich erstmals in seinem Leben schonungslos seinem wahren Ich...

DIE KUH UND DIE FRAGE NACH DEM SINN DES LEBENS

»Würden Sie die Freundlichkeit besitzen, endlich Ihr stinkendes Bad zu verlassen«, mit gespitztem Mund und gekünstelt-vornehmer Stimme wählte Pete seine Worte. Dabei verbeugte er sich mit theatralischer Geste in Richtung Schlammloch. Lee und Eddi honorierten diesen Auftritt mit schallendem Gelächter. Etwas abseits beobachtete Dread kopfschüttelnd seine drei jungen Kameraden.

Die Cowboys waren nach einem harten Arbeitstag auf dem Heimritt, als sie das erbärmliche Brüllen einer Kuh vernahmen. Schnell erreichten sie die Stelle und sahen das Dilemma. In einer alten Bisonsuhle, die im Laufe der Zeit zu einem kleinen Tümpel ausgespült worden war, stand eine scheckige Kuh tief im Schlamm versunken und mühte sich vergebens, aus dieser Falle herauszukommen. Völlig erschöpft zitterte die Kuh am ganzen Körper und starrte mit verdrehten Augen die Reiter an. Das Tier schien sich bereits über einen längeren Zeitraum in dieser prekären Lage zu befinden. Über und über mit Schlamm bedeckt bot sie wahrlich keinen guten Anblick, obwohl man ihr aufgrund des dicken Bauches und des nach unten gewachsenem linken Horns eine gewisse Originalität nicht absprechen konnte. Und in der Tat, trotz der Dramatik entbehrte die Situation nicht einer gewissen Komik. Inmitten des Tümpels stand die Kuh bis zum Bauch im Schlamm. Ringsherum am Rand des Schlammlochs zeugten hunderte Klauenspuren von verzweifelten Ausbruchsversuchen.

Und am oberen Rand witzelte Pete vom Rücken seines Pferdes in Richtung der völlig entkräfteten und verängstigten Kreatur.

»Macht so etwas eine feine Kuh«, setzte Pete, von Lachsalven seiner Kameraden angefeuert, die einseitige Konversation fort. »Statt dich auf der Weide ordentlich vollzufressen, suhlst du blödes Rindvieh dich im tiefsten Matsch herum. Schau, wie du aussiehst. Wie ein Dreckschwein! Und richte gefälligst deine Hörner, sonst entferne ich persönlich unser Brandzeichen. Mit dir schämt man sich doch in Grund und Boden. Du bist die hässlichste und ungepflegteste Kuh, die mir jemals vor die Augen kam.«

Mit wichtigtuerischer Mimik und übertriebener Gestik sprach Pete wie ein alter Schulmeister. Dabei bot der Blondschopf einen grotesken Anblick, der wahrlich nicht seiner gespielten Rolle entsprach. Unter dem breitkrempigen Hut quollen ungebändigt blonde Locken hervor. Das Gesicht war mit Sommersprossen übersät, als ob es von einer Schrotgarbe getroffen wäre. Und die zu klein geratene Nase mit der leicht nach oben gebogenen Spitze verlieh dem runden, rosa häutigen Gesicht mit den kleinen, daraus unruhig funkelnden Augen ein koboldhaftes Aussehen. Pete verstand es meisterhaft, daraus Kapital zu schlagen. Statt den Spott auf sich zu ziehen, eine Erfahrung, die ihm in Kindheitstagen zweifellos nicht erspart geblieben war, lästerte, provozierte und äffte er nach, wann immer sich dazu die Gelegenheit bot. Dabei zog Pete die Lacher stets mit Mimik und deftigen Ausdrücken auf seine Seite und erwarb sich somit die Anerkennung als beliebter Spaßvogel, den jeder gerne in seiner Nähe haben wollte. Das stellte er auch in dieser Situation eindrucksvoll unter Beweis. Lee konnte sich vor Lachen kaum noch im Sattel halten. Eddis Gelächter, das an das Meckern einer Ziege erinnerte, entlockte selbst Dread ein Schmunzeln auf seinem sonst so ernsten Gesicht.

Der Clown der Running M Ranch hatte es wieder einmal geschafft: Die Müdigkeit war verflogen. Stattdessen breitete sich unter den Männern eine ausgelassene Fröhlichkeit aus. Einzig die Kuh, die in Todesangst aus dem Tümpel zu den Reitern hochsah, reagierte auf den Lärm der Menschen panisch. Ungestüm wendete sie sich im zähen Schlamm und setzte zu einem weiteren verzweifelten Fluchtversuch an. Mit kraftvollem Schwung aus den

Hinterbeinen erhob sie sich aus dem nassen Gefängnis und versuchte, mit den Vorderfüßen Halt auf dem glitschigen Muldenrand zu finden. Doch immer und immer wieder rutschte sie dabei aus. Ihre Vorderbeine tanzten einen mitleiderregenden Rhythmus chancenloser Hast, bis sie schließlich zitternd einknickten. Das völlig entkräftete Tier brach nun vollends zusammen und glitt mit einem kläglichen Brüllen in seine schlammige Hölle zurück. Langsam saugte der morastige Untergrund den Körper auf. Müde hob die Kuh ihren Kopf und es schien, als ob sie sich mit einem trotzigen Brüllen ihrem unausweichlichen Schicksal ergeben würde.

Dread beachtete seine Kameraden nicht mehr. Schnell erreichte er die Stelle, aus der er am besten das Lasso über die Hörner der Kuh werfen konnte. Nach dem ersten gescheiterten Versuch erntete er ein schadenfrohes Lachen. Das wuchs zum übermütigen Johlen an, als Dread den drei albernden Kerlen einen wütenden Blick zuwarf. Unverhohlen amüsierten sich die jungen Cowboys und verfolgten in bester Laune den Rettungsversuch. Dread rollte das Lasso erneut auf und konzentrierte sich auf seinen nächsten Wurf. Es gelang ihm tatsächlich, das Lasso über die Hörner zu werfen und zusammenzuziehen.

»Yeah«, brüllte Pete und warf seinen Hut durch die Luft. Lee und Eddi stellten sich in die Steigbügel und applaudierten mit kurzem, hastigen Händeklatschen.

»Helft mir lieber, ihr Blödmänner«, rief Dread mit tiefer Bassstimme. Er hatte bereits sein Pferd gewendet und das Lassoende am Sattelknauf befestigt. Das Seil spannte sich. Er fühlte nicht die winzigste Bewegung. Sein Rettungsversuch schien zu scheitern. Dread drehte sich im Sattel um. Er war bereits zu weit vom Tümpel entfernt, sodass er die Kuh nicht sehen konnte. Dafür blickte er auf die drei Cowboys, die aneinandergereiht wie die Kugeln auf einer Kette am anderen Ende der Mulde auf ihren Pferden saßen. Mit nach vorn gebeugten Oberkörpern und zur Grimasse verzogenen Gesichtern pressten sie Laute heraus, als wenn sie eine riesige Last bewegen müssten. Ihre Handflächen zeigten dabei in Dreads Richtung. Es schien, als würden sie mit vereinten Kräften helfen, den Kuhhintern nach vorn zu drücken.

Nein, von den drei albernen Jungs war keine Hilfe zu erwarten. Sie hatten die Kuh schon nach dem ersten Blick aufgegeben und beobachteten mit unverhohlenem Vergnügen Dreads erfolglose Bemühungen.

Dread wendete sein Pferd und ritt zurück zum Rand des Schlammlochs. Die Kuh blickte ihn aus matten Augen an. Sie lag auf der Seite. Der gesamte Körper war inzwischen im Morast versunken. Nur noch ein Vorderfuß ragte heraus. Der Kopf mit den langen Hörnern lag zum großen Teil im Morast.

Armes Vieh, dachte Dread gerührt. Nicht dass du hier auf der Weide gehalten wurdest, um verkauft und schließlich geschlachtet zu werden, nein, jetzt musstest du auch noch vor den Augen dieser Cowboys qualvoll mit dem Tod ringen. Wie roh, wie mitleidlos sind wir Menschen, dass wir uns an deinem Schicksal weiden, dass wir auf deine Kosten unsere billigen Späße treiben. Sind wir nicht alle Geschöpfe des Herrn? Haben wir das Recht, das mit dir zu tun, nur weil wir dir überlegen sind? Was sind wir Menschen nur für grausame Geschöpfe? Oh Herr, wie kannst du uns nur lieben?

Erstarrt saß Dread auf seinem Pferd. Mit ausdrucksloser Miene blickte er auf die gequälte Kreatur. Das, am Sattelknauf befestigte, Seil hing schlaff herunter und schlängelte sich nutzlos bis zur, am Kuhkopf geschlossenen Schlaufe. Bewegungslos verharrten Reiter, Pferd und Kuh in loser Bande mit dem Lasso vereint.

Lee rang nach Luft, so sehr strengte ihn das Lachen an. Wie winzige Bäche rannen ihm die Tränen über beide Wangen. Er war bekannt für seine Schadenfreude. Wann immer es auf Kosten anderer etwas zu lachen gab, genoss er das stets im höchsten Maße. Und Eddi lachte herzhaft mit. Das Warum war für den einfältigen Eddi zweitrangig. Er lachte, weil die anderen es auch taten. Nur Petes Gesichtsausdruck veränderte sich. Nichts erinnerte mehr an den ausgelassenen, witzigen Spaßvogel. Ernst und nachdenklich schaute er auf die gegenüberliegende Seite des tiefen, großen Schlammlochs. Ohne Zweifel, Pete erfasste die lähmende Hilflosigkeit seines Kameraden.

In Dreads Kopf kreisten Erinnerungen, die aus den hintersten Winkeln seiner gequälten Seele hervor katapultiert wurden. Er sah sich wieder als Kind in der ärmlichen Hütte seiner Eltern hocken, spürte ganz deutlich das bohrende Hungergefühl, den ständigen Wegbegleiter seiner Kindheit. Er erinnerte sich an den schneidenden Schmerz des ersten Peitschenhiebes, an die ersten hässlichen Striche einer schmachvollen Zeichnung auf seinem Rücken. Und er blickte zurück auf die vielen toten Kameraden und Feinde, die massakrierten Frauen und Kinder, jene sinnlose Saat unrühmlicher Schlachtfelder. Wieder einmal wurde Dread durch diese unbeherrschbare Situation in einen tiefen seelischen Abgrund gerissen. Wieder einmal holten ihn mühsam verdrängte, vor der Welt verborgene Erinnerungen ein. Nur unwirklich und wie aus weiter Ferne drang das Lachen der beiden jungen Cowboys zu ihm. Vor Dreads Augen verschwamm die Kuh im tränennassen Blick.

Dread schreckte aus seinen schwermütigen Gedanken auf, als Pete plötzlich an seine Seite heran ritt.

»Wir können sie nicht retten, glaub mir, Dread. Das Schlammloch ist zu tief und die Kuh zu schwach. Außerdem haben wir nur noch dein Lasso, weil du es bei der Arbeit heute sehr geschickt mit deinen vielen Fehlwürfen geschont hast«, Pete schaute schmunzelnd auf das traurige Gesicht seines Kameraden und erkannte die Sinnlosigkeit des Versuches, ihn ein wenig aufzumuntern.

»Sag mir, Pete, worin besteht der Sinn des Lebens?« Dreads aufmerksamer, forschender Blick richtete sich auf den deutlich kleineren Pete und forderte dabei eine ehrliche Antwort ein.

»Wir leben, um so viel Spaß, wie nur möglich, zu haben«, gab Pete nach einer kurzen Pause mit verschmitztem Lächeln zur Antwort.

»Dann bitte ich dich um einen Gefallen. Erschieße die Kuh, denn ich kann deren ausgelassene Heiterkeit nicht ertragen«, Dread sprach diese Aufforderung ruhig und ohne Ironie aus. Er wartete keine Antwort ab, riss sein Pferd herum und trieb es zum Galopp an.

»Warte, du bekommst Ärger mit dem Boss, wenn du allein reitest«, rief Pete ihm nach. Doch Reiter und Pferd entfernten sich zügig und verschwanden bald im hügeligen Grasmeer.

Pete zog sein Gewehr aus dem Futteral, lud mithilfe des Unterhebels die Patrone in den Lauf und legte an. Ein lauter Knall peitschte über die Weiten der Prärie. Vom Geschoss getroffen, riss es den schweren Schädel der Kuh herum. Ihre gebrochenen Augen starrten aus dem schlammigen Grab.

Dread ritt in wildem Galopp. Dabei löste sich die bedrückende Last. Die peinigenden Erinnerungen glitten in den Dunst des Unterbewusstseins zurück. Beruhigend trommelten die Pferdehufe ihren Rhythmus auf dem weichen Untergrund. Der temperamentvolle Wallach jagte mit seinem Reiter mühelos über die endlose Graslandschaft. Stets aufs Neue staunte Dread über die ausdauernde Kraft dieses Tiers, dessen ruhiges gleichmäßiges Schnaufen auf keinerlei Ermüdung schließen ließ. Schmunzelnd registrierte er die ständigen Bewegungen der schmalen Ohrmuscheln, die trotz des rasanten Galopps aufmerksam alle Richtungen nach verdächtigen Geräuschen abzuhorchen schienen. Dread liebte diesen Wallach. Schon bald würde er das prachtvolle Pferd sein Eigentum nennen dürfen. Als er vor wenigen Wochen auf der Ranch angestellt wurde, konnte Dread, der kein eigenes Pferd besaß, sich dieses Tier aussuchen. Mister Murphy sah das Leuchten in Dreads Augen, als er sich für diesen Rappenwallach entschied. Murphy warnte ihn: Dieses Tier sei sehr schwierig zu reiten. Aber wenn er zurechtkäme, könne er es ihm abkaufen. Er würde ihm zehn Dollar monatlich vom Gehalt abziehen. Nach einer Saison würde ihm dann dieses Pferd gehören. Ohne zu zögern, willigte Dread in den Vorschlag ein. Auch wenn ihm nur noch zwanzig Dollar Monatslohn blieben, so war das ein wahrer Freundschaftspreis.

Nun, ganz so selbstlos war Robert Murphy bei diesem Geschäft sicherlich nicht gewesen. Er band Dread für eine Saison an seine Ranch und verkaufte ihm ein Pferd, das keiner reiten wollte. Zudem wusste Dread zu diesem Zeitpunkt auch noch nicht, dass ein Verbleib auf dieser Ranch sehr gefährlich werden konnte.

Doch in diesem Augenblick flogen die Sorgen und Probleme an Dread vorbei wie die grasenden Longhorns, an denen Reiter und Pferd vorbei sprengten. Tief sog Dread die vom Gräserduft erfüllte Luft ein und genoss das Gefühl vollständiger Freiheit. Freiheit, wer konnte wohl dieses Privileg höher schätzen als Dread!

Nur leicht zog Dread die Zügel an und schnalzte mit der Zunge. Der Wallach gehorchte sofort und ging fließend in die unruhigere, trabähnliche Gangart über. Rasch hatte der Cowboy dem gelehrigen Tier die wichtigsten Kommandos beigebracht. Und das erreichte er ohne Schläge, ohne brutalen Zügeleinsatz oder schmerzhafte Bekanntschaft mit den Sporen. Den anfänglich kleineren Attacken eigensinniger Sturheit begegnete Dread stets geduldig, aber konsequent. Gehorsam belohnte er sofort mit kleinen Naschereien oder zärtlichen Gesten. Seine großen kräftigen Hände streichelten, fütterten und pflegten das prachtvolle Wesen liebevoll. Die tiefe Stimme drang, wenn nötig aufmunternd und dann wieder zärtlich, in das Gemüt der Kreatur. Und schon bald gewann er das Vertrauen des Pferdes. Der Rancher staunte nicht schlecht über den Wandel des als verstockt geltenden Wallachs und fragte, wie er dieses kleine Wunder in so kurzer Zeit vollbracht hatte. »Mit Liebe«, hatte Dread geantwortet.

Und wahrlich, Dread liebte die Pferde und die Tiere spürten das. Überdies empfand Dread für sie eine aufrichtige Dankbarkeit, die sich durch die unzähligen Momente manifestiert hatte, in denen sein Leben von ihrer Treue und Zuverlässigkeit abhing. Niemand von der Running M Ranch kannte sich mit Pferden so gut aus wie Dread. Keiner hatte so viel Erfahrung im Umgang mit diesen fabelhaften Tieren. Die meisten konnten sich nicht in das Wesen dieser prächtigen Kreaturen einfühlen.

Aber dafür konnten sie wesentlich besser mit dem Lasso umgehen. Dread erinnerte sich wieder an seine Kameraden. Diese waren ihm trotz ihrer Jugend in der harten Arbeit als Cowboy weit überlegen. Dennoch, in der kurzen Zeit hatte Dread beachtliche Fortschritte gemacht, die auch anerkennend registriert wurden. Nur für seinen ungeschickten Umgang mit dem Lasso erntete er regelmäßig Spott und Sticheleien. Dass ihm bei der Kuh im Tümpel bereits der zweite Wurf geglückt war, glich schon einem kleinen Wunder.

Dread musste unwillkürlich schmunzeln, als er sich an die Beifallsbekundungen der drei Kindsköpfe erinnerte. Er entschied sich, auf sie zu warten, und ließ sein Pferd im gemütlichen Schritt weiter trotten. Pete, Lee und Eddi würden ihn sicherlich bald einholen. Und in einer knappen Stunde wären sie gemeinsam zurück auf der Ranch.

Pete hatte recht, der Boss wäre über seinen einsamen Ritt sehr verärgert. Seit die angrenzende Ranch der Hokes nun auch noch in Bakers Besitz übergegangen war, verbot Murphy seinen Cowboys allein zu reiten. Sie durften nur noch in der Gruppe ihre Arbeit verrichten und mussten dabei Waffen tragen.

Schon bald hörte Dread den Hufschlag der sich schnell nähernden Reiter. Es waren genau drei, wie der ehemalige Kavalleriesoldat unschwer erkannte. Wenige Augenblicke später schlossen die jungen Cowboys auf. Pete ritt nah seitlich heran. Sein fordernder Blick kitzelte Dreads äußeren Blickwinkel. Er widerstand nur kurze Zeit und sah schließlich in das grinsende Gesicht des Spaßvogels.

»Stell dir vor, ich konnte dein Lieblingswerkzeug retten«, lachend reichte er Dread dessen Lasso herüber.

Dread schaute zunächst etwas irritiert, doch dann riss er Pete das Lasso in übertriebener Hast aus den Händen und schlug es ihm scherzhaft mehrmals über den Rücken.

Lachend ritten die vier Cowboys der Ranch entgegen. Dabei scherzten sie und unterhielten sich über belanglose Dinge. Doch keiner erwähnte mehr das Erlebte am Schlammloch und dafür war Dread den Jungs sehr dankbar.

ERINNERUNGEN UND DAS BÖSE ERWACHEN

Müde und zerschlagen ließ sich Dread auf seine Pritsche im Bunkhouse fallen. Jetzt erst spürte er die ganze Härte dieses Arbeitstages, den er annähernd fünfzehn Stunden im Sattel verbracht hatte. Der Rücken schmerzte. In den Armen und Beinen fühlte er eine bleierne Schwere. Teilnahmslos schweifte sein Blick durch die spartanisch eingerichtete Unterkunft. Dieser Bretterverschlag diente den Cowboys der Ranch vor allem als Schlafstätte. Gegessen wurde in der angrenzenden Baracke. Dread wollte nur ein wenig ruhen. Die schweren Stiefel ausgezogen, lag er in voller Montur auf der Pritsche. Nur ein paar Minuten, dann würde er mit den Jungs, die lärmend am einzigen Tisch Karten spielten, zum Essen gehen. Neidisch blickte Dread zu ihnen hinüber. Werde ich langsam alt, fragte er sich, oder bin ich einfach das harte Arbeiten nicht mehr gewohnt?

Seine Gedanken wanderten in die Vergangenheit. Langsam schlossen sich die Augenlider. Bilder aus der Kindheit drängten sich ihm ins Bewusstsein. Dread sah sich schweiß überströmt, in glutheißer Augustsonne hastig die wolligen Knäuel der aufgeplatzten Samenkapseln pflücken. Er erinnerte sich an nicht enden wollende Tage auf den Baumwollfeldern, auf denen er sich vom ersten Tageslicht bis Einbruch der Dunkelheit plagen musste. Lediglich eine kurze Mittagspause war ihm vergönnt gewesen, in der er hastig seine Ration an kaltem Schinken hinuntergeschlungen hatte. Das Tagespensum musste unbedingt erfüllt werden – zweihundert Pfund – und wenn er dies nicht geschafft hatte, dann war er bestraft worden. Bestraft! Dread spürte unwillkürlich die Narben auf seinem Rücken. Gleichzeitig breitete sich in ihm das Gefühl der Dankbarkeit für die Gegenwart aus. Nie wieder würde er das billige Werkzeug anderer Menschen sein. Jederzeit konnte er bestimmen, wohin er gehen und was er machen möchte. Kein Peitschenhieb und kein stumpfsinniger Befehl würden mehr seinen Stolz verletzen. Dread war ein freier Mann. Endlich! Er hatte die Freiheit, jederzeit selbst über sein Leben zu bestimmen. Diese Erkenntnis löste in ihm eine tiefe Zufriedenheit aus. Müdigkeit übermannte ihn. Das Bild nicht enden wollender Reihen von Baumwollpflanzen verschwamm in einem milchigen Nebel. Im süßen Zustand des Dahindämmerns spürte Dread eine wohltuende Ruhe. Aus ganz weiter Ferne drangen das Lachen der Karten spielenden Cowboys und die untrüglichen Geräusche einer ankommenden Reitergruppe zu ihm.

Durch den dumpfen Knall einer unsanft aufgestoßenen Tür schreckte Dread aus seinem Sekundenschlaf auf. Ein großer, massiger Mann betrat die Unterkunft. Nicht nur seine Statur war Respekt einflößend. Der kahle Kopf mit der schiefen Nase erinnerte an einen Preisboxer. Die wulstigen Lippen, eingerahmt von einem ungepflegten Vollbart, verliehen dem Gesicht einen brutalen

Zug, der von den kalt blickenden blauen Augen noch verstärkt wurde. Hank gehörte der zweiten Gruppe an, die gerade auf der Ranch eingetroffen war.

»Nigger, kümmere dich um mein Pferd«, leise, mit drohendem Unterton sprach Hank in Dreads Richtung.

»Hank, vielleicht ist es dir noch nicht aufgefallen. Aber bei uns versorgt jeder sein Pferd selbst«, mischte sich Pete ein. Gewohnt locker blickte er Hank mit gutmütigem Grinsen an. Dieser packte Pete jedoch mit einer Hand am Kragen, kaum dass er den Satz ausgesprochen hatte. Hank zog ihn vom Stuhl und stieß ihn brutal nach hinten, sodass Pete das Gleichgewicht verlor und zu Boden stürzte.

»Mit dir habe ich nicht gesprochen, Schweinegesicht. Also halt lieber dein Maul«, entgegnete Hank kalt und blickte wieder auf Dread.

Nur äußerlich blieb Dread ruhig. In seinem Inneren tobte ein Sturm aus Wut und Verzweiflung. Mit Nigger hatte ihn auf der Ranch noch keiner angesprochen. Keiner, bis dieser Hank auftauchte. Gleich vom ersten Tag an beleidigte und schikanierte er ihn. Doch jetzt schien es so, als ob es Hank nicht mehr ausreichen würde, Dread nur mit Worten zu quälen.

Dread verschränkte betont langsam die Arme hinter dem Kopf und blieb regungslos auf seiner Pritsche liegen. Mit klopfendem Herzen beobachtete er Hank, der wutschnaubend auf ihn zustürzte.

»Stinkender Nigger, bist du taub? Du sollst dich um mein Pferd kümmern!« Hank stand nun unmittelbar vor Dread. Als dieser sich nicht rührte, packte jener die Pritsche und kippte sie um. Dread rollte auf den Boden. Hank trat ihn brutal in die Seite. Dread schrie vor Schmerz, richtete sich dann jedoch langsam auf, und stand schließlich in gekrümmter Haltung vor Hank. Dieser musterte mitleidlos sein Gegenüber, das mit angewinkeltem Arm die verletzte Körperseite schützte.

»Das ist doch die einzige Sprache, die ihr versteht, ihr faulen Niggerschweine«, abgehackt und kalt fauchte er Dread an.

Dread atmete schnell. Ihn quälte ein stechender Schmerz, der beim Luftholen ins Unerträgliche anwuchs. Sein Herz raste. In ihm brodelte eine wilde Wut. Er hatte keine Angst vor diesem Fettkloß. Mit einem befriedigenden Gefühl stellte er sich vor, wie seine Faust auf der hässlichen Fratze explodieren würde. Seine Muskeln spannten sich. Urplötzlich wich die lähmende Zaghaftigkeit. Ein bekanntes Gefühl aus mühsam verdrängten Tagen stellte sich ein: die angespannte Wachsamkeit des erfahrenen Kämpfers.

Bedrohlich änderte sich Dreads Körperhaltung. Betont langsam richtete er sich vollends auf. Hank war nun nur noch unwesentlich größer.

So standen sich jetzt beide Männer Auge in Auge gegenüber. Hank registrierte sehr wohl Dreads Gemütswandlung. Mit dieser Reaktion hatte er nicht gerechnet. Erstaunt blickte er den schwarzen Cowboy an. Dann verzog sich sein Mund zu einem verächtlichen Grinsen.

»Du bist wohl ein aufsässiger Nigger, meinst wohl, du hättest dieselben Rechte auf der Ranch wie ich«, brüllte er wutentbrannt. »Wenn du nicht augenblicklich machst, was ich dir sage, schlage ich dich zu Brei!«

Abschätzend musterte Dread das Gesicht des tobenden Hank. Er sah die verzerrten Mundwinkel dieses bösen, hasserfüllten Mannes. Sein Blick wanderte zu den Augen, die wie kalte Fischaugen glotzten. Und je aufmerksamer Dread diesen Menschen betrachtete, umso mehr schwand seine Aggressivität. Dieser brüllende Mann, der seine Arme abgewinkelt hatte, als ob er scharfe Messer unter den Achseln hätte, erinnerte Dread an die kläffende Bulldogge auf der Baumwollplantage, das abgerichtete Ungeheuer, das sich auf Befehl sofort in das Fleisch der Sklaven verbissen hätte. Was unterschied eigentlich diesen schreienden Fleischberg von jener primitiven kläffenden Kreatur? Nichts! Nur dass der Mensch seine vermeintliche Macht über andere genoss, dass er drohte und demütigte, um sich selbst besser zu fühlen. Instinktiv erfasste Dread die kleine beschränkte Welt, in der sich Hank bewegte. Nein, auf diese unterste Ebene menschlichen Daseins wollte sich Dread nicht begeben. Er würde mit diesem Hohlkopf nicht kämpfen, der sich seiner körperlichen Überlegenheit wohl bewusst war und sich ganz offensichtlich darauf freute, Dread brutal zu verprügeln. Er würde ihm diesen Triumph nicht vergönnen. Nein, das wollte er nicht! Oder hatte er einfach nur Angst? Schnell verdrängte er diesen Gedanken wieder.

»Schon gut, Hank«, presste Dread mit mühsam beherrschter Stimme heraus. »Ich versorge dein Pferd.«

»Feigling«, höhnte Hank. »Ihr seid doch alle gleich: faul, dumm und feige! Geh mir aus den Augen. Und wenn du mein Pferd nicht ordentlich versorgst, gerbe ich dir dein schwarzes Fell. Darauf kannst du dich verlassen, du feiges Niggerschwein.«

Deutlich war Hank seine Enttäuschung darüber anzumerken, dass Dread der Konfrontation ausgewichen war. Doch es würde sich bald wieder eine Gelegenheit bieten. Und dann konnte der Nigger etwas erleben.

Übertrieben gemächlich zog Dread seine Stiefel an und schritt langsam auf den Ausgang zu, vorbei am Tisch der drei Cowboys, die mit gesenktem Kopf in ihre Karten blickten. Sie schämen sich, dachte Dread schon fast ein wenig mitleidig.

»Danke«, flüsterte er Pete zu, der dies nicht als Kompliment auffasste, sondern nur noch beschämter seinen Kopf senkte.

Es sind doch gute Kerle, dachte Dread voll warmer Sympathie und verließ das Bunkhouse.

BOTSCHAFTER DES UNHEILS

Dread trat ins Freie. Unwillkürlich genoss er die kühle Abendluft. Tief sog er sie in seine Lungen. Das Stechen der Prellung durch den Fußtritt störte ihn kaum. Dread hatte schon ganz andere Schmerzen ertragen müssen.

Entschlossen schritt er nun zum Korral, wo er das Pferd des Tyrannen vermutete. Jesse und Tim, die Cowboys der zweiten Gruppe, kamen ihm entgegen und grüßten flüchtig. Dread sah jetzt Hanks Pferd, das an einem Querbalken des Korrals angebunden war. Der Fuchswallach ließ müde seinen Kopf hängen. Überhaupt bot das Tier einen mitleiderregenden Anblick. Es war Schweiß überströmt und an den Flanken waren unverkennbar Spuren der scharfen Sporen seines Reiters zu erkennen. Dread kam näher auf das Pferd zu. Der Fuchs reagierte nervös.

»Ruhig, ruhig, mein Alter«, sprach Dread besänftigend auf den Wallach ein. Er nahm das Tier am Zaumzeug, zog es sanft nah zu sich heran und legte zärtlich seine großen Hände auf die Stirn der verängstigten Kreatur.

»Keine Angst«, Dreads ruhige tiefe Stimme schien dem Wallach zu gefallen, denn seine Ohrmuscheln waren ganz auf ihn gerichtet. »Ich werde dir nicht wehtun. Ich mag dich. Also beruhige dich jetzt.« Dread streichelte die Stirn. Er nahm sich viel Zeit und seine Bewegungen und die Stimme strahlten eine friedvolle Ruhe aus. Das verfehlte nicht seine Wirkung. Der Fuchs senkte den Kopf, leckte sich die Lippen, begann zu kauen und drückte sich schließlich leicht an Dreads Schulter. Schmunzelnd und mit einer gewissen Genugtuung registrierte Dread die zutrauliche Geste.

»Wie leicht kann man doch euer Vertrauen gewinnen«, leise und zärtlich sprach er zu dem Tier. »Wenn man euch liebt, dann versteht man auch eure Sprache. Wer aber meint, er muss euch mit Gewalt seine Macht demonstrieren, der wird aus euch nur einen untertänigen, störrischen und nur bedingt leistungsfähigen Grasfresser machen.«

Dread ließ das Zaumzeug los und tätschelte mit beiden Händen den verschwitzten Pferdehals. Dann löste er den Sattelgurt, nahm den schweren Sattel sowie die Decke vom Rücken und zäumte schließlich ab. Langsam ging er nun zur Tränke. Der Wallach folgte ihm treu in geringem Abstand. Dread ließ das Pferd ausgiebig saufen und holte in der Zeit reichlich Stroh. Gerade als er mit dem Trockenreiben beginnen wollte, wurde er von lauten Stimmen aufgeschreckt. Der Fuchs hob abrupt den Kopf. Vom Pferdemaul tropfte Wasser auf Dreads Schulter, der zum Blockhaus schaute.

Auf der Veranda des großen zweistöckigen Ranchhauses sah Dread zwei Männer. Der Ältere war mittelgroß und korpulent, der Jüngere überragte ihn fast um Haupteslänge. Es waren der Boss Robert Murphy und sein Sohn, die lautstark in einen Streit verwickelt schienen. Dread mochte Ben Murphy nicht. Dieses dürre, gerade einmal achtzehn Jahre alte Bürschchen war arrogant und spielte sich ständig vor der Mannschaft als der zweite Boss auf. Dabei war dieses Milchgesicht weder mit nennenswerter Intelligenz gesegnet, noch glänzte er im täglichen Ranchleben durch besonderen Fleiß. Dieser linkische Tollpatsch konnte Dread nicht einmal im Lasso werfen etwas vormachen. Aber Ben war der Sohn des Bosses. Alles wollte er besser wissen, überall redete er mit. Pete spöttelte über den unbeliebten Ranchersohn: Ben war in der Schule sicherlich keine Leuchte, aber im Fach Klugscheißen muss er der Klassenbeste gewesen sein. Das löste tagelang bei den Cowboys Lachsalven aus. Selbst Robert Murphy, der diese freche Bemerkung von seinem Vormann erfuhr, musste darüber lachen.

Der Boss liebte seinen Sohn abgöttisch. Robert Murphy war ein tüchtiger Rancher, der an sich selbst sehr hohe Forderungen stellte. Doch Ben gegenüber war der sonst so disziplinierte Mann auffällig großzügig. Dass er sich mit seinem Sohn stritt, war eher eine Seltenheit. Umso erstaunter registrierte Dread die Szene auf der Veranda. Vater und Sohn kamen schreiend aus dem Haus und setzten hörbar ihr erregtes Streitgespräch fort.

»Wenn du dich nicht darum kümmerst, dann mache ich es eben«, fast schon hysterisch schrie Ben seinen Vater an.

»Was, Du möchtest dich mit Baker anlegen?«, die Frage klang mehr amüsiert als zornig. »Der wird sich vor Angst gleich auf seiner Ranch verbarrikadieren, wenn er von deinem Vorhaben erfährt.«

»Dad, wir müssen Baker zeigen, dass wir kampfbereit sind, wir benötigen auch Revolvermänner«, antwortete Ben trotzig.
»Schluss jetzt, ich will nichts mehr davon hören«, energisch gab Robert Murphy seinem Sohn zu verstehen, dass dieses Gespräch für ihn beendet war.

»Nun, dann warte brav, bis du auf die Schlachtbank geführt wirst«, wütend und mit hochrotem Kopf schritt Ben Murphy zum Korral. Er nahm keine Notiz von Dread, der geschäftig Hanks Wallach trockenrieb. Hektisch sattelte Ben sein Pferd, zäumte es auf und ritt im Galopp von der Ranch.

Robert Murphy, der seinem Sohn nur sehr langsam nachgegangen war und nach einer Gelegenheit suchte, um wieder einlenken zu können, blickte dem sich schnell entfernenden Reiter versonnen nach. Er war so in Gedanken versunken, dass er weder Dread noch den Mann bemerkte, der aus dem Blockhaus kam. Dieser breitschultrige Cowboy, der Mitte vierzig sein mochte, war Robert Murphys bester Mann – David Turner, der Vormann der Running M Ranch.

Verlegen räuspernd machte sich Turner bemerkbar und stellte sich wortlos neben Murphy.

»David, warum geben uns unsere Söhne manchmal das Gefühl, dass wir vertrottelte Greise sind?« Fragend schaute Murphy seinen Vormann und besten Freund an. Und ohne eine Antwort abzuwarten, sprach er mit traurigem Unterton weiter: »Sie akzeptieren unsere Erfahrungen nicht, lehnen gut gemeinte Ratschläge ab und verlachen unsere Wertvorstellungen.«

»Ich denke, es ist das gute Recht der jungen Leute«, antwortete Turner nach einer längeren Pause. »Sie wollen, ja, sie müssen ihre eigenen Erfahrungen sammeln. Nur durch den Schmerz selbst verursachter Niederlagen sind sie bereit, sich zu ändern. Wir wollen den jungen Leuten solche schmerzhaften Erfahrungen ersparen. Deshalb bevormunden wir sie, deshalb möchten wir sie gerne in die Richtung stoßen, die wir für die einzig Richtige halten. Wir, die stolz unsere Werte wie einen riesigen Schild vor uns hertragen. Diesen Schild lehnen die jungen Leute ab. Er versperrt ihnen die Sicht. Er erdrückt sie. Und ich bin überzeugt, dass sie aus Angst davor verkrampfen. So zwingen wir sie förmlich zur Rebellion oder entmündigen sie zur willenlosen Marionette. Unsere Wertvorstellungen – was für eine Floskel – meinst du damit unsere Moral oder unsere Besitzstände?«

»David, du hättest Philosoph werden sollen, statt Rinder zu hüten«, Murphy schaute lächelnd seinen Vormann an.

Jeder auf der Ranch wusste, wie sehr der Rancher Turners messerscharfen Verstand bewunderte. Viele nützliche Entscheidungen waren auf Anraten des Vormanns zustande gekommen. Ein Paradebeispiel war die Züchtung von Hereford-Rindern, die besseres Fleisch lieferten und immun gegen das gefürchtete Texasfieber waren. Murphy war der erste Rancher in der Region, der nicht mehr ausschließlich auf die Longhorn-Rinder setzte.

Auch Dread mochte diesen David Turner aufrichtig. Sein ausgeglichener Charakter und der faire Umgang mit allen Cowboys unterschied sich von Dreads Erfahrungen mit Aufsehern oder Vorgesetzten. Er hatte Turner noch nie schreiend erlebt. Stets erteilte Turner seine Anweisungen in freundlichem Ton und erläuterte geduldig die Aufgaben, wenn er den Eindruck hatte, dass diese nicht gleich verstanden wurden. Turner verlangte Disziplin und Zuverlässigkeit und lebte dies in einer beeindruckenden Perfektion vor. Allein die Tatsache, dass er morgens der Erste und abends der Letzte war, der seine Arbeit verrichtete, spornte die Mannschaft an. Wie erstaunt war Dread, als er einmal den Vormann erlebte, wie er sich bei der Mannschaft für eine falsche Entscheidung entschuldigte. Turner sparte nicht mit Lob. Er arbeitete kameradschaftlich mit jedem Cowboy zusammen. Und er lachte ebenso herzhaft über Petes Blödsinn wie alle anderen auf der Ranch. Turner gehörte zur Mannschaft und hob sich gleichsam durch seine ganze Persönlichkeit von ihr ab. Durch David Turner erfuhr Dread erstmals, wie ein Mensch sich ausschließlich durch sein Auftreten und seine Leistung adelte.

Dread hatte längst den Fuchs trockengerieben. Doch da beide Männer ihn nicht bemerkt hatten, harrte er nun verlegen aus. Er wollte nicht den Eindruck erwecken, dass er Murphy und Turner belauschen wollte. Andererseits war es jetzt zu spät, auf seine Anwesenheit hinzuweisen. Und so blieb ihm nichts weiter übrig, als zu warten, bis die beiden Männer wieder ins Haus zurückgehen würden. Murphy und Turner standen mit dem Rücken vielleicht dreißig Fuß von ihm entfernt. Somit wurde er unfreiwillig Zeuge des weiteren Gesprächs.

»Du willst mir also sagen, dass ich meinen Sohn falsch erzogen habe«, ohne Groll in der Stimme, aber jetzt sehr ernst, wandte sich Murphy an seinen Vormann.

»Ich glaube, dass du ihn mit deiner Liebe erdrückst«, wie es seine Art war, ließ Turner sich mit der Antwort Zeit. »Einerseits nimmst du ihm alles ab, tolerierst jedes Versäumnis. Andererseits traust du ihm keine anspruchsvolle Aufgabe zu. Du hast ihn einfach verwöhnt. Das Ergebnis siehst du doch selbst. Seine Überheblichkeit ist der Schutzschild, hinter dem er seine Unsicherheit verbirgt. Und die Tollpatschigkeit zeigt deutlich, wie verkrampft der Junge ist. «

»Was soll ich deiner Meinung nach machen?«, fragte Murphy knapp und tonlos.

»Gib ihm eine echte Aufgabe, eine, die ihm schon in ihrer Bedeutung deine Wertschätzung für ihn zeigt«, fast beschwörend sprach Turner auf Murphy ein. »Ja, sprich mit ihm, wie ihr eure Ranch vor Baker schützen könnt. Suche mit Ben nach Lösungen und übertrage ihm die Aufgabe, dies zu organisieren. Wenn du willst, helfe ich dir dabei!«

»Wenn ich das mache, dann gibt es bald Krieg!«, fiel Murphy seinem Vormann aufgebracht ins Wort.

»Den gibt es in jedem Fall«, Turner blickte nun seinem Boss in die Augen. »Oder glaubst du, dass Baker jetzt seinen krankhaften Machthunger gestillt hat, wo sein Besitz endlich an die Ranch mit dem besten Weideland und den ergiebigsten Wasserquellen grenzt? Es wird Krieg geben! Und das war seit dem Tag so gewiss wie das Amen in der Kirche, als er die Hoke-Farm kassierte, nachdem er den armen Max Hoke als Viehdieb hatte hängen lassen. Wir haben es damals versäumt, uns mit den kleinen Farmern zu verbünden. Du und ich, wir beide haben diesen Mann unterschätzt, ihn immer stärker werden lassen. Und jetzt ist er mächtiger denn je. Jetzt streckt er seine gierigen Hände nach deiner Ranch aus. Das ist eine Tatsache. Es hat keinen Zweck, dies zu verdrängen!«

»Er kann mir wirtschaftlich nichts anhaben«, antwortete Murphy nicht ohne Stolz in der Stimme. »Wir sind dank deines Weitblicks mit den Hereford-Rindern die erfolgreichste Ranch. Ja, ich habe in der Tat das beste Weideland und eine mehr als ausreichende Anzahl von Wasserstellen. Aber wenn ich diesem Baker keinen Anlass gebe, so wird er es niemals wagen, mich anzugreifen. Wir haben immerhin einen Namen. Die Stadt würde im Falle eines Weidekrieges nicht tatenlos zusehen. Und unser Marshal würde das erst recht nicht tun.«

»Robert«, Turner legte Murphy freundschaftlich eine Hand auf die Schulter. Sein Gesicht wurde sehr ernst und die Sorge in seiner Stimme war unverkennbar. »Robert, wie lange kennen wir uns jetzt schon. Ich glaube, es müssen bereits zwölf Jahre sein. Du hast mich damals auf deiner Ranch aufgenommen. Der Krieg war erst wenige Wochen vorbei. Du hattest eine Handvoll Rinder, warst Witwer, musstest als kleiner Rancher überleben und einen sechsjährigen Jungen erziehen. Schon damals habe ich dich bewundert, denn du hast dich tausenden Problemen gestellt, bist nach jeder Niederlage wieder aufgestanden und stärker geworden. Ich habe dich niemals klagen gehört. Probleme waren für dich Herausforderungen. Und ich hatte immer den Eindruck, dass du Spaß daran hattest, die schwierigsten, ja manchmal sogar aussichtslosen Situationen zu meistern. Heute bist du ein angesehener, überaus wohlhabender Rancher. Ein Rinderbaron! Wenn du in die Stadt kommst, zieht jeder ehrfurchtsvoll den Hut. Man buhlt um dein Wohlwollen und überbietet sich in überschwänglichen Schmeicheleien. Ja, Robert, in der Tat, du bist jetzt jemand. Und das ist ausschließlich dein Verdienst. Deine Jungs und ich durften dir dabei helfen. Aber die entscheidende Leistung hast du vollbracht. Du hast in allen kritischen Phasen die richtigen Entscheidungen getroffen, sei es aus eigenem Antrieb oder weil du klug genug warst, Ideen und Ratschläge anderer für dich zu nutzen. Stets hast du für dein Handeln die volle Verantwortung übernommen. Ja, du hast dich letztlich nur auf dich und auf die Fähigkeiten deiner Mannschaft verlassen. Und jetzt, wo es dir so richtig gut geht, da möchtest du dich zurücklehnen und hoffst darauf, dass alles mehr oder weniger so weitergehen wird, dass notfalls andere dir beistehen? Die, die ebenso tatenlos zugeschaut haben wie wir, als sich Baker ein Stück Land nach dem anderen ergaunert hat. Meinst du wirklich, dass sich diese Leute gerade bei dir anders verhalten? Ich wette sogar, dass einige dieser Heuchler sich heimlich freuen würden, wenn du zu Fall kämest. Nichts ergötzt den Mob mehr als das Unglück derer, die er um ihren Erfolg oder ihre Besitztümer heiß und innig beneidet.«

»Du meinst also, ich muss mich auf einen Weidekrieg mit Baker einstellen?«, fragte Murphy nachdenklich.

»Du wirst dich auf noch mehr einstellen müssen«, antwortete Turner. »Dieser Baker ist ein gerissener Stratege. Und vor allem ist er skrupellos. Das macht ihn so gefährlich.«

Beide Männer standen nun schweigend nebeneinander.

Murphy atmete tief aus. Es klang schon eher wie ein tiefer Seufzer. Deutlich war ihm anzumerken, wie er mit einem schicksalhaften Entschluss rang. Leise und mit Grabesstimme sagte er: »Wie so oft, mein alter Freund, hast du recht. Bisher hatte ich in meinem Leben sehr viel Glück. Es war eine Freude, um dieses Glück zu kämpfen, denn die Ziele waren ehrbar und Gewinn versprechend. Doch jetzt soll ich mich mit einer Bande anlegen, vor der ich Angst habe. Ja, Angst, lieber David! Ich plane die Arbeit einer großen Ranch – er brutale Raubzüge. Meine Mannschaft wirft und trifft sicher mit dem Lasso – seine zieht blitzschnell den Revolver und schießt zielsicher. Meine Jungs sind gute Cowboys, die hart arbeiten können – seine Revolvermänner, die den Streit suchen. Erinnere dich an den verdreckten Satteltramp auf dem wunderschönen, zweifellos gestohlenen Hengst, der vor drei Tagen grinsend nach der Baker-Ranch gefragt hatte. Und nun stelle diesen Galgenvogel vor unseren Pete. Wer wird wohl heimtückischer und skrupelloser im Kampf um Leben und Tod vorgehen? Ich habe Angst, denn diese Art zu kämpfen, kenne ich nicht. Zum ersten Mal in meinem Leben fürchte ich mich davor, eine falsche Entscheidung zu treffen. Ich habe entschieden zu viel zu verlieren, David!«

»Robert, du wirst immer auf meine Hilfe bauen können. Und du hast eine gute Mannschaft.«

»Sicher, wenn es eine Hoffnung gibt, dann sind es meine Männer. Es sind gute Jungs. Und der beste davon bist du«, dankbar klopfte Murphy seinen Vormann auf die Schulter. »Ich werde Bens Rat befolgen und unsere Mannschaft verstärken. Wir benötigen mehr solche Kerle wie Hank.«

»Den kannst du vergessen«, fiel Turner ganz gegen seine Art Murphy ins Wort. »Der ist nur ein Raufbold. Er ist undiszipliniert und unkameradschaftlich. Ich wollte dir schon vorschlagen, ihn zu entlassen. Wenn es zum Kampf kommt, dann benötigen wir Männer, auf die wir uns voll verlassen können. Und sie müssen wissen, wofür sie kämpfen. Das alles ist wichtiger, als schnell den Revolver zu ziehen. Und wir brauchen einen Plan. Womit müssen wir rechnen? Und wie reagieren wir auf bestimmte Dinge? Wenn wir Bakers Schritte vorhersehen können, dann liegen die Vorteile in diesem Kampf klar bei uns. Aber ich kann dir nicht widersprechen. Wir brauchen mehr Männer! Gute und verlässliche Männer!«

»David, manchmal wirst du mir richtig unheimlich«, unverhohlen drückte Murphy die Bewunderung für seinen Vormann aus. »Deinen Verstand habe ich von Beginn an überaus geschätzt. Ferner führst du die Mannschaft, als ob du dein ganzes Leben nichts anderes getan hättest, als schnell und wirksam die Arbeit zu organisieren. Und wahrhaftig, ohne dein Zutun wäre die Ranch wahrscheinlich nicht die, die sie heute ist. Ich habe mich oft gefragt, woher du kommst, wie dein früheres Leben aussah. Offensichtlich wolltest du nie darüber sprechen. Deine Intelligenz, deine Bildung, ja dein ganzer Stil heben dich aus der Masse heraus. Und in dieser schicksalhaften Stunde beeindruckst du mich wieder mit deiner Weisheit und Entschlusskraft. Wer bist du, mein kluger, mein treuer Freund?«

David Turner blieb stumm stehen. Dann wandte er Murphy den Rücken zu und blickte versonnen in die Ferne. Minutenlang sprach keiner der beiden Männer ein Wort.

Im Licht der Abendsonne, die den Horizont mit einer Palette roter Farben verzauberte, verschmolzen die Umrisse der beiden unbeweglich verharrenden Menschen mit den Gebäuden der Ranch zu einem unbedeutenden Bestandteil der weiten Prärie. Aus dem nahen liegenden Teich drang das quakende Konzert der Frösche herüber, das mit dem der zirpenden Heuschrecken wetteiferte. Die Pferde schnaubten aus dem Korral. Nach der sengenden Hitze des Tages rauschte der Wind in wohltuender Frische.

Vor dieser märchenhaften Kulisse begann David Turner mit monotoner Stimme zu erzählen. Nach wie vor wandte er dem Rancher den Rücken zu, als ob er sich für das, was er zu berichten hatte, unsäglich schämte:

»Ich stamme aus einer angesehenen Bostoner Kaufmannsfamilie«, leise und bedächtig formulierte Turner seine Worte. »Bei Kriegsausbruch stand ich kurz vor dem Abschluss meines Mathematikstudiums. Ich hielt es für meine patriotische Pflicht, mich umgehend an die Front zu melden. Es galt, für die edlen Ziele der Union zu kämpfen. Nichts, aber auch wirklich nichts, erschien mir wichtiger zu sein. Ich sah mich als überzeugten Humanisten und somit erbitterten Gegner der Sklaverei. Und als glühender Patriot hielt ich die Einheit der Nation als das oberste Ziel eines jeden aufrechten Amerikaners.«

Turner atmete tief durch und fuhr fort: »Nur die Autorität meines Vaters verhinderte den vorzeitigen Studienabbruch. Doch die Tinte auf meinem Diplom war noch nicht getrocknet, als ich mich freiwillig in die Armee meldete. Man schickte mich aber nicht in ein normales Rekrutenlager – nein, der Offiziersmangel und die Tatsache, dass ich ein junger Akademiker war, wurden mir zum Verhängnis. Auf der berühmten Militärakademie West Point lernte ich taktische Grundlagen der Kriegsführung und wie man junge, gedrillte Menschen mit Hurra in den Tod führt. Das sah ich damals ganz anders. Ich starb fast vor Ungeduld, lebte in der ständigen Sorge, dass ich den Krieg verpassen könnte und mir die Chance genommen würde, meinen heroischen Beitrag zu leisten. Ja, ich war damals ein begeisterter junger Mann mit einer naiven, kindlichen Vorstellung von Ehre, Heldenmut und Gerechtigkeit.«

Wieder legte Turner eine Pause ein. Es schien, als ob er nur unwillig weiter aus seiner Vergangenheit berichten wollte. Aber schon kurz danach redete er weiter: »Bereits sehr bald sollte ich eine äußerst wirksame Schule des Grauens besuchen, in welcher der gewaltsame Tod und die Verstümmelung vieler junger und einst kerngesunder Menschen die Grundlage für jeden Sieg darstellte. Schon sehr bald sollte ich erfahren, wie absurd und lächerlich sich die heroischen Ideale im Vergleich zur dreckigen Wirklichkeit eines Krieges ausnahmen. Ich kotzte über den zerfetzten Leichnam eines meiner Soldaten, dem ich noch kurze Zeit vorher den Befehl zum Angriff erteilt hatte. Mit blankem Entsetzen erfuhr ich von den Übergriffen unserer Truppen auf die Zivilbevölkerung; Marodeure in der Uniform, die ich anfangs so stolz trug, zogen plündernd und brandschatzend durch das Land und nahmen dabei weder Rücksicht auf Frauen und Kinder noch interessierte sie deren Hautfarbe. Ich sah überfallene Farmen, wo die geschändeten Leichen der Herrin und Sklavin nebeneinander lagen. Was für ein Wahnsinn! Was für ein barbarisches Treiben! Welch aberwitzige, sinnlose Verschwendung!«

Plötzlich schwieg Turner, dem bei der Schilderung seiner Erinnerungen die Stimme versagte. Sichtlich bemüht, seine Fassung nicht zu verlieren, setzte er nach kurzer Zeit seinen Monolog fort.

»Ich hatte erfolgreich ein naturwissenschaftliches Studium absolviert, in dem logische Beweisketten zur Lösung führen. Wir Menschen heben uns mit unserem Verstand von allen anderen Kreaturen auf dieser Welt ab. Wir forschen und erfinden, wir philosophieren und übertreffen uns in vollendeter Poesie. Das ist die eine Seite. Das war das Bild, das ich von der Menschheit vor dem Krieg hatte. Und dann lernte ich die andere Seite kennen: Wie wir versuchen, Probleme zu lösen, indem wir mit Kanonenkugeln Menschenkörper zerfetzen, mit Säbeln gegenseitig auf uns einhacken oder uns mit Gewehren und Pistolen Löcher in den Leib schießen. Wie kann es sein, dass wir Menschen einerseits geniale, hochgeistige Wesen und andererseits primitive, blutrünstige Raubtiere sind? Was treibt uns dazu, statt unseres überlegenen Verstandes, brutale Gewalt für die Lösung von Problemen einzusetzen?«

Als wenn er nun selbst nach Antworten auf seine Fragen suchte, verstummte Turner wieder. Murphy schien zu ahnen, dass sein Vormann noch nicht alles gesagt hatte. Und so stand er betroffen und schweigend hinter seinem Freund.

»Die letzten zwei Kriegsjahre führte ich eine Kompanie unter Generalmajor *William T. Sherman*«, sprach Turner nach kurzer Zeit weiter. »Ich war dabei, als wir der Bevölkerung von Atlanta zehn Tage Zeit gaben, die Stadt zu räumen. Und ich gehörte damit zu den meistgehassten Unions-Soldaten dieses Krieges. Schließlich hatte ich auch die „Ehre", unsere Truppen vom gedemütigten Atlanta zum Meer zu führen. Es war wahrlich kein ehrenvoller Krieg. Wir hinterließen einen sechzig Meilen breiten Streifen verbrannter Erde. Als Offizier wollte ich ehrenvoll für mein Land in einem gerechten Krieg kämpfen. Am Ende war ich Brandstifter und Wegbereiter für den mordenden, plündernden und vergewaltigenden menschlichen Abschaum.«

Turner wandte sich nun wieder Murphy zu. Er sah dem Rancher in die Augen und sprach langsam weiter: »Wie du weißt, haben die Nordstaaten den Krieg schließlich gewonnen. Ich fühlte mich dagegen als Verlierer. In mir war eine furchtbare Leere. Meine Selbstachtung hatte ich irgendwo auf den irrwitzigen Plünderungszügen zwischen Atlanta und dem Meer verloren. In mir waren noch so viel Patriotismus und Ehre wie Wasser in einem ausgetrockneten Wüstenbrunnen. Ich schämte mich vor der Welt und vor mir selbst. Niemals, niemals wieder wollte ich in einen Kampf ziehen!«

»Und nun forderst du mich auf, dies zu tun«, mit betroffenem Lächeln sprach Murphy, der sich nun sicher war, dass Turner nichts mehr hinzufügen würde. Ihm war deutlich anzumerken, dass ihn das Gehörte sehr bewegte.

»Ja, in der Tat, die edlen Vorsätze sind nur wahnwitzige Possen in der unberechenbaren, brutalen Lebensschule. Es gibt keine einfachen Antworten für diese Welt, die der Mensch mit seinem aggressiven Wesen so kompliziert macht. Wie will man sich denn gegen das kampflustigste und heimtückischste Raubtier, den Menschen, behaupten, wenn man von vornherein auf jegliche Form der Gewalt verzichtet? Warum gehen die Menschen immer wieder in kleinen oder großen Gemetzeln aufeinander los? Ich werde es dir sagen, mein Freund. Weil die Grenze zwischen sich wehren zu müssen und den anderen zu unterdrücken oder beherrschen wollen, oftmals so schwer zu erkennen ist. Für mich stellt sich aber in deinem, ja unserem Fall, die augenblickliche Lage so klar dar wie selten in meinem Leben. Und deshalb fordere ich dich auf, zu kämpfen! Ja, wenn es nötig ist, musst du auch töten. Und ich, David Turner, werde dir dabei helfen.«

Die beiden Freunde standen sich minutenlang schweigend gegenüber. Ganz eindeutig waren sie gebannt von ihren aufgewühlten Gefühlen.

Fast beschwörend redete nun Murphy auf seinen Vormann ein: »David, versprich mir, dass du alles tun wirst, um Unheil von meinem Sohn abzuwenden. Ich mache mir große Sorgen um diesen Hitzkopf.«

»Du kannst dich auf mich verlassen«, sagte Turner knapp.

»Gib mir dein Wort, ich weiß, dass dies mehr zählt als jeder schriftliche Vertrag«, beharrte Murphy.

»Ich werde alles in meiner Kraft Stehende tun, um deinen Jungen zu schützen. Darauf gebe ich dir mein Wort als Freund und Angestellter.«

»Lass uns ins Haus gehen«, sichtlich gerührt rang Murphy nach Worten. »Ich habe noch einen wunderbaren Whisky, eine Flasche für ganz besondere Anlässe. Heute ist ein solcher, ganz besonderer Abend. Lass uns einen guten Tropfen genießen und Pläne schmieden.« Der Rancher klopfte seinen Vormann freundschaftlich auf die Schulter.

Beide Männer wandten sich dem großen Blockhaus zu, das in der zunehmenden Dunkelheit nur noch schemenhaft zu erkennen war.

Schon wenige Augenblicke später umhüllte die Dunkelheit die Ranch und ließ sie als eine graue Masse mit der Natur verschmelzen. Der pfeifende Wind trug das schrille Zirpen der Heuschrecken über die Weite der Prärie. Nur zaghaft nahm sich das Quaken einzelner Frösche gegen diese Symphonie tausender Insekten aus.

Der Fuchswallach schüttelte schnaubend seinen Kopf. In der Finsternis sah man von dem ehemaligen Sklaven und Kavalleriesoldaten Dread Moore nur noch das Weiße seiner weit aufgerissenen Augen. Dieser Mann, dessen verwundete Seele sich nach harmonischen Verhältnissen sehnte, stand versteinert neben dem Pferd seines neuen Peinigers. Er hatte entsetzt jedes Wort des Gespräches verfolgt. Nun war es heraus, was er schon die ganze Zeit befürchtet hatte.

»Gibt es denn keinen Fleck auf dieser verdammten Welt, wo die Menschen friedlich miteinander auskommen können«, fast schon hasserfüllt murmelte Dread diese Worte. Er führte den Wallach in den Korral und schritt langsam, noch benommen von der belauschten Unheilsbotschaft in Richtung Unterkunft.

WAS DIE HERZEN VERGIFTET

Die folgende Zeit brachte für die Mannschaft der Running M Ranch den üblichen harten Arbeitsalltag. Früh am Morgen ritten die Cowboys in zwei Gruppen los. Sie mussten die weit versprengten Rinder zusammentreiben, den Bestand ermitteln, die Mavericks einfangen und schließlich mit dem Brandzeichen, einem großen verschnörkelten M, versehen. Weitere tausend kleinere Aufgaben trieben die Männer hektisch durch den Tag. Für Pausen blieb kaum Zeit. Die Crew war vollständig ausgelastet. Wenn sie die Arbeit in die Randregionen des imposanten Murphy-Besitzes führte, übernachteten die Cowboys in der kalten Prärie. Es war ein harter Job. Und die Männer waren froh, wenn sie nach solchen Einsätzen endlich wieder zur Ranch reiten konnten. Doch die ausgelassene Stimmung, die noch vor kurzem die Vorfreude auf die bescheidenen Annehmlichkeiten des Bunkhouses würzte, war verloren gegangen. Irgendetwas hatte sich geändert. Schleichend hatte ein heimtückisches Gift den Zusammenhalt der Mannschaft zerstört. Nach und nach war der angenehme und lockere Umgangston verlorengegangen. Stattdessen prägten immer mehr gehässige Bemerkungen die Gespräche der Männer.

In Dread tobte ein seelischer Kampf, der ihn fast zu zerreißen drohte. In der einen Minute wollte er zum Boss gehen, sich seinen Anteil auszahlen lassen und schnellstmöglich die Gegend verlassen, um der drohenden Auseinandersetzung mit Baker und seinem Peiniger Hank aus dem Weg zu gehen. Dann hielt ihn in der nächsten Minute die Aussicht auf den baldigen Besitz des Wallachs von diesem Vorhaben ab. Er war das einzige Wesen auf dieser Welt, dass Dread wirklich etwas bedeutete. Er freute sich, wenn er morgens von seinem grasfressenden Freund mit einem freundschaftlichen Stupser des weichen Mauls begrüßt wurde. Abends versorgte Dread sein Pferd besonders liebevoll. Er suchte so oft und so lange wie möglich seine Nähe. Denn nur dieses Wesen strahlte das aus, was Dread so sehr in dieser kalten Welt vermisste: bedingungsloses Vertrauen und uneingeschränkte Zuneigung. Auf die Menschen wirkte der schwarze Cowboy noch verschlossener als üblich. Die Kameraden führten dies vor allem auf Hanks üble Schikanen zurück. Er nannte Dread fort an nur noch Feigling und verlangte das auch von den restlichen Cowboys. Als Jesse sich anfangs weigerte, verprügelte Hank ihn so brutal, dass dieser am nächsten Tag mit schmerzverzerrtem Gesicht seine Arbeit verrichteten musste.

Dread musste für Hank viel erledigen. Das Versorgen des Fuchswallachs war nur eine der festen Aufgaben, die ihm dieser üble Typ anschaffte.

Hanks aggressives Verhalten schüchterte die Männer ein. Sichtlich genoss er in eitler Naivität diese vermeintliche Anerkennung. Wie ein Pfau stolzierte der massige Kahlkopf abends durch die Unterkunft und blickte sich Beifall heischend um, wenn er Dread als feige Niggersau oder Pete als Schweinegesicht beleidigte.

Pete hatte zwar nicht so sehr wie Dread unter dem Tyrannen zu leiden. Aber regelmäßig rächte sich Hank für den anfänglichen Widerstand, den der kleingewachsene Cowboy mit Witz und Verstand geleistet hatte. Fast hätte es Pete nämlich geschafft, diesen einfältigen Schläger lächerlich zu machen. Mit harmlosem Gesichtsausdruck hatte er Hanks Gemeinheiten kommentiert und dies so geschickt formuliert, dass jeder wusste, wie es gemeint war, obwohl es nie direkt ausgesprochen worden war. Und wenn er Dread mit Feigling anredete, so klang dieses Schimpfwort bei Pete wie ein hochachtungsvoll ausgesprochener Adelstitel.

Dread bewunderte Petes Courage. Über den Ausgang dieses Zweikampfes hatte er jedoch keinerlei Illusionen. Witz und Geist haben gegen rücksichtslose Gewalt niemals eine reelle Chance. Angst lähmt, von ihr ernährt sich gierig der Unterdrücker und gewinnt zunehmend an Stärke. Und anstatt die Ursache der Angst vehement zu bekämpfen, wählen die Menschen meist den bequemeren Weg. Sie ordnen sich unter, sie schauen schweigend zu oder machen einfach mit. Dreads Befürchtungen bestätigten sich bereits nach kurzer Zeit. Die Mannschaft unterlag der widerwärtigen Brutalität, die Dread in seinem Leben schon so oft zu spüren bekommen hatte.

Und so kam es, dass sich schon nach wenigen Tagen die bisher harmonische Gruppe von Männern völlig verändert hatte. Diese Gruppe war keine Mannschaft mehr. Hank brach Jesses Widerstand im Ansatz, degradierte Dread zum willenlosen Diener, verunglimpfte den geistreichen Pete wegen seines Aussehens und sonnte sich im zweifelhaften Licht seiner Schmeichler. Denn Tim, Lee und Eddi buhlten um das Wohlwollen dieses bösartigen Mannes. Sie schmeichelten sich bei ihm ein, was schließlich auch in beifälligen Bemerkungen gipfelte, wenn Hank seine Opfer schikanierte.

DIE NAHRUNG DES UNTERDRÜCKERS

Die Bilder der letzten Tage schossen Dread blitzartig durch den Kopf. Er lag mit geschlossenen Augen auf seiner Pritsche und stellte sich schlafend. Wie aus weiter Ferne hörte er Hank, der sich wieder einmal im Schwall seiner eigenen Worte sonnte. Er würde ihn heute nicht mehr quälen. Denn jetzt war Hank damit beschäftigt, von vergangenen Heldentaten zu berichten. Angeberisch beschrieb der Glatzkopf, wie er in einem texanischen Kaff drei Mexikaner erledigt hatte.

»Du hast es gleich mit drei Männern auf einmal aufgenommen?«, mit unverkennbarer Bewunderung stellte Lee die Frage.

»Ja, es waren drei üble Typen. Sie lungerten vor dem Saloon herum. Und als ich mich arglos näherte, versperrte mir dieses Gesindel den Weg. Ich war durstig und hungrig, und ich gebe zu, deshalb auch ein wenig gereizt.« Hank legte eine kurze Pause ein, damit die folgenden Worte ihre Wirkung nicht verfehlten: »Und ihr wisst, wenn ich gereizt bin, habe ich nur sehr, sehr wenig Geduld.«

Angewidert hörte Dread das übertriebene, gekünstelte Lachen einiger Cowboys. Es waren stets dieselben, die auf Hanks Geschwätz mit geheucheltem Beifall reagierten. Eddis meckerndes Lachen übertönte dabei die anderen Schmeichler. Auch wenn Dread es nicht sah, so konnte er sich doch Hanks dümmlich-dreisten Gesichtsausdruck gut vorstellen, mit dem er jetzt den Kreis seiner Zuhörer musterte. Zweifellos genoss er diese Rolle. Und der Beifall seiner Bewunderer spornte ihn an.

»Nun, ich musste mir also den Weg in den Saloon ein wenig bahnen«, sprach er weiter. Dieses Mal ließ er sich jedoch nicht vom Lachen seiner Zuhörer unterbrechen. Seine Stimme wurde leiser. Und wie eine Schlange zischend, fuhr er mit seiner Geschichte fort: »Als ich dann einen dieser Halunken beiseiteschob, wurde das Pack gleich frech. Aber dieses Mal waren sie an den Falschen geraten. Nicht mit mir! Ich polierte dem einen gleich mit meinen

Fäusten seine hässliche mexikanische Fresse. Dabei sah ich, wie die anderen beiden Galgenvögel nach ihren Waffen griffen. Doch ich war schneller. Bevor sie mir ihr Messer in den Leib rammen oder eine Kugel verpassen konnten, feuerte ich die Trommel meines Colts leer.«

Hank legte eine Pause ein und betonte dann zynisch seine Worte: »Danach war die Welt um drei Banditen ärmer.«

Dread hatte die Augen geöffnet und die Gruppe um Hank beobachtet. Er sah, wie sie der zweifelhaften Heldentat gebannt lauschten. Ja, sie hingen förmlich an Hanks wulstigen Lippen. Welch ein erbärmliches Schauspiel. Angeekelt schloss Dread seine Augen und versuchte, ein Gebet zu formulieren. Er hatte es sich wieder angewöhnt, regelmäßig mit Gott zu sprechen.

Dread konzentrierte sich. Es gelang ihm, sich von der Gegenwart zu lösen. Seine Lippen formten die Worte, ohne dass ein Laut zu vernehmen war. Doch im Inneren ertönte seine Stimme mit unnatürlicher Klarheit. Jedes einzelne Wort drang dröhnend in sein Bewusstsein, so, als ob es mit dem wuchtigen Schlag eines schweren Schmiedehammers auf dem Amboss erzeugt würde:

»Oh, Herr! Du, der du für uns unendlichen Schmerz auf dich genommen hast, gib mir die Kraft, die Niedertracht und Verlogenheit der Menschen zu ertragen. Gib mir den Mut, mit meinen Peinigern zu leben und zu arbeiten. Gib mir Wärme und Liebe, sodass ich das Gute im Menschen zu sehen vermag. Und gib mir den Frieden, damit ich meine Würde bewahre.« Dread atmete ruhig und gleichmäßig. Er hatte geistig seinen Hilferuf hinausgeschrien. Mit dem tiefen Glauben daran, dass er verstanden und unterstützt wurde, breitete sich in ihm eine stoische Gelassenheit aus. Seine Muskeln entspannten sich. Er spürte den warmen Strom des durch seine Adern fließenden Blutes. »Herr, ich danke dir!«

Ein kräftiges Klopfen an der Tür des Bunkhouses holte Dread in die Wirklichkeit zurück. Knarrend gab die Tür dem Druck einer starken Hand nach. Im Eingang erschien die breitschultrige Gestalt des Vormannes.

»Guten Abend, Männer«, Turner musterte seine Mannschaft mit dem für ihn typischen aufmerksamen Blick.

Der Gruß wurde freundlich erwidert. Auch wenn ein so später Besuch des Vormanns in der Unterkunft selten war, so war dieser bei den Cowboys dennoch willkommen. Neugierig und erwartungsvoll blickten sie auf ihren Vormann.

»Männer, morgen vor der Arbeit möchte der Boss mit euch sprechen. Es ist sehr wichtig, also seid alle pünktlich. Wir treffen uns am Korral.« Kaum, dass er es ausgesprochen hatte, wandte Turner sich wieder der Tür zu. Dann verharrte er jedoch. Den Bunkhousebewohnern den Rücken zugewandt, sprach er langsam. In seiner Stimme war die Sorge nicht zu überhören: »Ihr habt euch verändert, Männer. Gibt es etwas, über das wir reden müssen?«

»Alles bestens, Mister Turner«, schnell und unterwürfig kam Hanks Antwort, »wir fühlen uns auf der Ranch alle sehr wohl und die Arbeit macht Spaß«.

Langsam drehte sich der Vormann um. Forschend schaute er in Hanks Augen, der mit feistem Grinsen diesem Blick standhielt.

Wie sicher muss sich dieser Lügner fühlen? Ungewollt war Dread von Hanks unverfrorenem Auftreten beeindruckt. Ist es seine Dummheit oder sein Größenwahn oder ist es einfach unsere Feigheit, die diesen Einfaltspinsel so selbstsicher vor einem Mann wie David Turner auftreten lässt? Oder misst dieser Raufbold den Wert eines Menschen ausschließlich nach dessen körperlicher Kampfkraft? Ja, das muss es sein: Je primitiver die Geister, umso oberflächlicher sind deren Wertmaßstäbe. Nur so konnte Dread das Verhalten dieses unangenehmen Zeitgenossen erklären, der sich dem Vormann selbstbewusst als Sprecher der Mannschaft präsentierte.

Dread hatte sich aufgerichtet und saß nun auf seiner Pritsche. Er beobachtete Turner, der fortwährend jedem seiner Cowboys in die Augen sah. Keiner hielt diesem Blick stand. Nur Pete. Turner ging langsam auf ihn zu. Er wandte dabei Hank den Rücken zu. Dieser schickte Pete mit hasserfülltem Gesichtsausdruck eine unmissverständliche Drohung zu.

»Ich habe lange keinen guten Witz mehr von dir gehört«, die Wärme in Turners Stimme drückte deutlich seine Sympathie für den Cowboy aus.

»Das Leben ist doch witzig genug, Mister Turner, schauen Sie sich nur um und Sie können gar nicht mehr aufhören zu lachen«, den Zynismus dieser Worte verstärkte Pete durch abfällig verzogene Mundwinkel.

»Was ist los, Pete, jetzt sag es mir schon«, die Stimme des Vormanns hatte sich verändert. Eine gewisse Schärfe verriet dessen Ungeduld. Turner war gereizt. Nur Dread ahnte, was diesen Mann beschäftigte und ihn schließlich dazu drängte, sich mit den Männern auszusprechen.

»Nichts ist los, Mister Turner. Wie Hank bereits sagte, wir fühlen uns alle hier sehr wohl. Und die Arbeit macht Spaß.«

Turner schien zu verstehen. Abrupt wandte er sich von Pete ab und sein bohrender Blick traf Dread, der sogleich auf den Boden starrte, als ob er etwas ganz Wertvolles dort suchen müsste. Dread spürte Turners Blicke. Sie drangen in ihn ein und bündelten sich in seinem Herzen zu einem zwingenden Appell zur Aufrichtigkeit.

»Dread, ich habe in den vergangenen Tagen gesehen, wie du regelmäßig Hanks Pferd versorgt hast. Mir ist sogar aufgefallen, dass du seine Stiefel geputzt hast. Zwingt er dich dazu?«

Turners Frage hallte wie der Knall einer Peitsche in Dreads Kopf.

»Mister Turner, wie können Sie das nur von mir denken?«, mischte sich nun Hank ein. Er klang sichtlich empört.

»Hank, dich habe ich nicht gefragt«, barsch gebot Turner den Glatzkopf zu schweigen. Der besonders abfällige Befehlston drückte unmissverständlich den Stellenwert aus, den Turner dem massigen Cowboy auf dieser Ranch einräumte. Dabei gebärdete der Vormann sich ungewohnt autoritär. Seine Stimme, auch die gesamte Körpersprache straften Hank mit Verachtung. Er fuhr dem selbst erkorenen Mannschaftssprecher gebieterisch über das Maul. Dabei würdigte er Hank keines Blickes, wandte ihm abweisend den Rücken zu und zeigte ihm so, dass er ihn für gänzlich unbedeutend hielt.

Erstaunt musterten die Cowboys ihren Vormann. Das war nicht der David Turner, den sie kannten.

Dread hob unwillkürlich den Kopf. Ungewollt zog ihn das verhasste Gesicht seines Peinigers in den Bann. Es wuchs hinter dem

Vormann in dämonischer Magie zu einer einzigen bedrohlichen Masse, die das gesamte Bunkhouse auszufüllen schien.

Hank schwieg. Turners Zurechtweisung hatte in ihm eine unbändige Wut ausgelöst. Das war deutlich an seiner verzerrten Visage und dem hochroten Kopf zu erkennen. Er bot das beängstigende Bild eines unberechenbaren Cholerikers. Jeden Augenblick könnte sich diese Wut in einem ungesteuerten Gewalt-Exzess entladen.

Im Raum wurde es gespenstisch ruhig. Dread meinte, die Zeit würde stehen bleiben. Und der weitere Verlauf hing ausschließlich von seiner Antwort ab. Sein Herz hämmerte im wilden Takt. Dread rang nach Luft. Schwer, unsagbar schwer, spürte er eine erdrückende Last auf seiner Brust.

»Nun sag schon, Dread, hab Mut«, mehr aufmunternd als ungeduldig klang Turners Aufforderung zum Reden. »Du musst keine Angst haben. Dir wird nichts passieren. Darauf hast du mein Wort!«

Dread sah Hanks verächtliches Grinsen und eine furchtbare Gewissheit lähmte ihn. Turner würde gegen diesen Killer keine Chance haben. Keiner würde diesen üblen Kerl im Kampf besiegen können. Zumindest keiner hier auf dieser Ranch.

War das der wahre Grund? Zögerte er, weil er sich um den Vormann sorgte oder weil er sich vor Hanks Schlägen fürchtete? Oder hinderte ihn ein letzter Rest an Selbstachtung daran, offen zuzugeben, dass er einem weißen Mann dienen musste – gehorsam wie ein Hund. Sollte er vor der Mannschaft, vor David Turner zugeben, dass ein anderer Mensch über ihn bestimmte – so wie der weiße Herr über seine Nigger? Sollte er das zugeben, was er wie einen bösen Traum abgeschüttelt zu haben glaubte? Er hatte sich wieder versklaven lassen. Er, Dread Moore, war kein freier Mann mehr. Und das war ohne große Gegenwehr geschehen. Dread Moore hatte sich in den vergangenen Tagen problemlos wieder in seine uralte, längst vergessen geglaubte Rolle hineingefunden. Nahm er das alles nur für das Pferd auf sich? Oder war er ein unsagbarer Feigling, zu feige, sich dem Leben als freier Mann zu stellen? War er jemals in seinem erbärmlichen Leben frei gewesen?

Peinlich berührt registrierte Dread, wie ihm vor Scham das Blut in den Kopf schoss. Erstmals war er froh um seine Hautfarbe und hoffte, dass die Verfärbung seines Gesichtes nicht auffallen würde. Als ob ein anderer spräche, hörte er die eigenen monoton und abgehackt klingenden Worte: »Mister Turner, ich erledige gelegentlich einige Freundschaftsdienste für Hank. Ich mache das freiwillig. Er revanchiert sich dafür bei mir.«

Aus der hinteren Ecke der Unterkunft hörte man, wie jemand ausspuckte. Das Geräusch kam aus Petes Richtung.

Dread sah Hanks triumphierendes Grinsen. Dessen Zorn schien verflogen. Die Bestätigung seiner Macht stimmte ihn fröhlich. Er lächelte Dread gönnerhaft zu.

David Turner verharrte noch eine kurze Zeit wie benommen. Dann drehte er sich zu Hank um, der ihn unverfroren angrinste. Der Vormann wollte etwas sagen. Doch er rang um seine Fassung. Noch einmal schaute er in die Runde. Dann ging er langsam zum Ausgang.

Leise fiel die Tür ins Schloss. Mit ihr verschloss sich auch der winzige Spalt Hoffnung. Die Cowboys der Running M Ranch hatten einen Tyrannen unter sich, der sie gegeneinander aufbrachte und unterdrückte. Mit dieser Mannschaft war David Turner wohl kaum in der Lage, seinem Rancher beizustehen. Dread fühlte mit dem aufrichtigen Vormann; gleichzeitig schämte er sich.

Die Nacht brach an. Nur das Schnarchen einzelner Männer störte die Stille in der Unterkunft. Ganz leise hörte man auch Petes Wimmern. Hank hatte ihn für seine Andeutungen gegen ihn brutal zusammengeschlagen, unmittelbar, nachdem er sich sicher sein konnte, dass Turner nichts mehr vom Kampf hören könnte. Kampf? Pete war kein Gegner. Er war ein chancenloses Opfer. Noch jetzt hörte Dread die markerschütternden Schmerzensschreie. Alle, selbst Tim, Lee und Eddi hatten mit starrem Entsetzen die abscheuliche Szene verfolgt. Keiner hatte auch nur versucht, Hank zurückzuhalten.

Mit einem tiefen Seufzer wollte sich Dread von der beklemmenden Last auf seiner Brust befreien. Vergeblich. Er starrte in die

Finsternis, weinte tonlos und versank im zerstörerischen Selbstmitleid.

SEHEN UND VERSTEHEN

Im grauen Dunst des anbrechenden Tages wirkten die Gebäude
der Ranch verträumt und unreal. Kein Geräusch störte dieses melancholische Bild. Der Präriewind ruhte noch. Aber schon bald
würde er den Morgennebel verjagen. Die Sonne lauerte bereits
hinter dem Horizont des riesigen Grasmeeres. Gleich würde sie
sich im glühend roten Gewand zeigen, um dann schnell am Himmel emporzusteigen und die ersten wärmenden Strahlen vorsichtig auf den ausgekühlten Boden zu senden. Dieses immer wiederkehrende, märchenhafte Schauspiel spendet allem Leben Licht
und Wärme aus wunderbarer, nie versiegender Quelle.

Ein neuer Tag stand unmittelbar bevor. Im erwachenden pfeifen-
den Wind würde man schon bald die vielen bekannten Geräusche
hören: das Wiehern der Pferde, das Brüllen der Rinder und, nicht
zu vergessen, den Lärm der Menschen, ihr Lachen, Fluchen und
ihre lauten Gesprächsfetzen.

Dread stand schon eine ganze Weile am Korral. Er konnte in der
vergangenen Nacht nicht einschlafen. Bohrend hatten tausende
Fragen sein Hirn gemartert. Weit vor der üblichen Zeit schlich er
sich aus der Schlafbaracke. Der geliebte Wallach hatte ihn mit einem übermütigen Stupser begrüßt.

Nun stand der schwarze Cowboy regungslos am Korral und
wartete auf die anderen. Fröstelnd zog er den Jackenkragen zusammen. Worauf wartete er eigentlich? Auf einen aussichtslosen
Weidekrieg mit Bakers Revolvermännern? Oder auf Hanks quälende, bösartige Attacken? Was hielt ihn noch auf dieser Ranch?
Wäre es nicht besser, diese schnellstens zu verlassen? Mit einer
erbarmungslosen Klarheit schossen Dread diese Fragen durch
den Kopf. In einem erdrückenden Widerspruch dazu spürte er
seine unwürdige Lethargie.

Im trüben Licht des erwachenden Tages stellte er sich erstmals
in seinem Leben schonungslos seinem wahren Ich. Dread Moore,
wer war das eigentlich? Er wurde als Feigling beschimpft. Zu

Recht? Dread seufzte. Wieder einmal schossen bedrückende und quälende Erinnerungen durch seinen Kopf. Doch erstmals gestand sich Dread die wahre Ursache für diesen mittlerweile gewohnten, ja vielleicht sogar liebgewonnenen Gefühlszustand ein. Er bedauerte sich selbst! Letztlich war er doch ständig damit beschäftigt, sich ausgiebig zu bemitleiden. Er tat sich in der Zeit als Sklave leid, der Nigger, der zu gehorchen hatte, dem nichts gehörte, nicht einmal sein Leib. Er hatte sich nachts im Feldlager bedauert, besonders in den Jahren, in denen er gegen die Indianer gekämpft hatte, der Ex-Sklave, der mithalf, einem Volk die Freiheit zu nehmen. Und jetzt stand er voller Selbstmitleid auf der Murphy Ranch, der ehemalige Soldat, der untätig Schikanen und sinnloser Gewalt gegenüberstand. Er, Dread Moore, war so mit sich beschäftigt, dass ihn die Sorgen und Nöte anderer Menschen nicht berührten. Voller Scham gestand sich Dread diese bittere Wahrheit ein.

Worin bestand eigentlich der Sinn seines Daseins? Würde er jemals eine Antwort auf diese Frage finden? Er, der sich in knapp vier Jahrzehnten seines Lebens als gehorsames Werkzeug für andere gebeugt hatte. Sicherlich, Dread Moore hatte keinen glücklichen Start gehabt, als er in einer armseligen Sklavenunterkunft das Licht dieser Welt erblickt hatte. Doch nachdem er mit weiteren Leidensgefährten die Kriegswirren zur erfolgreichen Flucht von der Farm genutzt hatte, war er frei. Frei? Dread erinnerte sich, wie er ziellos umhergeirrt war, wie er schließlich bei den Unionstruppen zunächst als Dienstbote und dann als Soldat gelandet war. Er hatte auf eine fremde Fahne den Eid geschworen. Und er hatte weißen Offizieren als freier Nigger im Kampf die gegen weißen Soldaten der Konföderierten gehorcht. Zwar hatte er gemeint, für eine gerechte Sache zu kämpfen, doch war er in der Armee nie ein Gleicher unter Gleichen gewesen. Nur im Kreis seiner schwarzen Kameraden hatte Dread ein Gefühl der Geborgenheit erfahren.

Er hatte wie durch ein Wunder das Massaker von Fort Pillow und schließlich den Bürgerkrieg überlebt. Auch danach war er noch bei der Armee geblieben. Denn dort konnte er das ausüben, was er in seinem Leben perfekt gelernt hatte: Gehorsam! Er nahm seinen Dienst bei den *Buffalo Soldiers* auf und kämpfte gegen Menschen, die lediglich in ihrer Heimat leben wollten. Und Dread gehorchte und gehorchte. Das tat er bis zu jenem Tag, dem furchtbarsten seines bisherigen Lebens. Es war der Tag, für den er sich abgrundtief schämte, an dem er den letzten Rest an Selbstachtung verloren hatte. Es geschah an einem kalten Abend während des Winterfeldzuges gegen die Indianer. Sie überfielen ein Dorf. Den schonungslosen Angriff hatte damals ein besonders ehrgeiziger Offizier befehligt. Dieses Gesicht würde er niemals vergessen können. Es war so voller Hass. Wie von Sinnen hatte der junge Offizier seine Befehle herausgeschrien, bevor er seinem Pferd die Sporen in die Flanken getrieben hatte und mit gezogenem Säbel davon gesprengt war. Seine auf bedingungslosen Gehorsam gedrillten Soldaten waren ihm gefolgt. Dread hatte nicht nur auf Krieger, sondern auf alles, was sich bewegte, geschossen: auf Männer, auf Frauen und wahrscheinlich sogar Kinder. Noch heute verfolgten Dread die Todesschreie der Gemeuchelten. Niemals würde er den Anblick der massakrierten Indianer vergessen können.

Nach Ablauf seiner Dienstzeit glaubte Dread sich gleichzeitig mit dem Ablegen seiner Uniform auch von der Verantwortung befreien zu können. Ein Irrglaube, wie er sich bald eingestehen musste. Die dunklen Schatten im Gewissen eines halbwegs aufrichtigen Mannes quälen die Seele für den Rest seines Lebens.

Über ein Jahr war seit diesem Tag vergangen. Dread schlug sich als Gelegenheitsarbeiter durch, bis er bei Murphy eine Anstellung fand. Hier hoffte er, eine längere Zeit bleiben zu können.

Die Bilder der Vergangenheit kreisten in Dreads Kopf. Doch anders als bisher quälten sie ihn nicht mehr so sehr. Was hatte dieses neue Gefühl ausgelöst? Wie kam es dazu, dass er zum ersten Mal nicht mehr litt und sich als Opfer fühlte? Je länger Dread darüber nachdachte, umso deutlicher formulierte sich die klare Antwort: Er hatte gestern Turner belogen und tatenlos zugesehen, wie Hank den chancenlosen Pete verprügelte, zwei Männer, die er bewunderte und sehr mochte. Er hatte sie im Stich gelassen. Als diese Menschen seine Hilfe brauchten, unterstützte er sie nicht. Warum? Weil er feige war. Weil er sich fürchtete. Hier handelte es sich nicht darum, eine hilflose Kreatur aus dem Schlammloch zu ziehen. Nein, Dread hätte für einen anderen Menschen etwas riskieren müssen. Aber er war untätig geblieben. Voller Scham erinnerte er sich an den gestrigen Abend.

Dread gestand sich die bittere Wahrheit ein. Sie nannten ihn zu Recht Feigling. Sein ganzes Leben lang war er feige gewesen. Er hatte immer andere für sich entscheiden lassen, folgte niemals seinem Gewissen. Und sich gar aufzulehnen, sich gegen Ungerechtigkeiten zu wehren, dafür hatte er niemals den nötigen Mut aufgebracht. Seine Intelligenz vermochte dieses Zaudern und Ausweichen stets plausibel zu begründen. Aber letztlich hatte sich Dread nie gestellt, niemals für sein Lebensglück gekämpft. Er hatte sich nur geschunden, weil die Peitsche drohte, nur gekämpft, weil es ihm befohlen worden war.

Regungslos stand er im Morgengrauen. Sein Blick richtete sich zum Horizont, der sich auf wundersame Weise rot gefärbt hatte. Sein Körper straffte sich. Sein Entschluss stand fest. Er würde dieses Mal nicht weglaufen. Wohin auch? Es gab überall Hanks. Überall, wo Menschen lebten, lauerten Machthunger, Hinterlist und Gewalt. Dreads Platz war hier auf der Murphy-Ranch. Hier war er freiwillig hergekommen und hatte die Freiheit, jederzeit zu gehen. Hier hatte er sich trotz des drohenden Weidekriegs wohlgefühlt, bis dieser Hank erschienen war. Jetzt würde er sich stellen, seine Angst überwinden. Und wenn ihm das gelänge, dann wäre Dread Moore erstmals ein wahrhaft freier Mann!

Am Horizont tauchte die glutrote Rundung auf, um schnell zu wachsen und schließlich in voller Größe aus dem Grasmeer aufzusteigen. Dread verfolgte gebannt das fantastische Schauspiel, als ob er es zum ersten Mal erlebte. Ein ungewohntes, nicht zu beschreibendes Gefühl ergriff ihn. Ein neuer Tag begann und Dread Moore verspürte so etwas wie Stolz, Zuversicht, Glück und Mut. Trotz der kühlen Morgenluft wehte ein leichter, wärmender Windhauch durch seine Seele. Und Dread ahnte, dass er bereit war, für dieses Gefühl alles zu tun. Das würde er auch müssen. Und das wollte er jetzt unbedingt!

Das Geräusch fester Schritte holte Dread in die Wirklichkeit zurück. Er löste sich vom Farbenzauber des Tagesanbruchs und wendete den Blick in die Richtung, aus der er den Näherkommenden wahrnahm. Es war Turner. Dread freute sich über dessen Erscheinen. Gerade an diesem ganz besonderen Tag begegnete ihm als erster dieser ganz besondere Mensch.

»Morgen Dread«, Turners Gruß fiel auffällig kühl aus.

Die spürbare Distanz stach schmerzhaft in Dreads Herz. Er musste sich jedoch eingestehen, dass er es nach seinem Verhalten am Vorabend nicht anders verdient hatte. Wortlos ging der Vormann an ihm vorbei. Er betrat die Koppel, um sich um sein Pferd zu kümmern. Es war offenkundig, dass er nicht mit Dread sprechen wollte. Dieser blickte beschämt zum Boden. Verzweifelt suchte Dread nach Worten, um sein gestriges Versagen zu entschuldigen. Sein Hirn schien leer. Er kam sich erbärmlich vor, und alle seine guten Vorsätze schienen im stärker aufkommenden Präriewind zu verwehen.

Fast schon dankbar registrierte Dread das Erscheinen der Mannschaft. Pete stieß als letzter Cowboy dazu. Seine Bewegungen wirkten unnatürlich. Schmerzhaft verzog er beim Gehen sein Gesicht. Voller Mitleid schaute Dread ihn an. Doch Petes Augen sahen durch ihn hindurch. Der kleine Mann schien gebrochen. Sein sonst so lebhaftes Gesicht, das Hank absichtlich mit seinen Fäusten verschont hatte, zeigte keinerlei Gemütsbewegung. Apathisch stellte er sich zur Gruppe, wortlos, mit leerem Blick. Dread registrierte Eddis verlegenes Räuspern. Selbst dieser Speichellecker schien sich unwohl zu fühlen. Dread musterte die Männer und las in deren Gesicher das Mitleid für den einst so beliebten Kameraden. Und dann blieb sein Blick auf Hanks brutaler Visage hängen. Dieser grinste Pete mit unverhohlener Schadenfreude an. Er genoss den Anblick des gedemütigten Cowboys. Dafür sollte er tausend qualvolle Tode leiden! Dread konnte sich nicht mehr erinnern, wann er zum letzten Mal solch einen Hass in sich gespürt hatte.

Turner kam aus der Koppel. Wortlos schaute er in Richtung Ranchhaus und wartete mit seiner Mannschaft auf die beiden Murphys.

Es vergingen nur ein paar Minuten. Hörbar fiel die Eingangstür des großen Blockhauses ins Schloss. Mit forschem Schritt näherten sich Robert Murphy und sein Sohn Ben der Gruppe. Der Boss blieb dicht vor den Männern stehen. Seine ernste, bedrückte Miene unterstrich die Besonderheit dieses Morgens. Er musterte die Gesichter seiner Cowboys. Als wenn es für ihn nichts Wichtigeres gäbe, suchte er den Blick jedes Einzelnen. Er schaute in Hanks hässliches Gesicht, nahm das dümmlich-unverschämte Grinsen wahr und registrierte, dass dieser seinem Blick auswich. Allmählich fixierte er jeden Mann, als wolle er in den letzten Winkel seiner Seele schauen. Keiner hielt diesem Blick stand. Petes teilnahmslose Mimik irritierte Murphy derart, dass er den Kopf hilflos zu seinem Vormann wendete. Beide Augenpaare trafen sich. Wortlos tauschten sie sich aus. Das Bild, das die Gruppe bot, schien sie zu entmutigen. Murphy wandte sich wieder den Männern zu. Erstaunt blickte er in Dreads Gesicht. Der schwarze Cowboy schaute seinen Boss fest in die Augen.

Dread wusste, was auf ihn zukam. Er hatte sich positioniert. Und als die Augen des Ranchers auf ihm ruhten, signalisierte er mit seinem Blick, mit seiner ganzen Körpersprache das, was Murphy von jedem anderen erhofft hatte, nur nicht von dem verschlossenen, devoten Schwarzen.

Der Rancher nickte Dread freundlich zu.

Dread antwortete mit gleicher Geste. Und als Dread zu Turner schaute, der wie ein Luchs die gesamte Szene aufmerksam verfolgt hatte, wurde ihm warm ums Herz. Statt der kalten Distanz schwappte ihm nun eine Welle der Anerkennung entgegen.

»Morgen, Männer«, begrüßte der Rancher nun endlich seine Mannschaft. »Ihr werdet von dem, was ich euch jetzt sagen werde, nicht überrascht sein. Doch heute müssen wir endlich das aussprechen, was uns sicherlich alle hier seit geraumer Zeit beschäftigt. Ich habe euch nicht mehr allein reiten lassen. Ihr wisst warum. Ihr solltet Waffen tragen. Auch das musste ich euch nicht näher begründen. Wir haben einen neuen Nachbarn, der sich das Gebiet seines Vorgängers einverleibt hat, so wie er es davor mit all den anderen kleinen Ranches getan hatte. Er ist gefährlich. Und er ist gierig. Seine Ziele sind offensichtlich. Ich befürchte, dass wir uns auf einen Weidekrieg mit ihm einstellen müssen. Ich möchte euch sagen, wie ich meine Ranch schützen möchte. Aber das Wichtigste an diesem Morgen ist für mich zu wissen, auf wen ich mich in dieser schwierigen Zeit uneingeschränkt verlassen kann.«

Dread hörte gespannt zu. Er blickte kurz zu Turner, der seinen Boss aufmerksam beobachtete. Es schien, als ob er sich am liebsten als Souffleur betätigen wollte. Dread erkannte an der gesamten Inszenierung die Handschrift des Vormanns. Wie sich Murphy zunächst von der Aufmerksamkeit, ja eher sogar Bereitschaft der Gruppe überzeugen wollte. Wie er dann seinen Untergebenen offen und ehrlich begegnete und ihnen von seinen Sorgen und Zielen berichtete, das hatte Format. Und das hatte in dieser vollendeten Form nur ein David Turner. Sicherlich hatte er auch Ben gesagt, dass er den Mund halten solle. Dieser Einfaltspinsel stand die gesamte Zeit neben seinem Vater und bemühte sich ohne sichtlichen Erfolg, einen wissenden Eindruck zu vermitteln.

»Wir werden uns mit größter Wahrscheinlichkeit wehren müssen. Es kann Verletzte, ja sogar Tote geben. Dread, kann ich auf dich zählen?«

Dread, der in Gedanken versunken den Ausführungen des Ranchers nur noch oberflächlich zugehört hatte, schrak bei der an ihn gerichteten Frage auf. Verwirrt schaute er seinen Boss an.

»Bitte. Ich habe Sie nicht richtig verstanden, Mr. Murphy«, stotterte er verlegen.

Die Gruppe, einschließlich Rancher und Vormann interpretierten Dreads Verhalten auf unterschiedliche Weise. Murphy sichtlich enttäuscht, Turner angewidert und einige Cowboys erheitert. Besonders Hank lachte schallend in unverkennbar arroganter Weise.

»Hank, du hast gleich die Möglichkeit, dem Boss eine imaginäre Loyalität zu bekunden«, brachte Turner den Glatzkopf barsch zum Schweigen. Und dann grinste er Hank unverhohlen an, wohl wissend, dass dieser den Inhalt des Satzes nicht verstand. Wahrscheinlich war Turner der Einzige, der die Bedeutung dieser Fremdwörter kannte, die er offenbar bewusst verwendet hatte. Er wollte Hank vor der Gruppe als Dummkopf bloßstellen. Und das war ihm gelungen. Hanks hochroter Kopf und das zur Grimasse verzogene wütende Gesicht ließen darüber keinen Zweifel aufkommen.

»Ich hatte dich gefragt, ob ich bei einer gewaltsamen Auseinandersetzung mit Baker auf dich bauen kann, Dread«, wiederholte Murphy seine Frage.

Dread schaute dem Rancher fest in die Augen. Seine Worte kamen ihm klar und fest über die Lippen. »Ja, Mr. Murphy, Sie können auf mich zählen. Ich war Kavalleriesoldat im Bürgerkrieg und habe auch gegen die Indianer gekämpft. Ich kenne den Lärm des Krieges; die Angst, wenn man auf die blitzenden Gewehrläufe des Feindes zureiten muss. In den Kriegen habe ich auf Befehl gekämpft. Dieses Mal werde ich das für Sie tun. Und das mache ich aus freien Stücken, weil Sie anständig sind und weil Sie mir eine gute Arbeit gegeben haben. Ja, Mr. Murphy, ich werde Ihre Ranch mit beschützen. Darauf gebe ich Ihnen mein Wort.«

Mit offenem Mund hörten die Cowboys Dread zu. Eine solche lange Rede hatte man noch nie von ihm gehört. Allein die Tatsache, dass dieser schwarze Soldat gewesen war, dass er möglicherweise ein gefährlicher Kämpfer sein könnte, schien sogar Hank zu beeindrucken. Selbst Petes Apathie verflog für einen kurzen Moment. Dread erhaschte seinen fragenden Blick, registrierte – wohl wissend, wie es gemeint war – sein spöttisches Lächeln. Dann nahm der kleine Cowboy wieder seine teilnahmslose Haltung ein.

Turner betrachtete Dread nicht ohne Faszination. Murphy war sichtlich erfreut und bedankte sich höflich für Dreads Unterstützung. Dann fragte er jeden Cowboy das Gleiche wie Dread. Und alle außer Pete, der als Letzter befragt wurde, bekundeten Dreads Beispiel folgend, ihre Unterstützung.

Pete bat um Auszahlung und wollte noch am selben Tag die Ranch verlassen, was der Rancher enttäuscht gewährte. Murphy forderte Pete auf, am zweiten Korral auf ihn zu warten. Er wolle nur noch mit den Männern ein paar wichtige Details besprechen. Während Pete sich zum nahen gelegenen Korral begab, der vorrangig zum Einreiten wilder Pferde genutzt wurde, besprach der Rancher mit seinen Männern die wichtigsten Aufgaben. Die Mannschaft müsse verstärkt werden. Aus der Gegend seien wohl kaum geeignete Männer zu finden. Murphy bat seine Cowboys, sich umzuhören und zuverlässige Freunde und Bekannte für die Mannschaft zu gewinnen. Er wollte die Crew auf zehn bis fünfzehn Cowboys erhöhen. Und der Rancher erklärte, wie die Ranchgrenze zu Bakers Land mit einem neuartigen Stacheldrahtzaun geschützt werden sollte. Auch über eine Lohnerhöhung wurde gesprochen. Darüber wurde lebhaft diskutiert.

Im angeregten Gespräch, das Turner souverän lenkte, übersahen sie den herangaloppierenden Reiter. Dread bemerkte ihn als erster. Er räusperte sich hörbar und gab dem Boss mit einer Kopfbewegung ein Zeichen, sodass dieser und schließlich die ganze Gruppe dem Fremden entgegensah. Kurz darauf brachte der Fremde sein Pferd nur wenige Fuß vor der Gruppe zum Stehen.

Dread hatte schon von Weitem das Format dieses Reiters erkannt. Er schien mit seinem Pferd verwachsen zu sein. Lässig und leicht bewegten sich Reiter und Pferd in vollendeter Harmonie. Mit Kenneraugen registrierte Dread die perfekten Manöver. Scheinbar von allein ging das Pferd vom Galopp in den Trab über, um schließlich wie von Zauberhand unmittelbar vor Murphys Männern zum Stehen zu kommen. Und was war das für ein prächtiger Hengst. Ein herrlicher Mustang! Noch nie hatte Dread eine solch gelungene Komposition im Körperbau gesehen. Schultern und Becken zeichneten sich durch eine bemerkenswerte Balance aus. Flink und aufmerksam taxierten die Ohren ihre Umgebung. Der Mustang tänzelte. Die Muskeln spielten unter dem glänzenden, weiß-grau gefleckten Fell. Temperamentvoll schnaubte der Hengst, als wolle er augenblicklich aus dem Stand zum wilden Galopp übergehen und über die Ranch fliegen.

»Was für ein herrliches Pferd«, entfuhr es begeistert Dreads Lippen. Erschrocken über seine spontane Äußerung wanderte sein Blick zum Reiter empor, einem groß gewachsenen Mann, der lässig im Sattel sitzend die Gruppe musterte. Mit leichtem Schenkeldruck hielt er sein Pferd unter Kontrolle. Eine Hand tätschelte dabei liebevoll den Hals des Tieres. Für Dread stand fest: zumindest in Bezug auf Pferde fand er in dem Fremden einen Seelenverwandten. Der wusste genau, wie man mit diesen Tieren umzugehen hatte.

Aber auch das Äußere des Mannes zog Dread unwillkürlich in den Bann. Zwar war der Fremde unauffällig gekleidet; er trug eine dunkle Hose aus festem Tuch und über dem karierten Hemd eine wärmende Baumwolljacke. Am Gürtel steckte ein großes Jagdmesser. Das schien die einzige Waffe zu sein, die der Mann bei sich trug. Nicht einmal das übliche Gewehr war in einem Futteral am Sattel zu sehen. Die ganze Körperhaltung flößte jedoch Respekt ein. Er war schlank; doch die für diesen kühlen Frühlingsmorgen noch notwendige Oberbekleidung konnte den muskulösen Körper nicht verbergen. Über den breiten Schultern formte sich ein länglicher Schädel unter dem üblichen breiten Krempenhut. Eine hohe Stirn und wachsam dreinschauende Augen gaben dem Antlitz ein intelligentes Aussehen. Die schmale, große Nase, der wohlgeformte Mund mit etwas zu schmal geratenen Lippen und das energische Kinn mit kleinem Grübchen verliehen dem Gesicht eine aristokratische Note.

Mit interessiertem Lächeln und hochgezogenen Augenbrauen blickte der Fremde auf Dread, der seine Begeisterung über das Pferd nicht zügeln konnte. Es war nur ein kurzes, blitzartiges Abschweifen, bevor er sich an die Männer wandte.

»Ist der Eigentümer dieses Anwesens oder sein Verwalter unter Ihnen?«, fragte er die Gruppe.

»Ja, sogar beide können wir Ihnen bieten«, antwortete Robert Murphy.

»Ich habe gehört, dass Sie noch Cowboys benötigen. Wenn es so ist, dann möchte ich meine Dienste anbieten«, antwortete der Fremde.

»Können Sie mit Gewehr und Revolver umgehen?«, mischte sich jetzt Ben Murphy ein. Offensichtlich konnte dieser sein Bedürfnis nicht mehr unterdrücken, sich endlich in einer Form wichtigtuerisch in das Gespräch einzubringen.

»Eine interessante und für mich in diesem Zusammenhang überraschende Frage, die Sie mir da stellen, junger Mann«, wandte sich nunmehr der Fremde an Ben Murphy. »Fangen Sie auf Ihrer Ranch die Rinder nicht mit dem Lasso?« Der Fremde schaute mit offenkundig gespielt naivem Gesicht auf Ben.

Dieser Dialog zwischen dem Ranchersohn und dem Fremden löste schallendes Gelächter aus. Alle Anwesenden, Ben natürlich ausgenommen, amüsierten sich über die wortgewandte Parade des fremden Reiters.

Und noch jemand schwieg. Er stand wie zu einer Säule erstarrt da. Es war Dread Moore. Bei den ersten Worten des Fremden gefror Dread das Blut in den Adern. Unverkennbar hörte er den Dialekt und die vornehme Aussprache der Teufel aus längst vergangenen Tagen. Es war die Sprache der großen Plantagenbesitzer South Carolinas, Menschen, die Dread und seinesgleichen wie Vieh, ja schlimmer noch, behandelt hatten. Er wollte diesen Dialekt nie wieder hören, wollte niemals an die unwürdigste Zeit seines Lebens erinnert werden. Und nun wurde er wieder einmal mit dem dunkelsten Abschnitt seines Lebens konfrontiert.

Dread schüttelte die Lähmung ab. Es war vorbei. Diesen Fremden kannte er nicht. Er schien etwa sein Alter zu haben und hatte diese Zeit wie Dread als Kind und junger Mann erlebt – nur, wie es schien, auf der anderen, auf der sonnigen Seite. Verwundert und nicht ohne Stolz registrierte er, wie er seinen Gefühlsausbruch kontrolliert hatte.

»Können Sie denn Arbeiten auf einer Ranch erledigen?«, fragte Ben mit trotziger Stimme und hochrotem Gesicht weiter. Er wollte jetzt nicht nachgeben. Alle sollten sehen, dass er hier etwas zu sagen hatte, besonders dieser arrogante Kerl auf dem Pferd.

Der Fremde antwortete nicht. Er schaute zu Robert Murphy. Man sah ihm deutlich an, dass ihm das anmaßende Auftreten des jungen Murphy missfiel.

»Das ist mein Sohn Ben. Ich bin Robert Murphy. Mir gehört diese Ranch.« Mit dieser einlenkenden Vorstellung wollte Murphy die Situation entspannen.

»Ah, der Sohn des Bosses«, die Betonung ließ nicht erkennen, wie der Fremde diese Bemerkung meinte. »Nun, ich kann mit dem Lasso umgehen und mich, so denke ich, einigermaßen auf dem Pferd halten.«

Nun war es Dread, der laut lachen musste.

Wiederum schnellte der Blick des Fremden zu dem schwarzen Cowboy. Und Dread registrierte irritiert etwas, das er nicht sogleich einordnen konnte. Doch dann wurde es ihm bewusst. Es war nicht der herrische, herablassende Blick, den er von den Plantagenherrschaften in Erinnerung hatte. Dieser Fremde schaute neugierig und mit wohlwollendem Interesse auf Dread. Welch ein abenteuerlicher Irrwitz, schoss es Dread in den Sinn. Kein Weißer aus dem Süden hatte ihn jemals so angesehen. Vor dem Krieg sahen Südstaatler einen Nigger mit erniedrigender Gleichgültigkeit und während des Krieges mit unbändigem Hass an. Ja und nach dem Krieg? Dread hatte sich bis jetzt geweigert, es in Erfahrung zu bringen.

»Sie können sich also auf dem Pferd halten«, griff Ben die Bemerkung des Fremden auf. »Nun, wenn Sie sich eine halbe Minute auf Black Devil halten können, stellen wir Sie auch unbewaffnet sofort ein.«

Jetzt hatte Ben die Lacher auf seiner Seite.

Der Fremde schien allerdings unbeeindruckt. Gelassen blickte er vom Rücken seines tänzelnden Mustangs auf die Männer herab. Dem, was ihn zu erwarten schien, blickte er amüsiert entgegen.

Robert Murphy gab kopfnickend sein Einverständnis und die Männer jubelten laut über die bevorstehende Zerstreuung.

»Begleiten Sie uns zum hinteren Korral«, wandte er sich an den Fremden. »Wir werden Black Devil für Sie vorbereiten.«

Die Männer schlugen den Weg zum Korral ein. Dort wartete Pete seit geraumer Zeit auf den Rancher.

Der Fremde ritt nicht hinterher, sondern schwang sich geschmeidig vom Rücken seines Pferdes. Dann ging er auf Dread zu, seinen Mustang am Zügel mitführend.

»Würden Sie bitte auf mein Pferd achten, solange ich beschäftigt bin«, fragte er freundlich den gänzlich verdutzten Dread. »Ich vertraue ihnen das Wertvollste an, das ich besitze. Mir scheint, dass Sie ein Pferdekenner sind und mein Mustang bei Ihnen in den besten Händen ist.«

Dread hielt den Fremden, der sich bereits zum Aufschließen an die Gruppe abgewendet hatte, am Ärmel fest und sagte zu ihm: »Sir, passen Sie auf. Black Devil ist bösartig. Wahrscheinlich ist er ein ehemaliger Leithengst, der von Menschen viel Schlimmes erfahren musste.«

»Ich danke Ihnen, Sir, ich werde Ihre Warnung beherzigen«, die Antwort des Fremden kam ernst, ohne jegliche Ironie in der Stimme. Mit großen, festen Schritten folgte er den anderen.

Dread war völlig verwirrt. Er hielt das wundervollste Pferd am Zügel, das er je gesehen hatte. Ein Südstaatler nannte ihn Sir. So hatte ihn noch keiner angeredet. Langsam, den tänzelnden Mustang am Zügel führend, machte auch er sich auf den Weg zum hinteren Korral. Unwillkürlich musste Dread lächeln. Die Absurdität der gerade erlebten Situation löste eine unbeschwerte Heiterkeit in ihm aus, wie er sie kaum noch kannte. Froh gestimmt näherte er sich langsam der Koppel. Der Mustang folgte brav am Zügel. Natürlich hatte sich Dread bereits mit Streicheleinheiten und beruhigenden Worten bemüht, das Zutrauen dieses prächtigen Tieres zu gewinnen. Er beobachtete, wie Tim und Lee den störrischen Black Devil mit großer Mühe in die enge Box am Korral hineinzogen.

Es würde wieder eine aufreibende Prozedur bis zum Anlegen von Zaumzeug und Sattel werden, dachte Dread. Die Männer müssten dabei den wütend ausschlagenden Hufen ausweichen und sich vor Black Devils schnappendem Maul in Acht nehmen. Und wenn das dann endlich geschafft war, würde der Reiter gleichzeitig mit dem Öffnen des Boxentores auf den Rücken des Pferdes springen, mit der einen Hand Halt am Zügel oder Sattelknauf suchen und mit dem anderen Arm die Balance des Körpers steuern. Wie ein Blitz würde dann der wütende Hengst mit seiner unerwünschten Last aus der Box in den weiten Raum des Korrals schießen. Er würde buckeln, sich drehen, wild ausschlagen und mit diesem höllischen Tanz nicht eher aufhören, bis er den verhassten Reiter von seinem Rücken geworfen hätte. Und dann fände der wohl unglaublichste Teil dieser skurrilen Vorstellung statt: Black Devil würde seinen Kopf in Richtung der lauthals und schadenfroh lachenden Zuschauer wenden, ihn dann fast auf den Boden senken, sein Gebiss entblößen und lang andauernd wiehern, so als ob er sich ebenfalls schadenfroh am Lärm der Zuschauer beteiligen wollte. Dread hatte dieses sonderbare Verhalten stets erstaunt beobachtet und zu deuten versucht. Er vermutete, dass sich in dem Gebaren des Tieres endlose Angst widerspiegelte.

Und dennoch, dieser wunderschöne pechschwarze Hengst war nicht zu brechen. Weder das qualvolle Aussacken – das Pferd wird dabei mit Seilen gefesselt zur Unterwerfung gezwungen – noch die andauernden Einreitversuche konnten die Willenskraft dieses Rappen brechen. Alle auf der Ranch, bis auf den linkischen Ben und den erst neu zur Mannschaft gestoßenen Hank, hatten schon mehrfach den Höllentanz mit Black Devil gewagt. Jeder Versuch wurde als kleiner Wettkampf gewertet, an dem so gut wie immer die gesamten Männer der Ranch regen Anteil nahmen. Beim Aufstoßen des Boxentores zählten die Zuschauer laut mit, und der Moment, in dem der abgeworfene Reiter im Staub aufschlug, war für das Stoppen des Zählvorganges ausschlaggebend. Danach johlten die Zuschauer laut auf und foppten den Reiter mit gehässigen Bemerkungen, wenn dieser sich wieder mühsam aufrichtete.

Allerdings hatte die Erfahrung mit Black Devil gelehrt, auf der Hut zu sein. Pete hatte bereits einen Huftritt erhalten, der ihm zwei Rippen gebrochen hatte. Und Lee war schmerzhaft gebissen worden. Kaum, dass sie sich nach ihrem Abwurf aufgerappelt hatten, waren sie von Black Devil angegriffen worden. Die Verletzungen waren bei beiden Cowboys so schlimm, dass der Arzt hatte kommen müssen. Turner wies daher seine Männer an, den abgeworfenen Reiter augenblicklich vor dem angriffslustigen Hengst zu schützen. Heute kam Tim und Lee diese Aufgabe zu. Gleich nachdem sie den Rappen vorbereitet hatten, würden sie in den Korral klettern, von innen das Boxentor aufreißen und sofort zu Hilfe eilen, wenn es erforderlich wäre.

Dread erreichte den Korral und stellte sich hinter Pete, der teilnahmslos etwas abseits der schaulustigen Gruppe stand. Das war nicht immer so. Dread musste unwillkürlich schmunzeln. Zu gerne erinnerte er sich, wie der kleine Cowboy gerade dieses Ereignis zu genießen wusste. Er war stets der Lautstärkste. Seine verschmitzten, frechen Kommentare würzten diesen makabren Wettbewerb und lösten bei den Männern wahre Lachkrämpfe aus. Und auch wenn er seine Knochen als Reiter riskiert hatte, fand er, kaum dass er wieder aufrecht stand, euphemistische Bemerkungen zum obskuren Spiel. Ein Sorgen erregenden Sturz wusste er als einen für ihn typischen graziösen Abgang zu deklarieren. Und selbst den Huftritt, der ihm zwei Rippen gebrochen hatte, bezeichnete er mit schmerzverzerrtem Grinsen als eine außer Kontrolle geratene Zärtlichkeit.

Nichts erinnerte in diesem Augenblick an Petes begeisterte Anteilnahme. Jetzt schien er gelangweilt, lediglich auf die Auszahlung des ausstehenden Restlohnes zu warten.

Die Männer schlossen bereits Wetten ab, wie lange sich der Fremde auf Black Devil halten könne. Häufig mussten sie nicht einmal bis Zehn zählen. Der Rekord stand bei siebenunddreißig. Er wurde vom besten Reiter dieser Ranch, vom schwarzen Cowboy Dread Moore, gehalten.

Dread schaute zu dem Fremden, vor dem sich Ben Murphy wichtigtuerisch aufgebaut hatte. Ben schilderte den Ablauf und wies den Mann an, gleich nachdem Tim und Lee den Sattel auf den Rücken geworfen hätten, seinen Platz oberhalb des Boxentores einzunehmen.

Doch dann geschah etwas Unglaubliches. Als wenn es Ben nicht gäbe, ließ der Fremde den Ranchersohn mitten im Satz stehen und ging zu den beiden Cowboys, die sich mit dem sich wütend gebärdenden Hengst abmühten. Er bat sie höflich, das Pferd in den Korral zu lassen. Er wolle dem Tier dann dort Zaumzeug und Sattel anlegen.

Tim und Lee starrten den Fremden mit weit aufgerissenen Augen ungläubig an und krümmten sich dann vor Lachen. Ähnlich erging es dem Rest der Gruppe.

Dieser Fremde musste schwachsinnig sein, so war auch Dreads Einschätzung. Ein Weißer, noch dazu aus dem Süden, der einen Nigger mit Sir anspricht, der sich geschwollen, wie ein Gelehrter ausdrückt und diesen wahrlich teuflischen Hengst allein satteln wollte, dieser Mann konnte unmöglich bei Sinnen sein!

»Sir, bitte weisen Sie ihre Männer an, den Hengst in den Korral zu lassen«, bat der Fremde mit ruhigem, wieder auffallend höflichem Ton den Rancher. »Darüber hinaus bitte ich alle Anwesenden um Ruhe. Ich werde auf dem Hengst in einer knappen halben Stunde reiten. Und Sie werden sich dann einen anderen Namen für diesen ausgesprochen schönen Rappen suchen müssen. Ach, und beinahe hätte ich es vergessen, ich benötige noch ein Lasso.«

»Jetzt wissen wir, was wir die ganze Zeit falsch gemacht haben. Wir waren zu laut und haben Black Devil nicht von einem Mann im Korral satteln lassen.« Ben lachte unnatürlich grell auf. Aber auch, wenn seine Heiterkeit eher gespielt erschien und er damit nur seine gekränkte Eitelkeit verbergen wollte, Bens Äußerung löste damit eine weitere Lachsalve der umstehenden Männer aus. Selbst Robert Murphy hielt sich vor Lachen seinen Bauch. Besonders die letzte Bitte um ein Lasso sorgte beim Rancher für Atemnot. Er rang nach Luft. Dabei schossen ihm die Tränen aus den Augen. Die Vorstellung, wie dieser einfältige Mann mit einem Lasso allein diesem Teufelsbraten gegenübertreten wollte, versetze Murphy in einen vom dauerhaften Lachen erzeugten Zustand genüsslicher Erschöpfung. Der reitet die nächsten Tage auf keinem Pferd mehr. Murphy würde sicher nach dem Arzt schicken müssen. Zu groß erschien ihm die Einfältigkeit oder vielleicht Arroganz dieses Mannes. Schon bald dürfte er die Folgen schmerzvoll am eigenen Leib erfahren. Für so viel Dummheit und Hybris hatte der Rancher kein Verständnis, sondern nur noch Spott.

»Lee, öffne die Box. Tim, leg Zaumzeug, Satteldecke und Sattel im Korral bereit.« Turners Anweisungen waren wie immer knapp und präzise. Er hatte den Fremden die gesamte Zeit beobachtet. Im Gegensatz zu den anderen blieb er ernst, nachdenklich und schien darüber hinaus von diesem fremden Mann gebannt zu sein. Er ging auf ihn zu, überreichte ihm das gewünschte Lasso und schaute forschend in dessen Augen: »Sir, ich hoffe, Sie wissen, was Sie da tun. Ich kann für diese abenteuerliche Aktion keine Verantwortung übernehmen.«

Mühelos hielt der Fremde Turners Blick stand. Ein Lächeln huschte über sein Gesicht und nahm ihm für einen Bruchteil seinen überheblichen Ausdruck. »In der Tat, ich weiß, was ich mache«, kaum dass er es ausgesprochen hatte, bückte er sich und glitt zwischen den Balken in den Korral.

Turner blickte zu seinen Cowboys und forderte sie auf, sich ruhiger zu verhalten.

Pete schien aus seiner Lethargie erwacht zu sein. Sichtlich interessiert verfolgte er das Geschehen. Und auch Dread beobachtete gebannt die katzengleichen Bewegungen des für ihn – davon war er zu diesem Zeitpunkt felsenfest überzeugt – geisteskranken Mannes.

Im eingegrenzten Korral standen sie sich nun allein gegenüber: Black Devil, der ungebrochene, hinterhältige und stets angriffsbereite Hengst und der Fremde, der aus den Weiten der Prärie erschienen war, um sich mit diesem Pferd zu messen. Der verhängnisvolle Ausgang stand für alle Zuschauer bereits fest.

Ohne zu zögern, ging der Fremde auf den Hengst zu. Das zusammengerollte Lasso hielt er in der Hand. Er baute sich in einer bedrohlichen Haltung unmittelbar vor dem Tier auf und schaute ihm direkt in die Augen. Black Devil drehte augenblicklich ab und galoppierte an der Koppelgrenze entlang, um den größtmöglichen Abstand zu dem Fremden zu erlangen. Dieser setzte dem Rappen allerdings mit schnellen Schritten nach. Dread beobachtete dabei, wie der Fremde dem Tier stets seine Brustseite präsentierte und dabei nie den Blickkontakt aufgab. Er fixierte Black Devils Augen und seine Schultern waren dabei parallel zur Längsachse des Pferdes ausgerichtet. Minutenlang trieb er, wie von Geisterhand geführt, den Rappen im Galopp durch den Korral.

Turner musste seine Männer nicht mehr auffordern, Ruhe zu bewahren. Staunend, mit fassungslosen Gesichtern verfolgten die Cowboys diese mystische Vorstellung. Einige tuschelten aufgeregt miteinander, andere starrten mit offenem Mund auf das unfassbare Schauspiel.

Der Fremde fixierte Black Devil. Mit aggressiver Körperhaltung präsentierte er sich von der Mitte des Korrals. Er warf das Lasso nach dem Tier, ohne es damit zu berühren und schaffte es, den Hengst minutenlang durch den Ring zu hetzen – erst in die eine und dann in die andere Richtung. Und ständig verfolgte er das Tier mit seinem starren Blick. Das war nicht der Blick eines Irren. Dread widerrief demütig seine übereilte Einschätzung. Auf etwas wartete dieser geheimnisvolle Mann. Dread würde es nicht entgehen. Er beobachtete jetzt nur noch den pechschwarzen Hengst.

Und wahrlich, es dauerte nicht lange und Black Devil senkte seinen Kopf. Das Tier drehte beide Ohren nach innen, streckte die Zunge heraus, begann zu lecken und zu kauen. Das war das Zeichen, auf das der Fremde offenbar gewartet hatte. Denn jetzt drehte er sich vom Pferd weg und rollte seelenruhig das Lasso ein. Dabei schien es für ihn jetzt nichts Wichtigeres zu geben. Fast phlegmatisch muteten die Bewegungen an. Der Mann schien das Pferd völlig vergessen zu haben.

Was sich jetzt in der Koppel ereignete, glich einem Märchen aus dem Munde eines fantasievollen Erzählers. Staunend wurden die Männer der Running M Ranch Zeugen einer unfassbaren Begebenheit.

Während der Fremde sich ausschließlich mit dem Lasso zu beschäftigen schien, war Black Devil stehen geblieben, beide Ohren aufmerksam auf ihn gerichtet. Und dann ging dieser wilde, aggressive Hengst langsam auf den Mann zu. Der Fremde ließ mit keiner Reaktion erkennen, dass er die Annäherung des Tieres wahrnahm. Er kümmerte sich nur um dieses gewöhnliche Lasso. Schließlich stupste – und Dread konnte sich vor Begeisterung kaum noch halten – Black Devil seine Nase an die Schulter des eigenwilligen Lassoliebhabers. Diese Darbietung lockte bei einigen Männern sogar ein Lächeln hervor. Denn es sah so aus, als ob der Hengst dem ihn ignorierenden Zweibeiner mit seinem Stupser zu verstehen geben wollte, dass er auch noch anwesend wäre. Doch weit gefehlt, nur ein naiver Träumer hätte das Geschehen als ein Spiel des Zufalls interpretiert. Dread bewunderte diesen fremden Südstaatler maßlos.

Kaum hatte der Hengst die Schulter des Mannes berührt, wandte sich dieser dem Pferd zu und streichelte es ausdauernd zwischen Stirn und Augen. Schließlich entfernte er sich langsam. Dabei legte er eine kreisförmige Strecke in Richtung Korralmitte zurück. Und die Sensation war perfekt: Black Devil folgte dem Mann wie ein treues Hündchen.

Ein Raunen ging durch die Reihen der Zuschauer. Dread blickte zu Turner. Der Vormann verfolgte wie alle das Geschehen. Doch seine Mimik drückte eine Art Bewunderung aus, die das zu bestätigen schien, was er bereits vermutet hatte. Er nickte mehrmals kurz und flüsterte mit Robert Murphy, der staunend wie ein kleines Kind das Geschehen beobachtet hatte.

Während Murphy und seine Männer mit offenen Mündern dastanden, hatte der Fremde mit dem ihm folgenden Black Devil die Korralmitte erreicht. Unvermittelt begann er nun das Pferd zunächst am Hals und weiter an Rücken, Hüfte, Vorder- und Hinterflanke zu massieren. Er hob jeden einzelnen Huf an. Der sonst so unbändige Hengst ließ das geduldig zu.

Robert Murphy klappte der Unterkiefer nach unten. Leise lachend, mit theatralischer Gestik, drückte Turner das Kinn seines Bosses wieder nach oben.

Nachdem der Fremde das Pferd so ausgiebig berührt hatte, wendete er sich gemächlich ab. Er schritt langsam zu der Stelle, wo sich Zaumzeug und Sattel befanden und trug die Ausrüstung zum Pferd. Seine Bewegungen waren lässig und wirkten so alltäglich, als ob er diesen Rappen bereits tausendmal gesattelt hätte. Langsam legte er die Teile vor dem Hengst ab. Neugierig musterte Black Devil die Gegenstände, die sonst bei ihm unbändige Abneigung hervorgerufen hatten. Jetzt wirkte er äußerlich ruhig. Wieder begann der Fremde, den Rappen zu streicheln. Besonders ausgiebig tat er das an Bauch und Rücken. Dann legte er die Satteldecke und schließlich den Sattel auf. Beim Anziehen des Sattelgurtes schien Black Devils rebellisches Wesen dann doch wieder durchzukommen. Er schnaubte laut auf, bewegte heftig den Kopf und erweckte den Eindruck, als ob er gleich buckeln wollte. Sofort stand der Fremde in drohender Haltung vor dem Hengst, starrte ihm in die Augen und hob die Hand, in der er immer noch das Lasso hielt. Black Devil drehte abrupt ab, suchte im Galopp das Weite und drehte wieder seine Runden an der Korralgrenze.

Der Fremde wiederholt die anfangs vorgenommene Züchtigungsmethode, schoss es Dread durch den Kopf. Er ahnte, was jetzt kommen würde und fand seine Vermutung im Verhalten des Tieres bestätigt. Wieder senkte es nach einer Weile den Kopf, begann zu lecken und zu kauen. Wieder reagierte der Fremde mit dem Abwenden. Und bald rieb er den reumütig zurückgekehrten Rappen die Stirn.

Eine knappe halbe Stunde war vergangen, als der Fremde seinen Fuß in die Steigbügel des nun vollständig gesattelten und gezäumten Pferdes stellte. Langsam stieg er auf. Dabei ließ er dem Tier Zeit, sich an das Gewicht zu gewöhnen und schwang sich schließlich in den Sattel. Pferd und Reiter verharrten für Sekunden. Der große sehnige Mann und der pechschwarze Hengst boten ein majestätisches Bild. Und dann gab der Mensch mit leichtem Hackenstoß in die Flanken des Pferdes das Signal. Der wilde Hengst, den man auf der Murphy Ranch „Schwarzer Teufel" nannte, gehorchte und drehte mit seinem Reiter einige Runden im lockeren Galopp, als ob es die natürlichste Sache sei. Der Fremde gab dem Pferd mit gefühlvollem Einsatz die Signale der Zügel zu verstehen. Und dem stolzen, bisher ungezähmten Hengst schien das Spiel sogar zu gefallen.

Dread fühlte eine Welle unbändiger Bewunderung für diesen Mann, der jetzt das Pferd zum Rancher lenkte. Mühelos brachte er den Rappen zum Stehen, schwang sich geschmeidig aus dem Sattel und legte die letzten Schritte zur Korralgrenze zurück. Black Devil führte er wie selbstverständlich am Zügel. Lässig, ja geradezu arrogant blickte er den Rancher an, dessen Gesicht noch immer ein ungläubiges Staunen ausdrückte.

»Sir, wollen Sie auch eine kleine Runde reiten?« Der Fremde hielt dem Rancher provokant die Zügel entgegen. »Besonders nach einer lang andauernden Lachattacke kann ein wenig Bewegung nicht schaden.«

Selbst Ben verstand die Botschaft. Der Fremde forderte den Boss heraus. Eine prekäre Situation schien sich zu entwickeln.

Doch Turner ließ Murphy, dem die Verärgerung über den respektlosen Auftritt des Fremden deutlich anzusehen war, keine Zeit zu reagieren. Er löste sich von Murphys Seite, schritt auf den Fremden zu und reichte ihm die Hand. Der Fremde schlug ein. Zwei ebenbürtige Männer schauten sich in die Augen.

»Meinen Glückwunsch, Sir. Respekt! Sie scheinen ein wahrer Zauberer zu sein. Darf ich Ihren Namen erfahren? Und vor allem, wie haben Sie dieses Wunder vollbracht?« Turner machte keinen Hehl aus seiner Anerkennung und rettete gekonnt die Situation.

»Nennen sie mich Joe, Joe Smith. Ja, und das Geheimnis dieser vermeintlichen Bändigung ist nicht besonders spektakulär. Ich habe dieser Kreatur lediglich demonstriert, dass ich sie verstehe. Ich bat sie mit Güte, mir ihr Vertrauen zu schenken und mit mir zusammenzuarbeiten. Ich wandte die wirksamste Strategie des Verführers an.«

Es schien, als ob Smith mehr zu sich selbst spräche. Langsam aber fließend formulierte er die Sätze. Dabei war sein Zynismus unüberhörbar. »Natürlich ist ein derartiges Vorgehen nicht spektakulär. Es fehlt die Würze, dass uns so beglückende Gefühl der Überlegenheit. Ist es doch viel berauschender, mit Gewalt den Widerspenstigen zu brechen, sich an seiner Niederlage zu weiden und dabei die eigene Größe zu spüren.«

»Sie halten nicht viel von den Menschen«, antwortete Turner nach einer kurzen Pause betreten. »Sie müssen ein ziemlich einsamer Mann sein.«

Smith musterte den Vormann mit amüsiertem Blick. »Ich erwarte nicht viel von den Menschen, wobei ich mich über jede kleine Überraschung freue.«

Dread verfolgte gebannt den Wortwechsel, der den beiden ungewöhnlichen Männern Spaß zu bereiten schien. Doch leider wurde dieser durch Murphy unterbrochen, der sich mit barschem Ton einmischte.

»Nun, Mister Smith«, der Rancher schien immer noch verärgert, »wenn Sie wollen, können Sie einen Job bei mir haben. Doch ich muss Sie fairerweise auf einen möglichen Weidekrieg mit unserem Nachbarn hinweisen. Es kann bald hier sehr ungemütlich werden. Und ich brauche Männer, die nicht nur mit dem Lasso umgehen können.«

»Ich nehme dankend den Job an, ich denke, Sie werden mit mir zufrieden sein«, antwortete Smith mit auffallender Gleichgültigkeit, die man auch als unhöflich oder gar überheblich interpretieren konnte.

»Abgemacht«, Murphy reichte Smith die Hand. »Lassen Sie sich von meinem Sohn die Unterkunft zeigen und kommen Sie dann sofort zurück. Wir haben genügend Zeit vertrödelt und sollten uns endlich an unsere Arbeit machen.«

Der Boss wandte sich an die Männer und mahnte zu Eile. »Wir treffen uns gleich am vorderen Korral. Turner wird die Gruppen einteilen und die Aufgaben festlegen.«

Smith drehte sich in Dreads Richtung und wollte zu seinem Pferd. Plötzlich versperrte Hank ihm den Weg.

»Nun müssen Bakers Leute richtig Angst bekommen«, feist grinste der Glatzkopf den Neuen an, »wenn du ihnen den Kopf und den Rücken streichelst, vielleicht noch ihre Eier – das macht dir doch sicherlich viel Spaß – dann werden alle ganz zahm und lassen uns in Ruhe.«

Hank hatte leise gesprochen. Er zischte wie eine Schlange dem dicht vor ihm stehenden Smith seine Unverschämtheit entgegen. Nur Dread und der unweit von ihm wartende Pete konnte die Worte verstehen.

»Du scheinst hier der Haus- und Hofnarr zu sein, Lockenköpfchen. Ich bin überzeugt davon, dass wir beide noch viel Spaß zusammen haben werden«, antwortete Smith. Er sprach ebenfalls leise. Seine Stimme verriet keinerlei Emotion. Doch der Blick, mit dem er den um etwa einen halben Kopf kleineren Hank fixierte, mahnte den Raufbold zur Vorsicht. »Und noch einen guten Rat: Stell deinen Speckwanst nie wieder in meinen Weg!« Smith umging den verdutzten Hank geschmeidig. Er bedankte sich sehr höflich bei Dread für die Betreuung seines Pferdes und folgte Ben Murphy in Richtung Bunkhouse. Seinen Mustang führte er am Zügel. Dieser hatte seinen Besitzer freudig schnaubend begrüßt.

Dread, der dem neuen Cowboy begeistert hinterherschaute, schrak zusammen, als er unmittelbar vor sich die Stimme seines Bosses hörte. Immer noch gekränkt sagte er zu seinem Vormann: »Ein typischer Südstaaten-Lackaffe, stolz und eingebildet bis in den Tod.«

»Du wirst Gott noch dafür danken, dass er diesen Lackaffen, wie du ihn nennst, zu uns geführt hat«, gab Turner schmunzelnd zur Antwort. »Wir haben heute nicht einen, sondern mindestens fünf gute Männer bekommen!«

Das Gespräch der beiden Freunde verstummte, als sie Dreads Nähe bemerkten. Hinter Dread löste sich Pete aus der Gruppe und ging auf die Bosse zu. Augenscheinlich wollte er sich endlich seinen Anteil auszahlen lassen und dann die Ranch verlassen. Pete hatte mit linkischen Gesten seinen Hut abgenommen und drehte ihn unablässig mit beiden Händen. So stand er nun vor Murphy und Turner. Aber Dread sah in den Augen des kleinen Cowboys das längst vermisste verschmitzte Funkeln.

»Mister Murphy«, begann Pete etwas verlegen, doch dann huschte sein bekanntes schelmisches Lächeln über das Gesicht, »wenn es Ihnen recht ist, möchte ich doch auf der Ranch bleiben. Denn hier wird bald noch etwas geboten, was ich um nichts in der Welt versäumen möchte.« Dann drehte er sich zu Hank um und grinste ihn mit vielsagendem Blick an. Selbst Hank verstand die Botschaft.

»Ich freue mich über deine Entscheidung«, Murphy war die Freude deutlich anzusehen. Er mochte Pete und hätte ihn nur ungern von der Ranch gehen lassen.

Murphy und Turner gingen auf den vorderen Korral zu. Dabei sagte der Rancher zu seinem Vormann: »Wieder einmal scheinst du mit deiner Einschätzung richtigzuliegen. Und übrigens, was bedeutet eigentlich das Wort „igma lutär"?«

Dread hörte Turners sympathisches Lachen. Aber die Erklärung verstand er leider nicht mehr. Schade, es hätte ihn ebenfalls sehr interessiert, auch wenn er die Aussprache dieses Wortes anders in Erinnerung hatte. Er würde den Neuen fragen, der wüsste die Antwort sicher.

MOTIVE

Die folgenden Tage standen noch ganz im Zeichen der Aussprache. Drohend wie eine schwarze Wolke überschattete die Aussicht eines möglichen Weidekrieges die Gemüter. Die in der allgemeinen Euphorie bekundete Loyalität der Männer zu ihrem Boss schien mit dem Wind in die Weiten der Prärie verflogen zu sein. Dennoch fühlten sie sich wieder als Mannschaft. War es der Neue, der in einer nicht zu erklärenden Weise beruhigend auf die Männer wirkte? Oder lag es an Pete, der wieder ganz der Alte war, der pausenlos plapperte und witzelte, als ob er all das Nachholen müsste, was er in den Tagen seiner Apathie versäumt hatte? Und noch etwas veränderte die Stimmung der Cowboys. Hanks dominierende Rolle schien zunehmend an Bedeutung zu verlieren. Der Glatzkopf war seit dem Auftauchen des Neuen auffällig ruhig geworden. Zwar buhlten Lee und Eddi noch verhalten um sein Wohlwollen. Doch Hank badete nicht wie üblich im geheuchelten Dunst seiner Schmeichler. Er schien in sich gekehrt und beobachtete abwartend den Neuen, dessen selbstbewusstes Auftreten ihn für alle erkennbar aus der Fassung gebracht hatte.

Joe Smith war wortkarg, aber stets höflich und korrekt. Da Hank ihn niemals ansprach, schien der vierschrötige Cowboy für den Mann aus dem Süden nicht zu existieren.

An den Abenden im Bunkhouse herrschte jetzt wieder gute Stimmung. Das belebte die Gemüter. Trotz harter Arbeitstage konnte man lautstarkes Lachen aus der Unterkunft der Cowboys vernehmen. Man begann, sich wieder wohlzufühlen. Hanks Gift schien seine Wirkung verloren zu haben.

Dread lag auf seiner Pritsche. Er hatte jetzt abends mehr Zeit, denn er verweigerte Hanks diktierte Dienste, einfach so und ohne, dass dies für ihn auch nur die geringsten Konsequenzen hatte. Es schien so leicht, sich zur Wehr zu setzen. Mit leisem Lachen verfolgte er Petes Ausführungen, der im Schneidersitz auf dem einzigen Tisch im Raum thronte und den Rettungsversuch einer furchtbar hässlichen Kuh zum Besten gab. Dabei zwinkerte der Spaßvogel dem schwarzen Cowboy freundschaftlich zu. Dread blickte zu Smith, der sichtlich amüsiert dem fantasievollen Erzähler lauschte. Dann sah er zu Hank, der einsam aus der hinteren Raumecke Joe Smith fixierte. Es war der Blick eines Raubtiers, das geduldig, aber entschlossen auf den günstigsten Augenblick für den entscheidenden Angriff lauerte. Dread war sich in diesem Augenblick sicher, dass es nur noch eine Frage der Zeit war, bis dieser bösartige Mann wieder um seinen Platz im Bunkhouse kämpfen würde. Diese Erkenntnis traf ihn wie ein Blitz. Er sah die unbändige Wut, den Hass und die Brutalität in Hanks Augen. Dread schauderte. Wer könnte diesen aggressiven Typen stoppen? Der Neue? Unsicherheit breitete sich in Dread wie ein gemeiner Schwelbrand aus und wieder einmal schien er in seiner Angst zu ersticken.

Der Alltag auf der Ranch ließ mit der Zeit die drohenden Auseinandersetzungen fast in Vergessenheit geraten – den Kampf um die Existenz der Ranch und die Gier eines Einzelnen nach der Macht im Bunkhouse.

Neben den üblichen Arbeiten mit dem Weidevieh wurde die Sicherung des Murphybesitzes an der Grenze zum Bakergebiet vorangetrieben. Es galt, in schweißtreibender Arbeit Pfähle in den Boden zu rammen, an denen dann der neuartige Stacheldraht befestigt wurde. Während eine Gruppe von Männern die Arbeit verrichtete, war eine weitere zum Schutz abgestellt.

Nur ein einziges Mal ritt eine Schar von Bakers Revolvermännern auf Murphys Cowboys zu. Allerdings verharrten sie dann in deutlichem Abstand und beobachteten lediglich das Treiben. Doch allein dieses Erscheinen löste bei den Männern der Running M Ranch großes Unbehagen aus. Dread erinnerte sich noch an die hektischen Aktionen von Lee, Jesse und Pete, die der Wachmannschaft zugeteilt waren. Augenblicklich hatten sie ihre Gewehre aus dem Futteral gezogen und waren hastig in den Anschlag gegangen. Dafür hatten sie Gelächter und höhnische Zurufe aus den Reihen der Bakerleute geerntet.

Murphy hatte recht. Seine Männer waren Cowboys und keine Gunfighter. Niemals würden sie im Kampf gegen die Bakermänner eine reelle Chance haben. Beruhigend, fast väterlich, hatte Dread bei dem Vorfall auf die Jungs eingeredet und dabei deren Angst wahrgenommen. Stunden später gestand er sich verwundert ein, dass er vollkommen ruhig geblieben war und sich vor allem um die jungen Cowboys gesorgt hatte. Dread erinnerte sich auch an den Blick von Joe Smith, der damals gewohnt souverän am Zaun gestanden hatte. Die Bakermänner schienen ihn nicht zu beeindrucken. Er hatte nur Dread sehr lange und mit nachdenklichem Gesicht gemustert. Später, als sie dann zur Ranch zurückgeritten waren, erschien Smith urplötzlich an Dreads Seite und sagte: »Sie haben im Krieg Schlimmes erlebt, Dread.« Smith hatte diese Worte nicht als Frage formuliert. Es war eine bittere Feststellung, die noch lange in Dreads Ohren hallte.

Wer war dieser Mann, der keine Angst zu kennen schien und wahrscheinlich sogar in fremde Seelen blicken konnte? Die geheimnisvolle Aura, die ihn umgab, faszinierte Dread. Immer öfter suchte er bei der Arbeit Joe Smiths Nähe, der seinen Job als Cowboy mit beneidenswerter Leichtigkeit bewältigte. Dread nutzte jede Möglichkeit, Smith anzusprechen. Zunächst stellte er sehr schüchtern seine Fragen. Denn Smith hielt seit seinem Erscheinen auf der Ranch eine spürbare Distanz zur Mannschaft. Doch Dreads vorsichtigen Kontaktversuchen begegnete Joe Smith ungewohnt aufgeschlossen. Ja, er ermunterte Dread förmlich dazu, mit ihm zu sprechen. Die auffallende Sympathie, die der geheimnisvolle Mann aus dem Süden dem Schwarzen entgegenbrachte, erstaunte nicht nur Dread. Die anderen Cowboys sahen, wie sich Smith und Dread lange unterhielten. Dabei schien in den Gesprächen die abstoßende Arroganz aus dem Gesicht des Neuen zu schwinden. Er ließ Dread an sich heran und der Ton in den Unterhaltungen wurde zunehmend vertrauter.

Dread erfuhr dann endlich das Geheimnis der wundersamen Zähmung von Black Devil. Mit erfrischendem Witz erzählte Smith während eines Heimritts zur Ranch, wie er auf diese originelle Form des Einreitens wilder Pferde gekommen war. Er hatte die Methode nach dem Vorbild der freilebenden Mustangs entwickelt. Zufällig konnte er einmal eine kleine Herde beobachten und erlebte dabei die Züchtigung eines störrischen Junghengstes. Es war die Leitstute, die dem Rüpel eine eindringliche Lektion erteilte, nachdem dieser ein Fohlen umgeworfen und die Stute gebissen hatte. Die Leitstute verjagte den Übeltäter aus der Herde. Drohend hatte sie den Blick auf den Ausgestoßenen gerichtet und ihm mit wütenden Gebärden die Rückkehr zur Herde verweigert. Sie verbannte ihn auf diese Art und Weise so lange, bis er kauend mit gesenktem Kopf seine Unterwerfung zeigte. Auf Züchtigung folgte dann Zuneigung. Denn als der reumütige Raufbold wieder zu den anderen Tieren durfte, nahm sich die Leitstute viel Zeit für zärtliche Gesten. Smith hatte nach diesem Erlebnis häufiger und aufmerksamer die wilden Mustangs beobachtet und an vielen kleinen Details die Kommunikation der Tiere studiert. Nichts geschah zufällig, weder die Körpersprache, die Geschwindigkeit der Bewegungen noch die eigenartig erscheinenden Leck- und Kaubewegungen. Joe Smith fand Zugang zu diesen wunderbaren

Tieren, indem er sie in ihrer Freiheit und unter natürlichen Lebensbedingungen beobachtete.

Dread erinnerte sich noch nach Tagen an dieses Gespräch. Ganz besonders die letzten Sätze, die dieser Mann aus dem Süden, wie damals nach der spektakulären Zähmung von Black Devil, leise wie zu sich selbst gesprochen hatte, brannten sich unauslöschlich in sein Gedächtnis:

»Man muss nur die Signale der Tiere beobachten, dann wird man sie auch verstehen. Tiere sind rein. Sie folgen ihrem Instinkt. Und dieser Instinkt dient nur einem einzigen Ziel, dem Überleben. Rangordnungen und Verhaltensweisen dienen ausschließlich diesem Zweck.

Das Raubtier ist stark. Es ist dadurch in der Lage, andere Tiere zu töten. Aber es tötet, um zu existieren. Und nur der starke sowie schlaue Jäger überlebt. Nicht selten erhöht er seine Jagdchancen durch ein cleveres Arrangement mit seinen Artgenossen.

Das Fluchttier wittert dagegen die Gefahr und ist dem Raubtier meist an Schnelligkeit überlegen. In der Regel lebt es in Herden. Die Herde ist gut organisiert. Sie wird durch Wächter alarmiert. Gemeinsam flüchten oder verteidigen die Tiere sich gegen den Feind. Dabei sorgen die Stärksten für den Schutz der Gemeinschaft. Geführt werden sie vom Leittier, dem dominantesten, stärksten, dem besten Exemplar. Dieses sorgt auch bei der Paarung für den Fortbestand der Gattung. Und somit werden auch die besten Anlagen weitervererbt.

Die Tierwelt unterliegt klaren, eindeutigen Gesetzen. Und damit sind Tiere berechenbar!

Wir Menschen aber folgen selten einem Instinkt. Weil wir denken können, nutzen wir das, was man Verstand nennt, für unsere eigenen ganz persönlichen Interessen.

Der Mensch ist ein Egoist, denn er betrachtet sich als das einzig wirklich Wichtige auf dieser Welt. Die Gemeinschaft nutzt er vorrangig für die Durchsetzung seiner Ziele. Und diese Ziele haben immer etwas mit dem Bedürfnis nach Macht und Überlegenheit zu tun. Dabei geht der Starke oft mit Gewalt und der Schlaue listig vor.

Am gefährlichsten jedoch sind die schlauen Heuchler. Sie beschwatzen die Masse und sagen das, was diese hören will. Und sie erlangen schließlich die höchste Form der Macht, indem sie ein riesiges Heer naiver, oberflächlicher Träumer rekrutieren. Und dieses Heer der Dummen lässt sich dann schnell verführen, sodass die Macht der schlauen Heuchler schließlich gewaltige Dimensionen erreicht.

Um seine Macht zu schützen, schafft der schlaue Heuchler dann Gesetze. Diese werden jedoch durch andere Schlaue hintergangen und durch Stärkere gebrochen.

Macht – darum geht es! Darauf kommt es an! Darin sieht der einzelne Mensch den Sinn des Lebens. Macht kann auch gekauft oder vererbt werden. Dabei ist es ohne Bedeutung, ob jene Leit- oder Machtmenschen dann in der Lage sind, die Masse zu führen oder gar zu beschützen. Denn um die Masse geht es nie, auch wenn das Ideologien und Religionen in glaubwürdigen Lettern manifestieren.

Der Mensch bestimmt seine eigenen Gesetze und bricht sie dann wieder nach Belieben. Er ist verlogen, käuflich und rücksichtslos.

Ohne Zweifel ist der Mensch das unberechenbarste Lebewesen auf dieser Welt. Und am ärgerlichsten dabei ist die Tatsache, dass es so furchtbar viele Exemplare davon gibt.«

Beim letzten Satz hatte Joe Smith leise gelacht. Es war ein unnatürliches Lachen. Es lag darin so viel Verbitterung und Zorn.

Das Gespräch war daraufhin verstummt. Beide Männer hatten bis zur Ranch kein Wort mehr gewechselt.

Dieser hasserfüllte Monolog flößte Dread Angst ein. Was musste dieser Mann erlebt haben, um die Menschen so zu verachten?

In den Tagen nach dieser merkwürdigen Unterhaltung hatte Dread keine Möglichkeit, sich mit Smith auszutauschen. Er war einer anderen Gruppe zugeteilt, die nach versprengten Rindern im westlichen Außenbereich der Ranch suchen sollte.

DER GLAUBE UND DIE WIRKLICHKEIT

Mit kräftigen Schlägen trieb Dread den letzten Pfahl für diesen Tag in den Boden. Sein schweißbedeckter, nackter Oberkörper glänzte in der bereits tief stehenden Sonne.

»Das war es für heute, lasst uns zusammenpacken«, Dread warf den schweren Hammer zu Boden und streckte seinen von der Arbeit ermüdeten Körper. Er blickte zu Smith, der den Pfahl gehalten hatte und ihn jetzt mit süffisantem Lächeln anschaute. Dread schrak innerlich zusammen. Er hatte das Kommando für die Beendigung des Arbeitstages gegeben und das in Anwesenheit von Ben Murphy. Der Ranchersohn, der mit Pete die Aufgabe übernommen hatte, die Gruppe zu schützen, riss auch gleich sein Pferd herum und ritt auf den schwarzen Cowboy zu. Wütend blickte er von seinem Pferd auf Dread herunter.

»Gibst du jetzt schon die Befehle hier?« Deutlich war im Gesicht des Ranchersohnes die verletzte Eitelkeit zu lesen.

Dread registrierte Hanks Blick. Der Glatzkopf hatte unmittelbar neben ihm mit Eddi gearbeitet und schaute mit gespielter Empörung zu Dread herüber.

»Boss, soll ich dem Nigger Gehorsam beibringen?«

»Es ist meine Schuld, Mister Murphy«, mit Unschuldsmiene blickte Smith zum Ranchersohn empor. »Ich habe Mister Moore gesagt, dass es jetzt an der Zeit wäre aufzuhören. Es wird langsam finster. Und selbst ein ausgezeichneter Schütze wie sie, Mister Murphy, kann uns bei solchen Sichtverhältnissen nicht mehr ausreichend beschützen.«

»Boss, der verarscht Sie doch!« Hank ging zu seinem Pferd, ergriff den über den Sattelknauf gehängten Revolvergurt und schnallte ihn mit geübtem Griff um. Wie eine wütende Bulldogge näherte er sich dann mit schnellen Schritten und blieb wenige Fuß vor dem Mann aus dem Süden stehen. »Es wird Zeit, Niggerfreund. Meine Geduld ist am Ende!«

Dread stockte der Atem. Hanks theatralischer Auftritt, der scheinbar einen Autoritätsverlust des Ranchersohns verhindern sollte, hätte komisch wirken können, wäre da nicht dieser gefährliche Glanz in seinen Augen gewesen. Das war die Gelegenheit, auf die er gewartet hatte. Lauernd stand der glatzköpfige Fleischberg vor Smith.

»Ich kann nicht mehr. Ich bin völlig am Ende. Stundenlang musste ich euch bei der Arbeit zuschauen. Ihr glaubt gar nicht, wie das schlaucht«, sagte Pete in einem lauen Ton, der glaubhaft den ermatteten Zustand eines Schwerstarbeiters vermittelte. Er hatte sein Pferd neben das von Ben Murphy gelenkt und lächelte ihn nun freundlich an. Der Gewehrlauf seiner Winchester lag in der Beuge des linken Arms. Dabei zeigte die Mündung wie durch Zufall auf Hank.

Wütend schaute Hank in die Richtung, aus der er Petes alberne Bemerkung vernahm. Er hätte Smith gerne noch weiter beleidigt, aber beim Anblick der auf ihn gerichteten Gewehrmündung schwieg er. Fassungslos registrierte er dabei Petes Finger am Abzug der Waffe.

»Schluss, jetzt! Räumt eure Sachen zusammen. Wir reiten in zehn Minuten zurück«, Ben Murphy versuchte mit knappen Anweisungen nach Turner-Vorbild Herr der Situation zu werden.

Zuerst löste sich Hank aus seiner wütenden Erstarrung. Und nur Ben glaubte, dass dies aufgrund seiner Aufforderung geschah. Dread atmete hörbar erleichtert aus.

Zügig bereiteten die Männer alles für den Aufbruch vor. Keiner sprach ein Wort. Eine gefährliche Stille schien etwas anzukündigen, auf das mittlerweile die ganze Crew zu warten schien.

Dread trieb seinen Wallach dicht an den Mustang von Smith. Sie hatten bereits die Hälfte des Heimwegs schweigend zurückgelegt.

»Danke, Mister Smith. «

»Nenn mich Joe«, Smith streckte Dread die Hand entgegen.

Dread schlug nach einer kurzen Pause ein. Verwirrt, fassungslos, dann stolz! So ungezwungen und vertraut hatte noch nie ein Weißer mit ihm gesprochen. Dieser rätselhafte Mann aus dem Süden bewirkte in ihm einen noch schwer zu begreifenden Stimmungswandel. Dread spürte so etwas wie ein neues Selbstwertgefühl, wie er es noch nie in seinem Leben wahrgenommen hat. Im Moment des Handschlags empfand er einen Stolz, der seine Brust anschwellen ließ.

Schmunzelnd registrierte Smith den veränderten Gemütszustand des Schwarzen. Die Sympathie, die dieser Blick widerspiegelte, war unverkennbar.

»Du musst dich nicht bei mir bedanken, Dread. Erstens hätte das Bürschlein schon eine halbe Stunde vorher die Arbeit einstellen lassen müssen. Und zweitens: Es wird in der Tat Zeit! «

Dread begriff sofort. »Sieh dich vor. Dieser Hank ist ein brutaler, gefährlicher Killer. «

»Ein brutaler Mann ist er ohne Zweifel. Aber ein gefährlicher Killer hätte sich niemals vom kleinen Pete beeindrucken lassen. Übrigens, ein netter, mutiger Typ, unser Pete. Gäbe es mehr Schwache mit einer solchen Courage, dann hätten die Starken wahrlich größere Probleme.«

»Und wären die Naiven nicht ganz so ungebildet, dann hätten auch die Schlauen ein schwierigeres Spiel«, antwortete Dread mit wissendem Grinsen.

Mit hochgezogenen Augenbrauen musterte Joe Smith den schwarzen Cowboy. Dread empfing ein warmes, anerkennendes Lächeln.

»Du erinnerst mich an einen sehr guten Freund. Es war vielleicht der beste Freund, den ich in meinem bisherigen verkorksten Leben hatte. Doch du erstaunst mich nicht nur wegen deines scharfen Verstandes. Was mich vielmehr verwundert, ist deine Bildung. Wie kommt es, dass du dich so gut auszudrücken vermagst? «

Dread beschämte das Lob dieses Mannes. Er hielt sich für alles andere als intelligent oder gar gebildet. Aber gleichzeitig verspürte er wieder die angenehme Wirkung dieser Worte. Er war verlegen und stolz zugleich. Und auch wenn er es sich ungern eingestand, so schmeichelten diese Worte seinem Ego.

»Die Art, mich so auszudrücken, verdanke ich Gott«, antwortete er nicht ohne Stolz in seinen Worten.

»So, so«, Joe schien amüsiert.

»Ich lese regelmäßig in der Bibel«, und als er das Grinsen in Joes Gesicht wahrnahm, ergänzte er schon fast trotzig, »darüber hinaus habe ich während meiner Soldatenzeit Bücher von Voltaire und Franklin gelesen.« Er fand diese Bücher auf dem Schlachtfeld bei einem toten Südstaatenoffizier, was er allerdings lieber für sich behielt.

»Ein Nigger, der Lesen und sicherlich auch Schreiben kann, der noch dazu Werke großartiger Denker liest. Und der natürlich auch die Bibel studiert. Ich bin beeindruckt, Dread Moore, sehr beeindruckt«. Smith schaute dabei den schwarzen Cowboy mit nachdenklichem Gesicht an. Lediglich beim letzten Satz war ein ironischer Unterton zu vernehmen.

»Oh, die Bibel, ein fantastisches Werk! Besser als im Alten Testament kann man die große Menschenfamilie nicht beschreiben. Mord und Totschlag – Sodom und Gomorrha. Und das Ganze steht unter der großen Überschrift: Glaubt an mich, sonst mache ich euch fertig«, jetzt war der Hohn in Joes Stimme unüberhörbar.

»Ich lese lieber im neuen Testament«, konterte Dread, dem das Gespräch immer unangenehmer wurde.

»Natürlich, liebe deine Feinde und halte auch die andere Wange hin. Das ist mehr nach deinem Geschmack.«

»Warum verhöhnst du mich? Glaubst du nicht an den Herrn?« Dread rang nach Fassung. Die Begeisterung und Bewunderung, die er Joe Smith bisher entgegengebracht hatte, schlug jetzt in Befremdung, ja sogar Ablehnung um.

Joe registrierte Dreads Seelenlage. Er ritt nah heran und legte beschwichtigend seine Hand auf Dreads Schulter.

»Nimm es bitte nicht persönlich. Aber ich habe zu diesem Thema eine eigene Einstellung. Menschen, die ich wegen ihrer unmenschlichen Taten hasste, gaben sich als die inbrünstigsten Christen aus. Sonntags knieten sie in der Kirche und beteten voller Hingabe zum himmlischen Vater. Sie verwandelten sich vor ihrem Hirten in die frommsten Schafe. Aber kaum, dass sie das Haus Gottes verließen, zeigten sie wieder ihr wahres Ich, dass des nimmersatten Wolfes.«

Smith vergrößerte den Abstand zu Dread wieder. Er wandte sich kurz ab und spuckte hörbar aus. Dann sah er Dread fest in die Augen und sprach mit ruhiger Stimme: »Du kennst das unwürdige Los eines Sklaven.«

Dreads entsetzter Blick bestätigte diese Vermutung.

»Du musst dich deshalb nicht schämen, Dread. Warum auch? Weißt du aber auch, wie man die Versklavung Abendtausender deiner Leidensgefährten als großartige historische Mission feierte? Kennst du die berühmten Worte von *Kolumbus* an das Königspaar von Spanien?«

Ohne eine Antwort abzuwarten, zitierte er mit spitzem Mund: *»Gott hat der spanischen Monarchie nicht nur die Schätze der Neuen Welt beschert, sondern noch größere Kostbarkeiten von unschätzbarem Wert – die unzähligen Seelen, die dazu bestimmt sind, in den Schoß der Kirche geholt zu werden«* (*1).

Smith legte wieder eine kurze Pause ein. Seine Gesichtszüge waren verhärtet. Starr blickten seine Augen in die Ferne. Und mit leiser Stimme setzte er seinen Monolog fort:

»Die armen Azteken, denen als Erstes die große Gnade der Bekehrung zuteilwurde, hatten sich ganz offensichtlich diese Gunst nicht gewünscht. Ja, stell dir vor, diese Undankbaren zeigten sich höchst bekehrungsunwillig. Notgedrungen musste man Tausende niedermetzeln. Eine weitere gigantische Zahl starb an den Folgen der Zwangsarbeit und der aus Europa eingeschleppten Seuchen. Millionenfach wütete der Sensenmann. Das führte zu einem drastischen Rückgang der Urbevölkerung. Und nun halte dich gut auf deinem Pferd fest; kein Geringerer als der Nachfolger des Petrus, der Vertreter Gottes auf Erden, der Heilige Vater, vermittelte zwischen den beiden großen Kolonialmächten Spanien und Portugal. Der eine durfte die heidnischen Seelen in den westlichen Regionen außerhalb Europas und der andere die der östlichen Regionen retten. Die Grenzlinie wurde nach kleineren Streitereien zwischen den beiden Missionarsmächten an die Mündung des Amazonas verlegt. Das geschah 1493. Keine hundert Jahre benötigten die Kolonialmächte, um die Bevölkerungszahl der Indianer in Zentralmexiko von über 6 Millionen auf unter 2 Millionen zu reduzieren. Angesichts dieser Dimension dürfte eine moralische Rechtfertigung selbst dem frommsten Christen schwerfallen.«

Mit gesenktem Kopf ritt Dread auf seinem Wallach. Das Gehörte löste ein erdrückendes Schamgefühl bei ihm aus. Auch er hatte, zwar viele hundert Jahre später, Anteil am Leid der einstigen Bewohner dieses Kontinentes. Sein Magen krampfte sich zusammen. Ganz scharf sah er die verhassten Bilder aus seiner Zeit bei den Buffalo Soldiers. Er war nicht besser. Joes anklagende Worte trafen sein Innerstes.

Smith schien Dreads Stimmung nicht zu interessieren. Er blickte nur kurz zu ihm, wandte sich jedoch gleich wieder ab und musterte den Horizont, während er weiterredete:

»Ja und dann wurdet ihr Afrikaner ausgewählt. Der Neger sollte die Indios ersetzen. Der junge spanische *König Karl der V.* erteilte die Lizenz für die Einfuhr von zwölf Negersklaven für jeden Kolonisten. Und damit begann der gigantischste Menschenhandel der Christengeschichte. Selbstverständlich sollten die Schwarzen vorwiegend bekehrt werden. Denn bevor ein Sklavenschiff von der Goldküste Richtung Neue Welt segelte, wurde die „Ware" erst einmal getauft. Das hielt allerdings den Kapitän eines Sklavenschiffes nicht davon ab, seine zumeist unfreiwillig frisch konvertierten Christen auf mehreren Decks wie Vieh zusammenzupferchen. Diese bemitleidenswerten Seelen hatten eine grauenhafte Seefahrt zu überstehen. Bei langanhaltenden Flauten wurden Trinkwasser und Proviant knapp. Man warf dann nicht selten kranke oder aufsässige Sklaven ins Meer. Nur so viel zur christlichen Nächstenliebe.«

Smith verstummte abrupt. Mit nicht wahrnehmbarem Schenkeldruck lenkte er seinen Mustang neben Dreads Wallach. Der ehemalige Sklave konnte dem Südstaatler in die Augen sehen. Was war das für ein Blick. Eine eisige Kälte ließ Dread erschaudern.

Joe musterte den Schwarzen noch eine Weile. Dann blitzte für den Bruchteil einer Sekunde ein Schmunzeln über sein Gesicht. Ohne dass er den Blick von Dread wendete, sprach Joe weiter:

»Ich werde dir jetzt ein Märchen erzählen. Allerdings siegt in diesem Märchen ausnahmsweise nicht das Gute, also ein Märchen wie im richtigen Leben.« Joe schaute den Schwarzen wieder an. Ein unnatürliches Grinsen verzerrte sein Gesicht. Und ohne auf eine Reaktion von Dread zu warten, begann er zu erzählen:

»Es war einmal ein Junge. Wir nennen ihn einmal Johann. Er stammte aus einer uralten Schifferfamilie. Sein Urgroßvater war Kapitän eines holländischen Sklavenschiffes und zugleich Miteigner. So konnte er Sklaven auf eigene Rechnung verkaufen. Der Urgroßvater starb am tropischen Fieber. Das war das Berufsrisiko eines Sklavenschiffers. Dieser Gefahr wollte sich sein Großvater nicht aussetzen. Er war der Existenzgründer einer Farm in South Carolina, beteiligte sich aber weiter am Sklavenhandel. Johanns Familie wurde durch den Handel mit Negersklaven reich – sehr, sehr reich.«

Beide Männer ritten schweigend nebeneinander. Keiner blickte den anderen an. Nur das Schnaufen der dicht nebeneinander trabenden Pferde störte das betretene Schweigen.

Dread spürte deutlich, wie sich der sonst so arrogant wirkende Mann in diesem Moment ungewöhnlich verändert hatte. Verschwunden waren die Härte und der Zynismus in seinen Worten. Seine Stimme wurde weich und traurig. Smith setzte die Erzählung seines eigenartigen Märchens fort:

»Eines Tages starb Johanns Mutter. Er liebte diese feinfühlige, gebildete und sehr fromme Frau über alles. Sie war es, die sich voller Eifer um seine Erziehung gekümmert hatte. Mit ihrem Tod verlor das Elternhaus jegliche Wärme. Sie hatte dem Anwesen Glanz und einen besonderen Stil verliehen. Nun war es mit einem Mal kalt und leer wie der Körper der toten Mutter. Johann war damals erst siebzehn Jahre alt. Aber körperlich konnte er sich bereits mit einem erwachsenen Mann messen. Das bereits zu Lebzeiten seiner Mutter nicht besonders gute Verhältnis zu seinem Vater verschlechterte sich nun zunehmend. Johann rebellierte. Ihn widerte dieser primitive Mann an. Und er ließ keine Gelegenheit aus, seinen Vater zu verletzen und zu demütigen. Vielleicht war das auch der Grund, warum er damals den Kontakt zu den Sklaven suchte. Dabei lernte er einen Jungen in seinem Alter kennen. Und schon bald wurden die beiden die besten Freunde. Der Negerjunge hatte eine um ein Jahr jüngere Schwester. Sie war wunderschön. Ihr Lachen war so herzlich und natürlich, ihre Anmut vollendet. Sie hieß Nelly. Mit ihrem fröhlichen Lachen vermochte sie jeden zu erheitern. Der Glanz ihrer Augen, ihr wunderschöner Mund, der beim Lachen ihre Perlen gleich strahlenden Zähne entblößte, verzückte den Jungen aus dem Herrenhaus. Nachts träumte er von Nelly. Ja, diese junge Sklavin war Johanns erste große Liebe. Und sie war es auch schließlich, die ihn in die wunderbare Welt der zärtlichen Vereinigung von Mann und Frau entführte. Nelly war eine temperamentvolle Geliebte, mit der er sich hemmungslos seiner Lust hingab. Stunden danach spürte er noch ihre samtweiche Haut und genoss ihren betörenden natürlichen Duft. Johann sollte eine derartige Lust und Liebe nie wieder bei einer anderen Frau finden.«

Smith verstummte. Dread meinte, ein leichtes Zittern in Joes letzten Worten vernommen zu haben. Smith atmete hörbar tief aus. Nachdem mehrere Minuten vergangen waren, redete er mit fester Stimme weiter:

»Es war eine fantastische Zeit, die glücklichste in Johanns Leben. Jede freie Minute verbrachte er mit dem Mädchen und ihrem Bruder. Unzertrennlich erschien diese Freundschaft. Sie schmiedeten Zukunftspläne, in denen sie zu dritt in Freiheit und Harmonie leben würden.

Als Johanns Vater davon erfuhr, handelte er, wie es seine Art war: feige und brutal. Er nutzte die Zeit der Abwesenheit seines Sohnes für sein grausames Exempel. An einem Mittwoch wurde das Mädchen verkauft und ihr Bruder öffentlich ausgepeitscht. Auf der Plantage gab es dafür einen eigens hergerichteten Platz. Vier Pflöcke im Boden dienten als Halterungen, an denen der Delinquent nackt gefesselt wurde. Alle mussten der Bestrafung zusehen. Und so wurde der Sklavenjunge auf bestialische Weise für die Freundschaft mit dem Sohn des Plantagenbesitzers bestraft. Insgesamt einhundert Hiebe hatte Johanns Vater festgelegt. Vollzogen wurde dieser Akt der Unmenschlichkeit vom sadistischen Aufseher, der seine Freude am teuflischen Spiel offen zeigte. Wahrscheinlich konnte keiner so gut mit der Peitsche einen Sklavenrücken zerfetzen. Einhundert Hiebe! Erschießen oder Erhängen wäre dagegen ein humaner Akt gewesen. Der Negerjunge schrie markerschütternd. Kurze Ohnmachten erlösten ihn nur für einen Moment von seinen Qualen, denn er wurde stets durch einen kalten Wasserguss in die Hölle zurückgeholt.

Am Freitag spät in der Nacht kehrte Johann ahnungslos auf die Farm zurück. Er hatte viel Spaß bei der Jagd gehabt. Stolz rannte er in die Küche und präsentierte dem Koch das erlegte Wild. Der Koch war ein Chinese. Solange Johann denken konnte, kochte dieser Mann schon für die Familie. Denn einem Nigger hätte Johanns Vater niemals solch eine Tätigkeit anvertraut. Beide verband ein Geheimnis. Johann hatte als Kind einmal den Koch beim Einkauf in der Stadt beobachtet. Eigentlich wollte er ihm damals nur einen Streich spielen. Und so schlich er ihm in einer Gasse nach. Gerade als er verdeckt mit einem Stein auf den China-Mann werfen wollte, wurde dieser von zwei Männern überfallen. Offensichtlich hatten die völlig verwahrlosten Herumtreiber keine Skrupel, für einen gefüllten Magen einen Mord zu begehen. Denn einer der beiden Strolche hatte sich mit gezogenem Messer auf den Koch gestürzt. Johann beobachtete damals mit weit aufgerissenen Augen, wie der kleine dürre Chinese dem Angriff geschickt auswich und die Halunken mit zwei blitzschnell ausgeführten Schlägen zu Boden schickte – für immer, wie sich schon bald herausstellte. Der Tod dieser beiden Taugenichtse wurde niemals aufgeklärt, denn Johann versprach dem Koch, dass er es niemandem verraten würde, wenn er ihm diese Art zu kämpfen beibrächte. Sowohl der Koch als auch Johann hielten ihr Wort.

Und während sich also Johann in der Küche bei seinem okkulten Lehrmeister aufhielt, rang sein bester Freund mit dem Tod. Der Sensenmann holte ihn, der das Leben so liebte und der sich wie seine Schwester an den kleinsten Dingen maßlos erfreuen konnte, in der Nacht zum Samstag.

Johann rannte gleich früh am Samstagmorgen voller Vorfreude zu den Hütten der Sklaven. Es war die längste Trennung von seinem Mädchen, seit sie ein richtiges Liebespaar waren. Er konnte es kaum erwarten, sie wieder in seine Arme zu schließen. Aber auch auf das Wiedersehen mit seinem Kumpel freute er sich. In Gedanken legte Johann sich schon ein paar frotzelnde Bemerkungen zurecht. Über die witzigen Wortgefechte – und der Sklavenjunge war in der Tat ein ebenbürtiger Gegner – konnte Nelly so herzhaft lachen.

Bestens gelaunt war er zu der Hütte gerannt. Doch dann stand er wie gelähmt im Eingang und sah den bereits erkalteten Körper seines Freundes. Der anklagende Blick dessen Mutter traf ihn mitten ins Herz. Er sah in ihr aufgedunsenes, verweintes Gesicht und die geröteten Augen. Er blickte auf eine Mutter, die in ihrem elenden Leben ihr Bestes gegeben hat, um ihren beiden Kindern das unwürdige Sklavenjoch erträglich zu machen. Sie hatte alles verloren, was ihrem armseligen Leben einen Sinn gab. Ihr hasserfüllter Blick bohrte sich in Johanns Brust. Dieser Blick erklärte ihm mit einem Schlag das unbarmherzige Spiel der Mächtigen dieser Welt. Johann verstand diese kleine, ausgemergelte, schwarze Frau. Ihr Hass war so berechtigt. Und er unternahm nicht einmal der Versuch, sie zu trösten, sondern stahl sich zutiefst beschämt aus der ärmlichen Hütte.

Man erzählte ihm dann draußen alle Einzelheiten. Keiner konnte ihm sagen, wohin man sie, seine geliebte Nelly, gebracht hatte. Johann rannte wie von Sinnen fort. Irgendwann konnte er nicht mehr laufen und fiel in einem Baumwollfeld der Länge nach hin. Er wälzte sich schreiend im Staub, weinte und fluchte. Und dann betete Johann zu Gott. Er betete für seinen Freund. Er betete für sein Mädchen. Und er bettelte darum, ihm einen Weg zu zeigen, der ihn zu ihr führen würde. Er verlor vor Schmerz jegliches Zeitgefühl. Irgendwann stand er auf. Es war bereits dunkel. Johann hatte ein langes, ein sehr langes Gespräch mit Gott geführt.

Am Sonntag besuchten Johann und sein Vater sowie alle Angestellten der Plantage den Gottesdienst. Die Predigt nahm Johann gar nicht wahr. Die Gedanken kreisten in seinem Kopf. Sein Mund war verschlossen. Johann konnte weder singen noch beten. Aber es entgingen ihm kein Gesichtsausdruck und keine Geste des Vaters und des Aufsehers. Sie sangen voller Hingabe und beteten inbrünstig. Es sah so ehrlich, so anständig aus. Und Johann wartete darauf, dass das Kirchendach auf sie einstürzen, dass wenigstens etwas passieren würde, was seinem gequälten Herzen Aussicht auf Genugtuung verschafft hätte. Aber nichts passierte. Warum auch? Gab es nicht bei den Kreuzzügen und der Inquisition ein millionenfaches Morden, das Menschen im Namen Gottes gnadenlos verübt hatten. Wie sollte da Gott wegen zweier Nigger erzürnt sein.

Nach der Kirche aß Johann in Ruhe mit seinem Vater Mittag. Der Vater war gut gelaunt und genoss den Schmerz seines Sohnes. Johann ertrug noch seine Heiterkeit, als er ihn zunächst ganz ruhig nach der Plantage fragte, an die er Nelly verkauft hatte. Der Vater verriet es seinem Sohn nicht. Da schlug der Sohn ihn halb tot. Aber der Vater behielt es für sich.

Anschließend suchte Johann den Aufseher. Er hatte ihn rasch gefunden, ebenfalls bestens gelaunt, in der Küche auf dem Tisch sitzend. Es war der erste Mensch, den Johann tötete. Es war eine eiskalt verübte, eine geplante Tat. Der Koch schaute dabei zu. Johann erwies sich als ausgezeichneter Schüler.

Johann verließ die Plantage. Er ging zur Armee. Der Krieg hatte gerade begonnen. Natürlich trat er in die Reihen der Konföderierten ein. Es galt doch schließlich die Sklaverei zu verteidigen.«

Joe Smith schwieg. Er blickte mit einem seltsamen, unnatürlichen Lächeln in die Weite der Prärie, als ob er in der Ferne das Happy End seiner Geschichte suchen würde. Dann wendete er sich unvermittelt Dread zu. Sein merkwürdiges Lächeln war verschwunden. Nachdenklich schaute er den schwarzen Cowboy an.

»Nun, Dread, in meinem Märchen bestraft Gott weder die Bösen noch unterstützt er die Guten oder hilft den Schwachen. Lies weiter in der Bibel, Dread, und hoffe, träume und bete. Dein Herz findet dadurch vielleicht für kurze Momente die ersehnte Hilfe. Aber reicht dir das? Verändert das auch nur im Geringsten deine Situation?«

Dread hatte mit kurzem zügelziehen sein Pferd zum Stehen gebracht. Ihm schwindelte angesichts des inneren Sturms von Gedanken und Emotionen. Und in diesem undefinierbaren Zustand schaute er Smith nach, der sich immer mehr von ihm entfernte.

Dread wollte allein sein.

Er erreichte als Letzter die Ranch. Es war bereits dunkle Nacht, als er das Bunkhouse betrat.

DER ZWANG ZUM HANDELN

»Na, Nigger, hast du endlich auch zurückgefunden?« Hank stand drohend mitten im Raum. Mit verächtlichem Blick schaute er auf den eintretenden Schwarzen und die Streitlust war ihm deutlich anzusehen.

Dread schaute sich Hilfe suchend um. Smith war nicht im Raum und die anderen Cowboys wichen seinem Blick aus. Was war passiert? Wo war Joe? Hatte Hank wieder die Oberhand? Dread erfasste eine paralysierende Angst. Er spürte regelrecht die Wellen der primitiven Wut, die ihm entgegenschlugen. Dread sah den massigen Cowboy, der seinen Revolvergurt nicht abgeschnallt hatte, auf sich zukommen. Seine Angst verwandelte sich in Panik. Wo war Smith? Er hörte diese Frage als schmerzhaft schrillen Schrei in seinem Inneren. Jetzt war es so weit! Jetzt kam die Abrechnung! Er sah die wilde Entschlossenheit in Hanks kalten Augen.

»Suchst deinen weißen Niggerfreund? Der würde dir nichts nützen!«

Hank stand nun nah vor ihm. Und ohne Vorwarnung schlug Hank seine Faust ins Gesicht des Schwarzen.

Dread nahm zunächst den Blitz vor seinen Augen, dann den dumpfen Schlag wahr. Sein Kopf schnellte zurück und noch im Rückwärtstaumeln nahm ihm ein weiterer brutaler Schlag unterhalb des Brustkorbs die Luft. Dread fiel auf die Knie. Der Ohnmacht nah, rang er verzweifelt nach Luft. Plötzlich erschien Hanks Gesicht dicht vor seinen Augen. Es war noch hässlicher, noch brutaler. In seinem Blick erkannte Dread eine irre Mordlust.

Hank hatte seinen Revolver gezogen. Mit der freien Hand fasste er Dreads Haare und riss seinen Kopf brutal nach hinten. Fast gleichzeitig stieß er den Revolver rücksichtslos in den röchelnden Mund und verletzte ihn mit dem scharfkantigen Korn des Laufes. Mit genüsslichem Grinsen registrierte er das Würgen des gepeinigten Schwarzen. Langsam spannte Hank den Hahn seines Revolvers.

»Hör genau zu, Niggerschwein. Wenn du mich ankotzt oder wenn du etwas machst, was mich ärgert, dann schieße ich dir in dein stinkendes Maul. Hast du verstanden?«, schrie er hysterisch.

Dread glaubte, ersticken zu müssen. Sein Mund war voller Blut. Das geschwollene Auge tränte und der stechende Schmerz im Unterleib lähmte immer noch seine Atmung. Weit riss er sein gesundes Auge auf. Und er sah Hanks widerwärtiges Grinsen. Dread konnte von diesem Mann keine Gnade erwarten.

»Ob du mich verstanden hast, feiges Niggerschwein!«

Dread bekam endlich wieder Luft. Gierig sog er sie durch die Nase ein. Angeekelt roch er dabei Hanks fauligen Mundgeruch. Er spürte den fremden Speichel, der ihm mit den hasserfüllten Worten entgegenflog. Dread nickte demütig.

Hank erhob sich, zog den Revolverlauf aus Dreads Mund und verpasste dem vor ihm knienden Schwarzen mit dem Fuß einen heftigen Tritt, sodass er rücklings nach hinten kippte.

»Ja, wie ich immer sage: So muss man mit euch Niggern umgehen. Das ist doch die einzige Sprache, die ihr versteht«, Hanks Stimme verriet deutlich seine Befriedigung, »Und jetzt geh nach draußen und versorge mein Pferd.«

Dread raffte sich mühsam, unter großen Schmerzen, auf. Sein linkes Auge war nun endgültig zugeschwollen. Der Geschmack seines Blutes verursachte Übelkeit. Er taumelte zum Ausgang des Bunkhouses. Kurz bevor er die Tür erreichte, trafen ihn Hanks nach geschleuderten Sätzen wie ein Keulenschlag:

»Übrigens Nigger, der Boss gibt uns, sobald der Marshal wieder in der Stadt ist, ein langes Wochenende. Das soll eine Belohnung für unsere gute Arbeit sein. Da können wir so richtig einen draufmachen. Ich werde mir dann aber deinen Gaul nehmen. Wirst sehen, wie schnell ich den Klepper mit ein paar Hieben in die Stadt treibe.«

Entsetzt drehte sich Dread um. Flehend schaute er seinen Peiniger an. In seinem entstellten Gesicht stand blankes Entsetzen. Nicht sein Wallach! Nein! Nicht sein geliebtes Pferd.

Hank hatte ihn an seiner verwundbarsten Stelle getroffen und genoss dies über alle Maßen. Er verhöhnte ihn. Dann versteinerte sich schlagartig sein Gesicht. Langsam hob der Schläger den Arm. In seiner Hand befand sich noch immer der Revolver. Dread sah in die Mündung.

»Du sollst mein Pferd versorgen. Hau endlich ab, sonst knalle ich dich ab wie einen räudigen Hund«, zischte Hank, der keinen Zweifel aufkommen ließ, dass er seine Drohung wahr machen würde.

Dread taumelte wieder der Tür zu, drückte die Klinke nach unten und wankte nach draußen. Hanks Ankündigung nahm ihm jeglichen körperlichen Schmerz. Dafür brannte seine Seele lichterloh. Er ging um das Haus herum. Nach wenigen Schritten übermannte ihn seine angestaute Verbitterung. Dread fiel auf die Knie und begann hemmungslos zu weinen. Schluchzend wandte er sich mit verzweifelten Worten an Gott:

»Oh Herr, warum sind die Menschen so? Warum quälen sie einander? Was haben sie davon? «

»Erstens, weil sie es ungestraft dürfen. Und zweitens, weil es ein Grundbedürfnis ist, sich dem anderen überlegen zu fühlen. Aber das habe ich schon einmal versucht, dir zu erklären. Macht, ganz viel Macht über andere zu haben, das ist für die meisten unserer Gattung das himmlischste Vergnügen, wenn du mir diesen Vergleich gestattest.«

Wie versteinert und zu Tode erschrocken verharrte Dread in seiner Position. Er hatte geglaubt, allein zu sein, als er von einer ihm wohlbekannten Stimme Antwort auf seine an Gott gerichteten Fragen erhielt. Langsam stand er auf und ging in die Richtung, aus der er die Stimme gehört hatte. Der volle Mond spendete Licht, das zusätzlich aus dem Fenster des Bunkhouses verstärkt wurde. Doch das zugeschwollene Auge und die Tränen erschwerten das Sehen. Dennoch konnte er die Konturen eines auf dem Boden hockenden Mannes wahrnehmen. Es war Joe Smith, der mit ruhigen, sorgfältigen Bewegungen seine Stiefel putzte. Irritiert beobachtete Dread den Südstaatler, der offenbar vorhatte, den Glanz des Mondes mit dem seiner Stiefel zu übertreffen.

Smith betrachte zufrieden sein Schuhwerk und zog es langsam an. Dann stand er auf und ging in der ihm typischen lässigen Art auf Dread zu. Er blickte in das entstellte Gesicht. Dabei zeigte er keinerlei Regung.

»Na, Dread«, Joes Stimme klang ruhig und sogar etwas traurig, »hast du wieder einmal die Wange hingehalten?«

Dread blickte beschämt zu Boden, was seinem übel zugerichteten Gesicht einen noch unnatürlicheren Ausdruck verlieh. Gerade als er etwas erwidern wollte, waren aus dem Inneren des Bunkhouses das laute Bersten von Holz und Geschrei zu hören.

»Ich glaube, es wird Zeit, dem Spuk ein Ende zu bereiten«, sagte Joe Smith zwar leise, aber sehr entschlossen.

»Tu das nicht!«, fast bettelnd wandte Dread sich an den Mann aus dem Süden. »Er ist wie von Sinnen. Er wird dich erschießen!«

Smith verharrte kurz in der Bewegung. Er schaute nachdenklich auf Dread. Dann schüttelte er den Kopf und ging mit schnellen Schritten, fast geräuschlos, um das Haus. Dread folgte ihm mit klopfendem Herzen.

Das übliche Knarren der sich öffnenden Tür wurde von Hanks Geschrei übertönt. Da Smith zunächst die Tür nur einen Spalt öffnete, konnten die beiden Männer die letzten Sätze des tobenden Hank hören. Sie waren an das Schweinegesicht gerichtet, also an Pete.

Smith öffnete nun langsam die Tür, dabei führte er die rechte Hand hinter sich und betrat den Raum, in dem es augenblicklich still wurde.

Dread, der wie angewurzelt am Eingang stehen geblieben war, erfasste sofort Joes Plan. Er blufft, schoss es ihm durch den Kopf. Hank soll denken, er verberge eine Waffe hinter sich. Die Kaltblütigkeit dieses Mannes war für den sensiblen Schwarzen unfassbar.

Das Bild, welches sich ihnen beim Eintreten bot, beschrieb eindeutig die Situation. Hank stand im hintersten Teil der Unterkunft und hatte den gesamten Raum im Blick. In leicht geduckter Haltung fixierte er den wenige Fuß von ihm entfernt am Boden liegenden Pete. Seine rechte Hand lauerte kurz über dem Schaft des noch im Halfter steckenden Revolvers. Die langsamen Bewegungen seiner fleischigen Finger zeigten die Anspannung und Bereitschaft, die Waffe sofort zu ziehen.

Pete lag auf einen Arm gestützt am Boden. Sein Gesicht war völlig entstellt. Die Lippen waren aufgeplatzt und das Blut floss aus der Wunde. Der Unterkiefer wies eine eigenartige unnatürliche Stellung auf, als ob er gebrochen sei. Hank hatte ihm augenscheinlich einen gewaltigen Schlag ins Gesicht versetzt. Das Tatwerkzeug war vermutlich das abgebrochene Stuhlbein, das unweit von Pete am Boden lag. Gleich daneben waren die Reste der völlig demolierten Sitzgelegenheit zu sehen. Vor dem betäubt und gänzlich abwesenden Pete lag seine Winchester. Die Mündung zeigte schräg zu ihm hin. Er würde zunächst den Lauf erfassen, dann das Gewehr drehen müssen, um es schließlich in den Anschlag bringen zu können. Petes Situation war aussichtslos.

»Na los! Schweinegesicht! Nur zu, hast heute schon einmal auf mich gezielt. Komm Schweinegesicht. Ich warte. Und um dich, Niggerfreund, kümmere ich mich gleich mit«, schrie Hank hysterisch in den Raum.

Hank war wie toll, unberechenbar und zu allem bereit. Er hatte eindeutig den Punkt erreicht, an dem er sich nicht mehr beherrschen konnte. Es war zu viel: Die Crew, die ihm nicht mehr den gewohnten Respekt erwies. Das Schweinegesicht, das keine Gelegenheit ausließ, um ihn zu foppen. Der Nigger, der sich neuerdings auflehnte und ihm die Dienste verweigerte. Und an allem war dieser überhebliche Südstaatler schuld. Mit Schaum in den Mundwinkeln schrie er seine angestaute Wut heraus. Er bot das Bild eines rasenden Stiers, der jeden zermalmt, der sich ihm in den Weg stellen würde. Es war ein Bild, das Angst verbreitete, eine Angst, die alle Anwesenden zu lähmen schien. Keiner der Cowboys rührte sich. Allerdings hielten jetzt alle einen sicheren Abstand zur voraussichtlichen Schussbahn.

Nur einen schien das gesamte Szenario nicht zu beeindrucken. Seelenruhig mit seinen gewohnt legeren Bewegungen ging Smith auf den tobenden Hank zu.

Dread sah mit pochendem Herzen auf Joes Rücken. Er starrte auf dessen leere Hand. Ein unbegreiflicher, tollkühner Bluff! Joe würde sterben. Er hatte keine Chance. Nur noch wenige Herzschläge, dann würde Hank in blinder Wut seinen Revolver ziehen, erst den wehrlosen Joe und dann den kampfunfähigen Pete erschießen. Und dann wäre er dran, er, der ungehorsame Nigger, der, anstatt das Pferd zu versorgen, wieder ins Bunkhouse zurückgekehrt war. Kalter Schweiß rann Dread den Rücken hinunter. Er blickte mit panischer Angst zu Hank und schaute in dessen rot angelaufenes Gesicht. Er sah dessen Augen, die unruhig durch den Raum hasteten und immer wieder zu Smith fanden. Erstaunt registrierte Dread diesen gehetzten, unsicheren Blick. In Dread keimte ein Funke Hoffnung auf. Sollte Joes Bluff tatsächlich funktionieren? Dread wandte sich wieder Smith zu, der Petes Winchester erreicht hatte. Er schritt über die Waffe und versetzte dem

Gewehrschaft urplötzlich einen kräftigen Tritt mit der Ferse. Das Gewehr schleuderte mit lauten Schleifgeräuschen auf Dread zu und blieb unmittelbar vor ihm liegen. Entsetzt schaute Dread auf die Waffe. Er nahm jedes Detail wahr, sah den Unterhebel, den Abzug und spürte die Kälte des Schaftes. Das alles ging so schnell, dass Dread seine Wahrnehmungen nicht ordnen konnte. Kaum war die Winchester zum Stillstand gekommen, hörte Dread Joes ruhige Stimme.

»Wir wollen doch nicht, dass unser Pete sich zu einer unbedachten Handlung hinreißen lässt. Womöglich schießt er dann ein Loch in deinen fetten Bauch, Schwabbel«, Joe sprach vollkommen emotionslos. Seine Stimme schien noch kälter, noch überheblicher. Der groß gewachsene Mann aus dem Süden näherte sich dem Glatzkopf, der anscheinend immer unsicherer wurde.

»Bleib stehen, Niggerfreund, oder ich schieße dich über den Haufen!«

»Gemach, gemach, Lockenkopf. Ich mache dir einen wahrhaft attraktiven Vorschlag. Schau, du hattest in der Tat einen großartigen, ja einen spektakulären Auftritt. Wir alle hatten furchtbar große Angst vor dir, und dass eine ziemlich lange Zeit. Genieße diese dich so beglückende Vorstellung. Und wenn du jetzt den Revolvergurt abschnallst, zügig dein Pferd sattelst, diese Ranch verlässt und niemals wieder in die Nähe kommst, dann, Schwabbel, dann hattest du wahrlich eine großartige Zeit, von der du sicherlich noch vielen Rindviechern berichten kannst.«

Joe hatte Hank erreicht. Beide Männer standen sich nun genau gegenüber.

»Einen Teufel werde ich tun«, Hanks Stimme überschlug sich.

»Nun denn, Fettsack, versuche dein Glück und stirb«, gelassen sprach Joe die Worte aus. Es klang so selbstverständlich, als ob Smith dem tobenden Hank einen versöhnlichen Handschlag anbot.

Dread registrierte Hanks zunehmende Unentschlossenheit. Joes tollkühner Plan schien zu gelingen. Doch mit Entsetzen beobachtete Dread, wie Joe Smith seine auf dem Rücken verborgene Hand ganz langsam sinken ließ, kaum dass er die Drohung ausgesprochen hatte.

Verwirrt registrierte der massige Glatzkopf Joes waffenfreie Hand.

Bevor Hank die Fassung wiedererlangen und Smith ohne Zweifel erschießen würde, handelte Dread. Blitzschnell ließ er sich zu Boden fallen, packte den Schaft der Winchester, riss, während er sich um die eigene Achse am Boden seitwärts drehte, den Unterhebel nach unten, schloss ihn und ging in den Anschlag. Mit der seitwärts Drehung hatte er eine freie Schussbahn und zielte mit dem gesunden Auge auf Hank. Sein Herz klopfte wie wild. Entschlossen verstärkte er den Vordruck an der Abzugszunge.

»Schnall ganz langsam mit der linken Hand den Gurt ab und wirf ihn nach vorn. Und wenn du nur einen Augenblick zögerst, Hank, dann werde ich abdrücken«, Dreads feste Stimme ließ keinen Zweifel an der Wahrhaftigkeit dieser Aussage aufkommen.

Anerkennend lächelte Joe dem Schwarzen zu. Er hatte sich augenblicklich von Hank entfernt, sodass sich Dread ein ideales Zielbild bot. Der Blick über den Lauf fixierte Hanks massige Brust. Dread spürte schmerzhaft den Gewehrschaft, auf dem er seine Wange presste. Die rechte Hand umfasste fest den Griff. Und der Finger lag hart am Abzug, jederzeit bereit, den letzten Widerstand zu überwinden. Dreads Herzschlag wurde ruhiger. Er fühlte sich der Situation gewachsen. Sie erinnerte ihn an die Soldatenzeit, in der er häufig auf den angreifenden Feind zielen musste. Aber jetzt fühlte er eine Überlegenheit und einen Hass, der ihn in erschreckender Weise bewusst werden ließ, dass er auf eine Gelegenheit lauerte, auf diesen Mann zu feuern. Er hatte schon oft auf andere schießen müssen. Aber jetzt ertappte sich Dread dabei, dass er es in diesem Augenblick wollte. Ja, es würde ihn befriedigen, auf diesen widerwärtigen Kotzbrocken zu schießen.

Hank schaute entsetzt auf den Schwarzen. Er sah dessen Entschlossenheit. Sein primitiver Verstand erahnte Dreads Rachegelüste. Von den Ereignissen nun vollständig überrumpelt, gehorchte er. Langsam öffnete Hank den Revolvergurt und warf ihn mit der linken Hand in Dreads Richtung.

»Jetzt pack deine Sachen und hau ab«, über sich selbst erstaunt, formulierte Dread ruhig und souverän seine Anweisungen.

Und Hank gehorchte wieder bereitwillig. Es war sogar ein beflissenes Entgegenkommen zu sehen. Ängstlich schaute er immer wieder in die Gewehrmündung, die jede seiner Bewegungen folgte. Hank packte die wenigen Habseligkeiten in seine Decke, rollte sie zusammen und verschnürte sie. Dann beeilte sich der massige Mann, die Tür zu erreichen. Er schaute immer wieder unterwürfig zu Dread. Hanks Erscheinungsbild hatte alles Bedrohliche verloren. Schnell erreichte er die Tür und öffnete sie.

»Na, Hank, das muss dich doch stark an deine tollkühne Tat in Mexiko erinnern, wo du es gleich drei Halunken auf einmal gezeigt hast«, spottete Jesse.

Dread folgte Hank. Und als er den verhassten Mann nur kurz vor sich sah, trat er mit aller Kraft zu. In diesem Fußtritt schien sich all die angestaute Wut zu entladen. Durch die Wucht des Trittes verlor Hank das Gleichgewicht und stützte mit grellem Schmerzensschrei die Stufen vor dem Bunkhouses hinunter. Dread musste ihn oberhalb des Beckens getroffen haben. Die schrillen Schreie erinnerten Dread an das Quieken eines Schweins. Vollkommen unberührt beobachtete er den sich vor Schmerz krümmenden Mann. Der ehemalige Tyrann bot jetzt das Bild eines fetten Wurmes, der sich vor ihm im Dreck hin und her wand. Und Dread hatte noch nicht genug. Mit entschlossenen Schritten stieg er die Treppen hinunter und wollte noch einmal auf den verruchten Mann eintreten. Er lechzte förmlich nach Genugtuung. Schreien sollte er, winseln, um Gnade flehen. Dread würde ihm nichts vergeben. Diesem Dreckskerl sollte es so ergehen, wie er es wochenlang erdulden musste. Auge um Auge – Zahn um Zahn! Dread gierte danach, diesem Mann große Schmerzen zuzufügen, höllische Schmerzen. Wie eine Furie ging er auf Hank los.

Aber urplötzlich erstarrte Dread. Er hatte in Hanks Augen gesehen. Er sah die Angst, den Schmerz und die Hoffnungslosigkeit des Unterdrückten, der jegliche Illusion verloren hatte. Oh, wie bekannt kam ihm das vor. Wie gut könnte Dread Hanks Gefühle erkennen und nachvollziehen. Sein Zorn verschwand wie ein böser Dämon. Er schämte sich. Wie konnte er sich nur so gehen lassen? Was unterschied ihn in diesem Moment von Hank? Nichts!

Dread begann Joes Menschenverachtung zu begreifen. Aber gleichzeitig widersetzte er sich dieser Erkenntnis. Nein! Er, Dread Moore, war nicht so. Er würde sich niemals zum primitiven Schläger entwickeln. Auch wenn er damals in jenem Indianerdorf gemordet hatte, er würde sich niemals wieder an Wehrlosen vergreifen. Niemals wieder! Dread bückte sich und half dem ihn mit erstaunten Blicken musternden Hank auf die Beine.

»Hank ich helfe dir. Aber nutze das nicht aus, sonst prügle ich dich von dieser Ranch.«

Mit einem Nicken versicherte Hank seine Friedfertigkeit. Und gestützt von dem Mann, den er wochenlang schikaniert hatte, hinkte der massige Cowboy Richtung Korral.

Nachdem er Hank beim Satteln seines Pferdes zur Hand gegangen war, half Dread ihm schließlich auch noch in den Sattel. Das schussbereite Gewehr hatte er aber stets in seiner rechten Hand.

»Lass dich hier nie wieder sehen, Hank.«

In gekrümmter Haltung brachte der Glatzkopf sein Pferd in Bewegung. Als er sich wenige Fuß von Dread entfernt hatte, drehte er sich um und blickte den schwarzen Cowboy hasserfüllt an.

»Wir sehen uns wieder, Niggersau. Und dann lege ich dich um«, drohte Hank.

Dread riss die Winchester hoch und ging sofort in den Anschlag.

Hanks Augen weiteten sich in panischer Angst. Er trieb die Sporen in die Flanken seines Pferdes, das mit einem Satz nach vorn sprang und in die Nacht galoppierte. Hank schrie bei jeder Bodenberührung der Pferdehufe auf, denn er litt noch unter großen Schmerzen.

Dread sah über den Gewehrlauf, wie sich Hank notdürftig im Sattel hielt und dabei ständig hin und her geworfen wurde. Er hüpfte auf dem Pferderücken wie ein riesiger unförmiger Kloß und schrie und wimmerte bei jedem Hufschlag. Dabei wirbelte er wie wild mit einem Arm, als wollte er böse Geister verscheuchen. Es war ein lächerliches Bild, das sich schnell in der Dunkelheit verlor. Doch Dread hatte es gespeichert wie die helle Lichtquelle, die man bei schnellem Blickwechsel in die Dunkelheit mitnimmt.

Langsam ließ er das Gewehr sinken und fing leise an zu lachen. Das Lachen wurde lauter und entwickelte sich zu einer befreienden, schallend-lauten Salve. Aufrecht und stolz ging er zur Unterkunft.

Als Dread am Haus des Ranchers vorbeischritt, sah er Turner auf der Veranda. Er winkte Dread zu, drehte sich um und verschwand im Haus. Dread vermutete, dass der Vormann die Auseinandersetzung beobachtet hatte. Er deutete den freundschaftlichen Gruß als Anerkennung und meinte, in der ruhigen Bewegung des Vormanns Zufriedenheit zu erkennen. Mit festem Schritt setzte er seinen Weg zum Bunkhouse fort.

HEILUNG

Als Turner am nächsten Morgen bei seinen Cowboys erschien, bot sich ihm ein ungewohntes Bild. Pete hatte eine üble Schwellung am Unterkiefer. Er versuchte, den Vormann anzulächeln. Das misslang ihm allerdings gründlich. Der Spaßvogel lehnte sich lässig an den deutlich größeren schwarzen Cowboy. Seine rechte Hand lag freundschaftlich auf dessen breiter Schulter. Und auch der Schwarze hatte ein demoliertes Gesicht. Das linke Auge war nur einen winzigen Spalt geöffnet. Das stark geschwollene Augenlid hatte eine dunkle Färbung, die an eine bei Hunden häufig zu beobachtende launische Zeichnung der Natur erinnerte.

Turner musterte erstaunt die beiden Cowboys, deren Körpersprache so gar nicht zu ihren Verletzungen passen wollte. Der kleine Pete versuchte nach wie vor eine Art von Grinsen zustande zu bringen. Das Ergebnis hätte allerdings wohl jedes Kleinkind erschreckt. Und der Schwarze stand stolz wie ein Paradeoffizier bei der Ordensverleihung vor ihm. Beide lädierten Gesichter drückten eine stille Fröhlichkeit aus, die Turner erstaunte und zugleich amüsierte.

Lächelnd schaute der Vormann zu Smith. Der Mann aus dem Süden stand etwas abseits. Smith bemerkte nicht Turners Blick, denn auch er musterte die beiden übel zugerichteten Cowboys. Und auch er lächelte. Es war ein Lächeln, in dem Sympathie und Wärme zu erkennen waren. Ein Lächeln, das Turner irritierte, denn er hätte diesem Mann solche Emotionen nicht zugetraut.

Turners Blick wanderte zu Jesse, der seine Unterhaltung mit Tim unterbrach. Beide Cowboys nickten ihrem Vormann freundlich zu. Die Stimmung der Crew war an diesem Morgen anders. Und diese Stimmung gefiel Turner. Ja, sie gefiel ihm sogar sehr!

Der Vormann musste nicht nach Hanks Verbleib fragen. Ihm war der Vorfall am Vorabend nicht entgangen. Er hatte grübelnd im Dunkeln auf der Veranda gestanden, als ihn plötzlich Hanks schrille Schreie aufschreckten. Kurz danach beobachtete er, wie Hank auf den bewaffneten Dread gestützt zum Korral hinkte. Auch wenn er bei der Dunkelheit die Einzelheiten nicht erkennen konnte, so erfasste er schnell die Situation. Und über den Ausgang des Konfliktes informierte ihn schließlich Dreads lautes, befreiendes Lachen.

David Turner war an diesem Morgen erstmals wieder voller Hoffnung. Mit dem schwarzen Ex-Kavalleriesoldaten und dem mutigen kleinen Pete hatte er tüchtige Burschen. Auch auf Jesse und Tim konnte er bauen. Eddi und Lee waren brauchbare Mitläufer. Und der Neue aus dem Süden! Turner hatte Typen wie ihn bei der Armee gesehen. Er kannte diesen harten Blick, diese asketischen Gesichter. Die ganze Körpersprache dieser Männer strahlte eine leise, bedrohliche Souveränität aus. Es waren Elitesoldaten, denen man im Kampf besser nicht als Gegner begegnete.

Turner hatte keine Zweifel, dass Joe Smith den Jungs wieder ihr Selbstbewusstsein zurückgegeben hatte.

Nur mit guten Leuten kann man Großes leisten. Turner war sich in diesem Moment sicher: Er hat diese guten Leute!

Mit gewohnt knappen Anweisungen verteilte der Vormann die Aufgaben des Tages. Dread und Pete sollten kleinere Reparaturarbeiten auf der Ranch erledigen. Es war ein leichtes Tagwerk. Und Dread nickte dem Vormann dankbar zu.

Es dämmerte. Die zunehmende Dunkelheit verschlang allmählich die Konturen der Ranch. Unzählige Grillen begleiteten mit ihrem zirpenden Konzert dieses tägliche Schauspiel der Natur.

Dread saß auf der Treppe vor dem Bunkhouse. Er genoss die Einsamkeit. Verträumt richtete er den Blick in den Dunst der dunklen Unendlichkeit. Erfüllt vom inneren Frieden, sann der schwarze Cowboy den vergangenen Tagen nach. Er strich sich mit der Hand über das Gesicht und betastete dabei die Stelle, die noch deutlich vom brutalen Faustschlag gezeichnet war. Jetzt spürte er die Verletzung kaum noch. Die Erinnerungen an die Auseinandersetzung mit Hank schienen mit dem Abheilen der Schwellung zu verblassen. Nur der Stolz über die Anerkennung durch die Crew erfüllte Dreads Herz mit großem Glück.

Aus der Schlafbaracke hörte Dread lautes Lachen. Vier weitere Cowboys verstärkten seit gestern die Gruppe. Es waren sympathische Männer, die sich sofort in die Mannschaft integriert hatten. Wie sich schnell herausstellte, waren sie mit Turner bekannt. Der Vormann hatte einige Briefe an ehemalige Kameraden geschrieben. Und diese vier Männer waren ihrem ehemaligen Lieutenant zu Hilfe geeilt. Nun waren es ein Dutzend Männer, die es mit mehr als einem doppelt so starken Gegner aufnehmen wollten.

Der gedämpfte Lärm aus dem Innern des Bunkhouses schallte ins Freie, als die Tür weit geöffnet wurde. Dread blickte sich um und schaute lächelnd auf den Mann, der aus der Unterkunft trat.

Smith setzte sich neben Dread auf die Treppe.

»Einfach herrlich, diese Ruhe hier draußen. Der Zwerg ging mir auf die Nerven. Schade, dass der Unterkiefer nicht gebrochen war.« Das verschmitzte Schmunzeln in Joes Gesicht wies diesen Wunsch unmissverständlich als derben Scherz aus.

»Stimmt, Pete scheint sich wieder besser zu fühlen«, antworte der Schwarze lachend, »Wo hast du eigentlich gelernt, so geschickt einen Unterkiefer wieder einzurenken?«

»Tja, wo wohl?«

Dread erwiderte nichts. Er schwieg betreten, denn er kannte die Antwort.

»Jetzt lass uns nicht wieder schwermütige Themen wälzen«, Joe schlug dem Schwarzen freundschaftlich auf die Schulter. »Wir reiten bald in die Stadt. Und weißt du, was ich als Erstes tun werde?«

Dreads ahnungsloser, fragender Blick löste bei Smith ein amüsiertes Lachen aus.

»Ich werde es dir sagen, Dread. Gleich wenn ich in der Stadt bin, suche ich mir die schönste Hure. Und zwischen ihren Schenkeln vergesse ich all den Dreck und Gestank dieser blödsinnigen Welt.«

Dreads Augen weiteten sich. Irritiert schaute er Joe an.

»Habe ich bei dir wieder einen Glaubenskonflikt ausgelöst? Nun verkrampfe doch nicht gleich wieder. Du musst doch nicht mitkommen.«

Beschämt blickte Dread auf den Boden. Er spürte, wie ihm das Blut in den Kopf stieg und hoffte, dass Joe es nicht bemerkte.

»Wie unmoralisch, welch eine Sünde! Dir nehme ich sogar die Empörung ab, mein lieber Dread. Doch die anderen Heuchler ekeln mich an, die am Tag naserümpfend an den Hurenhäusern vorbeigehen und sich nachts in geiler Erwartung hineinschleichen. Es ist das älteste und beständigste Gewerbe der Welt. Und ich finde, es ist ein faires Geschäft. Du musst nicht Liebe und Treue heucheln, damit du das bekommst, auf das du Lust hast.«

»Und wie war das bei Nelly?«

Dreads Frage schien Joe wie ein Faustschlag zu treffen. Abrupt wich die Fröhlichkeit aus seinem Gesicht. Jetzt war es Joe, der betreten zu Boden blickte. Sein tiefes Atmen verriet sein aufgewühltes Inneres.

Beide Männer saßen schweigend auf der Treppe.

»Es war nur ein Märchen, nur ein Märchen, Dread«, ganz leise, gequält langsam kamen nach langem Schweigen die Worte aus Joes Mund.

»Ich wollte dich nicht verletzen, Joe«, entschuldigte sich Dread.

»Du musst dich für nichts entschuldigen, Dread«, Smith hatte sich wieder in der Gewalt und schaute den Schwarzen lächelnd an.

»Joe, darf ich dir zwei Fragen stellen?«

»Nur zu – schieß los.«

»Die erste Frage bezieht sich auf dein Märchen«, Dread betonte das letzte Wort und schaute Joe mit vielsagendem Blick an.

Wieder schwand das Lächeln aus Joes Gesicht. Aber sein Blick forderte Dread zum Sprechen auf.

»Warum ist Johann zu den Konföderierten gegangen, wenn er die Sklaverei ablehnt?«

»Ja, das ist wirklich eine gute, intelligente Frage, die eine unbestritten dumme Tat erklären soll«, kopfnickend gab Joe dem Schwarzen zu erkennen, wie berechtigt ihm diese Frage erschien.

»Wenn ich es mir so recht überlege, Dread, kann ich dir darauf keine vernünftige Antwort geben. Rational gibt es keinerlei Erklärung dafür. Aber ich werde es dennoch versuchen: Wir leben in unserer Welt, registrieren Ungerechtigkeiten und Verbrechen. Aber wir bilden uns ein, dass dies nichts mit dem zu tun hat, was wir mit unserer Heimat in Verbindung bringen. Wir verdrängen somit Wahrheiten und rechtfertigen unser Handeln mit unseren vermeintlichen Werten. Und dafür sind wir sogar bereit, zu kämpfen und zu sterben. Übrigens, die meisten Soldaten der Konföderierten hatten keine Sklaven. Sie verteidigten lediglich das, was sie Heimat nannten.«

Dread hatte aufmerksam zugehört. Joes Begründung klang plausibel. Nur so konnte man Johanns Handeln verstehen. Denn unsere Gewohnheiten und sicherlich auch das uns prägende Umfeld treiben uns in eine bestimmte Richtung.

Schmunzelnd registrierte Smith das zustimmende Nicken seines Gesprächspartners.

»Nun, Dread, und was ist mit der zweiten Frage?«

»Was bedeutet eigentlich das Wort „imaginär"?«, fragte Dread darauf mit wissbegierigem Blick.

Smith schaute den Schwarzen verdutzt an. Dann brach er in schallendes Gelächter aus. Seit seiner Ankunft auf der Ranch hatte niemand diesen hochmütigen Mann so herzhaft lachen gehört. Er klopfte mit einer Geste auf Dreads Schulter, die höchste Anerkennung vermuten ließ. Dann stand er auf und ging noch immer laut lachend zurück ins Bunkhouse.

Dread verstand nichts. »Du bist so dumm, so unglaublich dumm, Dread Moore«, sagte er leise zu sich selbst.

Und mit dieser niederschmetternden Erkenntnis stand der schwarze Cowboy ebenfalls auf und folgte Joe in die Unterkunft.

*1 *Everet,* Geschichte der Sklaverei", S.30

Emotionen

...Denn nur, wer wahrhaftig und selbstlos zu lieben in der Lage ist, der kann geben. Wer liebt, kann verzichten. Liebe heißt, zu fühlen und sich zu bemühen, den anderen zu verstehen...

DAS SPIEL DER MENSCHEN

»Schach«, triumphierend entfernte Matthew Hawkin den gegnerischen Bauern und platzierte an dessen Stelle sein Pferd. Ein gelungener Zug. Sein Gegner kam dadurch in üble Bedrängnis. Er musste den König bewegen und die ungesicherte Dame opfern. Zudem würde ein unüberlegtes Ausweichen das ganze Spiel schnell entscheiden. Denn Matthew hatte Läufer und Turm geschickt platziert.

Ja, komm, setze den König nach rechts und nicht auf die vermeintlich ungeschützte Stelle, dachte Matthew. Er vollzog in Gedanken bereits die nächste Attacke, in der er mit dem vom Läufer geschützten Turm in die Verteidigung einbrechen würde. Matthew fixierte den gegnerischen König und vermied es, den Blick auf seinen Turm zu richten. In freudiger Erwartung lauerte er auf den gegnerischen Zug und hoffte auf den Fehler.

Matthews Gegner im königlichen Spiel war wesentlich kleiner und bot auch vom äußerlichen Erscheinungsbild her einen auffälligen Kontrast. Unter dem zerknitterten grünen Streifensakko trug er ein gelbes, kariertes Baumwollhemd. Und als ob die Geschmacklosigkeit noch gesteigert werden sollte, spannten sich blaue, mit Karos gemusterte Hosenträger über den Leib. Die Bartstoppeln im aschfahlen Gesicht zeigten, dass ihm die Normen der gepflegten Gesellschaft ziemlich egal waren. Und die zerzausten, viel zu langen grauen Haare verneinten im konsequenten Chaos auch nur den Ansatz einer Frisur. Das Gesicht des kleinen Mannes durchzog auffällig viele Furchen. Besonders die Stirn erinnerte an ein winziges Waschbrett. Auf der kleinen spitzen Nase balancierte eine schief sitzende Brille, deren verbogene Bügel auf unbekannte Weise den Weg in den grauen Haarfilz fanden. Seine Augen blickten durch die dicken, sorgfältig geputzten Brillengläser zornig auf die Pferdefigur. Dabei schienen sich die Stirnfurchen über der Nase in tiefe Gräben zu verwandeln, in denen das ganze Gesicht zu verschwinden drohte. Ein schwer zu definierender Laut, der aus einem missmutigen, knurrigen Geräusch während des Ausatmens kam, entrang sich der Brust des zerzausten Schachspielers.

Schmunzelnd schaute Matthew auf seinen Freund. Er konnte förmlich dessen Gedanken lesen. Wie hasste er doch die beiden Pferdefiguren, die Matthew immer und immer wieder wirkungsvoll im Spiel gegen ihn einsetzte. Und auch jetzt stand ein solcher Pferdekopf in seiner sorgfältig aufgebauten Verteidigung. Die Dame war verloren. Das Spiel schien sich gegen ihn zu wenden. Und wenn William Howard etwas nicht ertrug, dann war es zweifellos das Verlieren. Dieser kleine Mann, dessen Temperament mit einer gezündeten Sprengladung vergleichbar war, bemühte sich vergeblich, seine Verärgerung über den Spielverlauf zu verbergen.

Und dann vollzog er endlich seine Ersatzhandlung, über die sich Matthew stets ein wenig gerührt amüsierte. Umständlich wühlte William Howard in beiden Hosentaschen und brachte schließlich aus einer – es war nie klar, aus welcher – seine silberne Taschenuhr zum Vorschein. Es war unbestreitbar die bekannteste Taschenuhr Wichitas. Immer, wenn William Howard verärgert war, versuchte er, über dieses Ritual seine Fassung wiederzugewinnen. Und William Howard war sehr, sehr oft verärgert.

Matthew konnte mittlerweile den Grad der Erregung an Dauer und Inhalt des bemerkenswerten Zeiterfassungs-Rituals ablesen. Erst kramte Howard in seinen von vielen Utensilien ausgebeulten Hosentaschen herum. Hatte er die Uhr dann endlich gefunden, ließ er den Klappdeckel nach oben schnellen, um anschließend die Zeit zu erkunden. War William Howard nur ein klein wenig verärgert, dann schloss er schon nach kurzer Zeit den Uhrendeckel, und die Uhr fand schnell wieder ihren Platz in einer der beiden Hosentaschen. Wenn er allerdings stärker verärgert war, dann sah es aus, als ob William Howard minutenlang die Bedeutung des großen und kleinen Zeigers ermitteln wollte. Die Augen würden dann fast ungläubig das Zifferblatt anstarren. Und erst nach einer Ewigkeit entstünde der Eindruck, als ob der Besitzer die Funktion seiner Uhr durchschaut hätte. Ein Wutausbruch bahnte sich an, wenn William Howard nach endloser Analyse des Zifferblatts begann, die Belastbarkeit der Uhrenfeder durch langsames stetiges Aufziehen zu testen. In diesem Fall wurde die Sprengladung gezündet. Nur ein Wunder konnte dann noch die unvermeidbare Explosion verhindern. Dieses Wunder hatte sich schon mehrfach durch das Überdrehen der Uhrenfeder eingestellt, was bei William Howard jedes Mal eine ernüchternde Traurigkeit hervorgerufen hatte. Er liebte diese Uhr.

Gott sei Dank wirkte in Wichita ein tüchtiger Goldschmied und Uhrmacher. Bei ihm war der kleine temperamentvolle Mann ein sehr guter Kunde.

William klappte den Deckel zu und ließ die Uhr in der Hosentasche verschwinden.

Ah, er hat noch Hoffnung. Matthew war verunsichert. Hatte er etwas übersehen? Konnte William sich aus der prekären Lage noch befreien?

Beide Männer saßen sich stumm gegenüber und fixierten grübelnd das Schachbrett, auf dem nur noch eine geringe Anzahl von Figuren zu sehen war.

Am selben Tisch saß ein weiterer, sehr groß gewachsener Mann in lässiger Haltung. Er war im Vergleich zu seinen Tischnachbarn vornehm gekleidet, trug einen dunklen, tadellos sitzenden Anzug, unter dem eine silberfarbene Weste aus kostbarer Seide schimmerte. Den peinlich sauberen weißen Hemdkragen zierte eine sorgfältig gebundene Fliege.

Etwas gelangweilt saß dieser Mann mit übergeschlagenen Beinen, leicht vom Tisch weggerückt und verfolgte seine Pfeife rauchend das Spiel. Doch nach Hawkins letztem Zug schien sein Interesse zu schwinden und er vertiefte sich in die mitgebrachte Zeitung. Schon mit dem ersten Blick schien er einen Beitrag gefunden zu haben, der ihn interessierte, die Kolumne.

»Hört, hört, unser Tintenfinger scheint sich nach anspruchsvolleren Gegnern umzuschauen. Baker ist ihm offensichtlich zu harmlos geworden; jetzt legt er sich gleich mit der ganzen Nation an«, höhnte er im akzentfreien Englisch eines Gelehrten. Und er begann augenblicklich mit leicht gekünstelter Stimme den betreffenden Text vorzulesen:

Was werden die Urenkel von uns denken?
Wir Amerikaner sind stolz auf unsere Nation! Wir haben unsere Freiheit im „American War of Independence" erkämpft. Freiheit – was für ein großartiges Wort; was für eine edle Vision. Sie ist ein Privileg. Jeder Bürger dieses Landes hat ein verfassungsmäßiges Recht darauf. Dafür stürzte sich unsere im Streit um die Versklavung schwarzhäutiger Menschen gespaltete Nation in einen verlustreichen Bruderkrieg. Eine dreiviertel Million Amerikaner musste für die Freiheit von Menschen sterben, deren heimatliche Wurzeln an einem anderen Ort, auf dem afrikanischen Kontinent, zu finden sind. Welch ein furchtbar hoher Preis! Aber jeder aufrechte Amerikaner ist bereit, einen solch hohen Preis für die Freiheit zu zahlen.

Darauf können wir doch mit Recht stolz sein. Und mehr noch, mit großartigen Gesetzen bieten wir jedem fleißigen, entschlossenen Bürger unbegrenzte Chancen, seine Träume zu verwirklichen. Mit dem „Heimstätten-Gesetz" wurde eine entscheidende Voraussetzung für die Besiedlung des Westens geschaffen. Der „Transcontinental Railroad Act" war die Grundlage für die Erschließung unseres Landes durch ein kontinentweites Eisenbahnnetz. Und im selben Jahr wurde mit dem „Land Grand College and Universities Act" ein weiteres zukunftsweisendes Gesetz geschaffen: Hochschulen sollen das intellektuelle Potenzial für die Nutzung der riesigen, neu erschlossenen Ländereien hervorbringen.

Wir sind eine fantastische Nation, geprägt von großartigen Visionären und mutigen Pionieren!

Aber wenn sich in uns nur ein Hauch von Gewissen rührt, schwinden die Begeisterung und das Eigenlob angesichts des unverzeihlichen Unrechts, das wir einem großen Volk zugefügt haben. Denn bevor wir uns anschickten, diesen Kontinent zu besiedeln, waren schon andere Menschen da. Sie haben keine weiße, keine schwarze, sondern rote Hautfarbe. Wir nennen sie Indianer. Und wir raubten ihnen ihr Land. Uns interessierte es nicht, ob sie mit uns in Frieden leben wollten, so wie am Beispiel der Cherokees, einem Indianerstamm, der sich sogar dem Christentum öffnete und eine Verfassung nach unserem Vorbild schuf. Wir vertrieben

die Cherokees aus ihrer Heimat, schickten sie auf den „Weg der Tränen"
in den heißen, öden Osten Oklahomas. Seitenweise könnten weitere Beispiele dieser Art aufgezählt werden.

Unsere großen Siedlerströme ziehen durch das den Indianern zugespro-
chene Land. Der Goldrausch interessiert sich nicht für deren Lebens-
raum. Wir schlachten Millionen und aber Millionen von Büffeln ab und
nehmen somit den Indianern die Existenzgrundlage. Und wenn sie sich
wehren, so senden wir ihnen Strafexpeditionen entgegen. Soldaten, die
für die Abschaffung der Sklaverei gekämpft hatten, zwingen nun die einstigen Herren dieses Kontinents in die Knie.

Treffender kann unsere doppelte Moral wohl kaum ausgedrückt werden
als mit dem berühmt-berüchtigten Spruch: Nur ein toter Indianer ist ein
guter Indianer.

Wie erklären wir dieses beschämende Kapitel unserer Geschichte den En-
kel- und Urenkelkindern?

Ich weiß es nicht, meine sehr verehrten Leser. Und, was mich mit noch
viel größerer Sorge erfüllt, ist die Befürchtung, dass sich diese Moral
vererbt, dass sie in späteren Generationen noch perversere Ausmaße an-
nimmt und auch das größte Unrecht mit einfältigen Argumenten zu
rechtfertigen vermag:

Was uns nützt, ist richtig!

Wenn wir nur fest und unerschütterlich an etwas glauben, so kennen
wir auch die Wahrheit!

Was nicht in unserer Wahrheit passt, ist schlecht!

Und was schlecht ist, das dürfen wir bedenkenlos vernichten!

Ich habe diesen Artikel anlässlich der gewaltsamen Ansiedlung des Nez
Percés-Stammes in Kansas geschrieben. Vorangegangen war ein Feldzug, der wohl zu den unnötigsten Kriegen gegen die Indianer zählt. Dieser friedliche Stamm, der stolz darauf war, kein Blut eines Weißen ver-
gossen zu haben, lebte im vertraglich zugesicherten Reservat, zu dem
auch die Wallowa-Berge gehören. Dummerweise wurde dort Gold gefunden. Und wieder einmal brachen wir Weißen einen Vertrag mit dem
roten Mann. Die Indianer wehrten sich und legten dabei im Gewaltmarsch von drei Monaten knapp 1700 Meilen Richtung Kanada zurück.
General Miles bewunderte ihren Mut und General Sherman ihre
menschliche Würde. Die Nez Percés hatten niemals wehrlose Zivilisten

Matthew kannte den unorthodoxen Schreibstil seines Freundes
nur zu gut. Die unverblümte Schreibweise hatte schon zu einigen
Eklats geführt. Wahrscheinlich hätten seine Gegner ihn längst aus
der Stadt gejagt, und das wäre wahrscheinlich noch die harmlose
Variante gewesen, wenn dieser eigenwillige Howard nicht zu den
besten Freunden des Marshals zählte.

William Howard, Kolumnist, Drucker und Verleger der „Wichita-Nachrichten", verstand es, in jeder Ausgabe seiner Zeitung einen provozierenden Leitartikel zu verfassen. Mit gnadenloser,
aber leider nicht immer sachlich korrekter Kritik avancierte Howard seit geraumer Zeit zur mahnenden Stimme, die es verstand,
die Menschen in der Stadt anzusprechen. Er galt als ein Original,
das geachtet, gefürchtet, geliebt, gehasst und nicht selten auch be-
lächelt wurde. Und es war zweifellos auch seine Authentizität,
die diesen Ruf manifestierte. Denn sein Stil als Journalist entsprach genau Howards Denken und Handeln. Und so fanden die
„Wichita-Nachrichten" stets reißenden Absatz. Die Leute kauften
sie nicht wegen der Anzeigen und Bekanntmachungen, nein, sie
wollten lesen, was und vor allem wen William Howard anpran-
gerte.

Matthew mochte diesen kleinen, meist mürrisch dreinblickenden Mann. Er bewunderte die Ehrlichkeit, die sich an keine Etikette hielt und seinen schon manisch anmutenden Gerechtigkeits-
sinn. Howard nahm auf nichts und auf niemanden Rücksicht.
Selbst seine besten Freunde waren vor seiner öffentlichen Kritik
nicht sicher. Matthew erinnerte sich noch gut an die Zeitungsausgabe, in der Howard den Marshal als brutalen Schläger beschimpfte, weil dieser mit unnötiger Härte ein paar angetrunkene
Cowboys verhaftet hatte. Hudson hatte daraufhin wochenlang

kein Wort mit Howard gesprochen und jeden Kontakt zu ihm vermieden. Matthew war es schließlich, der die beiden Streithähne wieder miteinander versöhnt hatte. Allerdings musste Howard damals einen Wutanfall des Marshals über sich ergehen lassen, der von deftigen Schimpfwörtern wie „borniertes, selbstgerechtes Arschloch" oder „unqualifizierter Tintenfinger" gewürzt war. Seit dieser Zeit musste sich Howard auch von seinen besten Freunden den Spitznamen „Tintenfinger" gefallen lassen.

Howards krächzende Stimme holte Matthew in die Gegenwart zurück.

»Hör genau zu, Quacksalber. Baker ist nach wie vor mein Lieblingsthema. Aber es ist nun einmal meine Pflicht, skandalöse Vorfälle wie diesen zu publizieren«, Howards Stimme ließ deutlich seine Verstimmung über den spöttischen Ton erkennen, mit dem sein Artikel vorgetragen worden war.

»Stimmt, deine Pflicht ist es, zu berichten. Aber dein sogenannter Bericht ist mit einer beleidigenden Generalanklage verknüpft. Du verunglimpfst die Menschen einer ganzen Nation als gierige, korrupte Landräuber, die darüber hinaus verblödet genug sind, um sich dabei noch als Patrioten zu feiern. Eines Tages, Tintenfinger, wird dir jemand deine Druckplatten zum Fressen geben«, der groß gewachsene, gut gekleidete Mann schaute Howard grinsend an.

»Quacksalber!«

»Tintenfinger!«

Beide Männer waren mit ihren Stühlen näher zum Tisch gerückt, hatten ihren Oberkörper über den Tisch gebeugt, sodass sie sich wie zwei auf das äußerste gereizte Kämpfer in die Augen schauen konnten. Ihre Nasen berührten sich fast und ihr Kinn drohte, die wenigen noch auf dem Schachbrett vorhandenen Figuren umzustoßen.

Unversehens fing der große Mann lauthals zu lachen an. Auch das faltige Gesicht seines Gegenübers zeigte eine veränderte Mimik, die mit etwas gutem Willen als Heiterkeit ausgelegt werden konnte.

»Tintenfinger.«

»Quacksalber.«

Matthew musste ebenfalls über seine beiden Freunde lachen. Mit ihrer theatralischen Einlage boten sie ein äußerst amüsantes Bild. Da waren das Schachbrett mit einer spielentscheidenden Figurenkonstellation und darüber die Köpfe zweier streitlustiger Typen, die keine Gelegenheit ausließen, sich im verbalen Schlagabtausch zu messen. Vor allem der Doc genoss es stets, William Howard mit spitzen Bemerkungen zu reizen. Allerdings kannten beide dieses Spiel nur zu gut. Und sie empfanden zu viel Respekt und Sympathie füreinander, als dass ein solches Wortgefecht auch nur ansatzweise entgleisen konnte. Umso absurder war die Körpersprache der beiden Männer, mit der sie ihren theatralischen Disput beendeten.

Bernard Russell, der hochgeschätzte und beliebte Arzt von Wichita, hatte seinen Stuhl wieder vom Tisch zurückgeschoben und seine bequeme Sitzhaltung eingenommen.

»Trotzdem meinen Respekt, William, mir gefällt der Artikel und vor allem die Botschaft, auch wenn ich mir sicher bin, dass die meisten Leser diese nicht kapieren werden.«

Howard schaute aufmerksam auf Russell und seine Freude über das Kompliment war offensichtlich.

»Es war auch klug von dir, in dieser Ausgabe einmal nicht auf deinen Lieblingsfeind einzuhacken. Deine letzte Attacke wird Baker sicherlich heute noch schwer im Magen liegen. Schiebe die nächste schwer verdauliche Kost erst nach, wenn Ralph wieder in der Stadt ist«, aus Russells Stimme war eine gewisse Sorge herauszuhören.

Howard hatte sich bereits wieder auf das Schachbrett konzentriert. Russells Rat war ihm lediglich ein kurzes Abwinken wert. Sein missmutiges Knurren bestätigte die Erinnerung an die für ihn so unerfreuliche Spielsituation. Er überlegte kurz und platzierte den König auf Matthews Wunschstelle nach rechts.

Matthew triumphierte. Die nächsten Züge standen für ihn bereits fest. Er griff zum Turm, schlug Howards Bauern und setzte ihn vor den bedrängten König.

»Schach.«

Mit diesem Zug hatte Howard nicht gerechnet. Zuerst war er verwundert, doch dann wurde ihm auf einen Schlag seine desas tröse Lage bewusst. Howard kratzte sich mit beiden Händen am Schädel, was allerdings seiner ohnehin schon zerzausten Haarpracht keinen Schaden zufügte. Dann wühlte er in seinen Hosentaschen und zog die Uhr heraus. Das klappende Geräusch verkündete das Aufspringen des Uhrdeckels. Howard starrte mit aufgerissenen Augen das Zifferblatt an. Matthew wusste in diesem Augenblick, dass William die unabwendbare Niederlage erkannt hatte.

»Als Nächstes wird er deine Dame schlagen. Damit ist deine hinterste Verteidigung faktisch aufgelöst. Und dann gibt er dir mit seiner Dame den Rest. Noch drei Züge und du bist matt, lieber William.«

»Danke für die Zusammenfassung des Spiels, das habe ich jetzt unbedingt gebraucht«, mit wütendem Blick fauchte Howard den Doc an.

»Tja, du hättest den König in die andere Richtung setzen müssen«, Russell bohrte genüsslich in der Wunde, »aber das hätte dein Ende nur hinausgezögert. Du bist viel zu chaotisch aufgestellt.«

»Blah, blah, blah! Wenn du das nächste Mal gegen Matthew verlierst, werde ich auch so klug daherreden«, Howard schlug mit dem Handrücken den König um. Er hatte aufgegeben. Selbstbeherrschung gehörte wahrlich nicht zu William Howards Stärken. Gleich zwei weitere Figuren fielen bei dieser Aktion um, während der König kreiselnd vom Schachbrett rutschte und dabei weiteres Unheil anrichtete, indem er sich in die am Brettrand aufgereihten Figuren schraubte.

Russel saugte genüsslich an seiner Pfeife und beobachtete das Chaos auf dem Brett: »Na, na – das Stück Holz kann doch nichts für dein stümperhaftes Spiel. Und natürlich darfst du auch über meinen Spielstil lästern, unabhängig davon, ob ich gegen Matthew gewinne oder verliere. Bei uns ist der Ausgang nämlich offen. Ganz im Unterschied zum Spiel gegen dich, in dem meist bereits nach wenigen Zügen deine Niederlage feststeht.«

Howard schnaufte hörbar, als ob ein Dampfkessel Druck ablassen wollte. Die Uhr erschien wieder in seiner Hand und er begann, sie aufzuziehen.

»Nun lass dich doch von Bernard nicht ärgern. Du wirst immer besser«, sagte Matthew, der Mitleid mit Howard hatte.

In der Tat war der Redakteur ein mäßiger Schachspieler. Aber immer und immer wieder forderte er den Doc oder ihn heraus. Er begann stets mit Euphorie und viel Selbstvertrauen, doch am Ende war er immer der Verlierer.

»Und außerdem ist es keine Schande, gegen uns zu verlieren«, fügte Russell grinsend hinzu. »Wir sind doch deine Freunde. Wie führst du dich denn erst auf, wenn du gegen einen Feind spielst und verlierst. Zerbeißt du dann alle Figuren samt Brett? Wir sollten doch einmal den Versuch wagen und ein Spiel gegen Baker arrangieren.«

»Um mich mit dem an einen Tisch zu bekommen, muss man mich schon mit zehn Mann hinschleifen und mit dicken Seilen daran festbinden!«

Matthew musste lachen. Auch wenn dieser Vergleich übertrieben war, beschrieb er doch plastisch Howards große Abneigung gegen Baker. Ja, William konnte exzessiv lieben und hassen. Während er die erste Eigenschaft hervorragend zu verbergen wusste, konnte die zweite selbst der naivste Zeitgenosse mühelos erkennen. Und wahrlich, William hasste diesen Baker abgrundtief. Matthew konnte seinen Freund sehr gut verstehen.

»William, wer ist denn nun böser«, Russell tippte immer noch grinsend auf Howards Zeitung, »wir Indianerland-Räuber oder der Geschäftsmann Baker, der mit zweifelhaften Methoden eine Farm nach der anderen ergaunert hat?«

»Beides ist mit Mord verbunden. Beides zieht Leid und Elend nach sich. Im Kleinen wie im Großen; wir Menschen zeigen stets das Wesen eines nimmersatten Raubtiers.«

»Aha, also sind wir letztlich alle Verbrecher«, provozierte Russell weiter.

»Nein, aber wir sollten uns nicht der Illusion hingeben, der Mensch sei ein gütiges und primär sozial ausgerichtetes Wesen. Der Mensch ist ein Egoist, ein maßloser noch dazu. Er trachtet stets nach seinem eigenen Vorteil, will besser sein, will mehr haben und sich über den anderen stellen. Er ist und bleibt das gefährlichste Raubtier dieser Welt. Und weil er so ist, ist er aggressiv, verführbar und manipulierbar, vorwiegend dann, wenn er einen Vorteil für sich erhofft. Ja, in der Tat, um sich eine vorteilhaftere Lage zu verschaffen, ist der Mensch bereit, zu lügen und zu betrügen. Die Skrupellosesten unter uns gehen dabei im wahrsten Sinne des Wortes über Leichen. Und somit haben individuelle wie kollektive Raubzüge stets denselben Nährboden.«

Russell hatte aufmerksam zugehört. Sein anerkennender Blick richtete sich auf Howard. Und Matthew wusste, dass sich jetzt wieder ein angeregtes, philosophisches Gespräch zwischen den beiden Freunden entwickeln würde.

»Nun, deine Argumente kann ich schwerlich widerlegen. Weißt du, was mich aber an deiner Philosophie so stört? Du malst dein Menschenbild ausschließlich schwarz. Natürlich hast du recht. Der Altruismus ist ein naiver Wunschtraum. Er gehört in das Reich der Märchen, kann bestenfalls als erzieherisches Ideal in religiösen oder philosophischen Leitbildern propagiert werden. Ja, der Mensch ist ein Egoist. Ja, er nutzt seine Fähigkeit zu denken zunächst erst einmal für die Verwirklichung der eigenen Ziele. Aber das nützt auch vielfach der Allgemeinheit, wie die Geschichte der Menschheit eindeutig beweist. Man nennt das Fortschritt, lieber William. Und eine treibende Kraft dafür liegt zweifellos im egoistischen Streben des Einzelnen, besser und erfolgreicher zu sein als die anderen. Dieser Fortschritt basiert auf Können und Fleiß und nicht auf Lüge und Mord.«

»Ich habe lediglich auf deine Frage geantwortet. Und das lässt sich prägnant formulieren: Baker raubt und mordet, um sein Rancherland zu vergrößern. Die Nation raubt und mordet, um das Indianerland für sich zu nutzen. In beiden Fällen gibt es einen oder wenige Haupttäter, viele Mittäter, noch viel mehr Zuschauer und kaum Gegner. Die Ursache dafür sehe ich im schwarzen Kern der menschlichen Seele. So falsch ist die schwarze Farbe sicherlich nicht, mit der ich das Menschenbild zeichne.«

»Respekt, gut gekontert, mein Lieber. Ich wollte aber anmerken, dass nicht alle Wesen, die den aufrechten Gang bevorzugen, kriminalisiert werden sollten. Ich glaube an die Demokratie und finde es lohnend, dem Zweibeiner eine Chance zu geben, in einer annähernd gerechten Gesellschaft gewisse soziale Eigenschaften zu entwickeln.«

»Du meinst tatsächlich, dass wir Menschen irgendwann einmal in der Lage sein werden, eine gerechte Gesellschaft aufzubauen? Bernard, ich dachte bis heute, du wärst ein Realist.«

Russel musste laut lachen. Nach einem tiefen Zug aus der Pfeife setzte er den Dialog fort. Die ersten Worte wurden einer Dampflokomotive gleich mit winzigen Qualmwölkchen ausgestoßen: »Nein, an eine gerechte Gesellschaft glaube ich wirklich nicht. Es wird immer Gewinner und Verlierer – Helden und Schufte – Kluge und Dumme geben. Jedem kann man es nicht recht machen und allen kann man nicht gerecht werden. Schon allein der Versuch hätte Chaos und Anarchie zur Folge. Aber ich glaube an die Möglichkeit, Fleiß und Können zu belohnen – Faulheit und Verbrechen zu bestrafen. Ich glaube daran, dass viele Menschen über eine entsprechende Bildung ihre Chancen und Möglichkeiten nach Selbstverwirklichung erkennen und nutzen können. Jeder Mensch sollte die Freiheit haben, seinen Weg zu gehen: Dem Cleveren und Fleißigen soll sein Tun zu Erfolg und Reichtum verhelfen. Der Redliche und Ehrliche soll mit Lob gepriesen werden. Der faule Taugenichts soll sich in freier Unbekümmertheit in der Gosse suhlen. Der sich nicht an die Regeln haltende Spitzbube und Bösewicht soll aus dem Gesellschaftsspiel ausgeschlossen werden und muss stattdessen eine abschreckende Strafe im Knast verbüßen. Das ist vielleicht nicht immer gerecht. Aber es ist akzeptabel.«

»Bernard, ich weiß nicht, was du deinem Tabak beigemischt hast. Lass das, es bekommt dir nicht. Du redest danach nur wirres Zeug. Baker ist ein Bösewicht, der immer reicher wird und ungestraft sein Unwesen treibt. Der fleißige Max Hoke wurde von Bakers Leuten als Viehdieb diffamiert und gelyncht. Und den edlen Häuptling der Nez Percés hat man mit Kugeln statt Lobpreisungen überschüttet. Ist das akzeptabel?«

Russell antwortete nicht sofort. Er schaute seinen Gesprächspartner nachdenklich an. Schließlich setzte er die Unterhaltung fort: »Weißt du, was uns grundsätzlich voneinander unterscheidet? Ich werde es dir sagen: Während ich das Licht sehe, suchst du den

Schatten. Es gibt nicht nur deinen Baker. Es gibt zum Beispiel auch einen Rancher namens Murphy. Und dieser hat sich seinen Reichtum ausschließlich durch Fleiß und Können erarbeitet. Es gibt also nicht nur das Böse, Schlechte, Gemeine, Verwerfliche, Hassenswerte – nein, unter uns Menschen befinden sich auch liebenswerte, bewunderungswürdige und letztlich vorbildliche Exemplare. Du wirst immer Licht und Schatten finden. Aber die Masse der Menschen strebt dem Licht zu. Die Wenigsten wollen absichtlich schlecht und böse sein. Vielen fehlt es sicherlich an der nötigen Disziplin und dem Mut, gut zu sein. Die Guten aber manifestieren die bleibenden Werte. Und diese werden zweifellos von der Masse der Menschheit akzeptiert. Meiner Meinung nach gibt eine freie, demokratische Gesellschaft, mit den von mir gerade genannten Regeln und Möglichkeiten, den Menschen die Chance, sich eines Tages in eine annähernd faire Gesellschaft zu entwickeln.«

»Papperlapapp. Du schwafelst wie ein verliebter Träumer. Ich werde dir sagen, wie das Gesellschaftsspiel läuft. Sicher gibt es Menschen, die ihre Ziele durch Fleiß und Können erreichen wollen. Aber mindestens ebenso vielen ist dafür jedes Mittel recht. Das sind die beiden Extreme. Daraus rekrutieren beide Seiten ihre Eliten: Die weiße, die du anhimmelst, und die schwarze, die uns beide traumatisiert. Und dazwischen befindet sich die große graue Masse. Diese graue Masse will mit geringstem Einsatz so viel wie möglich erreichen. Jedoch ist sie in der Regel zu faul und zu träge, selbst etwas Nennenswertes zu leisten. Also folgt sie schnell und bedenkenlos jedem, der ihr eine verbesserte Situation verspricht. Und ich muss dir nicht sagen, wer dabei erfolgreicher ist: Es sind die, welche keine Skrupel haben, die graue Masse mit illusorischen Versprechungen für das Erreichen ihrer Ziele zu benutzen.«

»Jetzt nimmt unser Gespräch tatsächlich doch noch eine gute Wendung. William Howard entdeckt die Farbe Grau! Einigen wir uns doch darauf, dass wir Zweibeiner uns als eine riesige graue Masse begreifen sollten. Sie hat einen schwarzen Kern und wird von einer weißen Hülle geschützt. Ich glaube daran, dass sich im Laufe der Menschheitsgeschichte diese weiße Hülle stetig vergrößern wird. Das Grau wird zunehmend verblassen und sogar die Ränder des schwarzen Kerns aufhellen. Natürlich wird das Menschenbild stets Schattierungen aufweisen. Aber die Welt wird durch gebildetere Menschen, die ihr Schicksal und das ihrer Gesellschaft bewusster beeinflussen können, akzeptabler werden. Nenne mich ein Träumer, wenn du willst. Aber ohne solche Träume wäre unsere Nation nicht entstanden, deren Leistungen du am Anfang deines Artikels zu Recht gewürdigt hast.«

Howard schwieg. Er hatte mit unbewegter Miene zugehört. Es trat eine angenehme Stille ein, die nur durch Russells Saugen an der Tabakpfeife gestört wurde.

»Was ich dir damit sagen will, lieber Howard, schau nicht nur in den Abgrund, sondern auch nach oben. Es lohnt sich. Es wärmt und erhellt deine Seele. Und du kannst die Welt wesentlich entspannter betrachten«, mahnte Russell abschließend.

Minutenlang sagte keiner der Männer ein Wort.

Howard war in Gedanken versunken. Gute Argumente erreichten stets seinen wachen Geist, zumal diese von seinem Freund kamen, den er uneingeschränkt respektierte.

Russell hatte die Raucherutensilien auf dem Tisch ausgebreitet und reinigte mit großer Sorgfalt seine Pfeife. Die pedantische Art ließ das Ritual des Tabakliebhabers erkennen.

»Jetzt habt ihr euch wieder einmal in philosophischen Ergüssen übertroffen«, sagte Matthew, dem die andauernde Stille am Tisch unangenehm war.

Howard und Russell, die ihn im angeregten Gespräch fast vergessen hatten, blickten nun beide mild lächelnd Matthew an, Howard mit einem derart freundlichen Gesichtsausdruck, den ihm die meisten Menschen niemals zutrauen würden.

»Ja, was sagst du denn eigentlich zu diesem Thema, lieber Matthew. Unbestritten ist das doch dein Betätigungsfeld«, forderte Russell nun eine Stellungnahme.

Matthew spürte die erwartungsvollen Blicke seiner beiden Freunde. Er überlegte kurz. Die beiden Männer stachelten seinen Ehrgeiz an, eine kurze und gute Antwort zu finden. Matthew war selbstbewusst genug, um sich für einen guten Redner zu halten. Aber bei Bernard und William lähmte ihn oft der große Respekt vor ihrem scharfsinnigen Verstand. Auch jetzt verspürte er, über sich selbst verärgert, diese Hemmung. Matthew öffnete den Mund und hörte sich selbst das Zitat aus dem „Alten Testament" sagen: »*Denn Gott wird alle Werke vor Gericht bringen, alles, was verborgen ist, es sei gut oder böse*« (Prediger Salomo, Kap. 12, Vers 14).

Fast gleichzeitig veränderten sich bei Matthews Worten die Mimik von Russell und Howard. Der Doc riss erstaunt die Augen auf. Und Howard unternahm den Versuch, die Anzahl der Falten auf seinem Gesicht zu verdoppeln. Man hätte meinen können, der kleine Mann bemühte sich, einen verklemmten Furz loszuwerden.

Und dann schauten sie sich an und brachen in schallendes Gelächter aus. Bei Howard erinnerte die Akustik dieses Heiterkeitsausbruchs an ein quiekendes Ferkel, was den Doc noch mehr aus der Fassung brachte. Russell musste sich mit einem Taschentuch die Tränen aus den Augen wischen.

Matthew war entsetzt. Die Reaktion auf sein Bibelzitat war ganz anders, als er es bezweckt hatte. Aber er hätte es wissen müssen. Ärger und Enttäuschung stiegen in ihm auf. Doch dieser Zustand hielt nicht lange an, als er seine Freunde beobachtete, deren Körper im ungebändigten Lachkrampf zuckten.

»Ihr unbelehrbaren, blasphemischen Heiden, warum gebe ich mich eigentlich mit euch ab?«

Dann beteiligte sich Matthew am Lachkonzert, erst langsam und unsicher, dann ebenso herzhaft wie seine Freunde. Und immer, wenn sie sich beruhigen wollten, löste ein Quieken oder Grunzen von Howard eine neue Salve aus.

Etwas abseits beobachtete die Wirtin des kleinen Cafés, in dem sich die Freunde regelmäßig trafen, die Runde. Nancy schaute amüsiert auf das berühmte Kleeblatt, wie die vier Freunde genannt wurden. Ein Stuhl am Tisch war heute unbesetzt. Es fehlte jemand, ihr Ralph. Der gut aussehenden Witwe gehörte die kleine Pension mit einem Café. Das „Kleeblatt" war Stammgast bei ihr. Und es war ein offenes Geheimnis, dass einer der vier Freunde ein ganz besonderes Interesse an diesem Café und seiner Besitzerin hatte, Marshal Ralph Hudson. Umso verständlicher war Nancys Blick aus traurigen Augen, was sie durch ein freundliches Lächeln vergeblich zu kaschieren versuchte. Sie sehnte die Rückkehr des Marshals herbei. Aber das taten nicht nur Nancy und seine Freunde. Es fehlte die feste Hand in Wichita, die für Ruhe und Ordnung sorgte. Denn Wichita war eine Kuhstadt, mit randalierenden Cowboys, Spielern, Outlaws und Revolverhelden. Und dann war da noch der Konflikt zwischen den beiden mächtigen Viehbaronen Harrison Baker und Robert Murphy. Wie eine dunkle Wolke zog die drohende Auseinandersetzung herauf.

Der Marshal sollte bereits seit zwei Tagen zurück sein. Nancy war schon krank vor Sorge, die Freunde bereits ungeduldig. Und in der Stadt gab es Dunkelmänner, die bereits frohlockten.

ZERSTÖRTES GLÜCK

Die Freunde hatten sich nacheinander von Nancy verabschiedet. Howard war der Erste, der eilig das Café verließ. Offensichtlich hatte ihm das Gespräch mit seinem Freund Ideen für den Leitartikel der nächsten Zeitungsausgabe geliefert.

Matthew stand nun allein auf der Straße. Er sog genüsslich die frische Frühlingsluft ein, die seine Lunge im wohltuenden Kontrast zum verqualmten Café gierig aufnahm. Gedankenverloren schlug er den Weg zur Stadtmitte ein. Der Ärger über seine Antwort auf Bernards Frage quälte Matthew auch nach dem heiteren Ausklang der Gesprächsrunde. Wie konnte er nur diesen beiden Spöttern eine solche Vorlage geben. Matthew liebte seine Freunde. Sowohl Bernard als auch William verhielten sich ihm gegenüber stets ungewohnt rücksichtsvoll, was vorwiegend für William Howards Umgang mit dem Rest der Menschheit mehr als untypisch war. Aber ihre kritische Einstellung zur Kirche bekundeten beide mit blasphemischen Witzeleien, die Matthew stets verletzten und manches Mal sogar erzürnten.

Matthew konnte sich nicht erinnern, William auch nur ein einziges Mal in der Kirche gesehen zu haben. Und Bernards Erscheinen zum Gottesdienst hing ausschließlich von der Frömmigkeit seiner jeweiligen „Bekannten" ab. Der wohl bei der Damenwelt begehrteste Junggeselle der Stadt hatte bei der Suche nach der großen Liebe, wie er seine zahlreichen Liebeleien zu begründen versuchte, kein Glück. Und Bernard suchte mit großem Fleiß. Aus Pietät stellte er seine aktuelle Favoritin immer als „gute Bekannte" vor, was Ralph und William mit einem vielsagenden Grinsen zur Kenntnis nahmen und Matthew einen mit Kopfschütteln begleitendem Seufzer abverlangte. Bernards gegenwärtige Bekannte war nicht so fromm wie ihre Vorgängerin. Und so fehlte der Doc meist beim sonntäglichen Gottesdienst.

Oh Herr, bitte vergib ihnen und messe sie nicht an ihrem Glauben und Worten, sondern an ihren Taten, betete Matthew im Stillen für seine Freunde. Oh Herr, ich kenne keinen edleren Menschenfreund, keinen toleranteren Freigeist als Bernard Russell. Dieser Mann hat noch keinem die Hilfe verwehrt. Sprichwörtlich ist seine Großzügigkeit auch denen gegenüber, die seine Dienste nicht bezahlen können. Und William – keiner hat solch einen Mut, sich offenkundigem Unrecht entgegenzustellen und das ohne Rücksicht auf die eigene Sicherheit. William Howard ist der ehrlichste und verlässlichste Mensch, den ich kenne.

Bei seinem stillen Gebet wurde sich Matthew wieder einmal der Liebe und des großen Respekts zu diesen beiden Menschen bewusst. Spontan fiel ihm kein gläubiger Christ ein, dessen gelebte Menschlichkeit diesen beiden Männern ebenbürtig war. Vielleicht Ralph? Er war ein gläubiger Christ und zweifellos ein aufrechter Mann. Doch befremdete Matthew vielfach der Egoismus, mit dem Ralph Hudson zunächst seine Interessen durchzusetzen versuchte, und die Rücksichtslosigkeit, mit welcher der Marshal Konflikte zu lösen pflegte. Aber gab es für ihn in diesem Sumpf aus Gewalt und Hinterlist eine Alternative?

Matthew ging gedankenversunken die Straße entlang. Flüchtig erwiderte er den Gruß entgegenkommender Passanten. Er dachte an seine Freunde, an die unterschiedlichen Charaktere dieser außergewöhnlichen Männer. Auch wenn sie Dinge taten, die seinem Moralverständnis widersprachen, auch wenn zwei von ihnen nicht seinen Glauben teilten, so bewunderte er ihre menschlichen Stärken. Matthew Hawkins war stolz auf diese Freunde. Sie motivierten ihn. Viele ihrer Eigenschaften dienten ihm als Vorbild.

Herr, wenn du ihre Werke vor Gericht bringen wirst, so ist mir nicht bange. Matthew musste unwillkürlich schmunzeln. Die

Wahl des Bibelzitats erschien ihm mit einem Mal als beste Antwort, die er hatte geben können. Der Ärger war verflogen. Zufrieden löste sich Matthew von seinen Gedanken und stillen Gebeten. Just in diesem Augenblick kam er am Store der Hokes vorbei. Wieder musste Matthew lächeln. Es war ein dankbares, mildes Lächeln. Er blickte in den Himmel und dankte Gott für dieses Zeichen.

Mister und Misses Hoke – kaum, dass sich Matthews Gedankenkreis geschlossen hatte und sein Gespräch mit Gott beendet war, stand er nun vor deren Store. Matthew kannte diese Familie gut. Ihr bescheidener Wohlstand war auf den großen Fleiß zurückzuführen, mit dem sie ihr Geschäft betrieben. Die Hokes waren auf den ersten Blick anständige Menschen und sehr gläubige Christen. Matthew hätte das Ehepaar und ihre Kinder eigentlich respektieren und mögen müssen. Aber Matthew kannte diese Familie. Er wusste, was sich hinter ihrer devoten, biederen Fassade verbarg. Matthew wusste alles. Er kannte die Geschichte dieser Familie und ihre dreckigen Geheimnisse. Miriam hatte es ihm erzählt. Und alle Details, die, die er von ihr hörte, und die, die er selbst beobachtet hatte, waren Mosaiksteinchen, die sich zu einem abstoßenden Bild zusammenfügten.

Angewidert schaute er auf den weit geöffneten Eingang, hinter dem das geschäftige Treiben der Besitzer zu sehen war, die sich mit lächerlich wirkender Unterwürfigkeit um ihre Kunden bemühten. Aufgeregt, mit hektischer Betriebsamkeit sah man in zuverlässig devoter Gestik Mr. Hoke. Er lief zu seinen Regalen, die Arme pinguinartig etwas seitlich nach hinten abgespreizt, als wollte er dadurch eine höhere Dynamik erzielen. Hatte er den gewünschten Artikel gefunden, so pflegte er ihn wie eine Trophäe emporzuheben und mit dem Rumpf weit nach vorn gebeugt dem Kunden entgegen zu hetzen. Bernard hatte diese typische Körperhaltung des Hokschen-Verkaufs-Rituals als ein außerordentlich gelungenes Konstrukt beschrieben, das wider Erwarten den statischen Gesetzen Rechnung trägt. Denn auf den ersten Blick erschien es nicht nachvollziehbar, wie die kurzen dürren Beine den nach vorn gebeugten massigen Oberkörper ausbalancieren konnten. Bernard führte das auf die weiten Ausfallschritte und den wie siegestrunken hochgerissenen Arm zurück. Hatte dann Mr. Hoke seinen Kunden erreicht, so drückte er den Artikel in dessen Arme, als ob er ihn verschenken wollte. Dann verharrte er in freudiger Erwartung, seine fleischigen Hände reibend und blickte dienernd seinen Kunden von unten an. Bei diesem Gehabe wäre es nicht verwunderlich gewesen, wenn er wie ein Köter hechelnd die Zunge heraushängen und sabbernd das Lob herbeisehnen würde.

Matthew verstand die Menschen nicht, die diesen schleimig wirkenden Mann für besonders freundlich hielten. Wie konnte man nur diese spürbar geheuchelte Unterwürfigkeit anerkennen? Wie klein muss ich selbst sein, wenn mir ein solches Verhalten gefällt?

Die zweite Person, die emsig wie eine Arbeitsbiene ihre Kreise durch den Verkaufsraum zog, war Mary Hoke. Mary war das jüngste der Kinder des Ehepaars Hoke. Ihrem äußerlichen Erscheinungsbild nach gehörte Mary zweifellos nicht zu den Glückskindern dieser Welt. Sie hatte ein rundes, mit Akne übersätes Gesicht. Ihre hellgrauen Augen traten leicht hervor. Unter der viel zu kleinen Nase war ein viel zu kleiner Mund mit wulstigen Lippen zu sehen. Mary war wahrlich keine Schönheit. Vielleicht war das auch der Grund, warum sie dankbar bei jedem Jungen, der sie wollte, den Rock hochhob. Es war ein offenes Geheimnis: Wer kein Geld für die Huren hatte, dem half Mary. Die „keusche Mary" wurde sie unter vorgehaltener Hand in der Stadt genannt. Keiner konnte das jedoch vermuten, wenn er dieses fleißige Mädchen im Store beobachtete. Mrs. und Mr. Hoke riefen sie mit Kosenamen „Spatz" oder „Häschen" und erteilten ihr tausende Anweisungen, die das Spätzchen, das mit seiner Figur und den viel zu groß geratenen, hängenden Brüsten eher an eine Kuh erinnerte, bereitwillig mit dümmlich wirkendem Lächeln erfüllte. Wer aber über die „keusche Mary" Bescheid wusste, der bedauerte die Eltern beim Anblick dieser harmonisch erscheinenden Familie. Und so tuschelten viele Leute hinter vorgehaltener Hand in der Stadt: die armen Mrs. und Mr. Hoke. Wenn die wüssten! Matthew zog es den Speichel im Mund zusammen: ihr ahnungslosen Leute dieser Stadt.

Und dann gab es da noch Mrs. Hoke. Matthew spürte einen leichten Schauer. Angesichts dieser Frau dankte er der Kirche für das Zölibat. Mrs. Hoke war eine groß gewachsene, stämmige Frau, die ihren Mann um einen halben Kopf überragte. Im Gegensatz zum Ehemann und der Tochter sah man sie niemals selbst im Geschäft Hand anlegen. Sie stand oder saß hinter dem Ladentisch, verwaltete das Geld oder schrieb an und verteilte mit unangenehm-greller Kopfstimme an Ehemann und Tochter lautstark Instruktionen. Einzigartig war für Matthew ihr unnatürliches, grimassenhaftes Lächeln. Sie zog dabei die Mundwinkel, soweit es gehen mochte, auseinander und entblößte dabei beeindruckend große Zähne. Matthew erinnerte diese Mimik stets an ein wieherndes Pferd. Er hatte sie oft in Gedanken wiehern gehört. Das Pferdegrinsen begleitete einen Blick aus kalten Augen. Wenn sie sich unbeobachtet fühlte, verwandelte sich dieser Blick in einen boshaften Ausdruck, der den furchtbaren Charakter dieses Weibes erahnen ließ. Und wenn Mrs. Hoke mit gekünstelter Kinderstimme pries, wie gut sie zu ihrer Familie und vielen Menschen in dieser Stadt sei, dann war das für Matthew stets die Bestätigung, dass dieses Weib irre war. Denn Mrs. Hoke glaubte das, was sie von sich gab, tatsächlich. Und viele Menschen in der Stadt glaubten ihr, denn sie trug es äußerst überzeugend vor.

Die Hokes hatten noch einen lebenden Sohn. Bill Hoke war ein Taugenichts, dessen unterentwickelte Intelligenz seiner einfältigen Schwester ebenbürtig war. Verwöhnt von seiner Mutter hatte er weder Benehmen noch Lust zur harten Arbeit. Billy, wie ihn seine Mutter liebevoll nannte, zog es bald aus dem elterlichen Haus. Er trieb sich mit zwielichtigem Gesindel herum und fühlte sich sichtlich wohl in diesem Umfeld. Nach ein paar Jahren des ziellosen Herumtreibens hatte er Arbeit bei Harrison Baker gefunden. Billy war bei ihm als Regulator angestellt. Er war sehr stolz auf diesen Job. Und es störte ihn auch nicht, dass Bakers Leute seinen Bruder Max gelyncht hatten. Warum auch? Die Hokes hatten den ältesten Sohn verstoßen, nachdem er Miriam geheiratet hatte.

An jedem sonntäglichen Gottesdienst saßen Mrs. und Mr. Hoke mit ihren Kindern Mary und Bill in der ersten Reihe. Sie sangen leidenschaftlich und lauschten aufmerksam der Predigt. Die ganze, bei vielen Bürgern der Stadt geachtete, Familie betete mit beeindruckender Inbrunst. Mr. Hoke blickte dabei stets unterwürfig zu Matthew empor. Mrs. Hoke lächelte Matthew an, sodass er das Wiehern hören konnte. Marys und Billys Blick war Ausdruck unschuldiger Reinheit.

Sie kamen niemals zur Beichte. Sie hielten das nicht für nötig, denn die Hokes waren notorische Lügner. Sie labten sich in ihrer kleinen, beschränkten Welt voller selbstgefälliger Illusionen.

Und wenn der Store schon lange geschlossen war, wenn sie unter sich waren, dann verprügelte Mrs. Hoke ihren Mann. Nachts ging dann Mr. Hoke zu seiner Tochter ins Bett. Und Mary spreizte die Schenkel für ihren Vater. Billy wohnte schon lange nicht mehr bei seiner Familie. Er lebte auf der Baker-Ranch. Und vielleicht war er auch am Lynchmord an seinem Bruder Max beteiligt.

Matthew war bereits weitergegangen. Im stillen Gebet wandte er sich wieder an Gott: Oh Herr, auch ihre Werke wirst du vor Gericht bringen.

Das schrille Kläffen eines kleinen Hundes riss Matthew aus seinen Gedanken. Ein kleines Fellbündel sauste wie ein Blitz an Matthew vorbei, der stadtbekannte Mischlingshund Bobbi, ein niedlicher Streuner, welcher der Familie des Schmieds gehörte. Doch der kleine vierbeinige Vagabund hielt offenbar nicht viel von engen Familienbeziehungen. Er durchstreifte viel lieber tagein tagaus die Stadt und hatte dabei mehrere Anlaufstellen, die ihm leckere Mahlzeiten lieferten. Nancys Café gehörte dazu. Bobbi und Matthew waren daher gute Bekannte. Doch heute hatte Bobbi keine Zeit für den Austausch von Zärtlichkeiten, die er ohnehin nur gewährte, wenn sein Bäuchlein gut gefüllt war. Seine Knopfaugen visierten bereits die nächste Futterstelle an. Die kurzen Beinchen schienen den Boden kaum zu berühren. Bobbi flog förmlich dem nächsten Schmaus entgegen.

Amüsiert schaute Matthew dem vierbeinigen Schmarotzer nach, der flink wie ein Wildkaninchen einen Haken schlug und so den Stiefeln zweier Männer auswich. Matthews Blick blieb am Stiefel mit dem protzigen, goldenen Ziersporn hängen. Unbewusst registrierte er ein asymmetrisches Bild. Am zweiten Stiefel fehlte der Sporn. Matthew beschlich ein Unbehagen, denn er wusste, wer in diesen Stiefeln steckte: Harrison Baker. Und er kannte auch seinen Begleiter. Es war Roy Miller, bekannt und gefürchtet als Bakers „Schatten". Die beiden Männer hatten es sehr eilig. Flüchtig grüßend hasteten sie an Matthew vorbei. Ihre Aura ließ ihn frösteln.

Matthew beschleunigte seine Schritte, um schnell einen größeren Abstand zu diesem machthungrigen Rinderbaron und seinem angsteinflößenden Revolvermann zu gewinnen. Hastig ging er am leer stehenden Büro des Stadtsheriffs vorbei. Seit dem Rauswurf von **Wyatt Earp** suchte die Stadt einen Nachfolger. Matthew erinnerte sich noch an diesen Sheriff, der jetzt in Dog City für Recht und Ordnung sorgte. In Wichita hatte man ihm Korruption nachgewiesen. Schließlich entließ man ihn nach einer Prügelei aus dem Polizeidienst und warf ihn aus der Stadt.

Fast wäre Matthew vom schnellen Schritt ins Laufen verfallen. Doch jetzt, als er auf der anderen Straßenseite Barners Saloon erblickte, erfasste ihn unversehens eine schmerzhafte, lähmende Schwermut. Schnell atmend blieb er stehen. Matthew spürte den Druck auf seinem Herzen. Er kannte das Gefühl, das ihn stets beim Anblick dieses Gebäudes überfiel. Und wenn seine Augen die obere Etage ertasteten und seine Fantasie es ihm ermöglichte, mit seinen Blicken die Wände zu durchdringen, dann sah er sie, dieses feengleiche Wesen. Er erinnerte sich an ihr strahlendes, ihn stets verzauberndes Lächeln. Die Bilder wurden so klar, dass er deutlich ihre zierliche Gestalt mit den verführerischen weiblichen Kurven wahrnahm. Er blickte in ihr wunderschönes Gesicht mit den dunklen mandelförmigen Augen, der wohlgeformten niedlichen Nase und dem sinnlichen Mund, der reizende Grübchen in die Wangen zauberte, wenn er sich zum Lächeln formte.

Ein Seufzer entrang sich aus Matthews Brust, ohne dass sich die schwere Last auf seinem Herzen lösen wollte. Zu viel wusste er von dieser jungen Frau, zu sehr sehnte, verzehrte er sich nach ihr. Sein Herz war erfüllt von Liebe und Mitleid, seine Lenden von Lust. Sie war seine geheime Leidenschaft. Keiner wusste davon. Matthew verbarg das in ihm lodernde Feuer vor den Menschen. Und er bat Gott regelmäßig um Vergebung, wenn er in den schlaflosen Nächten an sie dachte, wenn dann seine Hände schließlich den Weg in seinen Schoß fanden und losgelöst von jeglichen Skrupeln masturbierend für Erleichterung sorgten.

Von quälenden Erinnerungen aufgewühlt, setze Matthew wie ein Greis seinen Weg fort. Die dramatische Lebensgeschichte dieses geliebten Menschen raste in seinen Gedanken vorbei.

Als wenn es gestern geschehen wäre, sah er die kleine Miriam, wie sie fröhlich an der Hand ihres Vaters hüpfend an ihm vorbeilief. So betraten die beiden diese Stadt: ein Mann und ein außergewöhnlich schönes Kind. Er war ein Chinese, der einige Zeit bei den Sioux gelebt hatte. Miriam war ein Mischling. Sie war bereits Halbwaise. Ihre indianische Mutter kannte sie nicht. Die Squaw starb kurz nach der Geburt an Kindbettfieber.

Die Leute in der Stadt nahmen die beiden kaum wahr. Er war das gelbe Schlitzauge, das in der Küche von Barners Saloon arbeitete. Und Miriam wurde nur verächtlich „Bastard" genannt.

Miriams Vater liebte seine kleine Tochter abgöttisch. Diese Liebe wurde dem aufrechten Mann eines Tages zum Verhängnis. Während er in der Küche arbeitete, tobte seine lebhafte Tochter im Saloon herum. Versehentlich hatte sie das Whiskyglas eines Berufsspielers umgeworfen, sodass dessen Karten nass wurden. Der Spieler schlug Miriam daraufhin kräftig ins Gesicht. Schreiend war die Kleine sofort zu ihrem Vater gelaufen, der gerade mit einem großen Fleischmesser in der Küche hantierte. Als dieser seine geliebte Tochter weinend, mit blutverschmiertem Gesicht auf sich zukommen sah, verlor der sonst so stille und beherrschte Mann die Fassung. Völlig außer Kontrolle war er mit dem Fleischermesser in der Hand in den Saloon gerannt und wollte schreiend wissen, wer das getan hatte. Der Spieler hatte sich mit feistem Grinsen sofort gemeldet. Er hätte dem „Bastard" nur Benehmen beibringen wollen, hatte er mit leiser Stimme den aufgebrachten Vater provoziert. Dieser war daraufhin in ohnmächtiger Wut zum Tisch des Spielers gestürzt. Doch er konnte ihn nicht erreichen. Der laute Knall eines Schusses peitschte durch den Raum. Tödlich getroffen brach Miriams Vater zusammen. Entsetzt hatte Miriam gesehen, wie die Arme und Beine im Todeskampf zuckten, bis ihr Dad nur noch ganz still auf dem schmutzigen Bretterboden lag. Die Mitspieler am Tisch hatten den treffsicheren Schützen gelobt und bezeugten später, dass er in Notwehr gehandelt hatte.

Miriam war noch keine zwei Wochen in der Stadt und wurde durch diesen Mord zur Vollwaise.

Doc Bernard Russel, der stets in solchen Fällen gerufen wurde und wieder einmal nur noch den Tod des Unterlegenen feststellen konnte, hatte sofort die traurige Situation des kleinen Mädchens erfasst. Keiner würde dem Kind Zuneigung und Liebe geben. Diese kleine, wunderschöne Blume würde in Wichita verkümmern. Der „Bastard" würde von den braven Bürgern dieser Stadt lediglich nach seinem Nutzen betrachtet und geduldet werden. Bernard sah das an jenem Tag alles. Er musste nur kurz überlegen, bis er eine Lösung fand, die dieses traurige Schicksal von dem weinenden Mädchen abzuwenden vermochte. Er übergab diese kleine hilflose Seele der Kirche. Und die braven Bürger konnten nichts dagegen einwenden. Denn vor Gott waren doch alle Menschen gleich.

Und so kam Matthew damals zu einer Pflegetochter. Die Kleine hatte im Sturm sein Herz erobert. Miriam war anfangs noch sehr verstört. Den Verlust des geliebten Vaters musste sie erst einmal verarbeiten. Die fürsorgliche Zuwendung ihres Ziehvaters half ihr dabei. Zunehmend schenkte sie ihm ihr Vertrauen, was sich später in eine ehrliche kindliche Liebe steigerte. Die beiden wurden unzertrennlich. Noch als junge verheiratete Frau suchte Miriam regelmäßig seinen Rat und vertraute ihm fast alle ihre kleinen Sorgen und Nöte sowie manches Geheimnis an. Erst nachdem sie in die obere Etage des Saloons eingezogen war, dort wo die Huren wohnten, riss ihr Kontakt vollständig ab.

Matthew ging schneller. Seine Augen füllten sich angesichts der Erinnerungen mit Tränen. Seine Miriam war jetzt eine Hure. Die schönste Hure dieser Stadt. Und allein der Gedanke, dass jeder verwahrloste, stinkende Outlaw ihren vollendeten Körper mit seinem Samen beschmutzen durfte, zerriss ihm fast das Herz.

Wie liebte er diese Frau, für die er zunächst nur eine väterliche Zuneigung empfunden hatte. Doch als sie zu einer jungen Frau heranwuchs, wurde daraus eine verzehrende Leidenschaft. Nie würde er jenen Abend vergessen, als er in ihrem Zimmer nach der Bibel suchen wollte, die Miriam sich bei ihm ausgeliehen hatte. Da er sie außer Haus wähnte, trat er unangemeldet ein. Sie stand vollkommen nackt vor ihm. Beide waren damals vor Schreck wie gelähmt. Matthew hatte sich abwenden wollen, war aber von ihrer Schönheit derart verzaubert, dass er sie mit aufgerissenen Augen angestarrt hatte. Erst ihr unschuldiges Lächeln und ihre Unbeholfenheit, wie sie mit ihren Händen die üppigen Brüste und den intimen Bereich zwischen ihren Schenkeln zu bedecken und sich schließlich von ihm wegzudrehen versuchte, hatten ihn aus seiner Erstarrung gerissen. Er hatte dann stotternd und hastig das Zimmer verlassen. Sowohl Miriam als auch Matthew hatten über diesen Vorfall niemals gesprochen, obwohl es zwischen ihnen fast keine Geheimnisse gab. Aber das Bild der nackt vor ihm stehenden wunderschönen jungen Frau hatte sich ab diesen Tag unauslöschlich in sein Gedächtnis gebrannt.

Auch jetzt sah Matthew sie nackt vor sich stehen. Er sah ihr schwarzes glänzendes Haar, wie es anmutig auf ihre zierlichen Schultern fiel. Ihre Haut glänzte im gedämpften Licht bronzen. Ihre großen festen Brüste hoben sich in vollendeter Form vom schlanken Oberkörper ab. Auf den dunklen Brustwarzen ragten mittig kleine Nippel heraus. Ihren flachen Bauch mit einer schmalen Taille meinte man, mit zwei Händen umfassen zu können. Die Rundungen der großen festen apfelartigen Gesäßbacken bildeten dazu einen perfekten Kontrast. Zwischen den wohlgeformten schlanken Schenkeln glänzten die schwarzen Locken ihrer Schamhaare.

Kein noch so genialer Bildhauer hätte es vermocht, diesen wunderbaren Körper in Stein zu meißeln. Matthew liebte diese Frau. Er liebte ihr Lachen, das ihn stets angesteckt und fröhlich gestimmt hatte. Er liebte sie mit all ihren kleinen Schwächen. Und er begehrte ihren Körper. Oft fragte er Gott, warum er diese Frau nicht lieben und ehelichen durfte, warum er stattdessen seine Gefühle vor der ganzen Welt verheimlichen musste. Auch wenn er deutlich älter als sie war, er hätte sie glücklich gemacht. Alles wäre anders gekommen. Vielleicht wäre Max Hoke sogar noch am Leben. Und Miriam! Ihr wäre die Hölle auf Erden erspart geblieben.

Oh, Herr, warum stellst du deine liebsten Kinder vor derartige, harte Proben?

Wie oft hatte Matthew Gott diese Frage gestellt. Anfangs versuchte er, darauf eine Antwort zu finden. Doch der Schmerz war zu groß und die Bemühungen vergebens. Seine Frage wurde zunehmend zur Anklage. Und dann schämte sich Matthew auch nicht mehr, wenn er sich die Liebe zu Miriam eingestand, wenn er in Gedanken ihren nackten Körper streichelte, ihn mit heißen Küssen bedeckte und alles mit ihr tat, was Verliebte in süßer Wollust erleben.

In seinen Predigten fand Matthew stets Trost für das Leid der Menschen. Er fand auch die richtigen Worte und Bibelzitate, wenn es darum ging, seiner Gemeinde den Weg zu einem moralischen Leben zu weisen. Miriam liebte er in seinen Gedanken frei und hemmungslos, wohl wissend, dass es ihm verboten, dass es unmoralisch, dass es Sünde war. Aber das half ihm, mit dem Schmerz zu leben. Und das war auch seine Antwort auf die unbeantwortete Frage.

Wieder einmal wanderten seine Erinnerungen in die schmerzhafteste Zeit seines Lebens zurück: Trotz seiner Eifersucht hatte er sich gefreut, als Miriam ihm damals verschämt, aber mit verschmitztem Lächeln gestand, einen Freund zu haben.

Miriam war als junge Frau zu einer wunderschönen Blume erblüht. Aber die meisten Menschen der Stadt sahen in ihr nur den Bastard. In ihrer Borniertheit waren sie blind für ihre Schönheit und taub für ihre Intelligenz. Kein Junge, der etwas auf sich hielt, wollte sich mit ihr sehen lassen. Zu groß war die Angst vor dem Spott der anderen Jungs und dem Unwillen der Eltern und Bekannten. Aber einen schien das nicht zu interessieren. Es war der junge Mann, dem Matthew gerne seine Miriam gegeben hatte. Er hieß Max Hoke.

Max unterschied sich deutlich vom Rest der Familie Hoke. Er war intelligent und begegnete den Menschen in einer sympathischen und aufgeschlossenen Art. Als er Miriam kennenlernte, wohnte er schon längere Zeit nicht mehr bei seinen Eltern. Angewidert vom Inzest und der Tyrannei seiner Mutter hatte er im Streit das Haus verlassen. Seine Scham und sein Anstand verboten es ihm, in der Öffentlichkeit über den wahren Grund des Bruchs mit seinen Eltern zu reden. Er fand Arbeit auf der Farm des alten McAllan.

Die Farm des alleinstehenden Witwers war heruntergekommen. Mit zunehmendem Alter war McAllan mit der Arbeit überfordert. Er litt unter starkem Rheuma. Sein altersschwaches Herz setzte ihm weitere unüberwindbare Grenzen. Der Doc, der ihn in größeren Abständen unentgeltlich auf seiner Farm behandelte, hatte ihm schließlich Max vermittelt.

Schon nach kurzer Zeit erwies sich der junge Mann als unentbehrliche Kraft auf der Farm. Max arbeitete fleißig bei freier Kost und Logie. Letztere war in der baufälligen, zugigen Hütte keinen Cent wert. Er beklagte sich nicht, als der Alte ihm seinen bescheidenen Lohn erst nach der Ernte auszahlen wollte.

McAllan lebte seit dem Tod seiner Frau allein und zurückgezogen auf seiner Farm. Er hatte keine Kinder. In der Einsamkeit entwickelte er sich zu einem mürrischen, wortkargen Zeitgenossen. Der junge, lebensfrohe Max erfrischte die vereinsamte Seele des Alten.

In dieser Zeit fiel Max Hoke die schöne Miriam auf. Die beiden lernten sich in der Kirche beim Gottesdienst kennen. Während Matthew die Predigt hielt, hatten sich die jungen Leute zugeblinzelt und gegenseitig darin übertroffen, den anderen mit heimlichen Blicken zu mustern. Gleich nach dem Gottesdienst hatte dann Max die junge Frau angesprochen.

Damit begann für Miriam ein neues Kapitel in ihrem jungen, bewegten Leben. Es glich einem schönen Märchen.

Max bekannte sich gleich zu Beginn ihrer jungen Liebe öffentlich zu seiner Miriam. Für die vielen Spießer, die gegen diese Verbindung hetzten, hatte er nur Hohn und Spott übrig. Am lautesten zeterten seine Eltern. Kein Kunde verließ ihren Store, ohne Klagen über ihren entarteten Sohn zu hören: Wie konnte er ihnen das nur antun. Zunächst ließ er seine Familie im Stich. Und dann musste er sich auch noch mit diesem Bastard einlassen. Daraus schlossen die braven Leute der Stadt, dass dieser Max Hoke wahrlich ein undankbarer Sohn war, der seinen Eltern nur Kummer bereitete.

Doch Miriam und Max hatte das alles nicht interessiert. Sie schwebten im himmlischen Dunst der Verliebten. Jede freie Minute verbrachten sie miteinander.

Natürlich hatte auch der alte McAllen die bildhübsche Miriam kennengelernt. Das Glück der beiden Verliebten schien den Gipfel zu erreichen, als der alte Farmer Max erlaubte, seine Miriam auf die Farm zu holen. Allerdings, und da verstand der Alte keinen Spaß, nur als sein angetrautes Eheweib.

Matthew lächelte in Gedanken, als er sich an die Hochzeit erinnerte. Die Trauung fand im kleinsten Kreis statt. Der Doc und der alte McAllen übernahmen die Rolle der Trauzeugen. Auch Howard war dabei gewesen, weil er das Ereignis in seinen „Nachrichten" festhalten wollte.

Matthew hatte sich an diesen Tag um ein besonders gelungenes Ritual bemüht. Aber das nahm das junge Paar kaum wahr. Beide waren damals damit beschäftigt, sich mit den Augen zu verschlingen. Miriams dunkle Augen hatten vor Glück wie Edelsteine gestrahlt. Und Max hatte sich in eine Art Dauergrinsen hineingesteigert. Sein Gesicht glühte förmlich, wenn er stolz seine wunderschöne Braut bewunderte. Die Frage, ob er seine Frau lieben und ehren wolle, bis dass der Tod sie scheide, hatte er mit einem Schrei beantwortet: »Jaaaaa«. Selbst Matthew hatte damals bei diesem Gefühlsausbruch ein spontanes lautes Lachen nicht unterdrücken können. Wie sehr verstand er den jungen Mann. Wie wenig ahnte er damals, dass dieses überhastete „Ja" mit der kurzen Dauer dieses Glücks zu vergleichen war, dass ein grausamer Schicksalsschlag schon bald dieses glückliche Lächeln aus Miriams Gesicht verbannen würde.

Matthew blieb stehen. Er wollte die Erinnerungen und damit den quälenden Schmerz abschütteln. Doch die Gedanken an die Ereignisse von damals ließen ihn auch heute nicht los. Die Bilder der Vergangenheit geißelten ihn und zogen auch gegen seinen Willen in klaren Konturen wie böse Geister vorbei:

Das junge Paar zog gleich nach der Hochzeit auf die McAllen-Farm. Die Ernte wurde eingefahren. Vielleicht hatte der alte

McAllen sich dabei übernommen. Vielleicht war seine Zeit auch abgelaufen. Er starb, als das letzte Getreidekorn geerntet war. Doch bevor er starb, hatte er sein Testament geändert.

Unfassbar groß war die Freude der jungen Eheleute, als Max bei der Verkündung des Testaments als Alleinerbe der Farm feststand. Aus der McAllen-Farm wurde die Hoke-Farm. Doch dieses vermeintliche Glück war zugleich der Beginn eines furchtbaren Dramas.

Max Hoke wollte es allen Spöttern und Neidern zeigen. Mit jugendlich-naiver Begeisterung entwickelte er den kühnen Plan, aus der unbedeutenden Hoke-Farm etwas Großartiges zu schaffen. Und wie es bei jungen Menschen üblich ist, klaffte zwischen seinen Visionen und den realen Möglichkeiten ein viel zu tiefer finanzieller Graben. Den Ertrag der Ernte hatte das Baumaterial für das neue Haus fast aufgefressen, das er für sich und seine Familie bauen wollte. Aber das hatte Max nicht davon abgehalten, seine Felder zu vergrößern, die Bewässerungsanlagen auszubauen und sogar ein kleines Areal für eine spätere Pferdezucht vorzubereiten. Weil er von der Bank keinen Kredit bekam, borgte er sich einen hohen Geldbetrag von Thomas Barner. Miriam hatte ihn damals auf die Idee gebracht, als er ihr niedergeschlagen und enttäuscht erzählt hatte, dass die Bank ihn nicht unterstützt. Matthew erinnerte sich noch, wie sie ihm stolz und hastig davon berichtet hatte. Wie glücklich war sie dabei, denn sie hatte ihrem geliebten Mann wieder Hoffnung und Mut gegeben. Matthew wollte damals ihre Euphorie nicht dämpfen. Er wusste, dass Barner auch Geld verlieh. Aber er wusste auch um die horrenden Zinsen, die der Saloonbesitzer verlangte. Er hätte sie warnen müssen, statt sich über den Glanz in Miriams Augen zu freuen. Ach, wie dumm waren die beiden jungen Leute. Und noch dümmer war er gewesen. Denn er hätte es besser wissen und sie davon abhalten müssen.

Matthew und Miriam sahen sich in dieser Zeit kaum noch. Sie schuftete mit ihrem Mann auf der Farm. Das junge Paar kam dabei gut voran. Max schien seine Ziele zu erreichen. Die Ernte versprach so reichlich auszufallen, dass davon ein erheblicher Teil der Schulden beglichen werden konnte.

Aber dann trieb das Schicksal mit den beiden ein teuflisches Spiel. Kurz vor der Ernte wütete eine der furchtbarsten Heuschreckenplagen über Kansas. Milliarden von gefräßigen Insekten ruinierten die Farmer.

Vieles, was von da an passierte, kannte Matthew nur aus Gerüchten und Erzählungen.

Max und seine Miriam waren am Ende.

Matthew sah sie nach diesem schrecklichen Ereignis nicht mehr. Er litt mit ihnen, wollte Trost und Hilfe spenden. Aber er registrierte mit großem Schmerz, dass seine geliebte Miriam für ihn nicht mehr erreichbar war.

Miriam und Max klammerten sich in dieser schlimmen Zeit aneinander und versuchten mehr oder weniger zu überleben. Doch der Druck auf das junge Paar erhöhte sich immens, als Barner sein Geld mit großem Nachdruck zurückforderte. Fast gleichzeitig bot Harrison Baker einen Kaufpreis für die Farm.

Baker hatte damals bereits mehrere kleine Farmen aufgekauft, einige mit sehr fragwürdigen Methoden. Man munkelte von Erpressung, Drohung und Sabotage. Nun hatte der skrupellose Rinderbaron seine gierigen Finger nach dem fruchtbaren Land der Hoke-Farm ausgestreckt. Er hatte dabei, wie zum Hohn, einen Spottpreis geboten, der nicht einmal gereicht hätte, die Schulden an Barner zurückzuzahlen.

Max hatte nur seine Miriam. Von seiner Familie war er seit der Hochzeit verstoßen worden. Mrs. und Mr. Hoke hatten jedem ihrer treuen Kunden kreischend und klagend erklärt, dass sie nichts mehr mit diesem Max zu tun haben wollten, der diesen „Bastard" geheiratet und die Familie entehrt hatte.

Dass Max und Miriam den Winter überlebten, glich einem kleinen Wunder. Die Leute sagten, dass Robert Murphy ihnen erlaubt hatte, Mavericks aus seinem Grenzland zu fangen und sich somit ein paar Rinder zu halten. Andere behaupteten, Max sei ein Viehdieb.

Und dann kam der Tag, an dem die junge Liebe jäh ihr Ende fand, an dem die Sehnsüchte und Pläne des jungen Paares nach kaum einem Jahr endgültig und unwiderruflich platzten. Es war eine Geschichte des Grauens. Matthew kannte sie in fast allen Ein-

zelheiten, denn sein Freund Bernard Russel hatte sie ihm erzählt.
Er hatte ihm die Ereignisse tröpfchenweise geschildert, sodass er
das Gehörte annähernd verarbeiten konnte. Denn jeder Tropfen
brannte in seinem Herzen, als ob er aus siedendem Blei wäre.
Kein Gebet linderte diesen Schmerz und konnte die Spuren der
Grausamkeiten verblassen lassen.

Matthew hatte unzählige Stunden für Miriam und Max gebetet,
oft unter Tränen. Die meisten Menschen aber hatten teilnahmslos
das Drama auf der Hoke-Farm verfolgt, einige mit gehässiger
Schadenfreude und andere mit gieriger Erwartung. Aber ganz im
Verborgenen hatte ein Mann gehandelt. Niemand, nicht einmal
seine engsten Freunde ahnten damals, dass Bernard Russel den
beiden unglücklichen jungen Menschen half und ihnen dadurch
das Überleben ermöglichte. Er nutzte dafür jeden Krankenbe-
such, der ihn in Richtung Hoke-Farm führte. Der Doc sah nach
ihnen, nahm sich die Zeit für aufmunternde Gespräche und
brachte stets die dringend benötigten Lebensmittel mit.

Mit diesem Vorsatz war er auch an jenem furchtbaren Tag unterwegs. Er hatte sein Ziel schon fast erreicht, als er eine große Reitergruppe sah, die aus Richtung der Hoke-Farm kam und sich
schnell entfernte.

Russel hatte sofort Schlimmstes geahnt. Er hatte die Pferde angetrieben und sein Gespann in rasanter Fahrt zur Farm gesteuert.

Schon von Weitem hatte er ihn hängen sehen. Russel war sofort
klar, wer dort gehenkt worden war: Max Hoke. Sofort nach Erreichen der Farm hatte er sich auf den Sitz seines Wagens gestellt
und den Gehenkten vom Strick geschnitten. Trotzdem konnte er
nur noch den Tod feststellen. Russel hatte hastig die Leiche neben
das Gespann gelegt und war dann voller Sorge zum halb fertigen
Farmhaus gerannt.

Russel rannte, so schnell er konnte, hetzte der weit offenstehen-
den Eingangstür entgegen. Die Sorge um die kleine zierliche
Frau, die er über den Zeitraum seiner Unterstützung liebgewon-
nen hatte, trieb ihn panisch an.

Schließlich stand er schwer atmend am Eingang und sah Miriam.
Der Anblick ließ ihn entsetzt erstarren. Miriams zierlicher Körper
lag leblos und halb nackt auf dem großen Esstisch. Das Kleid hat-

ten die Peiniger ihr über den Kopf gezogen. Die Unterkleider lagen in Fetzen neben dem Tisch auf dem Boden. Sie müssen vom Leib gerissen und zum Teil auch mit dem Messer zerschnitten worden sein, vermutete er, denn die zahlreichen Schnittwunden an Miriams Körper wiesen darauf hin. Ihre Brüste waren zerkratzt. Mehrere große Hämatome ließen darauf schließen, dass diese Bestien in Menschengestalt auf die sich wehrende zierliche Frau eingeschlagen hatten. Ihre Beine waren weit auseinandergerissen. Die Vulva glich eher einer klaffenden Wunde. Beim Anblick ihrer Schamlippen, an denen Blut und Sperma klebten, empfand Russel ohnmächtige Wut und würgenden Ekel.

Miriam schien tot zu sein. Und Bernard hatte es damals für sie gehofft.

Aber in Miriam war noch ein Hauch von Leben. Der Doc versorgte ihre Wunden und tat alles, um sie zu retten.

In dieser Nacht hatte sie dann ihr Kind verloren. Der Fötus war bereits als winziger Mensch zu erkennen. Miriam musste zu dieser Zeit im vierten Monat schwanger gewesen sein. Bernard war von dieser Schwangerschaft überrascht worden. Miriam und Max hatten niemandem davon erzählt.

Miriam überlebte die Nacht. Am nächsten Tag bekam sie hohes Fieber. Sie weinte, schrie und bettelte im Fieberwahn um das Leben ihres Mannes. Ihre gepeinigte Seele versuchte, die Grausamkeiten zu verarbeiten. Und während der Doc mithilfe von kalten Umschlägen das Fieber zu senken versuchte, musste er gleichzeitig die wild um sich schlagende Frau festhalten. Es war die Phase, in der er befürchtet hatte, sie zu verlieren. Miriams Körper hatte sich bislang nicht entschieden, ob er weiterleben wollte. Ihr Geist befand sich zu diesem Zeitpunkt an der Schwelle zum Wahnsinn.

Bernard Russel hörte ihre Schreie und die im Fieberwahn von sich gegebenen Wortfetzen. Er reimte sich aus dem wirren Durcheinander von Fragmenten die ganze grausame Geschichte zusammen:

Es war später Vormittag. Max hielt seine Miriam fest umschlungen. Er hatte ihr Mut zugesprochen und versichert, dass ihre materiellen Sorgen doch so unwichtig waren. Sie hatten sich und sie erwarteten ein Kind, sagte er zu ihr. Was gab es Schöneres, was war bedeutsamer als ihre Liebe. Er würde noch einmal zu Barner gehen und einen Aufschub der Rückzahlungen erbitten. Auch die Möglichkeit, Hilfe von ihrem Nachbarn Robert Murphy zu ersuchen, blieb noch offen. Und wenn das alles nicht zum Erfolg führen würde, dann konnten sie woanders hingehen. Sie würden noch einmal ganz von vorn anfangen, hatte ihr Max voller Optimismus gesagt.

Miriam lag in seinen Armen. Sie schmiegte sich an ihren geliebten Mann. Seine Worte wirkten beruhigend. Sie entsprachen auch ihren Gefühlen, denn trotz der erdrückend wirkenden Sorgen war sie glücklich. Sie liebten sich und konnten sogar unter Sorgentränen lachen, indem sie sich neckten und in kindlichen Albernheiten verloren, so wie es nur Verliebte machen können. Und sie sehnten beide den Tag der Geburt ihres Kindes herbei. Es war vollkommen unwichtig, wo sie waren und was sie besaßen. Das Wichtigste hatten sie, ihre Liebe!

Miriam schloss die Augen. Sie roch den Schweiß ihres Mannes und schalt sich, dass sie ihm morgens kein frisches Hemd bereitgelegt hatte.

In diesem Moment schreckten die beiden Verliebten auf. Sie hörten das Gedröhne einer Reitergruppe, die sich schnell im Galopp näherte.

Max drückte Miriam sanft weg. Er holte seinen alten Spencer-Karabiner, fand nach hastiger Suche in der Schublade des einzigen Schranks ein paar Patronen und rannte zur Tür. Entschlossen riss er sie auf. Da traf ihn ein wuchtiger Fausthieb am Kinn.

Max fiel.

Miriam schrie.

Der Karabiner krachte scheppernd auf den Boden.

In der Tür stand Roy Miller. Er ging einen Schritt auf Max Hoke zu. Als dieser sich wieder aufrichten wollte, trat jener ihm mit aller Härte in den Bauch.

Max schrie erbärmlich.

Miriam wollte sich schützend auf ihren Mann werfen, wurde jedoch grob von hinten gepackt und nach draußen gezerrt. Sie schrie mit aller Kraft der Verzweiflung und wand sich nach ihrem Max um, der sich vor Schmerz krümmend von zwei Männern aus dem Haus geschleift wurde.

Hart traf auch Miriam eine Ohrfeige. Ihre Wange brannte, als ob sie mit siedendem Wasser übergossen worden wäre. Im Ohr tönte ein lautes, schrilles Pfeifen.

Geschockt, leise wimmernd wandte Miriam sich zu ihrem Mann um, der immer noch mit schmerzverzerrtem Gesicht zwischen den Männern hing, die ihn festhielten.

»Max Hoke, wir haben auf deiner Farm Vieh mit unseren Brandzeichen gefunden«, hörte sie Roy Miller mit kalter, anklagender Stimme sagen. »Und was wir mit Viehdieben machen, muss ich dir nicht ausführlich erklären«

Anschließend ging er zu Miriam, die ebenso von einem Regulator festgehalten wurde. Mit grobem Griff ins Haar riss er ihren Kopf zurück. Mit teuflisch bösem Grinsen sagte er laut, für alle Umstehenden hörbar: »Und wenn wir den Outlaw aufgehängt haben, dürfen sich die Männer mit dem Bastard vergnügen.«

Miller genoss den verzweifelten Schrei und Max vergebliches Mühen, sich aus der Umklammerung der Männer zu befreien. Max hatte die Worte gehört. Er schrie und heulte wie ein angeschossener Wolf.

Bakers Regulatoren lachten mitleidlos. Miller, der noch immer Miriams Kopf festhielt, war ganz nah zu ihr herangekommen und flüsterte ihr zu: »Und wenn mir danach ist, stoße ich dich als Erster. Aber vorher wirst du dir anschauen, was wir mit deinem Stecher machen.«

Und dann ging alles rasant. Die Regulatoren hatten den Galgenstrick bereits über dem Eingangsbogen zur Ranch angebracht. Diesen Bogen hatte Max seiner Miriam damals nach der Fertigstellung mit fröhlichem Lachen gezeigt und mit stolzem Blick auf den Schriftzug „Hoke-Farm" gewiesen.

Max versuchte, sich zu wehren. Brüllend und mit den Beinen strampelnd, wollte er sich befreien. Doch die Männer prügelten und traten auf ihn ein. Sie schleiften ihn zum Galgen.

Roy Miller folgte, Miriam im brutalen Klammergriff haltend, sodass sie ihren Max bis zum bitteren Ende der Höllenszene sehen musste.

Miriam schrie und flehte um Gnade. Max brüllte in ohnmächtiger Wut über das, was sie mit Miriam machten. Und die verrohten Regulatoren des Rinderbarons Baker genossen ihre überlegene Macht.

Schließlich wurde Max auf ein Pferd gesetzt. Seine Hände waren auf dem Rücken gefesselt. Ein Mann legte die Schlinge um den Hals und zog die Schlaufe fest zu.

Max schaute seine Miriam an. Er lächelte und rief ihr mit fester Stimme zu, dass er sie liebe, dass er ihr für jeden Augenblick, den er mit ihr hatte verbringen dürfen, dankte. Und dann weinte er.

Ein Peitschenhieb knallte. Das getroffene Pferd wieherte erschrocken und galoppierte los. Miller drehte Miriams Kopf brutal in die Richtung, sodass sie ihren Mann anschauen musste. Max zappelte am Seil. Sein Todeskampf dauerte mehrere Minuten. Sie hörte die Männer johlen. Miriam sah, wie die Augen ihres Liebsten herausquollen, seine Lippen sich blau färbten und sich schließlich seine blau gefärbte Zunge aus dem Mund drückte. Sie nahm ein letztes Zittern seiner Füße wahr und registrierte, wie seine Hose im Schritt nass wurde. Miriam konnte nicht mehr schreien. Ihre Beine versagten und sie hing, der Ohnmacht nahe, im Klammergriff ihres Peinigers.

Und dann erfüllte Miller sein zweites grausames Versprechen. Er stieß Miriam von sich, sodass sie in den Staub fiel. Mit ruhiger, gnadenloser Stimme gab er sie den Männern als Lustobjekt preis.

»Macht mit dem Bastard, was ihr wollt. Aber seid schlau, Männer. Denkt immer daran, diese Weiber können sehr nachtragend sein.«

Sie grölten laut vor unverhohlener Vorfreude. Sie hatten ihren Anführer gut verstanden. Miriam erhielt einen Faustschlag ins Gesicht. Sie verlor für längere Zeit das Bewusstsein. Als sie wieder zu sich kam, konnte sie nichts sehen. Ihr Kleid hatte man ihr über den Kopf gezogen. Die Arme wurden von irgendjemandem festgehalten. Brutal riss man ihr die Schenkel auseinander. Verzweifelt wehrte sie sich und erntete dafür Schläge in den Bauch. Sie schrie vor Schmerzen und unbeschreiblicher Verzweiflung. Die Atemnot unter dem Kleid führte schließlich zur schützenden Ohnmacht. Sie lag bewegungslos auf dem Tisch und wurde mehrfach brutal vergewaltigt.

Das Ende des Dramas ließ sich dann schnell zusammenfassen. Als Miriam nach drei Tagen transportfähig war, brachte Bernard sie in sein Haus. Er kümmerte sich um sie, zeigte Geduld und Verständnis. Miriam war eine robuste junge Frau. Ihr Körper erholte sich überraschend schnell. Aber ihre Seele schien einen irreparablen Schaden genommen zu haben. Sie sprach kein Wort und starrte die meiste Zeit mit ausdruckslosen Augen vor sich hin.

Miriam blieb nicht lange in Bernards Haus. Sie verschwand ohne Abschied, ging zu Barner, verkaufte die Farm an Baker und verließ ab diesem Tag nie wieder den Saloon. Miriam Hoke arbeitete als Hure den Rest ihrer Schulden ab.

Manche Bürger der Stadt fanden, dass der „Bastard" jetzt seine wahre Bestimmung gefunden hätte.

Das war Matthews Trauma. Diese Gräueltat spielte sich in klaren Bildern immer und immer wieder in seinem Bewusstsein ab. Nachts schreckte er schweißnass, oft schreiend auf. Tagsüber reichten schon Kleinigkeiten, um seine Gedanken in diese Richtung zu lenken. Matthew geißelte sich mit dieser furchtbaren Geschichte.

Immer, wenn ihn die schrecklichen Szenen quälten, suchte Matthew Antworten auf zwei Fragen: Warum tun sich Menschen das gegenseitig an? Wie kann ein Mensch derart verrohen, dass er zu solchen abscheulichen Taten fähig ist?

Matthew hatte den Saloon schon ein Stück hinter sich gelassen. Er versank in seinen Grübeleien und versuchte wieder einmal die Quelle für menschliche Untaten zu finden.

Hatte Bernard recht, wenn er fehlende Bildung als Ursache für Intoleranz und Gewalttätigkeit sah?

Unwillkürlich musste er an die Familie des Schmieds denken. Es waren einfache Leute. Mrs. und Mr. Saylor waren Analphabeten. Nicht wenige Kunden belustigte ihre Naivität. Aber Matthew liebte diese Familie. Es waren warmherzige Menschen, die ihr Leben fleißig und anständig gestalteten. Ihre Kinder waren gut erzogen und besuchten regelmäßig die Schule. Das Lernen fiel ihnen nicht leicht. Matthew wusste jedoch von der Lehrerin, dass sie sich redlich bemühten. Ihr Vater, ein wahrer Hüne mit angsteinflößendem Äußeren, schlug seine Kinder nie und ging auffallend liebevoll mit seiner Frau um.

Die Saylors waren in der Tat ungebildet, doch in ihrer Nähe fühlte sich Matthew stets sehr wohl. Sie lachten gerne, waren ehrlich, aufgeschlossen und hilfsbereit. Matthew konnte sich nicht erinnern, dass sie sich jemals über andere Menschen schlecht oder abfällig geäußert hätten. Die Saylors zeichneten sich durch eine auffallende Redlichkeit aus. Ihr Anstand glich die fehlende Bildung aus. Der einzige Rüpel dieser Familie hatte vier Beine und streunte ständig in der Gegend herum.

Jeden Sonntag besuchte die ganze Familie Saylor den Gottesdienst. Sauber und in ihren besten, wenn auch seit Jahren denselben Kleidern, standen sie in hinterster Reihe.

Matthew fing das Bild ein. Dann sah er neben den Saylors die achtköpfige Familie des Bahnhofsvorstehers Freeman. Da waren dann auch noch die Kincaids. Und plötzlich erinnerte Matthew sich an so viele, die sich in die Gemeinschaft anständiger Menschen einordnen ließen.

Bernhard hatte die Menschenfamilie mit einer grauen Masse verglichen. Ist diese Masse grau, weil sie richtungs- und antriebslos ist, oder ist sie grau, weil ihre Normalität uns langweilig und uninteressant erscheint, fragte Matthew sich.

Menschen wie die Saylors, Freemans oder Kincaids sind bescheidene, unscheinbare Zeitgenossen. Und weil sie ein unspektakuläres Leben führen, verschwinden sie im grauen Dunstfeld des oberflächlichen Betrachters. Sie verschmelzen millionenfach zur grauen Masse. Doch in dieser riesigen grauen Masse gibt es ein gigantisches Meer aus Gefühlen und Träumen. Taucht man darin ein, so wird jedes Einzelschicksal bedeutsam. Jeder einzelne Mensch hat es verdient, wahrgenommen zu werden. Denn er atmet dieselbe Luft, kann Freude und Schmerz spüren und träumt von der Erfüllung seiner Wünsche.

Matthew spürte bei seinen Überlegungen eine wohltuende Wärme. In ihm wuchs dabei die Überzeugung, dass die graue Masse gut sei. Die meisten Menschen sind nicht böse!

Aber warum pervertieren einzelne, ganz wenige zum Ausbund des Bösen, welche die Herzen ihrer Mitmenschen mit Hass vergiften? Warum gibt es diese Schufte mit ihrem erbarmungslosen, niederträchtigen Wesen, fragte sich Matthew zum tausendsten Mal.

Doch an diesem Tag sollte sich Matthew nicht wie so oft in ratloser Verzweiflung an Gott wenden. Er musste sich in diesem Moment nicht im Gebet oder in einem erklärenden Bibelzitat Trost suchen. Wie ein Blitz durchzuckte ihn die Erkenntnis.

Abrupt blieb Matthew stehen. Er hatte die Antwort. Sie tönte wie eine Fanfare laut und klar in seinem Bewusstsein: Die Schufte sind unfähig, das menschlichste aller menschlichen Gefühle zu entwickeln. Sie können nicht lieben!

Denn nur der kann geben, der wahrhaftig und nicht nur um seiner selbst willen zu lieben, in der Lage ist. Wer liebt, kann verzichten. Liebe heiß zu fühlen und sich zu bemühen, den anderen zu verstehen.

Matthew verharrte, wie versteinert. Passanten, die an ihm vorbeigingen, musterten ihren erstaunt Pfarrer. Der wurde sich wieder einmal der wahren Bedeutung seiner Religion bewusst. Und die großartige Botschaft der Bibel zerstreute in ihm alle Zweifel an seiner eigenen Berufung.

»Ein neues Gebot gebe ich euch, dass ihr euch untereinander liebet, wie ich euch geliebt habe, auf dass auch ihr einander liebhabet«, zitierte Matthew leise aus dem Neuen Testament. (Johannes 13:34)

Mit strahlenden Augen und einem heiteren Gesichtsausdruck setzte er seinen Weg fort. Matthew wollte schnell in seine Kirche. Er hatte das Thema für seine nächste Predigt gefunden. Ein großartiges, das einzig wirklich wichtige Thema. Es war das Thema der Menschheit schlechthin! Es war die Lösung aller kleinen und großen Zwiste. Matthew zog aus der Innentasche seines Jacketts sein Notizbuch. Schwungvoll notierte er nur ein einziges Wort: „Herzensbildung".

Nein, sein kluger Freund Bernard hatte nur zum Teil mit seiner Behauptung recht. Die Bildung der Köpfe ist zweifellos eine entscheidende Voraussetzung für den menschlichen Fortschritt. Aber nur über die Bildung der Herzen kann diese Welt menschlicher werden!

Sich mit Anstand und Würde tagtäglich zu bewegen, den Anderen zu respektieren, hat nicht in allererster Linie mit der Bildung des Geistes zu tun. Nein, es ist die Fähigkeit zu fühlen. Das Mitgefühl über Freude und Leid des Anderen erwächst aus dem Herzen. Wir müssen die Menschen nur daran erinnern, dass jeder, ob klug oder einfältig, gleichsam dazu in der Lage ist. Wir erreichen alle Herzen, indem wir uns die nötige Zeit nehmen, die graue

Masse zu verstehen. Und wir bilden die Herzen, indem wir über die Liebe reden und die wahren Werte unseres Lebens preisen.

Alle Herzen müssen die Botschaft vernehmen, dass ein jeder Mensch mit seinen Taten einen Beitrag leisten kann, um diese Welt ein klein wenig besser, gütiger, solidarischer zu machen.

Wir müssen ein Lied singen, das von den wahren Helden wie Bernard Russel und Tom Saylor komponiert wurde. Ein Lied, das unsere Seelen wärmt, mit einem Rhythmus, dessen positive Schwingungen die „Masse" zum gemeinsamen fröhlichen Tanz einlädt. Daraus könnte dann ein wunderbarer Traum entstehen, in dem ein riesiges weltumspannendes Herz dieser grauen Masse einen wärmenden Strom aus Liebe einpumpen würde. Eine wahre, beständige Stärke und Macht würden dann mühelos das Böse hinwegfegen können. Denn der Schuft wäre ganz allein. Sein Gefurze, Gegröle und seine Hasstiraden würden kein Gehör mehr finden.

Begeistert und in einem unbeschreiblichen Hochgefühl beschleunigte Matthew seinen Gang. Tausend Ideen und Erkenntnisse kreisten in seinem Kopf. Am liebsten hätte er alles sofort in sein Notizbuch geschrieben, so groß war seine Angst, auch nur einen einzigen dieser Gedanken zu verlieren. Ganz außer Atem erreichte Matthew seine Kammer, setzte sich augenblicklich an den kleinen Schreibtisch und brachte den Gedankenstrom zu Papier.

Als er damit fertig war, las er Zeile für Zeile und legte enttäuscht die voll geschriebenen Blätter auf den Tisch. Matthew musste sich eingestehen, dass er nicht die richtigen Worte gefunden hatte. Die Vision war zu gewaltig, um sie zu beschreiben, gestand er sich verbittert ein. Schließlich handelte es sich um einen Menschheitstraum, der im Unterbewusstsein der meisten Menschen schlummert und nur dann in den Vordergrund rückt, wenn ein spektakuläres Ereignis die Gefühle erregt oder schockiert. Ja, Howard hatte recht, wenn er den meisten Menschen eine Zuschauerrolle auf der Bühne des Lebens attestierte.

Matthews anfängliche Begeisterung ging in Ernüchterung über. Er fühlte sich unfähig, seine großartige Vision zu formulieren.

Als sich Matthew an Williams Worte erinnerte, reifte in ihm der Entschluss, mit seinem Freund über dieses Thema zu diskutieren. Seine Idee sollte Howards wachem, kritischem Geist Stand halten. Dabei hatte er keinerlei Illusionen über die zu erwartende Reaktion. Doch William Howard würde ihm vielleicht das ein oder andere Argument liefern, was seine Überlegungen klarer und schlüssiger abrunden würde. Er müsste wahrscheinlich nur Williams Bemerkungen in das positive Gegenteil auslegen. Unwillkürlich schmunzelte Matthew bei diesem Gedanken. Er freute sich schon auf das Gespräch. Und er freute sich auch auf das Wiedersehen mit seinem Freund, auch wenn sich beide erst vor einer guten Stunde voneinander verabschiedet hatten.

Matthew ordnete die Blätter und verstaute sie in einer Mappe.

Er verließ mit zügigen Schritten die Kirche und schlug den Weg zu Williams kleiner Druckerei ein. Eigentlich wäre die Bezeichnung Chaos-Haus oder Müllplatz passender. Matthew hatte noch niemals ein derart konsequentes Durcheinander gesehen. Für ihn war es ein Rätsel, wie sein Freund in diesem Tempel der Unordnung existieren oder gar arbeiten konnte. Die untere Etage seines kleinen Hauses fungierte als Druckerei und Büro. Im oberen Stock befanden sich der Schlaf- und Wohnraum. Doch das war lediglich die theoretische Unterteilung. Denn William war es in beeindruckender Weise gelungen, alle Funktionen der Räume miteinander zu vermischen. Der einzige unveränderliche Gegenstand, der seinen Platz wie eine uneinnehmbare Festung behauptete, war die massive Druckmaschine. Wobei Matthew keine Zweifel hatte, dass nur das enorme Gewicht sie vor einer ständigen Wanderung durch alle Räume des Hauses bewahrte. Das restliche Inventar war zum größten Teil hinter Bergen von alten Zeitungen, Plakaten, Kleidungsstücken, Büchern, benutztem Geschirr, Druckplatten sowie leeren und gefüllten Behältern für Druckerfarbe verborgen. Dazwischen lagen Pinsel, Stifte, mehr oder weniger beschmutzte Tücher und Werkzeuge. Das alles wurde bei vorhandenem Platzmangel hin- und hergeschoben. Denn William achtete peinlich darauf, dass er um seine Druckmaschine einen ausreichend freien Aktionsradius hatte. Er weigerte sich vehement, auch nur einen Gegenstand wegzuwerfen. Demzufolge musste er sich immer wieder neuen Platz schaffen. Er bemühte sich dabei dies weg vom Zentrum – seiner Druckmaschine – zu tun und dabei das Alte nach „hinten" oder „oben" zu befördern. Diese Sisyphusarbeit betitelte er als „archivieren". Die Hälfte des Tages verbrachte William damit zu archivieren oder zu suchen. Letzteres war mit Wutausbrüchen und lauten Schimpfkanonaden verbunden. Nicht selten unterstellte er dabei der gerade anwesenden Person, seine Ordnung durcheinander gebracht zu haben. Matthew wunderte sich stets aufs Neue, dass William in diesem Chaos überhaupt noch etwas fand. Für ihn war klar, warum sein Freund allein lebte. Jede Frau, die dieses Haus betrat, würde, nachdem sie den ersten Schock überwunden hatte, schleunigst wieder das Weite suchen.

Matthew hatte sein Ziel erreicht. Die Tür stand offen. Aber das war bei Howards üblicher Hast nicht ungewöhnlich.

Matthew betrat den Raum und konnte seinen Freund nicht sehen. Auch das verwunderte ihn beim Anblick der unüberwindbaren Sichtbarrieren nicht. Nur die Stille war ungewöhnlich. Man hörte weder das Rascheln des gerade archivierenden noch das Fluchen des suchenden William Howards.

Er schritt in die Mitte des Raums, zur Druckmaschine, wo Hoffnung auf Freiraum und Übersicht bestand. Hier blieb er erstarrt stehen. Das Blut wich ihm aus dem Gesicht. Die Knie wurden weich. Tränen trübten seinen Blick. Sein Freund war tot. In den weit aufgerissenen Augen waren noch Entsetzen und Angst zu lesen. Er lehnte in einer sitzähnlichen Haltung an der Druckmaschine. Seine Nase war blutverschmiert. Sein aufgerissener Mund war mit Zeitungspapier zugestopft. Neben seiner rechten Hand, deren Handfläche einen breiten blutigen Riss aufwies, lag seine Brille.

Matthew nahm jede Einzelheit wahr: den abgebrochenen Bügel, das fehlende Brillenglas. Er schaute wieder zur verletzten Handfläche und betrachtete die eigenartige Verletzung. Alles lief wie in einem bösen Traum ab. Matthew starrte wie gelähmt auf die Details.

William Howard, Kolumnist, Drucker und Verleger der Wichita-Nachrichten war ermordet worden. Darüber gab es keinen Zweifel.

Nach einer endlos lang erscheinenden Zeit fand Matthew seine Fassung. Er kniete nieder und zog die Zeitung aus dem Mund seines Freundes. Der Anblick war jetzt noch schrecklicher.

Matthew sprang auf, rannte hinaus auf die Straße und schrie den vorbeilaufenden Menschen die Schreckensnachricht entgegen. Dann ging er wieder hinein. Er stand mit kraftlos hängenden Armen vor dem ermordeten Freund.

Der enge Raum füllte sich mit Schaulustigen. Schließlich kam auch Doc Russel. Kurz trafen sich die Blicke der beiden Freunde.

Bernard untersuchte den Toten. Als er dabei seine Hand auf Howards Hinterkopf legte, stellte er die Todesursache fest. Aus der großen, blutverschmierten Wunde war Hirnmasse ausgetreten. Das Blut an der Maschine und die Verletzung des Hinterkopfs ließen darauf schließen, dass Williams Kopf mit großer Wucht gegen das Eisenteil geschleudert worden war.

Bernard legte die Leiche flach auf den Boden. Er schloss die Augenlider, drückte das Kinn nach oben und band ein Tuch um den Kopf, sodass der Mund verschlossen blieb. Dann bat er höflich aber bestimmt alle außer Matthew, das Haus zu verlassen. Dabei wies er einen Jungen an, zum Büro des Marshals zu laufen. Vielleicht war Ralph Hudson gerade in diesem Moment zurückgekehrt.

Schließlich waren sie allein.

»Wir werden Monate benötigen, um das hier alles aufzuräumen«, sagte Bernard mit deutlich gezwungenem Lächeln.

Sie fielen sich in die Arme. Aus Matthew brachen alle Emotionen heraus. Sein Körper bebte, von heftigen Weinkrämpfen geschüttelt. Bernard klopfte ihm sanft auf den Rücken.

»Lass uns draußen auf den Leichenbestatter warten«, sagte er schließlich.

Die beiden verließen den Raum und ihren toten Freund.

Als sie auf die Straße gingen, blickte Matthew zum Himmel.

»Warum lässt du das zu?«

Begegnung

...Mit ihren Körpern komponierten die beiden gequälten Seelen eine Symphonie der Lust und Zärtlichkeit. Er wünschte, dass es nie aufhören würde...

WAS EINEN MENSCHEN UNSTERBLICH MACHT

Die Sonne stand an diesem Tag bereits hoch am Himmel. Ihre wärmenden Strahlen dämpfte der stark wehende Präriewind, der mit pfeifendem Geräusch vertrocknete Grasbündel wie Spielbälle in die Stadt trieb.

Zwei Reiter verharrten vor der Stadt. Ihr Blick richtete sich auf die menschenleere Hauptstraße, an der sich auf beiden Seiten die Holzbauten reihten. Sie wirkten unentschlossen. Ein Beobachter hätte wahrscheinlich gemeint, dass sich die Prärie wieder einmal anschickte, zwei üble Gestalten in die Stadt zu speien. Mit Recht waren die Bürger Wichitas solchen Fremden gegenüber misstrauisch. Wichita zog Gesetzlose, Spieler, Revolvermänner und Huren an wie nachts das Licht die lästigen Insekten. Seit im Mai 1872 die *Wichita & Southwestern Railroad* eine Station eröffnet hatte, entwickelte sich hier ein Umschlagplatz für abertausende Rinder. Und wie in allen Kuhstädten begegnete man neben den am Kuhhandel verdienenden Menschen auch zahllosen Abenteurern auf der Suche nach schnellem Geld.

Bei diesen beiden Männern handelte es sich um einen Weißen und einen Schwarzen. Der Weiße war von hoher Gestalt und saß mit stolzer Haltung auf einem prachtvollen, weiß-grau gefleckten Mustanghengst. Sein Begleiter war einen Kopf kleiner, von kräftiger Statur und ritt einen Rappenwallach.

»Lass uns lieber doch auf die anderen warten«, wandte sich der Schwarze an seinen Begleiter.

»Mein lieber dunkelhäutiger Hasenfuß, du willst nicht ernsthaft von mir verlangen, dass ich mich hier vor diesem Kaff stundenlang langweilen soll? Außerdem haben wir doch noch etwas vor«, antwortete selbstsicher der Weiße. Er schaute dabei seinen Begleiter grinsend an und fügte hinzu: »Was mich allerdings irritiert, ist diese wie leer gefegte Straße. Kein Mensch ist zu sehen. Hoffentlich halten sich die Leute nicht schon am Vormittag in den Saloons auf. Das wäre schlimm für uns. Der Whisky wäre knapp und zwischen den Schenkeln jeder Hure läge schon jemand.«

Mit verlegenem Lächeln fixierte der Schwarze eine Stelle des Halses seines Wallachs.

Der weiße Mann, dessen Südstaatendialekt unüberhörbar war, lachte beim Anblick seines beschämten Begleiters. Mit leichtem Schenkeldruck brachte er seinen Hengst in Bewegung und galoppierte in die Stadt. Der Schwarze folgte ihm. An den ersten Häusern parierten die beiden Reiter ihre Pferde in den Schritt und blickten dabei erstaunt auf diese merkwürdig menschenleere Stadt. Als sie am Ende einer Seitenstraße plötzlich eine große Menschenmenge sahen, lenkte der Schwarze sogleich sein Pferd in diese Richtung. Der Weiße schien zunächst nicht folgen zu wollen. Doch dann schlug auch er, unwillig den Kopf schüttelnd, denselben Weg ein.

Die Seitenstraße führte wieder aus der Stadt hinaus. Schon bald erfassten die beiden Männer den Grund für die große Menschenansammlung. Sie erreichten den Friedhof. Bei dem Verstorbenen schien es sich um einen besonders prominenten Bürger zu handeln. Man hatte den Eindruck, als ob die ganze Stadt sich zu einem letzten Abschied versammelt hätte.

Die beiden Männer stiegen von ihren Pferden ab, fanden schnell eine Möglichkeit zum Anpflocken und näherten sich zu Fuß der großen Menschentraube.

Die Zeremonie neigte sich bereits dem Ende zu, als sich die beiden Männer in die Menge schoben. Sie sahen den Pfarrer, wie er mit seiner Hand langsam das Kreuz über dem offenen Grab zeichnete. Die Gestik und die auffallend traurige Stimme, mit welcher der Pfarrer das Gebet formulierte, zog alle Zuhörer in einen lähmenden Bann: »Aus der Erde sind wir genommen, zur Erde sollen wir wieder werden, Erde zu Erde, Asche zu Asche, Staub zu Staub.«

Deutlich war dem Pfarrer anzusehen, dass es sich für ihn nicht um eines der üblichen Beerdigungsrituale handelte. Selbst den beiden fremden Männern entging nicht, wie er um seine Fassung rang. Mit hörbarem Ausatmen, so als ob er seinen Schmerz mit einem einzigen Seufzer aus seinem Körper stoßen wollte, beendete er die Andacht und trat zurück. Sein Gesicht war aschfahl und wie versteinert.

Die beiden Fremden hatten sich mittlerweile in der Menschenmenge einen Platz mit guter Sicht verschafft. Sie wurden nunmehr auch von den unmittelbar neben ihn stehenden Trauergästen wahrgenommen.

Eine Frau, die sich zuvor mit unnatürlichem Lächeln unterhalten hatte, blickte missbilligend auf den Schwarzen. Mit offensichtlicher Empörung wandte sie sich zugleich an ihre Gesprächspartnerin. Beide Frauen maßen nun den Schwarzen mit verächtlichem Blick.

Verärgert und zugleich stark verunsichert drehte sich dieser um und wollte den Ort verlassen. Aber sein Begleiter hielt ihn fest und schaute grinsend auf die beiden Frauen. Und dann, als er ihre Aufmerksamkeit auf sich gezogen hatte, provozierte er sie mit einer anzüglichen Mimik und formte gleichzeitig seine Hände zu einem frivolen Zeichen.

Die beiden Frauen waren entsetzt. So, als wenn sie dem Satan persönlich gegenüberstünden, verharrten sie, die Augen in Panik weit aufgerissen, die Hand pikiert vor dem sich zum tonlosen Schrei geöffneten Mund haltend. Nachdem sie ihren Schock überwunden hatten, zuckten ihre Köpfe ruckartig wie bei einem Huhn in die entgegengesetzte Richtung. Gleich zweier Säulen standen sie jetzt da, in aufrechter Haltung, regungs- und wortlos dem obszönen Fremden den Rücken zugekehrt.

»Schau sie dir an, diese zwei alten Schachteln, wie sie nass zwischen ihren Schenkeln Empörung heucheln«, sprach der Fremde leise, aber laut genug für die Ohren der Frauen.

Das war zu viel für die beiden. Sie warfen ihre Köpfe in den Nacken und hakten sich ein. Jede Faser ihrer Körper drückte dabei Hass und Verachtung aus. Protestierend verließen sie den Ort des Geschehens. Den Fremden bedachten sie mit keinem Blick mehr.

Einige Männer, welche die Szene beobachtet hatten, lachten leise.

Auch der Schwarze musste schmunzeln, auch wenn ihm anzusehen war, dass er in diesen Augenblick gerne woanders gewesen wäre.

»Zwei unansehnliche Weibsbilder ereifern sich über die Anwesenheit eines Mannes. Sie kennen ihn nicht. Aber er ist schwarz. Und das ist doch wahrlich für jeden Dummkopf ausreichend, um sich darüber zu echauffieren. Aber was mich noch viel mehr verärgert, ist das devote Verhalten des Niggers, der diesen Rassismus akzeptiert.« Ganz leise sprach der Mann mit dem Südstaatendialekt diese Worte und schaute dabei seinem Begleiter fest in die Augen.

Der Schwarze zuckte wie von einem Peitschenhieb getroffen zusammen und blickte betreten zu Boden.

Fast im selben Augenblick richteten sich alle Blicke auf das offene Grab. Hinter dem Pfarrer war ein groß gewachsener, gut aussehender Mann getreten. Er war sehr vornehm gekleidet. Sein gepflegtes Gesicht trübte eine offenkundige, ehrliche Traurigkeit. Aber im Gegensatz zum Pfarrer hatte dieser Mann eine starke Ausstrahlung. Mit kräftiger, klarer Bassstimme und tadellosem, akzentfreiem Englisch wandte er sich an die Menschenmenge:

»Ich stehe hier vor dem offenen Grab meines Freundes. Mein Herz ist erfüllt von unermesslicher Traurigkeit. Mein Verstand bemüht sich vergebens, das Unfassbare zu begreifen.«

Der Redner verstummte. Er schaute mit festem Blick auf die Menge und lächelte. Es war ein schwermütiges Lächeln. Die Haltung und Mimik des Redners berührten. Sie drückten den Schmerz eines tapferen Mannes aus, der betroffen, aber ohne Selbstmitleid an diesem Grab stand.

Der große schlanke Fremde nutze die Redepause. Er beugte sich zu seinem schwarzen Begleiter und flüsterte ihm ins Ohr: »Nirgendwo wird mehr gelogen als bei einer Beerdigung. Ich gehe. Wir treffen uns im Saloon. Ich hatte ihn bereits gesehen, bevor dich die Neugierde in diese Gasse zog. So wie ich dich kenne, wirst du sicherlich noch ein wenig die Schwermut dieses Ortes genießen wollen.« Er grinste den Schwarzen an, drehte sich unversehens um und entfernte sich mit schnellen Schritten.

Niemanden schien der Abgang des Mannes zu interessieren. Gebannt blickten sie zum Grab und warteten auf die Fortsetzung der Rede.

»Ich sehe euch. Es berührt mich, dass ihr so zahlreich erschienen seid, um einem ganz besonderen Menschen die letzte Ehre zu erweisen. Und wahrhaftig, wir verabschieden uns heute von einem einzigartigen Zeitgenossen. Ich habe noch nie einen Menschen getroffen, der wie William Howard Ehrlichkeit und Unbeugsamkeit in einer derart konsequenten Weise gelebt hat.«

Der Redner schwieg. Schmunzelnd schaute er in das Grab. Seine Gedanken schienen in vergangenen Zeiten zu verweilen.

Mit weicher Stimme und schon fast heiterem Gesichtsausdruck sprach er dann weiter: »Zugegeben, William hatte das Feingefühl und die Diplomatie einer panisch durchgegangenen Büffelherde. Zugegeben, sein Temperament verwandelte so manche seiner Aussagen in eine gigantische Keule, mit der er auf einen Schuldigen einschlug und dabei gleichzeitig ein Dutzend Unschuldige verletzte. Und wenn William als Ankläger auftrat, dann bot er als Strafmaß bestenfalls die Todesstrafe an.«

Die überspitzte Beschreibung musste die charakterlichen Schwächen des Verstorbenen gut getroffen haben, denn viele der Zuhörer bestätigten das mit bejahendem Kopfnicken und lachten dabei leise.

»Aber trotz seines ungestümen Wesens und seiner extremen Bewertungen war William Howard ein Mann, dem die Menschen der ganzen Stadt Achtung und Respekt zollten. Denn seine Schwächen erschienen unbedeutend. Man lächelte darüber und nahm sie als liebenswerten Tick eines großartigen Menschen zur Kenntnis. William Howard war ein zuverlässiger Freund und ein gebildeter Mann mit wachem Verstand. Was ihn jedoch in einer besonderen, einzigartigen Weise auszeichnete: Er war ein großer Menschenfreund mit leidenschaftlicher Liebe zur Wahrheit.«

Ein beifälliges Raunen aus der Menschenmenge zwang den Redner wiederum zu einer kurzen Pause.

»William Howard interessierten weder Geld noch Ruhm. Er war nicht darauf erpicht, Macht über andere auszuüben. Nein! William wollte Freiheit und Gerechtigkeit für die Menschen. Diesen

Werten fühlte er sich verpflichtet. Dafür verbündete er sich stets mit den Schwachen und verteidigte sie vehement gegen das ihnen zugefügte Unrecht. Wer seine Kolumnen gelesen oder mit ihm hart diskutiert hatte, der erfasste zugleich sein verzweifeltes Bemühen, trotz aller Ungerechtigkeiten in der Welt, für diese, seine Werte zu kämpfen. Er zweifelte immer öfter an den Menschen, sein Verstand aber niemals an der Menschlichkeit. Und das trieb ihn an, die Menschen aufzurütteln, sie zum Nachdenken zu zwingen und den wahren Sinn ihres Lebens zu erkennen.«

Der Redner hielt inne. Kein Laut war aus der Menschenmenge zu hören. Die Worte drangen spürbar in die Herzen der Zuhörer ein.

»Wie ihr wisst, bin ich Arzt. Und in der Sprache meines Berufsstandes lässt sich William Howards Lebenseinstellung prägnant beschreiben. Seine Diagnose lautete: Die Menschheit ist krank. Und für die Therapie hielt er nur ein Medikament für wirkungsvoll: die Wahrheit! Darin sah William die Aufgabe, ja den Sinn seines Lebens. Er akzeptierte keine der vielen Ungerechtigkeiten. Er stellte sich ihnen entgegen und versuchte entweder mit lauter Stimme oder spitzer Feder die Verantwortlichen bloßzustellen. Dabei sagte er schonungslos Freund und Feind seine Meinung und sprach klar und für alle deutlich das aus, was er für wahr hielt. Gelegentlich schoss er dabei über das Ziel hinaus. Nicht selten hätte ich mir bei seinen verbalen Feldzügen mehr Sachlichkeit gewünscht. Aber mir fällt kein Beispiel ein, bei dem er gelogen hatte. William Howards Botschaften waren immer richtig. Er formulierte sie mit dem Herzen und würzte sie mit seinem Verstand. Deshalb achteten und respektierten die Menschen dieser Stadt William Howard. Und deswegen wurde er auch von so vielen geliebt.«

Wieder musste der Redner eine Pause einlegen. Ein lautes, beifälliges Raunen ließ keinen Zweifel über das Gesagte aufkommen. Die Menschen sahen sich an und nickten zustimmend. Man hatte sogar den Eindruck, dass sie sich von lautstarken Beifallsäußerungen zurückhalten mussten.

»Die Wahrheit! Wir alle sehnen uns nach ihr. Auch wenn wir die Zehn Gebote regelmäßig missachten, auch wenn unsere Einstellungen und Taten leider viel zu oft die Ideale der Väter unserer freiheitlichen Verfassung infrage stellen: Wir sehnen uns nach ihr. Und wir sehnen uns nach Vorbildern, die sich aufrecht und glaubhaft für eine gerechtere Welt einsetzen. Vorbilder, wie es William Howard für die Menschen in Wichita war.«

Der Redner wendete sich nun zum Grab. Er blickte in die Grube, in der bereits der Sarg lag. Man konnte dem Mann seine Rührung ansehen. Doch seine Stimme zitterte nicht, als er seine Rede fortsetzte: »Vorbilder wie William Howard zeigen uns den Weg. Sie spornen uns an, diesen Weg zu gehen. Nur durch sie werden uns die wahren Werte dieses Lebens bewusst.«

Die Stimme des Redners wurde lauter. Er schrie fast die Worte in die Menge: »Wir werden das Vermächtnis dieses großartigen Mannes ehren. Und vielleicht schaffen wir es, ein klein wenig wie er zu sein: Nicht wegschauen, wenn jemand Hilfe benötigt. Nicht schweigend zusehen, wenn Unrecht geschieht. Sich täglich bemühen, auch den anderen, ja besonders den anders erscheinenden Menschen zu verstehen und ihm eine faire Chance zu geben.«

Der Redner legte eine kurze Pause ein, bevor er fortfuhr: »Und wir sollten bei der Entscheidung zu handeln nicht immer erst an den eigenen Vorteil denken und berechnend abwägen, ob es sich im jeweiligen Fall lohnend oder schadend auswirken könnte. Wir sollten vorrangig der Wahrheit und Gerechtigkeit dienen. Das erfordert Größe. Das erfordert Mut. Aber der Lohn dafür ist einzigartig und kann weder mit Geld noch Gewalt erworben werden. Jawohl! Denn in Geld, Macht und all dem materiellen Besitz finden wir letztlich nicht den Sinn des Lebens. Nur der, dessen Lebenswerk hilft, die Welt zu verbessern, wird mit Achtung und Respekt belohnt. Er wird geliebt und unvergessen sein. Und davon träumen wir doch alle.«

Der Redner hatte sich während seiner Ansprache kaum bewegt. Jetzt drehte er sich energisch zum Erdhaufen neben der Grube um. Er zog mit kräftigem Schwung die darin steckende Schaufel heraus, setzte sie an und trieb sie mit einem Fußtritt wieder in den Haufen. Mit trauriger Stimme sprach er in die Grube:

»Mach es gut, alter Junge. Gerne hätte ich mich mit dir noch ein paar Jahre gestritten. Du wirst mir fehlen. Ich wünsche dir eine gute Reise. Sollte es ein Himmelreich geben, so ist mir nicht bange, dass du darin einziehst. Dort wird es dann etwas lauter und chaotischer zugehen. Und der Herrgott wird erstmals an seiner Unfehlbarkeit zweifeln müssen.«

Über seinen letzten Satz musste der Redner selbst lachen. Es war ein Signal, das plötzlich Heiterkeit in der Trauerveranstaltung erzeugte. Die meisten der Zuhörer hatten dabei Tränen der Rührung in den Augen.

Der Redner begann, die angehäufte Erde in die Grube zu schaufeln. Als ihm ein Mann aus der Menge dabei helfen wollte, legte er ihm freundschaftlich die Hand auf die Schulter und erklärte, dass er diese letzte Tat für seinen Freund gerne allein vollbringen wollte.

»Wer ist dieser Mann?«, fragte der Schwarze seinen Nachbarn.

»Das ist unser Doktor, Mr. Russel. Ein feiner und sehr anständiger Mann«, bekam er zur Antwort.

»Und der Tote?«

»Er hat die Zeitung geschrieben und gedruckt. Er war auch ein feiner Mensch«, antwortete derselbe Mann bereitwillig. Sein schlichtes Gemüt war unverkennbar. Er war von riesiger und hünenhafter Gestalt. Ihn begleiteten seine Frau und Kinder. Die Frau weinte bitterlich. Der Riese versuchte sie zu trösten und ging dabei auffallend liebevoll mit ihr um. Dann wandte er sich wieder dem fremden Schwarzen zu.

»Mr. Howard war genau so, wie es der Doktor gesagt hat. Hoffentlich findet der Marshal den Mörder«.

»Mörder«, wiederholte der Schwarze, »natürlich – in unserer Welt können solche Menschen nicht lange überleben. Sie stören. Sie müssen weg«.

Der Schwarze hatte die Sätze leise wie zu sich selbst gesprochen. Die Verbitterung in seiner Stimme war unverkennbar. Er blickte dabei trotzig zu Boden, drehte sich um und ging.

Verwundert schauten der Hüne und seine Familie ihm nach.

Langsam löste sich die Menschenmenge auf. Viele gingen noch zum Grab. Sie verbeugten sich kurz davor und gingen dann auch ihre Wege. Der Doktor hatte sein kostbares Jackett ausgezogen,

achtlos auf die Erde geworfen und schaufelte mit sichtlicher An-
strengung das Grab zu.

Nur wenige Schritte entfernt stand der Pfarrer und schaute ihm
mit verklärtem Blick zu. Leise bewegten sich die Lippen des Pfarrers im tonlosen Gebet.

MOMENTE DES VOLLKOMMENEN GLÜCKS

Dread fand sich auf der Hauptstraße wieder. Er hatte die kurze
Strecke zu Fuß zurückgelegt und dabei seinen Wallach am Zügel
geführt. Die Menschen zogen wie Schatten an ihm vorbei.

Dread schritt langsam. Er war vollkommen in Gedanken versunken. Scham, Wut und die bittere Erkenntnis, dass er feige vor diesen beiden Weibsbildern weglaufen wollte, trieben seine Stimmung auf den Tiefpunkt. Aber auch Joes Verhalten hatte diesen
Zustand bewirkt. Musste er ihn vor diesen fremden Menschen
derartig bloßstellen? Musste er ihn mit „Nigger" beschimpfen?

Ja, er musste es, beantwortete Dread sich diese Frage. Für Smith
bot sich wieder einmal die Gelegenheit, Spott und Verachtung
über die Menschen auszuschütten. Das war ihm wichtig. Sein zy-
nisches Wesen verlangte danach. Was andere dabei fühlten und
dachten, war ihm unwichtig. Dread war enttäuscht und gekränkt.
Er verspürte kein Verlangen, Smith zu treffen. Am liebsten wäre
er wieder vor die Stadt geritten und hätte auf Turners Gruppe gewartet.

Und dennoch zog es den schwarzen Cowboy in Richtung Saloon.
Sein Herz begann heftig zu schlagen, als sich in seiner Fantasie
die Bilder des zu erwartenden Abenteuers entwickelten.

Joe hatte ihm von den Huren in der Stadt erzählt. In diesem Gespräch gestand Dread, dass er noch nie mit einer Frau geschlafen
hatte. Dread erinnerte sich an Joes ungläubigen Gesichtsausdruck. Aber dann bot er Dread seine Hilfe an, ohne dies mit dem
üblichen Spott zu würzen.

Vor drei Tagen konnten sie ihren Plan in die Tat umsetzen. Murphy schickte seinen Vormann mit dringenden Geschäften in die
Stadt und verlangte, dass ein Großteil der Mannschaft ihn zu sei-

nem Schutz begleiten sollte. Joe und Dread boten sich als die Lage sondierende Vorhut an und waren bereits im Morgengrauen aufgebrochen. Dadurch konnten sie sich den gewünschten Vorsprung vor Turner und den anderen Cowboys verschaffen.

Joe hatte versprochen, ihn bei der Vermittlung seines ersten erotischen Erlebnisses zu unterstützen. Jetzt lief Dread mit klopfendem Herzen diesem Ereignis entgegen. In seinem Bauch schienen hunderte Schmetterlinge wie wild mit ihren Flügeln zu schlagen. Sie erzeugten ein erregendes Gefühl, das sich bis in das kleine Becken verlor.

Als Dread schließlich vor dem Saloon stand, schien es ihm, als wollte eine unsichtbare Kraft ihn von diesem Ort wegziehen. Seine Muskeln verkrampften sich. Die kleinste Bewegung strengte ihn an. Er spürte seinen Herzschlag bis hoch in den Hals. Sein Mund war mit einem Mal so trocken, dass sich die Zunge wie ein dicker, klebriger Kloß anfühlte. Es kostete ihn immense Kraft, nicht umzukehren. Mit zitternden Händen band er die Zügel seines Pferdes an. Langsam öffnete er die Flügeltüren und betrat linkisch den Innenraum.

Dread befand sich zum ersten Mal in einem Saloon. Wände und Mobiliar hatten ein widerliches Dunstgemisch absorbiert. Es roch nach Tabak, Alkohol, Schweiß, Urin und dem säuerlichen Gestank von Erbrochenem. Er stand regungslos inmitten des Raums. Erst nach mehreren Atemzügen legte sich der Brechreiz. Dread fühlte sich unwohl und bereute zutiefst, in diese übel riechende Spelunke gegangen zu sein.

Seine Blicke hasteten durch alle Winkel des üblen Raums. Wie erwartet, war der Saloon zu dieser Zeit fast menschenleer. Dread fasste ein wenig Mut. Im matten Licht erkannte er nur drei Männer. In einer Ecke saß ein einzelner Mann. Sein Äußeres und die auf dem Tisch ausgebreiteten Karten wiesen ihn als Berufsspieler aus, der geduldig seine Klientel erwartete. Am langen Tresen lehnte Joe in gewohnt lässiger Haltung. Er hielt ein Whiskyglas in der Hand und hatte Dread den Rücken zugewandt. Hinter dem Tresen stand der Barmann, der bedächtig ein Glas putzte. Er war auffallend dünn. Beim Anblick dieses Mannes drängte sich der Vergleich mit einem Geier auf. Der kleine runde Kopf mit der großen Hakennase saß auf einem langen, dürren Hals, unter dessen Haut ein überproportional großer Adamsapfel tanzte. Die langen, fettigen Seitenhaare waren über die Halbglatze gekämmt und bewegten sich bei der kleinsten Bewegung wie eine zu groß geratene Haube.

Dread empfand Mitleid mit diesem unansehnlichen Barmann. Das groteske Bild dieser aus Eitelkeit geborenen Frisur rührte ihn.

Der Barmann, der zunächst den Neuankömmling nicht zu bemerken schien, hob langsam den Kopf. Als sein Blick auf Dread fiel, wich augenblicklich der gelangweilte Ausdruck aus seinem hageren Gesicht.

»Hör zu, Nigger, wenn du was trinken willst, geh ans andere Ende der Stadt. Dort findest du das stinkende Loch, über dem witzigerweise „Saloon" steht. Dort kannst du mit deinesgleichen saufen. Hier ist kein Platz für dich.«

Es war eine böse, eine kreischende Stimme. Das gehässige Lachen passte zum Gesamtbild. Dread hatte kein Mitleid mehr mit dem Geierkopf. Er wäre liebend gerne aus diesem Raum gerannt. Aber die aufsteigende Wut, die sich mit seiner lähmenden Unsicherheit verbrüderte, ließ ihn verharren. Wie versteinert stand er da. Er hasste diesen Moment.

»He, Nigger, bist du taub oder zu dämlich, mich zu verstehen«, der dürre Barmann zischte wie eine Schlange. Mit gereiztem Blick fixierte er den Schwarzen und kam hinter dem Tresen hervor. Er war nicht nur sehr dünn, sondern auch ziemlich klein, stellte Dread nüchtern fest, während der Barmann sich ihm wütend näherte. Und dann stand er unmittelbar vor Dread. Wie ein böser Gnom stierte er ihn von unten an. Die Haarkappe war gefährlich nach hinten gerutscht und drohte sich aufzulösen.

»Wenn du dich nicht sofort verziehst, dann…«, die Stimme des Gnomen schien sich schier zu überschlagen, während er offenbar nach einer besonders schrecklichen Drohung suchte.

Dreads Unsicherheit wich einer zunehmenden Belustigung. Während sich Dread gerade die Frage stellte, wie ihn das kleine dürre Männchen hinauswerfen wollte, bemerkte er Joe. Er hatte sich lautlos genähert und legte dem neben ihm wie ein Winzling wirkenden Barmann die Hand auf die Schulter. Dieser zuckte erschrocken zusammen. Mit hektischer Kopfbewegung fuhr er herum, gleichzeitig führte er blitzschnell die rechte Hand hinter sich. Doch Joes eiserner Griff stoppte die Bewegung. Die Reaktion voraussehend hatte Joe den Unterarm des Barmanns gepackt, zog ihn kraftvoll nach oben und hielt ihn in dieser Pose. Der Barmann verharrte hilflos, mit schmerzverzerrter Grimasse. Die Frisur hatte sich aufgelöst. Strähnig hingen die fettigen Haare in wirrer Unordnung nach unten und gaben die glänzende Halbglatze preis. Mr. Geierkopf ähnelte jetzt stark einem Königspinguin.

»Mr. Barmann, wir wollen doch den Frieden dieses wunderschönen Tages nicht gefährden«, sprach Joe in versöhnlichem Ton. Als Joe dabei langsam den am Rücken verborgenen Colt aus dem Gürtel des Barmanns zog, begriff Dread, wie ihn das kleine dürre Männchen hinauskomplimentieren wollte.

Joe löste den schmerzhaften Griff und gab den Barmann wieder frei.

Erlöst glätteten sich die Züge des hässlichen Vogelgesichtes. Mit der Hand tastete der Gepeinigte seine Schulter ab und dehnte seinen langen, dürren Hals. Dann schaute er mit devotem Blick zu dem Mann hoch, dessen überlegene Kraft er zu spüren bekommen hatte.

Joe wendete sich grinsend an den kleinen Mann: »Darf ich ihnen Mr. Moore vorstellen, meinen schwarzen Freund.«

Dread hätte Joe für diesen Satz umarmen können.

»Mr. Barmann, wir wollen keinen Streit und sind mit besten Absichten in ihr edles Etablissement gekommen«, fuhr Joe fort.

Vom Tisch des Spielers war ein heiseres Kichern zu vernehmen.

»Wissen Sie, mein sehr verehrter Herr Barmann, Mr. Moore und ich beabsichtigen, uns mit Ihren liebreizenden Damen zu vergnügen. Und ich versichere Ihnen, auch wenn Mr. Moores Schwanz schwarz ist, so stößt und zahlt er, wie es sich für einen Mann von Ehre gehört.«

Dread hatte sich die Vermittlung seines Abenteuers unauffällig und diskret vorgestellt. Jetzt hörte er, wie Joe das Vorhaben unverblümt verkündete. Er hätte in den Ritzen dieser stinkenden Dielen versinken können. Er war entsetzt, beschämt und völlig verunsichert.

Dreads Gesichtsausdruck löste bei Joe ein herzhaftes Lachen aus. Das Kichern des Spielers steigerte sich in ein heißeres Krächzen, das von Hustenattacken des starken Rauchers unterbrochen wurde und an das Kläffen eines kleinen Köters erinnerte. Selbst über das Gesicht des Barmanns huschte ein amüsiertes Grinsen, das sogar frei von Boshaftigkeit war.

Dread fühlte sich erniedrigt. Er wollte weg. So stand er, dem Spott und der Häme der anderen ausgesetzt, wie ein Idiot mitten im Saloon und wusste nicht, was er tun sollte.

Joe gab dem Barmann seinen Colt zurück, »Sir, lassen Sie uns bei einem guten Whisky alles besprechen. Fühlen Sie sich von mir dazu eingeladen«.

Joe schlug Dread freundschaftlich auf den Rücken und forderte ihn auf, ihm zu folgen. Am Tresen angekommen, schenkte der Barmann drei Whiskys ein, die Joe sofort bezahlte.

»Sir, ich empfehle Ihnen die Lissy, Sie werden bei ihr ganz auf Ihre Kosten kommen«, sagte der Barmann im anbiedernden Ton zu Joe. »Und für Ihren Freund kommt nur der Bastard infrage.«

Das Wort „Freund" sprach der Barmann zynisch, mit süffisantem Grinsen aus. Dread hätte das dürre Männchen dafür gerne mit einem kräftigen Faustschlag in seine Fratze belohnt. Stattdessen blickte er betreten zu Boden und hörte dumpf, wie Joe sich über den Preis der Huren erkundigte.

»Der Bastard gehört Mr. Barner. Das Geld kassiere ich gleich ein. Mit Lissy machen Sie den Preis selbst aus«, sagte der Barmann und nannte den Preis für die Hure, die er mit „Bastard" betitelte.

Dread holte ein Bündel Scheine aus der Tasche und zählte das Geld. Der geforderte Betrag überstieg sein Budget. Joe zog ihm die Geldscheine aus der Hand. Er zählte einen Teil ab und gab Dread fast die Hälfte des Betrags zurück.

»Sir, Sie können mich als einen wahren Huren-Experten betrachten. Ich kenne mich bestens mit den üblichen Preisen aus. Sie wollen doch nicht ernsthaft für einen Bastard den Preis verlangen, für den ich normalerweise zwei Fotzen bekäme. Selbst wenn Ihr „Bastard" fett wie ein Fass ist, so zahlen wir nicht nach Gewicht, sondern nach Anzahl der Fotzen. Und Ihr Bastard hat sicherlich nur eine, oder?«. Joe grinste den Barmann an und drückte ihm das Geld in die Hand.

Aus dem Hintergrund waren das heisere Kichern und Husten des Spielers zu hören.

Die Schmetterlinge in Dreads Bauch waren tot. Die Situation war abstoßend. Dread fühlte sich elend. Er hatte das sinnliche Abenteuer gesucht und wollte endlich, endlich einen nackten weiblichen Körper spüren. Jetzt fand er sich dagegen in einem Kuhhandel wieder, in dem gefeilscht und wahrscheinlich auch fettes, krankes Fleisch verkauft wurde. Und er war der Idiot, der diesen Handel einging und dabei noch Glück hatte, dass er mit Joe einen fachkundigen Berater neben sich wusste. Dread fühlte sich hilflos und einsam.

Der Barmann steckte grinsend das Geld ein. Offensichtlich war er mit dem Betrag sehr zufrieden. »Lissy hat Zimmer eins und der Bastard sieben«, wies er die beiden Cowboys ein.

Joe umfasste freundschaftlich Dreads Schulter und führte ihn wie einen Blinden zur Treppe. In der oberen Etage angekommen, stieß er ihn in die Richtung zu seiner Hure.

Schließlich stand der schwarze Cowboy vor der Tür, die mit einer großen Sieben gekennzeichnet war. Die Zahl war vor langer Zeit lieblos mit roter Farbe auf das Holz gepinselt worden. Verblasst und zum Teil an den Rändern abgebröckelt, passte dieses Zahlenzeichen zu diesem Ort. Dread starrte auf die Zahl. Ihm wurde die Absurdität der Situation im vollen Umfang bewusst. Er wollte sich etwas kaufen, etwas, was er seit Jahren herbeisehnte, von dem er aus feuchten Träumen erwachte. Jetzt stand er vor dieser Tür mit der hässlichen Zahl und zögerte. Er hatte immer und immer wieder von einer verführerischen Frau geträumt. Nun aber sah Dread seinem „ersten Mal" mit einem hässlichen, fetten, vulgären Weibsbild entgegen. Eine Hure mit dem abschreckenden Namen „Bastard" wartete hinter dieser Tür, ein gottloses, verlorenes Wesen, das gerade einmal gut für einen Nigger war. Dread blickte in den Flur. Joe hatte sofort Lissys Zimmer betreten. Der Gang war leer, so einsam und leer wie auch Dread sich in diesem Moment fühlte. Wieder einmal riss es ihn in einen emotionalen Abgrund: Ich bin ein Nichts, jemand, den man auslachen, anspucken und in den stinkenden Schoß einer fetten Hure werfen kann. Ein Feigling, der alles mit sich machen lässt, der sich stets willenlos seinem Schicksal beugt. Dread geißelte sich mit Beschimpfungen und Vorwürfen, trieb den letzten winzigen Rest an Selbstachtung aus seiner gequälten Seele. Die hässliche Sieben begann vor seinen Augen zu verschwimmen.

Er klopfte an die Tür. Als er eine schwache Stimme hörte, die ihn zum Eintreten aufforderte, drückte er die Türklinke nach unten und trat mit gesenktem Kopf ein. Das und nicht mehr habe ich verdient, lautete die selbstzerstörerische Affirmation, mit der er in diesem absurden Moment seine Handlung rechtfertigte. Schnell zog er die Tür hinter sich wieder ins Schloss. Dann zwang er sich, seinen Kopf zu heben. Er war auf alles gefasst, aber nicht auf diesen Anblick.

Mit weit aufgerissenen Augen blickte er auf die junge Frau, die auf einem riesigen Bett saß, das fast den ganzen Raum einnahm. Dread betrachtete fasziniert ihren schlanken, bronzefarbenen Körper. Aus einem schwarzen Mieder quollen üppige Brüste. Dread sah den Ansatz der Brustwarzen. Seine Augen tasteten ihre wohlgeformten Beine ab. Dreads Blicke streichelten die schlanken Schenkel, glitten ganz langsam nach oben bis zu ihrem Ende und verharrten entzückt auf der vom durchsichtigen Spitzenhöschen bedeckten Scham.

Die Schmetterlinge in seinem Bauch waren doch nicht tot. Im Gegenteil, sie hatten sich vertausendfacht und erzeugten in Dread ein lustvolles Kribbeln. Aufs Äußerste erregt registrierte er, wie sein Glied anschwoll und sich pulsierend in der Hose aufrichtete. Er senkte seinen Blick. Dann hob er wieder den Kopf und musste sich dabei zwingen, der jungen Frau ins Gesicht zu schauen. Der Anblick ließ seinen Atem stocken. Noch niemals in seinem ganzen Leben hatte Dread in ein derart schönes Gesicht gesehen. Ihr glänzendes, anmutig auf die Schultern fallendes pechschwarzes Haar betonte das noch. Die dunklen mandelförmigen Augen, die reizende Nase und sinnliche Lippen drohten ihm den Verstand zu rauben.

Dread hatte sich nicht von der Stelle gerührt. Stotternd brach er die Stille: »Miss, Sie sind der Bastard?«

Die junge Frau blickte höchst erstaunt auf den Freier. Statt Dreads Frage zu beantworten, stellte sie eine Gegenfrage: »Wie hast du es geschafft, lebend an Finley vorbeizukommen, Nigger?«

Dread vernahm den engelsgleichen Klang ihrer Stimme. Das Wort „Nigger" hörte sich aus ihrem Mund wie ein Kosename an. Sie hatte es ähnlich betont, wie Pete damals den von Hank geforderten „Feigling". Es fehlte die Härte, die Häme des Überlegenen. Stattdessen war ein trauriger, verständnisvoller Unterton zu vernehmen.

Und dann wollten beide gleichzeitig die Frage des anderen beantworten. Sie musste darüber lachen. Auf ihren Wangen bildeten sich Grübchen. Dieser Augenblick wärmte sein Herz.

»Miss, Sie zuerst«, bat Dread.

»Schau in die Schlitzaugen, auf die Rothaut und du kennst die Antwort«, gab sie Dread lakonisch zu verstehen. »Übrigens, ich bin eine Hure, schlimmer noch, ein Bastard. Also lass deine Höflichkeiten. Das tut mir weh.«

»Ich bin mit einem Freund hier. Er hat den Barmann entwaffnet und dich für mich ausgehandelt.«

»Er hat waaaas?« Mit fassungslosem Gesicht ließ sie sich von Dread erzählen, wie der Barmann ihn herauswerfen wollte und Joe die Situation geschlichtet hatte.

»Unfassbar! Aber du stehst hier oben und liegst nicht durchlöchert da unten im Saloon. Also muss deine Geschichte wahr sein.« Sie schaute Dread ernst an. »Dein Freund ist ein gefährlicher Mann, ein sehr gefährlicher Mann.«

»Wie meinst du das?«

»Ganz einfach, Finley ist ein Revolvermann. Er ist skrupellos, hinterhältig und vor allem schnell. Selbst Roy Miller hat Respekt vor ihm. Und dein Freund hat Finley mal ganz einfach so den Colt weggenommen.«

Nachdenklich schaute Dread die schöne Hure an. Wer war eigentlich dieser Südstaatler, der fast spielerisch einen berüchtigten Revolvermann entwaffnete, fragte er sich. Wieder einmal beeindruckte ihn Joes mystische Aura.

»Nun, schwarzer Mann, wie willst du es haben?« Die Hure hatte sich vom Bett erhoben. Mit kaltem Blick musterte sie Dread.

»Ich heiße Dread«, gab er stotternd zu Antwort, »und ich habe keine Erfahrung in solchen Dingen.« Er hatte seinen Hut abgenommen und drehte ihn verlegen in den Händen. Für einen kurzen Moment meinte er, ein warmes Leuchten in den Augen der Hure gesehen zu haben.

»Mein Name ist Miriam. Am besten, wir ziehen uns beide erst einmal aus. Und dann sehen wir weiter.«

Miriam drehte sich zum Stuhl, der unmittelbar neben dem Bett stand. Dread beobachtete, wie sie sich rasch ihrer Sachen entledigte und diese lustlos über die Stuhllehne warf. Sie stand mit dem Rücken zu ihm. Als sie ihr Höschen herunterzog, seufzte er beim Anblick ihres prachtvollen Hinterns ganz leise. Dread packte ein wildes Verlangen nach dieser Frau. Sein hartes Glied schmerzte.

Sie legte sich auf das Bett und spreizte ihre Beine. Ungeniert zeigte sie ihm ihre betörende Weiblichkeit. »Nun, Dread, was ist? Zieh dich aus und lege dich zu mir.«

Langsam ging Dread auf sie zu. Sein Herz pochte wie wild. Als er direkt vor dem Bett stand, warf er seinen Hut zu Boden, knöpfte sein Hemd auf, zog es hastig, mit linkischer Bewegung aus und warf es über den Hut. Er hatte sich noch nie vor einer Frau entkleidet. Er schämte sich, kam sich dumm und äußerst unbeholfen vor.

Dread schaute ihr ins Gesicht und nahm ernüchtert ihren abwesenden Blick wahr. Sie sah mit traurigen Augen zur Decke und schien ihn nicht wahrzunehmen. Beschämt drehte er sich von ihr weg, öffnete den Gürtel, zog die Hose herunter und setzte sich auf den Bettrand. Hektisch entfernte er mit den Füßen die Stiefel, die polternd auf die Dielen fielen.

Schließlich saß er ängstlich, unsicher, aber voller Lust bewegungslos auf dem Bettrand und kam sich in seiner einteiligen baumwollenen Unterwäsche lächerlich vor. Langsam drehte er den Kopf in Miriams Richtung.

»Du musst alles ausziehen, sonst geht das nicht«, sagte sie mit monotoner Stimme. Ihr kühler Blick verriet nicht, was sie dachte.

Dread erforschte das traurige Antlitz dieser außergewöhnlichen Schönheit. Was er darin lesen konnte, ließ seine Lust schwinden.

Diese Augen ließen ihn frösteln. Er fing leise und langsam an zu reden, wog jedes Wort dabei ab:

»Miriam, noch niemals habe ich eine solch wunderschöne Frau wie dich gesehen. Von so einer Frau hätte ich nicht einmal zu träumen gewagt. Du liegst aber jetzt nackt vor mir. Ich schaue dich an. Du hast das Gesicht eines Engels. Dein herrlicher Körper entzückt und erregt mich. Und dennoch kann ich nicht.«

Miriams maskenhaftes Gesicht veränderte sich. Sie richtete sich auf und sah Dread mit großen erstaunten Augen an.

»Du liegst vor mir, wie das Vieh auf der Schlachtbank«, fuhr Dread fort, »jedoch blickst du ohne Angst auf das, was auch immer kommen mag. Nein, dir kann man keine Angst mehr machen.« Dreads Stimme fing an zu zittern, als er weitersprach: »Ich glaube, du hast bereits alles Furchtbare dieser Welt erlebt. Der Nigger kann es fühlen, wunderschöner Bastard«.

Dread drehte sich ruckartig um. Er wollte nicht, dass sie seine Tränen sah. Die junge Frau tat ihm unsagbar leid. Er kannte sie nicht, wusste nichts von ihrem Leben. Aber er erkannte ihre gebrochene Seele. Sein Entschluss stand fest: Er würde wieder gehen.

Dread beugte sich mit einem Seufzer nach vorn, um seine Hose vom Boden aufzuheben. Plötzlich spürte er ihre Nähe. Sie hockte dicht hinter ihm.

Miriam legte ihre kleinen Hände auf seine breiten Schultern. Dann streckte sie sich vor, um die Knopfleiste seiner Unterbekleidung zu öffnen. Ihr zierlicher Körper berührte ihn. Er spürte die üppigen Brüste, die sich fest an seinen Rücken pressten. Dread roch ihren Körper.

Ihr Duft verzauberte ihn. Augenblicklich meldete sich bei ihm das große Verlangen zurück.

Miriam hatte mit geübten Fingern den oberen Teil der Knopfleiste geöffnet und entblößte seinen Oberkörper. Beim Anblick seines geschundenen, vernarbten Rückens schluchzte sie laut auf. Sie küsste die Narben und weinte dabei leise. Dann lehnte sie ihren Kopf an seinen Rücken. Mit dem Finger strich sie über die vernarbten Erinnerungen aus der Sklaven- und Soldatenzeit. Sie tastete die Stelle seiner furchtbaren Stichverletzung ab, die ihn bei

Fort Pillow fast das Leben gekostet hatte. Dann zog sie langsam die Fingerspitze über eine der vielen von der Peitsche erzeugten Zeichnungen. Leise, nur vom eigenen Schluchzen unterbrochen, begann sie zu erzählen. Ihre Fingerspitze bewegte sich dabei langsam auf der Narbe, so als ob sie dadurch den Weg zur Quelle ihrer Qualen fand. Dread erfuhr ihre Lebensgeschichte.

Miriam berichtete aus ihrer Kindheit, in der sie mit ihrem Vater auf der Suche nach Arbeit von Stadt zu Stadt gewandert war und wie sie schließlich in Wichita ankamen. Erschüttert hörte er zu, als sie den Tod ihres Vaters beschrieb. Gerührt erfuhr er von der liebevollen Aufnahme durch den Pfarrer. Als sie von ihrem Mann erzählte, spürte Dread deutlich die große Liebe, die Miriam empfunden hatte. Sie berichtete von der schweren Zeit auf der Farm und erzählte, wie der Doc ihnen geholfen hatte. Dann folgte detailliert, mit leiser, monotoner Stimme, die Schilderung ihres schlimmsten Tages. Ohne Pause erzählte Miriam weiter. Sie schilderte die Rettung durch den Doc, der sie mit in sein Haus genommen und gepflegt hatte. Sie beschrieb in erschütternder Weise, wie sie sich damals gefühlt hatte, wie ein Stück Dreck, das es nicht verdiente weiterzuleben. Sie konnte den Menschen, die es mit ihr stets gut gemeint hatten, nicht mehr in die Augen sehen. Und so sei sie dann, sich vollkommen wertlos fühlend, zu Barner gegangen und eine seiner Huren geworden. Ihr erster Freier war Harrison Baker, der Mann, dem sie ihr ganzes Unglück zu verdanken hatte. Schließlich verstummte Miriam. Nur noch ihr leises Schluchzen war zu hören.

Dread war tief erschüttert. Er drehte sich zu Miriam. Beide blicken sich aus tränennassen Augen an. Dread umarmte die kleine Frau, zog sie ganz fest an sich heran und streichelte über ihren Kopf. Miriams Schluchzen steigerte sich in einen heftigen Weinkrampf. Als ob der ganze angestaute Kummer aus diesem zierlichen Körper ausbrechen wollte, schrie sie förmlich ihr Leid aus sich heraus. Ihre Tränen liefen über Dreads Gesicht und vermischten sich mit den seinen.

Als sich Miriam etwas beruhigt hatte, löste sich Dread behutsam von ihr. Er streichelte liebevoll ihre Wange, beugte sich vor und küsste ihre Stirn. Fest blickte er ihr in die Augen.

»Miriam, ich werde dich hier herausholen. Ich weiß bis jetzt nicht, wie ich das schaffe. Aber ich verspreche es dir. Und wenn du willst, werde ich dich beschützen und immer für dich da sein. Mein Leben hätte wieder einen Sinn. Vielleicht zum ersten Mal.«

Die wunderschöne nackte Frau blickte auf den halb nackten Mann. Sie weinte nicht mehr und schaute ihn mit dem auffälligen Glanz ihrer betörenden Augen an. Langsam beugte sie sich zu ihm vor und küsste ihn auf den Mund. Ihre Zunge öffnete seine Lippen und drang in seinen Mund ein. Sie zog ihn zu sich heran und ließ sich mit ihm auf das Bett fallen.

Dread erlag einer unbekannten, märchenhaften Erregung. Er küsste diese einzigartige Frau. Seine Zunge tanzte wie wild mit der ihren, einmal in seinem und dann in ihrem Mund. Er lag auf ihr, zwischen ihren Beinen. Sie zog ihm langsam die Unterbekleidung nach unten, bis seine Lenden frei waren. Er stöhnte erregt auf, als er ihre Hand spürte, die sein Glied umfasste und zu sich führte, bis er an etwas feuchtes Weiches stieß. Dread drückte sich langsam in Miriam hinein. Er spürte ihre Wärme. Noch niemals in seinem Leben hatte er sich so wohl, so geborgen gefühlt. Er war in ihr. Dieses Gefühl überstieg seine kühnsten Erwartungen und Fantasien.

Beide bewegten langsam ihre Becken, küssten und streichelten sich. Das Elend dieser Welt schien nicht mehr zu existieren. Es gab nur noch Dread, der sich mit Miriam vereint hatte. Mit ihren Körpern komponierten die beiden gequälten Seelen eine Symphonie der Lust und Zärtlichkeit. Er wünschte, dass es nie aufhören würde. Er küsste ihre Augen, ihre Wangen, fand immer wieder ihren Mund und drückte sie im Liebesakt fest an sich. Sie liebten sich intensiv und ausdauernd. Schließlich erreichten sie gemeinsam ihren Höhepunkt. Dread steigerte sich dabei in eine noch nie erlebte Ekstase. Miriam bebte unter ihm. Ihr Stöhnen und das Glück, das er in ihren Augen sah, empfand er als Lohn, der mit keinem Gold auf Erden aufgewogen werden konnte. Eng umschlungen blieben sie liegen.

»Ich werde dich nie wieder loslassen«, flüsterte er ihr ins Ohr.

Sie lächelte ihn an und strich ihm zärtlich über den Kopf.

Dread konnte das Ausmaß seines Glücks kaum erfassen.

Plötzlich riss sie der peitschende Knall zweier Pistolenschüsse in die raue Wirklichkeit zurück. Es kam von unten aus dem Saloon.

WENN DIE VORBILDER STERBEN

Matthew stand allein vor dem Erdhügel, unter dem sein Freund begraben lag. Bernard war gerade gegangen. Lange hatten die beiden als die letzten der großen Trauergemeinschaft vor dem frischen Grab ausgeharrt. Der Abschied von ihrem ermordeten Weggefährten war stumm verlaufen. Die Freunde mussten sich nicht sagen, was sie fühlten und dachten. Schließlich hatte sich Bernard von Matthew verabschiedet, ohne ein Wort, nur mit einem kurzen Handschlag.

Jetzt stand Matthew einsam an dem Ort, an dem er schon so oft seine Grabreden gehalten hatte und an dem die Lebenden endgültig Abschied von einem geliebten Menschen nehmen mussten. Er hatte die Gebete gesprochen und versucht, den Hinterbliebenen Trost zu spenden. Heute spürte er einmal selbst die Leere und Trostlosigkeit eines Hinterbliebenen, dessen Bewusstsein den unwiderruflichen, endgültigen Verlust verarbeiten muss. Ein besonderer Mensch existiert nicht mehr. Man ist nicht mehr in der Lage, ihm Unausgesprochenes mitzuteilen oder mit ihm Unstimmigkeiten zu klären. Was uns bleibt, ist das Gebet, weil wir hoffen. Oder es ist Gloria, weil wir uns schämen. Das traf jedoch nicht auf Matthew zu. Er hatte dem Toten zu Lebzeiten sehr viel Respekt und große Sympathie entgegengebracht. Geschmeichelt erinnerte er sich an Williams nachsichtige Art ihm gegenüber. Dieses Privileg konnte nur Matthew für sich in Anspruch nehmen. Er musste unwillkürlich schmunzeln.

»Ja, mein lieber ungeduldiger, heißblütiger Freund, wir haben uns in der Tat sehr gut verstanden«, leise sprach Matthew diese Worte und spürte dabei eine ihm wohltuende innere Ruhe.

Matthew lauschte dem Pfeifen des Präriewindes. Seine Gedanken schweiften in die Vergangenheit. Er erinnerte sich an die vielen Begegnungen mit William, wie er ihn kennen und schätzen gelernt hatte. Er rekapitulierte voller Bewunderung Bernards Grabrede. Besser konnte man William Howards Leben nicht würdigen. Dieser Mann, der seinen Lebensweg nicht fortsetzen durfte, hinterließ dauerhafte Spuren, die in eine menschlichere und ehrlichere Welt wiesen. Matthews Herz war erfüllt vom Stolz auf den toten Freund. Er bekreuzigte sich. Leise zitierte er aus dem Neuen Testament: »*Denn welche der Geist Gottes treibt, die sind Gottes Kinder*« (Römer 8:14). Und schmunzelnd fügte er nach kurzer Pause hinzu: »Auch wenn sie nicht an ihn glaubten.« Matthew würde heute noch eine Kerze anzünden und ausgiebig vor dem Kreuz für Williams Seele beten.

Andachtsvoll löste sich Matthew vom Grab. Er ging wie der Doc in Richtung Stadt. Sofort dachte er an Miriam. In ihm reifte der Entschluss, zu ihr zu gehen. Seine Schritte wurden fester. Beherzt beschleunigte er das Tempo. Schließlich stand Matthew vor Barners Saloon. Nur kurz zögerte er, dann drückte er langsam die Pendeltür auf und betrat den Saloon.

An der Bar stand Ben Murphy mit seinen Cowboys. Matthews Blicke wanderten durch den Raum. Am Klavier bemühte sich ein Mann mit mäßigem Erfolg, die Gäste mit angenehmen Rhythmen zu unterhalten. An einem Tisch wurde gepokert. Gleich am Nebentisch saß David Turner, der ihm freundlich zuwinkte. Matthew freute sich, Turner zu sehen. Er schätze den tüchtigen Vormann der Running M Ranch. Froh über dessen Anwesenheit ging Matthew auf Turner zu. Dieser erhob sich höflich und streckte Matthew lachend die Hand zum Gruß entgegen. Matthew ergriff sie ebenfalls lächelnd. Mit einem kräftigen Händeschütteln bekundeten die beiden Männer ihre gegenseitige Sympathie.

»Herr Pfarrer, was hat Sie in die Stätte des Lasters verschlagen? Ich habe Sie noch nie hier gesehen, noch davon gehört, dass Sie schon jemals hier waren.«

»In der Tat, mein lieber Turner, ich bin heute das erste Mal hier. Ich habe mich endlich entschlossen, nach Miriam, meinem ehemaligen Pflegekind zu sehen. Ich gestehe beschämt, dass ich dies schon längst hätte tun müssen.«

Beide Männer schwiegen.

»Miriam ist eine Hure geworden. Sie hat sich aufgegeben. Diese bedauernswerte Seele ist verloren. Ihre Mühe, Herr Pfarrer, ist – ob früher oder später – vergebens.«

»*Richtet nicht, so werdet ihr auch nicht gerichtet. Verdammt nicht, so werdet ihr nicht verdammt. Vergebet, so wird euch vergeben*« (Lukas 6.37). Und nach einer kurzen Pause fügte Matthew ein zweites Zitat aus der Bergpredigt hinzu: »*Selig sind die, die da Leid tragen; denn sie sollen getröstet werden*« (Matthaeus 5:4).

»Ja, die Bibel, sie gibt wahrlich Antworten auf alle Lebenssituationen. Diese Bibeltexte hören sich in der Kirche stets wunderbar an. Doch kaum, dass sie die heilige Stätte verlassen haben, interessieren sich die Menschen nicht mehr dafür. Es gilt in unserer Welt, sich durchzusetzen. Das sind Ansprüche, die wenig Zeit für Trost und Vergebung zulassen. Für die Menschen, denen wir selbstherrlich das Zeichen unserer Verachtung auf die Stirn gebrannt haben, bleibt lediglich Häme übrig, und davon reichlich.«

Matthew wollte antworten. Aber in diesem Moment klapperte die Pendeltür beim Eintreten einer großen Gruppe. Es waren Roy Miller und weitere sieben Regulatoren des berüchtigten Rinderbarons Baker. Sie waren laut. Ihre Bewegungen wirkten unnatürlich und überheblich. Angeekelt sah Matthew, wie einer dieser Männer ungeniert in den Raum spuckte, nachdem er mit röhrendem Geräusch den Schleim im Mund gesammelt hatte.

Provozierend gingen sie auf die Bar zu. Mit bösem Grinsen standen sie vor den Cowboys der Running M Ranch. Augenblicklich war Stille im Saloon. Die Spieler legten ihre Karten auf den Tisch. Der Klavierspieler stellte sein nerviges Geklimper ein. Alle Augen waren auf die beiden Gruppen gerichtet.

»Macht jetzt keine Dummheiten, Jungs«, hörte Matthew die beschwörenden Worte aus Turners Mund. Er hatte so leise gesprochen, dass selbst Matthew die Worte kaum verstanden hatte. Turners Gesicht drückte sichtbar seine Sorge aus. Matthew spürte, wie der Vormann sich zu seinen Männern wünschte. Doch er verharrte am Tisch. Er wollte die Situation nicht verschärfen.

»Schweinegesicht, sag den anderen Hampelmännern, dass sie für uns Platz machen sollen. Jetzt kommen richtige Männer an die Bar«, sagte ein Fleischberg, dessen Gesicht den Vergleich mit einer Bulldogge aufdrängte.

»Wir waren vor euch da. Also stellt euch dorthin, wo noch Platz ist«, antwortete Ben Murphy trotzig.

Miller ging auf Ben zu und schob sich unverfroren zwischen ihn und den als Schweinegesicht angesprochenen Cowboy. »Sag mal Finley«, wandte er sich an den Barmann, »seit wann schenkst du unseren guten Whisky an Milchgesichter aus? Die pissen und scheißen sich doch davon in die Hosen.«
Die Regulatoren bekundeten durch wildes, lautes Johlen ihren Beifall. Ihre Stimmung war offenkundig aggressiv.

»Lass das mal unsere Sorge sein, Hackfresse«, antwortete Ben kleinlaut.

»Wie hast du mich genannt? Hackfresse?« Miller sprang von der Bar zurück. Drohend, in leicht geduckter Haltung stand er vor Ben Murphy. »Du hast mich beleidigt. Und ein Mann akzeptiert keine Beleidigung. Du weißt, was ich meine, Ben Murphy!« Millers rechte Hand näherte sich seinem Revolvergriff. »Ich verlange Satisfaktion. Und ich erwarte von einem Mann, der mich beleidigt hat, dass er mir diese auch gewährt.«

Ben Murphy war mit dieser Situation überfordert. Auch die Cowboys um ihn herum, wussten nicht, was sie tun sollten. Den Männern war ihre Unsicherheit deutlich anzusehen.

»Also, was ist? Bist du nun ein richtiger Mann? Oder bist du der Hosenscheißer, der ohne Papa hilflos durch den Tag stolpert?«

Murphys Augenlider zwinkerten nervös. Sein Kopf war rot gefärbt. Er schaute auf den vor ihm stehenden Mann, der ihn mit kaltem Blick fixierte. Ben nahm eine Haltung ein, die kämpferisch aussehen sollte. Seine rechte Hand hielt er dabei knapp über dem Griff seines Revolvers.

Augenblicklich bildete sich eine Schneise. Ben Murphy und Roy Miller standen sich gegenüber.

»Bravo«, mit spöttischem Grinsen blickte Miller auf den jungen Murphy. Dann drehte er seinen Kopf leicht in Richtung seiner Männer. »Hank, du zählst bis drei.«

»Gerne doch, Roy«, antworte der Fleischberg mit dem Bulldoggengesicht.

»Haben Sie die Regel verstanden, Mister Murphy? Bei drei lassen wir unsere Revolver sprechen«, sagte Miller zu Ben und blickte ihn dabei erbarmungslos an.

Es würde zum Kampf kommen. Und keiner im Saloon zweifelte über den Ausgang dieses Duells.

»Halt«, wie ein Donnerschlag tönte Turners Bassstimme durch den Raum. Er war aufgesprungen und erreichte Ben mit schnellen Schritten. Der Vormann stellte sich schützend vor den Sohn seines Bosses. »Ich übernehme das, Miller. Aber vorher verlassen meine Jungs die Stadt.«

»Oh, Murphys rechte Hand. Was für eine Ehre. Dieses Angebot nehme ich doch gerne an. Ich bin gespannt, wie sicher diese rechte Hand ist.«

»Pete, du sorgst dafür, dass ihr alle sofort losreitet und auf dem schnellsten Weg zur Ranch zurückkehrt«, sprach Turner ruhig, aber bestimmt zu dem Cowboy, der neben Ben Murphy stand und von dem massigen Regulator mit „Schweinegesicht" beschimpft worden war.

»Wir lassen Sie hier nicht allein, Mister Turner«, begehrte dieser auf. Aus seiner Stimme waren Angst und große Sorge um seinen Boss herauszuhören.

»Ihr macht jetzt das, was ich gesagt habe«, antwortete Turner barsch, »Pete, ich verlasse mich auf dich.«

Die Cowboys der Running M Ranch lösten sich aus ihrer starren Haltung. Fassungslos schauten sie ihren Vormann an. Pete nickte Turner traurig zu. Er fasste Ben Murphy am Arm und zog ihn mit sich zum Ausgang zu. Die anderen Cowboys folgten den beiden.

Vom hämischen Lachen der Regulatoren begleitet, erreichten sie die Pendeltür. Kurz davor drehte sich Ben um und richtete sich an seinen Vormann: »Mister Turner, wir warten vor der Stadt auf sie.«

»Pete, ich verlasse mich auf dich«, wiederholte Turner ruhig seine Aufforderung.

»Sie können sich auf mich verlassen«, versicherte Pete. Seine Stimme zitterte und verriet seine Erregung. Er nickte seinen Vormann zu, drehte sich um und stieß Ben Murphy unsanft durch die Pendeltür. Die anderen Cowboys folgten ihnen.

»Wir geben meinen Männern die Zeit, die sie für das Verlassen der Stadt benötigen«, sagte Turner zu seinem Gegner.

»Ihr Wunsch soll nicht ungehört bleiben«, antwortete Miller und der Zynismus war dabei unüberhörbar.

Von draußen drang das Geräusch einer im Galopp los reitenden Gruppe in den Saloon.

Matthew war entsetzt. Er betete zu Gott, hoffte auf ein Wunder. Gelähmt blickte er von seinem Platz an die Bar. Er sah die beiden Männer, die sich kampfbereit musterten. Unfähig, einen klaren Gedanken zu fassen, saß Matthew wie versteinert an seinem Tisch.

»Sie haben keine Chance, Turner«, hörte Matthew plötzlich aus der Richtung der Treppe. Matthew wendete sofort seinen Blick und sah einen groß gewachsenen, schlanken Mann.

»Hank«, schallte es von der Bar. Und dann hörte Matthew das Zählen und den unheilvollen Knall zweier Schüsse. Er zwang sich, seinen Blick wieder auf die Bar zu richten und betete dabei, Turner unversehrt zu sehen.

Turner lag am Boden. Matthews Augen suchten sehnsüchtig nach einem Lebenszeichen. Vergebens!

»Es war ein fairer Kampf«, wandte sich Miller an alle Anwesenden im Saloon. »Wer das abstreiten will, soll sich jetzt melden.« Millers drohender Blick wanderte durch den Raum des Saloons.

Kein Laut war zu hören. Man hätte meinen können, die anwesenden Gäste wagten nicht einmal zu atmen. Matthew spürte die Angst der Menschen vor diesem Mann und seiner Gruppe.

»Holt den Doktor«, unterbrach der Mann auf der Treppe im unverkennbaren Dialekt des Südstaatlers die unheimliche Stille. Lässig näherte sich der Fremde Millers Gruppe. Er war unbewaffnet, schien aber vollkommen gelassen und unbeeindruckt zu sein.

Ein Kartenspieler erhob sich. »Ich hole den Doktor«, sagte er hastig und eilte, froh den Saloon verlassen zu können, nach draußen.

Matthews Blicke folgten dem Fremden. Das ganze Erscheinungsbild dieses Mannes flößte Respekt ein. Selbst die Regulatoren mit ihrem hart gesottenen Anführer schienen vom ungezwungenen, selbstbewussten Auftreten des Fremden beeindruckt zu sein. Unbehelligt erreichte er den reglos am Boden liegenden David Turner. Langsam kniete er nieder, betrachtete die Verletzungen und fühlte den Puls. Dann verharrte er, schaute mit unbewegter Miene auf das Gesicht des Toten, nickte ihm wie zum Abschied zu und stand langsam auf. Er ging auf Roy Miller zu und blieb unmittelbar vor ihm stehen. Miller spannte seinen Körper abwehrbereit an. Den großen, schlanken Fremden schien diese Haltung eher zu amüsieren. Matthew ließ die Kaltblütigkeit dieses Mannes erschauern, der unbewaffnet, einmal von seinem Jagdmesser abgesehen, einer Horde gefährlicher Raufbolde gegenüberstand und ihren Anführer mit spöttischem Grinsen musterte. Entweder war dieser Mann lebensmüde oder wahnsinnig. Auch Miller schien diese Frage zu beschäftigen. Er ging zwei Schritte zurück und wollte ganz eindeutig den Abstand zu diesem Mann vergrößern. Den Fremden schien diese Reaktion zu erheitern, denn er lächelte Miller daraufhin an. Es war ein diabolisches Lächeln und die auf Miller gerichteten eiskalten Augen verliehen dem Gesicht des Fremden etwas Unheimliches, etwas Bedrohliches. Als würde es unbeabsichtigt geschehen, stützte er die Handfläche seiner linken Hand auf den Messerknauf. Millers Blick verriet, dass er diese Bewegung wahrgenommen hatte. Und Roy Miller schien zu ahnen, welchem Mann er gegenüberstand. Der Killer erkennt den Killer.

»Gut gezielt, Mister Revolvermann. Beide Kugeln waren tödlich. Eine grandiose Leistung. Sie können für sich in Anspruch nehmen, einen großartigen Mann in eine andere Welt geschickt zu haben. Wie sagte doch so schön bereits der alte *Plautus*: *Wen die Götter lieben, den lassen sie jung sterben!* Sie, Mister Revolvermann, haben dafür gesorgt, dass David Turner jetzt mit den Göttern im Olymp speisen darf. Die Welt ist allerdings ein wenig schlechter geworden. Aber wen interessiert das letztlich. Wer riecht schon den Duft einer einzigen Rose im Mief eines riesigen Scheißhaufens.«

»Sie kannten Turner?«, fragte Miller den Mann aus dem Süden. Er sprach ruhig. In seiner Stimme war weder der von ihm gewohnte zynische noch ein aggressiver Unterton zu hören.

»Dieses Großmaul gehört zu Murphys Leuten«, mischte sich der massige Regulator mit dem Bulldoggengesicht ein. Er stellte sich an Millers Seite und schaute dem Fremden hasserfüllt ins Gesicht.

»Überlass ihn mir, Roy. Ich schlage diesem Lackaffen seine überhebliche Fresse ein.«

»Hallo Hank«, wie ich sehe, hast du schnell wieder einen neuen Boss gefunden. Aber das ist auch nicht verwunderlich. Ein Mann, der bis drei zählen kann, findet sofort eine neue Anstellung. Bildung zahlt sich immer aus.«

Roy Miller musste über den Spott des Fremden lachen. Auch andere Regulatoren grölten daraufhin los. Hank schoss das Blut in den Kopf.

»Ich knall dich ab, du überhebliches Schwein«, brüllte Hank außer sich vor Wut. Und keiner zweifelte daran, dass er augenblicklich seine Drohung in die Tat umsetzen wollte.

»Halt!«, Finley war blitzschnell hinter seiner Bar hervorgekommen. »In diesem Saloon schießt keiner auf einen unbewaffneten Mann.« Der Barmann fixierte Hank mit angriffslustigem Blick und stellte sich neben den Fremden.

»Vorsicht, Hank, dieser Mann hat einen gefährlichen Beschützer«, warnte Miller seinen aufgebrachten Regulatoren.

Hank wirkte verunsichert und musterte den kleinen hässlichen Mann mit der kreischenden Stimme.

»Sir, wenn Sie wollen, leihe ich Ihnen noch einmal meinen Colt«, sagte Finley zu den Fremden, ohne den Blick von Hank abzuwenden, »Sie finden meine Waffe bekanntlich schneller als ich, wie ich heute feststellen musste.«

Matthew sah, wie Miller erstaunt und mit auffälligem Interesse Finleys Worte aufnahm. Das Raunen aus den Reihen der Regulatoren verriet die Überraschung der Männer. Finleys Ruf als schneller, zielsicherer Revolvermann war jedem bekannt.

»Allerbesten Dank für ihr Angebot, Mister Barmann, vielleicht komme ich noch darauf zurück«, antwortete der Fremde mit freundlicher Stimme. Dann schaute er mit süffisantem Lächeln Hank an. »Hank, ich möchte dir einen Vorschlag unterbreiten. Lass uns doch unseren Zwist in einem Wettbewerb austragen, der unserem Intellekt Rechnung trägt. Deklinieren wir abwechselnd das Wort „homo ineptus". Beginne mit dem Genitiv Singular«.

Hank schaute den Fremden mit geöffnetem Mund an.

»Genitiv: hominis inepti; Dativ: homini inepto; Akkusativ: homi-
nem ineptum. Nun Hank, offensichtlich gehört Latein nicht zu
deinen Stärken. Aber du bist kein Dummkopf. Schließlich kannst
du bis drei zählen. Nun, vielleicht gefällt dir mein zweiter Vorschlag. Wir ermitteln den besseren Klavierspieler. Spielen wir die
„Träumerei" von **Robert Schumann**. Du kennst sicherlich diesen
deutschen Komponisten und sein berühmtestes Stück aus dem
Zyklus „Kinderszenen". Meine Mutter liebte dieses Klavierstück.
Es erinnerte sie an ihre sächsische Heimatstadt Zwickau, der Ge-
burtsstadt Robert Schumanns. Also, was hältst du von diesem
Wettbewerb?«

»Ich kann nicht auf solch einem Klimperkasten spielen. Und ich
kenne auch keinen Hobart Schumann«, Hanks Stimme zitterte
vor Wut.

»Robert«, verbesserte der Fremde im schulmeisterhaften Ton,
»Aber was machen wir beide jetzt. Du bist sprachlich nicht be-
wandert, kannst kein Instrument spielen. Ach, jetzt weiß ich, was
wir machen. Das kommt deinem gestählten Körper entgegen.
Lass uns ein Wettrennen veranstalten – zu Fuß oder zu Pferde –
besser zu Fuß, denn der arme Gaul, der dich schleppen muss, fällt
doch schon nach kurzer Zeit tot um.«

Der Fremde hatte die Lacher auf seiner Seite. Die Regulatoren
und einige Gäste amüsierten sich an der für Hank so peinlich ver-
laufenden Konversation.

Matthew registrierte wieder einmal, mit welcher Häme die Menschen über den anderen lachen können. Er war sich sicher, dass
nur der Fremde und er Latein beherrschten. Nur sie wussten, dass
„homo ineptus" „Dummkopf" bedeutete. Und sehr wahrscheinlich konnte nicht einmal der untalentierte Klavierspieler das
Stück von diesem deutschen Komponisten spielen, dessen Namen Matthew heute das erste Mal hörte. Aber die Menschen im
Saloon lachten und freuten sich, dass ein Einzelner erniedrigt
wurde. Sie wussten und konnten es nicht besser als der Gepeinigte. Aber sie lachten ihn dennoch mit Schadenfreude aus. Wie ver-
roht sind wir Menschen, fragte sich Matthew.

»Sir, Sie nehmen die Menschen nicht besonders ernst«, wand
sich Miller immer noch lachend an den Fremden.

»Das ist richtig, Mister Revolvermann. Die Menschheit hat es nicht verdient, ernst genommen zu werden.«

»Das ist aber eine ziemlich gefährliche Lebenseinstellung.«

»Ich sehe das anders. Wenn ich die Menschen ernst nehmen würde, müsste ich sehr viele von ihnen oder mich selbst umbringen. Oder ich würde beim Versuch, andere zu töten, eines Tages umgebracht werden. Und das ist doch in der Tat viel gefährlicher.«

Matthew hörte, wie die Leute im Saloon laut grölten. David Turners Leiche schien nicht mehr zu existieren. Sie fanden diesen Fremden höchst amüsant und erfassten nicht einmal ansatzweise seine Botschaft. Matthew aber glaubte, sie verstanden zu haben: „Ihr seid dumm, unfähig und unwürdig!" Matthew bekreuzigte sich.

Plötzlich ging der Fremde auf Hank zu, der erschrocken zurückwich. »Schwabbel, ich hatte dir vor nicht allzu langer Zeit zu verstehen gegeben, dass du dich mir nie wieder in den Weg stellen sollst. Jetzt verpestest du mir schon wieder die Luft. Ich denke, wir werden wohl doch die von dir favorisierte Wettbewerbsform wählen.«

Augenblicklich herrschte Stille im Saloon. Miller gab seinen Leuten ein Zeichen, sich nicht einzumischen. Hank stand dem Fremden allein gegenüber. Jeder im Raum sah seine Angst.

Matthew beobachtete die Leute im Saloon. Nicht nur die Regulatoren fixierten die beiden Männer gespannt. Den Leuten gefiel diese Inszenierung. Ein Mann, nur mit einem Messer bewaffnet, stand einem Revolvermann gegenüber. Ein ungleiches Duell, wie es schien. Und doch waren sich alle einig, dass dieser Fremde imstande war, Hank zu töten. Ein spektakuläres Duell zog den Mob in den Bann. Matthew erfasste das wohlige Grausen und die Ungeduld in den Augen der Leute. Sie genossen diesen Augenblick. Matthew hielt sich die Hände vors Gesicht. Er wollte diesen abscheulichen Auftritt nicht sehen. War das Satans Bühne? Waren das noch Menschen, die wie Voyeure dieses primitive Schauspiel lustvoll herbeisehnten? Er wollte schreien, aber seine Kehle war wie zugeschnürt. Matthew betete in die mörderische Stille des Saloons und bat Gott um Vergebung.

Hastige Schritte auf der Treppe schreckten ihn auf. Matthew sah einen kräftigen schwarzen Mann die Treppe heruntereilen. Er hetzte zur Stelle, an der David Turner lag, fiel vor dem Leichnam auf die Knie und legte seinen Krauskopf auf dessen Brust. Als er erkannte, dass er vergebens nach einem Lebenszeichen horchte, hob er den Kopf. Sein Gesicht verzerrte sich entsetzt. Tränen rannen an seinen Wangen herunter. Ungläubig schaute der Schwarze den großen, schlanken Mann an. Dann sah er Hank. Augenblicklich verwandelte sich sein Gesichtsausdruck in eine wutverzerrte Grimasse. Er sprang auf und stürzte sich mit einem Schrei auf den massigen Regulator. Doch ein Fausthieb stoppte den Angriff.

Blitzschnell hatte der Fremde zugeschlagen und den taumelnden Schwarzen mit spielerischer Leichtigkeit auf seine Schulter geschwungen. Als wenn es diesen Zwischenfall nicht gegeben hätte, stand er gleich wieder dem zaudernden Hank gegenüber. Die linke Hand ruhte wieder auf dem Knauf des großen Jagdmessers. Mit der anderen Hand hielt er den über seiner Schulter liegenden leblosen Körper fest. Dem großen schlanken Mann schien die Last nichts anzuhaben.

»Hank, heute ist dein Glückstag. Ich muss mich nämlich jetzt erst einmal um meinen irre gewordenen Nigger kümmern. Sein erster Bordellbesuch scheint mit der Schlacht bei Gettysburg vergleichbar. Ich glaube, die Hure hat ihm nicht nur seine Eier, sondern auch noch das Hirn ausgesaugt. Mein Nigger ist sonst auffallend friedfertig. Er verhält sich, wie es sich für einen gut abgerichteten Nigger gehört: folgsam und unterwürfig. Eher würde er versuchen, sich im eignen Arschloch zu verkriechen, als auf einen bewaffneten weißen Mann loszugehen.«

Der ganze Saloon johlte. Selbst Hank bemühte sich um einen heiteren Gesichtsausdruck, der sich allerdings zum dümmlichen Grinsen verzog.

Matthew stellte fest, dass außer Hank alle Anwesenden im Saloon von diesem Fremden begeistert waren. Auch er selbst war fasziniert. Dieser ungewöhnliche Mann aus dem Süden hatte mit subtilem Witz jeden im Saloon verspottet und die Leute spendeten ihm dafür Beifall.

»Mister Barmann, ich möchte jetzt gerne Ihr wunderbares Etablissement verlassen. Würden Sie die Freundlichkeit besitzen, Schwabbel zu erschießen, falls dieser sich von meiner Rückansicht zu Heldentaten berufen fühlt.« Ohne auf eine Antwort zu warten, ging der Fremde mit dem Schwarzen über der Schulter an Hank vorbei. Als er fast den Ausgang erreicht hatte, schwang die Pendeltür auf. Bernard Russel betrat hastig den Saloon und wäre fast mit dem Fremden zusammengestoßen.

»Ihre Eile ist unbegründet, Mister Doktor. David Turner ist bereits in einer besseren Welt. Jedenfalls hoffen wir das für ihn. Aber Sie können für diesen Mann eine ebenso edle Trauerrede wie für ihren Freund halten. David Turner hat es ganz ohne Frage verdient.« Der Fremde nickte dem Doc freundlich zu, ging an ihm vorbei und drückte sich mit seiner Last durch die Pendeltür.

Russel schritt zügig auf den Toten zu. Die Regulatoren machten bereitwillig für den Doktor Platz. Dieser erkannte schnell, dass sich der Fremde nicht geirrt hatte.

Matthew fing den Blick seines Freundes auf. Er schaute nach unten und spürte, wie ihm die Schamesröte ins Gesicht stieg. Er hatte nichts unternommen, hatte wie alle anderen nur zugesehen. Er las die Anklage in Bernards Augen. Schmerzhaft stach diese in seinem Herzen. Er wollte sie von sich weisen, entschuldigte seine Tatenlosigkeit mit seinen Gebeten. Mehr konnte er doch nicht tun.

In diesem Moment wurde die Pendeltür kräftig aufgestoßen und ein Riese betrat den Saloon. Der Mann hatte bereits den Zenit seines Lebens überschritten. Sein Haupthaar und der Vollbart waren silbergrau. Und dennoch stellte sich beim Eintreten dieses älteren Mannes sofort eine Totenstille im Saloon ein.

Das Gesicht des Mannes wirkte hart. Der riesige, muskulöse Körper flößte Respekt ein. In seinen Händen hielt er eine Schrotflinte, die auf die Regulatoren zielte. Zudem war er mit zwei alten Remington Perkussionsrevolvern bewaffnet, die griffbereit in seinem Gürtel steckten.

Matthew kannte diesen Mann. Er wusste, wie gefährlich dieser Riese war. Und das wussten alle im Saloon. Vor ihnen stand Ralph Hudson, auf dessen Brust das metallene Zeichen des Stadt-Marshals glänzte.

»Was ist hier los«, brüllte er die Regulatoren wie ein wütender Grizzlybär an und richtete dabei die doppelläufige Schrotflinte auf Miller.

»Marshal, es war ein fairer Kampf. Das können alle hier im Raum bezeugen«, erwiderte Roy Miller hastig. Unüberhörbar groß war sein Respekt vor diesem Marshal.

»Fair? Ihr Waschlappen könnt nach euren Waffen greifen und gegen mich antreten. Das ist ein fairer Kampf! Werft sofort eure Kanonen zu Boden oder ich schicke euch in die Hölle.«

Matthew wusste, dass dies keine leere Drohung war. Ralph würde beim geringsten Widerstand zuerst beide Läufe seiner Schrotflinte abfeuern und Miller sowie die in seiner Nähe stehenden Regulatoren ausschalten. Dann würde er die alten Revolver ziehen und alle Kugeln abfeuern. Ralph Hudson interessierte das Risiko nicht. Er würde mit aller Brutalität gegen diese Männer vorgehen. So wie er es immer in solchen Situationen tat. Und er würde auch dieses Mal seinem Ruf gerecht werden, dem des unbarmherzigen Gesetzeshüters, der mit eiserner Hand in der Kuhstadt Wichita für Ordnung sorgte.

So wie Matthew dachten auch die Regulatoren. Miller war der Erste, der sich entwaffnete. Betont langsam zog er den Revolver, nur mit zwei Fingern umfassend, aus dem Holster und ließ ihn fallen. Seine Männer taten es ihm gleich. Lärmend schlugen die Schusswaffen auf den Boden des Saloons und erzeugten dabei einen arrhythmischen Trommelwirbel.

»Alle Waffen, auch die Messer«, tönte Hudson mit der Stimme eines zum äußersten entschlossenen Kämpfers, »ich werde jeden erschießen, bei dem ich noch eine Waffe finde.«

Miller und seine Leute holten weitere Waffen hervor und ließen diese auf die schmutzigen Dielen fallen.

»Hebt die Hände über den Kopf. Wir gehen jetzt in mein Office. Bis zur Klärung des Vorfalls sperre ich euch ein. Los, bewegt eure Ärsche.«

Beflissen, wie abgerichtete Hündchen, folgten sie Hudsons Aufforderung. Mit erhobenen Händen verließen sie den Saloon. Hudson ließ dabei Miller warten, drückte ihm den Lauf der Schrotflinte in den Rücken und führte ihn als letzten aus dem Saloon.

Ralph Hudson war wieder in der Stadt. Nur wenige Momente zu spät. David Turner wäre sonst noch am Leben.

HASS

Dread kam zu sich, als er von kräftigen Händen auf sein Pferd gehoben wurde. Seine rechte Hand tastete die schmerzende Stelle seines Unterkiefers ab. Er erinnerte sich: Turner war tot. In Dread herrschte dumpfe Leere. Er spürte einen schmerzhaften Druck auf seinem Herzen. Nur noch zu einem Gefühl war er fähig: Hass! Er wollte Vergeltung. Er wollte töten. Und seine ganze Wut richtete sich auf diesen abscheulichen Fettwanst, der David Turner erschossen hatte. Genüsslich würde er auf die Fratze einschlagen. Er würde mit seinen Fäusten so lange auf diese verhasste Visage prügeln, bis er sie zu einem blutigen Klumpen zertrümmert hätte. Und er wäre stolz darauf, diesen Scheißkerl auszulöschen, der den weißen Mann getötet hatte, den er so sehr bewundert und respektiert hatte. Dread ballte die Fäuste. Seiner Brust entrang sich ein röhrendes Fauchen. Er befand sich im selben Zustand, mit dem er kurz zuvor auf Hank losgegangen war. Warum hatte Joe ihn daran gehindert?

Während Dread im hasserfüllten Taumel in die Wirklichkeit zurückkehrte, hatte Joe sich auf sein Pferd geschwungen, die Zügel von Dreads Wallach ergriffen und seinen Mustang sofort zum Galopp angetrieben. Dread verdankte es nur seinen Reitkünsten, dass er bei diesem Manöver nicht vom Pferd fiel. Instinktiv reagierte er und gewann schnell sein Gleichgewicht. Er beugte sich über den Hals seines Pferdes, ergriff die Zügel und riss sie wütend aus Joes Hand.

Beide Männer hetzten ihre Pferde aus der Stadt. Schnell wurden sie von der Dunkelheit verschlungen.

MÄNNERGESPRÄCH

»Warum hast du das nicht verhindert?«, schrie Dread Joe an.

Sie hatten nach langem Ritt durch die finstere Prärie eine Stelle gefunden, an der sie bis zum Morgen rasten wollten. Die Pferde waren angepflockt und versorgt. Die Flammen eines kleinen Feuers bewegten sich in zuckendem Tanz und spendeten dabei spärliches Licht sowie ein wenig Wärme. Zwei Männer saßen sich gegenüber. Sie hatten seit dem Verlassen der Stadt kein Wort miteinander gesprochen. Unvermittelt hatte Dread Joe dann angeschrien. Er erschrak selbst über diesen barschen Ton. Doch sein aufgewühltes, unbeherrschtes Inneres drängte ihn, diesen Mann zu attackieren.

»Was sollte ich verhindern?«, fragte Joe mit ruhiger Stimme und ohne den gewohnten Spott.

»Dass Hank Turner umbringt!«

»Ich konnte das nicht verhindern, Dread. Als es passierte, stand ich auf der Treppe. Und es war auch nicht Hank, der Turner erschossen hat. Es war ein gewisser Roy. Er führt die Meute an, in der wir auch unseren liebenswerten Hank wiedergefunden haben. Übrigens war ich gerade im Begriff, mich um deinen Freund zu kümmern. Dein merkwürdiger Auftritt hat das allerdings verhindert.«

»Hank hättest du mir überlassen können. Mit dem wäre ich schon fertig geworden!«

»Hank ist zwar ein Feigling, aber er hätte noch ausreichend Zeit und Mumm gehabt, auf dich zu schießen. Und wenn nicht er, dann hätte es Roy oder Finley oder ein anderer getan. Ich hätte Hank im Streit töten können, aber sicherlich nicht daran hindern dürfen, sich vor einem angreifenden Nigger zu schützen. Denn das wäre für uns beide übel ausgegangen. Oder meinst du tatsächlich, dass die Weißen aus dem Norden sich mit den Weißen des Südens die Köpfe blutig geschlagen haben, damit ihr Nigger euch im Saloon danebenbenehmen könnt?« Joe sprach immer noch ruhig, jedoch wieder mit dem von ihm bekannten zynischen Unterton.

Dread ging nicht auf den Spott ein. Er schaute traurig zu Boden. Beide Männer schwiegen. Das Zirpen der Grillen und das Knistern des Feuers wirkte beruhigend. Dreads Verstand erfasste die bittere Wahrheit. Eiskalt und berechnend hatte Joe reagiert und sie dadurch beide heil aus der gefährlichen Situation manövriert. Er hatte sich dagegen von seinen Gefühlen treiben lassen. Er hätte nichts erreicht, aber alles verloren.

»Entschuldige, Joe, ich hatte nicht das Recht, so mit dir zu reden.«

»Ein Mann hat immer das Recht, wie ein Mann zu reden«, Joe schaute sein Gegenüber schmunzelnd an.

»Weißt du, Joe, was ich nicht verstehe? Wie konnte sich Turner in eine solche Lage bringen? Und wo waren unsere Männer?«

»Wohl wahr, diese Fragen sind mehr als nur berechtigt. Ich hatte sie mir auch schon gestellt. Wir werden die Antwort morgen auf der Ranch bekommen.«

Joe stocherte mit einem dürren Ast im Feuer. Kleine Funken stiegen wie winzige Sternchen nach oben. Er legte noch ein paar der gesammelten Holzstückchen nach. Dann blickte er schelmisch lächelnd auf Dread: »Und, mein Freund, wie war es?«

»Wie war was?«, lautete Dreads Gegenfrage, obwohl er genau wusste, was Joe von ihm wissen wollte. Er dachte an Miriam und an den schönsten und glücklichsten Moment seines Lebens.

Joe las in seinem Gesicht alles. Verschwunden waren der Spott und die Arroganz. Mit freundlichem und ungewohnt warmem Gesichtsausdruck musterte er den schwarzen Cowboy. »Doch soooooooooooooo schön?«

»Noch viel schöner. Ich hätte nie geglaubt, dass es so etwas Wunderbares gibt. Es war wie in deinem Märchen.«

Dread lachte. Es war ein glückliches Lachen. Und auch Joe lachte. Er erhob sich, beugte sich vor, sodass er Dread freundschaftlich auf die Schulter klopfen konnte. Dread empfand das fast wie ein Streicheln. Er blickte Joe in die Augen und erkannte, dass dieser hochmütige Mann sein Glück verstand, dass er es ihm von Herzen gönnte. Dread hätte die ganze Welt umarmen können. Die Welt war für ihn in diesem Augenblick nur gut, nur schön und es lohnte sich, darin zu leben und zu lieben.

»Joe, ich werde Miriam da herausholen. Ich liebe diese Frau. Mein restliches Leben gehört diesem wunderbaren Wesen!«

»Halt ein, mein Freund. Du musst nicht gleich der ersten Muschi, die dir das Paradies gezeigt hat, dein Leben widmen. Das war dein erstes Mal. Verwechsle Lust nicht mit Liebe.

»Es ist Liebe! Ich weiß es, ich fühle es«, Dread sprach diese Worte ruhig und bestimmt. Und dann erzählte er Joe Miriams Geschichte.

Joe hörte geduldig zu. Und als Dread verstummte, sprach er mit schon fast väterlichem Ton: »Zugegeben, die Geschichte deiner Hure klingt recht glaubhaft. Aber, mein verliebter Dread, die Mädchen des ältesten Gewerbes haben stets ein rührendes Drama anzubieten. Grundsätzlich haben diese Geschöpfe alle eine Begründung für ihr Schicksal. Und generell haben sie aus ihrer Sicht daran keine Schuld. Kein Verlierer gesteht sich ein, dass er selbst dafür verantwortlich ist. Wache auf, mein verliebter Träumer. Die arme Prinzessin, die vom Helden befreit werden muss, gibt es nur im Märchen.«

»Auch ich bin ein Verlierer. Und ich bestreite nicht, dass ich für vieles selbst verantwortlich bin. Aber dafür, dass ich mit schwarzer Hautfarbe geboren wurde, kann ich nichts. Und auch das, was die Weißen mit mir gemacht haben, ist nicht meine Schuld. Du hast nicht das Recht, so zu reden. Du kennst nicht das Gefühl, das man uns seit unserer Geburt beigebracht hat, nämlich minderwertig zu sein, dienen und gehorchen zu müssen. Man hat uns zum Verlierer erzogen, Joe. Und was diese Frau betrifft, so glaube ich ihr. Ich habe in ihre Seele geschaut, ihren Schmerz gespürt und die Trostlosigkeit ihres Daseins begriffen.«

»Touché!«, Joe schien beeindruckt, »Es ist eine Freude, mit dir zu diskutieren. Wohl wahr, die Chancen auf dieser Welt sind nicht gerecht verteilt. Nun lass uns ein wenig schlafen. Wir reiten bei Tagesanbruch los. Wenn wir stramm durchreiten, können wir noch abends die Ranch erreichen. Es wird kein angenehmer Abend werden. Der alte Murphy wird diesen Verlust kaum verarbeiten können.«

Beide Männer bereiteten ihre Schlafstätte vor. Schon kurz darauf hörte Dread am gleichmäßigen Atmen, dass Joe eingeschlafen war. Dread lag noch lange wach. Er dachte an Miriam, sah ihre

wunderschönen dunklen Mandelaugen und schmeckte ihren süßen Mund. Mit einem Lächeln schlief er schließlich ein.

DAS WORT UND DIE EHRE

Dread stand mit den anderen Cowboys vor dem Blockhaus.
Stumm schaute er auf die geschlossene Tür, hinter der vor wenigen Augenblicken Robert Murphy verschwunden war.

Murphy hatte wortlos den Bericht seiner Männer aufgenommen.
Sein Gesicht war dabei aschfahl geworden. Mit zusammenge-
pressten Lippen hatte er Petes detaillierten Ausführungen zugehört. Joe hatte das dramatische Ereignis vervollständigt. Den Besuch bei den Huren hatte er dabei verschwiegen und stattdessen
eine plausible Geschichte erfunden, die seine und Dreads Abwesenheit im Saloon zum Zeitpunkt der Katastrophe begründete:
Dread und er waren in der Stadt unterwegs, als es passierte. Beide
erfuhren später vom Ausgang des Duells.

Als Joe verstummt war, hatte Robert Murphy lediglich seinem
Sohn einen verzweifelten, anklagenden Blick zugeworfen. Danach hatte er sich wortlos von seinen Männern abgewandt und
sich in sein Haus zurückgezogen.

Und nun standen die Cowboys der Running M Ranch allein vor
dem großen Blockhaus. Ihr Vormann lebte nicht mehr. Ihr Rancher wollte allein sein. Sein Sohn stand mit gesenktem Kopf neben
Pete und verbarg schluchzend das Gesicht in seinen Händen. Allen war der Schmerz über den Verlust des Vormanns anzusehen.
Selbst Joe beobachtete weder hochmütig noch spöttisch das Geschehen. Den meisten Cowboys sah man an, dass sie sich fragten,
wie es jetzt weitergehen solle.

»Lasst uns ins Bunkhouse gehen«, sagte Pete entschlossen.
»Morgen werden wir weitersehen.« Der kleine Spaßvogel übernahm die Initiative. Er schlug Ben aufmunternd auf den Rücken:
»Ben, du schläfst heute bei uns. Wir sind eine Mannschaft. Du ge-
hörst dazu. Und höre auf zu heulen, das macht Turner nicht wieder lebendig. Er hätte wohl kaum gewollt, dass wir uns jetzt wie

heulende Kojoten verkriechen. Im Gegenteil, wir werden genauso wie zu seinen Lebzeiten weiter machen.«

Mit beiden Händen schob Pete den Sohn des Ranchers in Richtung Unterkunft. Ben ließ das widerstandslos mit sich geschehen und folgte schließlich mit hängenden Schultern und gesenktem Kopf dem forsch voranschreitenden Pete. Die anderen Cowboys schlossen sich den beiden an. Nur Dread rührte sich nicht vom Fleck. Er wollte jetzt allein sein.

Die Eindrücke und Emotionen hatten Dread tief erschüttert: der Tod des von ihm so geachteten Vormanns, die Verzweiflung und Leere im Gesicht des Bosses, die Angst der Mannschaft vor dem übermächtigen Harrison Baker und seinen brutalen Regulatoren. Wie soll es jetzt weitergehen? Dreads Gedanken waren klar. Über sich selbst erstaunt registrierte er seine nüchterne Analyse. Unwillkürlich musste er lächeln. Er kannte den Grund. Miriam! Während er über diese kalte, mitleidlose und machthungrige Welt nachdachte, wärmten die Erinnerungen an sie sein Herz. Miriam war bei ihm. Dread sehnte sich nach ihr. Er wollte sie fest an sich drücken und nie wieder loslassen. Allein das Wissen um ihre Existenz löste in ihm ein noch nie wahrgenommenes Glücksgefühl aus. Miriam! Keine Person und kein Ereignis waren bedeutsamer. Diese Frau durfte man nicht ihrem Unglück überlassen.

»Wie ich es bereits sagte: Der Bursche hat Courage.«

Dread zuckte erschrocken zusammen, als er plötzlich Joes Stimme ganz nah hinter sich hörte.

Joe lachte laut über die Reaktion des Schwarzen. »Komm wieder aus den Wolken zurück und stell dich fest auf den Boden. Murphy und seine Jungs stehen vor dem Abgrund und mein schwarzer Freund schwelgt mit glücklichem Grinsen in seiner Traumwelt.«

»Joe, hast du mich erschreckt. Wo hast du gelernt, dich derart leise anzuschleichen? Gegen dich ist eine Rothaut auf dem Kriegspfad, ein lärmendes Trampel.«

Joe schien dieser Vergleich zu gefallen. Er honorierte es mit einem freundlichen Lächeln.

Beide Männer schwiegen gedankenverloren.

»Er hatte Murphy sein Wort gegeben«, unterbrach Dread die Stille.

»Pete?«

»Nein, David Turner!«

Dread berichtete Joe ausführlich vom Gespräch zwischen Murphy und Turner, das er damals unfreiwillig am Korral belauscht hatte. »Er hat sein Ehrenwort gegeben, Ben zu beschützen, und ist dafür gestorben«, endete er schließlich mit Bitterkeit in der Stimme.

»Ehrenwort! Was für ein faszinierender Begriff, oh, wie edel«, antwortete Joe sarkastisch. »Ehre! Worte! Wir Menschen haben es schon immer verstanden, die richtigen Worte für unsere Zwecke einzusetzen. Worte blenden und verführen. Ideologien und Religionen preisen sich wirkungsvoll mit überzeugenden Worten an. Und sie verstehen es, mit wohlklingenden, heroischen Worten, das einzig lohnende Lebensziel zu manifestieren – ihnen zu dienen, ihnen das Leben zu widmen. Seit Menschengedenken finden sich immer wieder ausreichend Träumer und Fanatiker, die für derartige Worte ehrenvoll rauben, morden und qualvoll verrecken. Ehrenmänner! Sie hatten ihr Wort gegeben, den Eid darauf geschworen und glaubten, dass dies ehrenvoll sei. Idioten! Sie waren stets ein williges Instrument und die gefürchtete Elite einer machthungrigen Institution, die mithilfe dieser verblendeten Ehrenmänner ihre Macht erhalten und meist noch vergrößern konnte. So war es und so wird es immer sein. Und eines Tages gelingt der ehrgeizigen Menschheit die Apokalypse.«

Joe musterte Dread aufmerksam. Als dieser ihn nur verwundert ansah, fuhr er fort: »Das Ehrenwort an sich, mein Freund, ist eine Floskel. Nichts, was man ernst nehmen sollte. Verführer und Pöbel vergeben das Ehrenwort, solange es sich für sie als vorteilhaft erweist. Ändert sich die Situation oder besteht vielleicht sogar die Gefahr des persönlichen Nachteils, so wird es gebrochen, so schnell und leichtfertig wie es gegeben wurde. Die Masse der Menschen versteht es meisterhaft, sich in veränderten Zeiten nicht mehr an ihr Ehrenwort zu erinnern.«

»Du nennst Verführer und Pöbel in einem Zusammenhang?«, fragte Dread erstaunt.

»Selbstverständlich. Beide sind in ihrer Ehrenlosigkeit berechenbar. Und beide sind voneinander abhängig. Der Pöbel will besser sein, als er ist, und mehr haben, als er verdient. Das bekommt er wenigstens mit leeren Worten vom Verführer in Aussicht gestellt. Genau deshalb lechzen sie nach ihm. Die Masse ist dumm, spontan und leicht zu lenken. Der Verführer weiß und kann das. Also, was wäre der Blender oder Verführer ohne den Pöbel? Nichts!«

Dread verstand. Dennoch widerstrebte ihm die zynische Betrachtungsweise menschlicher Motive und Verhaltensweisen. Forsch stellte er seine Frage: »Und was hat das alles mit David Turner zu tun? Er war sicher kein verblendeter Ehrenmann. Er war auch kein Verführer und gehörte auch nicht zum Pöbel. Sein Ehrenwort war verbindlich. Er hat selbst den Tod in Kauf genommen, um es einzuhalten.«

»Du hast vollkommen recht. Nichts, aber auch gar nichts hat das alles mit Turner zu tun. Ein Mann wie David Turner benötigte kein Ehrenwort. Er war ein Mann von Ehre! Und das drückte er ausschließlich durch seine Taten aus. Turner hätte sich immer schützend vor seine Männer gestellt, unabhängig davon, ob er es vorher mit Worten bekundet hätte. Merke es dir, lieber Freund, bewerte die Menschen nur nach ihren Taten. Edle Handlungen wirst du dabei angestrengt suchen müssen. Aber wenn du ganz großes Glück hast, triffst du einen Mann wie David Turner. Du lernst dann den kleinsten, aber edelsten Teil unserer Spezies kennen. Allerdings gibt es zu wenige Turners, als dass diese dreckige Welt eine Chance hätte, sauber zu werden.«

Beide Männer standen schweigend vor dem Blockhaus. Dread verarbeitete das Gehörte. Joe summte leise die sentimentale Melodie des berühmten irischen Kriegsliedes „The Minstrel Boy".

»In der Tat ein trauriger Moment. Man lernt einen Mann wie Turner kennen und meint, ein winziges Licht in dieser finsteren Welt wahrzunehmen. Man will sich gerade anschicken, auf dieses Licht zuzugehen. Und dann wird es ausgeblasen, das winzige Licht der Hoffnung. Mich kotzt diese Welt an, Dread. Ich kann nicht so viel essen, wie ich kotzen möchte«, Joes Stimme klang angewidert. Er schaute Dread mit kalten, angsteinflößenden Augen an. »Du kannst gerne noch stundenlang träumen und grübeln.

Die Antwort auf alle deine Fragen und Probleme findest du in der simplen Gleichung: Tod ist gleich Frieden. Solange wir jedoch atmen, müssen wir kämpfen. Darin besteht der Sinn unseres erbärmlichen Lebens: siegen oder verlieren – mächtig oder unterdrückt, reich oder arm, berühmt oder unwichtig sein. Und weil wir so sind, finden wir zu Lebzeiten keinen Frieden. Und danach? Wir hoffen auf den Frieden unserer Seele, während sich die Würmer um unser Fleisch und unsere Eingeweide streiten. Nun denn, dann lasst uns hoffen. Aber solange wir leben, kämpfen wir und gönnen dem anderen nicht einmal den Dreck unter seinen Fingernägeln« Joe lachte, es war ein böses, verbittertes Lachen. Abrupt wandte er sich von Dread ab und ging wortlos Richtung Bunkhouse.

Dread blickte Joe nach. Er spürte noch immer die Wucht seiner giftigen Worte. Wieder einmal hatte Joe seine Verachtung über die Menschen von sich gegeben. Doch so hatte Dread diesen Mann bisher noch nie erlebt, so verbittert und so wütend. Joe hatte sich in Rage geredet und dabei seinen ganzen Hass auf die Menschen zum Ausdruck gebracht. Was musste dieser Mann Furchtbares erlebt haben? Was hat sein Herz vereist und den Glauben an das Gute geraubt? Dread empfand Mitleid.

Der schwarze Cowboy verscheuchte diese bösen Geister. Er dachte an seine Miriam. Mit einem Lächeln blickte er auf den schmalen roten Streifen am Horizont, den Abschiedsgruß der Sonne an den zu Ende gehenden Tag. Dread lauschte dem zirpenden Chor der Grillen. Und schließlich schlug auch er den Weg zur Unterkunft ein, jedoch mit Sonne im Herzen. Miriam!

OFFENE WUNDEN

»Matt«, sagte der Doc, nachdem er seinen Läufer in die spielentscheidende Position gesetzt hatte.

Matthew blickte erschrocken auf das Brett und hoffte, einen Ausweg für seinen bedrängten König zu finden. Er hatte unkonzentriert gespielt und diese vernichtende Attacke nicht vorhergesehen. Bernard hatte ihn zu einem Zeitpunkt matt gesetzt, in dem er selbst noch glaubte, das Spiel gewinnen zu können. Sorgfältig prüfte er die Spielsituation und sah, dass die Niederlage endgültig war. Sein Ärger darüber hielt sich jedoch in Grenzen.

Ähnlich schien es Bernard zu gehen, dessen Reaktion so ganz anders ausfiel, als Matthew es von ihm gewohnt war. Statt seinen besiegten Gegner zu necken, lehnte sich der Doc schon fast gelangweilt zurück, holte seinen Tabakbeutel hervor und stopfte bedächtig die Pfeife.

Beide Männer schwiegen. Sie saßen an ihrem Tisch in Nancys Café. Der Stuhl, auf dem William immer gesessen hatte, erinnerte schmerzhaft an die vergangene Woche. William war tot. Ausgelöscht! Dieser unbesetzte Stuhl löste in Matthew eine tiefe Traurigkeit aus. Er starrte auf den leeren Platz und ihn frustrierte die irdische Vergänglichkeit. In den meisten Fällen konnte er im Glauben und Gebet Trost finden. Williams Tod wollte er aber nicht akzeptieren. Seine Gedanken verließen die gewohnten Wege. Gefestigte religiöse Denkmuster halfen ihm nicht, dieses Ereignis zu verarbeiten. Matthew ertappte sich bei einem eher weltlichen Blick auf den Tod: Wir sind nur für eine kurze Zeit Gast auf dieser Welt, sinnierte er melancholisch. Wir sind Gäste, die eingeladen wurden und die, wenn sie dann wieder gegangen sind, Eindrücke hinterlassen. An manche Gäste wird man sich noch lange und gerne erinnern, andere möchte man so schnell wie nur möglich vergessen. Wer wird sich einmal an mich erinnern, fragte sich Matthew mit lauem Gefühl in der Magengegend. Der Herr wird über uns alle richten! Doch selbst nach dieser Bekräftigung verschwand das unangenehme Bauchgefühl nicht.

»Wo bleibt eigentlich Ralph?«, fragte er den Doc. Die Stille störte Matthew. Sie rief Gedanken hervor, die er schnell wieder verdrängen wollte.

»Ralph war bereits hier«, antwortete Nancy aus dem Hintergrund. Ihre Stimme zitterte. Beide Männer drehten sich überrascht um. Sie waren so sehr mit ihren Gedanken beschäftigt und im Schachspiel vertieft, dass sie die Cafébesitzerin ganz vergessen hatten.

Nancy stand hinter ihrem kleinen Tresen. Sie polierte emsig einen Teller. Verzweifelt schaute sie auf die beiden Freunde. Ihre Augen glänzten. Tapfer kämpfte sie gegen die Tränen.

»Nancy, was hast du?«, fragte Bernard mit freundlichem Lächeln.

»Ich habe Angst! Wild John ist in der Stadt. Er ist jetzt in Barners Saloon. Ralph ist sofort dorthin geeilt, als er davon erfuhr. Er hat keinen Deputy geholt, hat nicht einmal seine Schrotflinte mitgenommen. Ganz eigenartig nahm er die Nachricht auf. Er schien sich sogar darüber zu freuen. Bernard, kannst du in den Saloon gehen? Bitte!«, Nancy konnte ihre Tränen jetzt nicht mehr zurückhalten. Der Teller fiel ihr aus den Händen und zerbrach auf dem Tresen.

Nancy war eine tapfere Frau. Sie war die Geliebte des Marshals, eines Mannes, der einen der gefährlichsten Berufe ausübte. Sie sorgte sich ständig um ihn, auch wenn sie sich bewusst war, dass dieser Mann seiner Aufgabe gewachsen war. Ralph Hudson war ein starker und mutiger Mann. Doch jetzt hatte Nancy panische Angst. Der Marshal würde auf Wild John treffen, den berüchtigtsten Revolvermann des Westens. Jeder hatte von ihm gehört. Mythen und tausende kleine Geschichten eilten diesem Mann voraus. Die Menschen sprachen mit großem Respekt von ihm. Er war für sie ein Held. Kinder spielten mit ihren Holzpistolen seine Rolle. Sie wollten sein wie er. Auch Matthew kannte den Namen des Killers. Die Finger an beiden Händen würden nicht ausreichen, um damit die von Wild John getöteten Menschen zu zählen. Wenn Ralph tatsächlich auf diesen Mann treffen würde, wäre Nancys Angst berechtigt.

»Nun beruhige dich, Nancy«, beschwichtigte Bernard die weinende Frau, »Ralph ist zwar ein Draufgänger, aber kein Dummkopf. Sollte dieser Wild John tatsächlich im Saloon sein, so wird Ralph sicherlich vorsichtig sein. Er weiß schließlich, wen er vor sich hat. Aber, liebe Nancy, wenn es dich beruhigt, gehe ich gerne in den Saloon, um nachzusehen.«

Nancy schaute den Doc dankbar an. Seine Worte beruhigten sie ein wenig.

In dem Moment, als Bernard den Stuhl zurückschob, um sich zu erheben, ging die Tür auf. Der eintretende Riese musste den Kopf einziehen.

Nancys Gesicht strahlte.

»Gerade wollte ich in den Saloon gehen und dir den Rückweg freischießen«, auch aus Bernards Witzelei war die Erleichterung herauszuhören.

Der Marshal setzte sich zu seinen Freunden und lehnte sich mit einem Seufzer in den Stuhl.

Nancy eilte herbei, servierte Hudson ein Bier und zog sich gleich wieder zurück. Ihre Augen strahlten. Wieder einmal war alles gut ausgegangen.

Die drei Freunde schwiegen. Ralphs Blick ruhte auf dem leeren Stuhl. Der mürrische Gesichtsausdruck drückte den Gemütszustand aus, den seine beiden Freunde nur zu gut verstanden. Hudson hatte nach seiner Rückkehr wie ein Besessener nach Zeugen gesucht, die ihn zu Williams Mörder führen konnten. Er hatte jeden in der Stadt befragt, ging jedem auch noch so unbedeutenden Hinweis nach. Aber seine Recherchen blieben erfolglos. Zunächst musste er Miller und seine Männer freilassen und dann die Suche nach dem Mörder seines Freundes einstellen. In beiden Fällen hatte er keinerlei Beweise finden können. In beiden Fällen wurden gute Männer getötet, ohne dass jemand zur Rechenschaft gezogen werden konnte. Ralph Hudsons Stimmung war auf dem Tiefpunkt.

Der Marshal leerte das Bierglas, ohne es abzusetzen. Er wischte sich den Schaum vom Bart. Dann starrte er wieder den leeren Stuhl an. Sein Blick und seine Körperhaltung signalisierten überdeutlich, dass er nicht reden wollte. Und beide Freunde hüteten sich, dieses Signal zu missachten.

Es verging eine knappe halbe Stunde, in der kein Wort gesprochen wurde. Der Doc blies den Rauch seiner Tabakpfeife aus und blickte versonnen den Schwaden nach, die zur Zimmerdecke aufstiegen und sich dort auflösten. Der Marshal starrte ins Leere und löste sich nur aus dieser Starre, um lustlos an seinem zweiten Bier zu nippen. Matthew beobachtete seine beiden Freunde und versuchte, hinter ihrer Fassade die Gedanken zu erraten. Nancy war in der Küche verschwunden.

Die drei Männer waren allein im Café. Eine beklemmende Stille beherrschte den Raum. Vereinzelt waren Geräusche aus der Küche zu vernehmen, die auf wohltuende Weise an den Alltag erinnerten.

Plötzlich fing Ralph Hudson an zu reden. Er sprach ruhig und mit leiser Stimme: »Ihr wisst, dass ich im Krieg auf der Seite der Konföderierten gekämpft habe. Ich habe euch wenig über diese Zeit erzählt. Warum auch? Erinnerungen an den Krieg muss man nicht wach halten. Ich habe Schlimmes erlebt und auch getan und bin froh, nicht mehr daran zu denken oder gar darüber reden zu müssen. Heute hat mich die Vergangenheit eingeholt, denn ich glaubte, einen Menschen wiederzusehen, der mir einmal sehr viel bedeutet hat und den ich niemals vergessen werde. Er war für mich wie ein Sohn.«

Hudson atmete tief ein und hörbar wieder aus. Es schien, dass die Wirkung der eigenen Worte ihn zu dieser Pause zwang, um die für das Weitererzählen nötige Fassung finden zu können.

»Ich lernte ihn in einem Moment kennen, als ich den Tod erwartete. Um uns herum tobte das Gefecht. Ich lag unter meinem erschossenen Pferd und blickte auf fünf feindliche Infanteristen. Beim Sturz hatte ich meine Pistolen verloren. Mein Gewehr lag unter dem Pferd. Ich versuchte krampfhaft, mein Bein unter dem toten Tier hervorzuziehen. Und die Soldaten kamen näher, immer näher. Ich sah ihnen an, dass sie nicht vorhatten, mich gefangenzunehmen. Ich starrte auf diese fünf Männer, die langsam auf mich zukamen. Ich zerrte wie verrückt, um mein eingeklemmtes Bein zu befreien. Dabei schaute ich ständig auf diese Männer und sah, wie der vorderste Soldat den Hahn seiner Pistole spannte und wie er langsam auf mich anlegte. Ich konnte in die Mündung sehen, so nah war die Waffe. Der Soldat wollte keine unnötige Kugel verschwenden. Diese eine würde reichen. Mein Blick kreuzte sich mit dem des noch sehr jungen Mannes. In seinen Augen fand ich kein Erbarmen. Ich wusste, dass ich gleich sterben müsste. Mein Leben flog noch einmal an mir vorbei. Und ich fragte mich in diesem Moment, was es wohl für einen Sinn gehabt hatte. Ein Mann Ende dreißig, der als Zwanzigjähriger die kleine Farm seiner Eltern verlassen hatte, um am *Military Institute* in Virginia die moderne Kriegsführung zu studieren, der keine Familie gegründet, nichts aufgebaut hatte und dessen Leben nun in einem merkwürdigen Krieg in einem belanglosen Gefecht um ein verlorenes Fort enden würde.«

Ralph unterbrach seine Erzählung. Er griff nach dem Bierglas und nahm einen kräftigen Schluck. Die beiden Zuhörer sahen ihn schweigend an. Ralph hatte bisher nie über seine Vergangenheit gesprochen. Man wusste lediglich, dass er aus Arkansas stammte und im Krieg gegen die Nordstaaten gekämpft hatte. Vor Jahren, als Wichita wieder einmal einen Marshal suchte, nahm dieser bärige Typ die Stelle an. In kürzester Zeit hatte er sich Respekt verschafft. Sicher, um den Marshal gab es so manche Gerüchte. Aber was er wirklich früher erlebt und getan hatte, wussten nicht einmal seine besten Freunde. Nun schien es, als ob Hudson ihnen einen winzigen Einblick in seine Geschichte geben wollte. Gebannt warteten Matthew und der Doc auf die Fortsetzung.

»Ich wollte nicht wegschauen, sondern blickte dem jungen Mann direkt in die Augen. Ich würde erkennen, wenn er abdrücken würde. Ich wollte sehen, was dieser Mensch fühlte, wenn er mich umbrachte. Das schien den Soldaten zu irritieren. Er zögerte einen Moment. Und das rettete mir das Leben. Denn just in diesem Augenblick schoss ein Reiter aus der uns umgebenden Staubwolke hervor. Er sprang über das tote Pferd und mich. Ich sah das Entsetzen im Gesicht des jungen Soldaten, bevor dessen Kopf durch einen gewaltigen Säbelhieb gespalten wurde. Unsere Kavallerie war die beste. Sie war gefürchtet und vor allem in den ersten Jahren des Krieges dem Gegner deutlich überlegen. Die Jungs waren mit Pferden groß geworden und fühlten sich auf deren Rücken zu Hause. Im vollen Galopp sprang mein Retter vom Pferd direkt auf den nächsten Soldaten, um diesen mit einem artistischen Fußtritt gegen den Kopf auszuschalten. Dann ließ er sich fallen, nutzte den Schwung, um sich mehrmals um die eigene Achse zu drehen. Urplötzlich und geschmeidig wie eine Katze kam er genau vor den drei anderen Soldaten wieder auf die Füße. Sie hatten ihre Überraschung überwunden und griffen nach ihren Waffen.

Doch sie kamen nicht mehr dazu, diese gegen ihn einzusetzen. Wie ein Tänzer drehte er sich vor seinen Gegnern und versetzte mit Händen und Füßen tödliche Hiebe – nur drei, für jedes Opfer einen. Alles ging blitzschnell. In einer Zeit von drei Atemzügen löschte dieser Mann fünf Leben aus, ohne dabei einen Schuss abzugeben. Ich hatte so etwas zuvor noch nie gesehen. Und ich meinte damals, den Krieg mit all den scheußlichen Facetten des Tötens zu kennen.«

Hudson schaute seine Freunde an, als wollte er sich vergewissern, ob er sie mit seiner Geschichte nicht langweilte. Der gebannte Blick der beiden veranlasste ihn, sofort weiterzuerzählen: »Nachdem mein Retter sich vom Tod seiner Gegner überzeugt hatte, pfiff er nach seinem Pferd und entfernte dabei den noch im Schädel seines ersten Opfers klemmenden Säbel. Als ob es zu diesem Zeitpunkt für ihn nichts Bedeutsameres zu tun gäbe, reinigte er gründlich die Klinge, nachdem er von der Leiche einen Stofffetzen aus der Kleidung gerissen hatte. Er hielt den Säbel dabei ins Licht und prüfte mit einer befremdlichen Pedanterie die Sauberkeit. Er hatte sich von mir abgewandt und drehte sich erst zu mir, als er mit seiner Arbeit fertig war. Ich erschrak über sein jugendliches Antlitz. Er war fast noch ein Kind. Er schlenderte lässig zu mir, als ob er sich auf einer Party und nicht mitten in einem heftigen Gefecht befände. Mit verschmitztem Grinsen befreite er mich aus meiner misslichen Lage. Dabei frotzelte er, dass es ihm eine große Ehre wäre, einem Offizier aus der Klemme zu helfen. Trotz meiner bedenklichen Lage musste ich über diese Bemerkung schallend lachen. Ich hatte den Jungen sofort in mein Herz geschlossen. Kaum, dass ich wieder stand, reichte er mir die Zügel und sagte höflich, dass er mir sein Pferd borgen würde. Als ich ablehnte, lachte er, drehte sich um und rannte der Staubwolke entgegen, hinter der das Gefecht tobte. Mir blieb nichts Anderes übrig, als die großherzige Geste anzunehmen und mich auf die Suche nach meiner Einheit zu begeben. Es war der dritte Februar 1863. Es war ein verlustreicher Tag. Ich war damals Hauptmann und diente unter dem gefürchtetsten Reiterführer des Südens, Generalleutnant *Nathan Bedford Forrest.* Wir griffen das Fort Donelson an und verloren dabei 650 Reiter. Noch glaubten wir fest daran, diesen Krieg gewinnen zu können.«

Hudson setzte das Bierglas an. Sein Adamsapfel zählte die Anzahl der Züge. Nachdem er das Glas von den Lippen genommen hatte, redete er weiter: »Abends, als wir unser Lager aufgeschlagen hatten, machte ich mich auf die Suche. Ich wollte dem Jungen das Pferd zurückgeben und mich für die Rettung bedanken. Aber ich fand ihn nicht bei unserer Truppe, was mich allerdings nicht sonderlich überraschte. Wir kämpften als berittene Infanterie mit Gewehr und zwei Pistolen anstelle des für die Kavallerie üblichen Säbels. Die Bewaffnung des Jungen ließ darauf schließen, dass er nicht zu den Forrest-Reitern gehörte.

Als ich nach meiner erfolglosen Suche zurückkam, erwartete er mich bereits an meinem Zelt. Ich habe heute noch das Bild vor Augen, wie er lässig salutiert; höre ihn, wie er sich nach meinem Befinden erkundigt und mich dann höflich bittet, ihm sein Pferd zurückzugeben. Ich erinnere mich deshalb auch nach so langer Zeit an jenen Abend, weil mich damals das Auftreten dieses Jungen so fasziniert hatte. Er war fast noch ein Kind, aber er sprach wie ein Gelehrter, benahm sich wie ein Aristokrat und verstand zu kämpfen, wie ich es zuvor nie gesehen hatte. Wir unterhielten uns lange. Dabei erkundigte ich mich auch nach seinem Regiment. Für mich stand bereits zu diesem Zeitpunkt fest, dass ich ihn zu mir holen würde. Der Junge hieß Johann Peterson.

Gleich nachdem ich mich von ihm verabschiedet hatte, ging ich zu General Forrest. Ich genoss damals bereits das Privileg, unverzüglich ihm vorgelassen zu werden, denn ich gehörte zu seiner Elite. Die unter meinem Befehl stehenden Männer wurden häufig zu Sondereinsätzen befohlen. Wir ritten ins Hinterland, erkundeten, machten Gefangene und Dinge, für die ich Gott um Vergebung anflehe. Wir waren Forrests Höllenhunde und ich ihr Anführer. Ich trug Forrest meine Argumente vor, warum ich diesen Soldaten unbedingt haben wollte. Zwei Tage später meldete sich Peterson zum Dienst. Er salutierte und in seinem Gesicht erkannte ich, dass er sich über die Versetzung aufrichtig freute.«

Der Marshal trank sein Glas aus und rief nach Nancy, um bei ihr ein drittes Bier zu bestellen. Hudson war ein Gewohnheitstrinker.

Matthew wunderte sich stets darüber, dass sein immenser Alkoholkonsum keine Wirkung zeigte. Denn auf reichlich Bier folgten meist weitere Gläser Whisky, ohne dass Hudsons Zunge schwer wurde und er betrunken wirkte.

Das eben Gehörte veranlasste Matthew, die Trinkerei des Marshals unter einem neuen Aspekt zu bewerten. Es war nicht nur die psychische Belastung seines Berufes. Nein! Die bösen Geister der Vergangenheit ließen ihn offenkundig nicht los. Matthew schaute auf das bärtige Gesicht seines Freundes und sah nicht ohne Befremden, wie dieser das Bier in sich hineinschüttete. Oh Herr, betete Matthew, gib diesem Mann seinen Frieden. Er erkannte erstaunt diese neue Seite seines langjährigen Freundes. Er war nicht so hart und so kalt, wie er immer geglaubt hatte. Ralphs Seele war verletzbar. Ihn quälten furchtbare Erinnerungen. Aber kannte er diesen Mann wirklich? Mit einer ernüchternden Feststellung beantwortete er diese Frage selbst: Wir meinen, jemanden gut zu kennen. Letztlich sehen wir jedoch nur eine Fassade. Der Mensch zeigt nur das, was die Welt von ihm sehen soll und darf. Das Verborgene macht sogar einen engen Freund zum Fremden. Aber war er denn anders? Wussten seine Freunde von seinen Sehnsüchten und peinlichen Geheimnissen? Auch Matthew verbarg das alles hinter einer biederen Fassade. Wir Menschen sind Feiglinge, gestand er sich beschämt ein. Uns fehlt der Mut zur Wahrheit. Es gibt nur wenige Ausnahmen. William war eine davon. Und der mit Zeitungspapier zugestopfte Mund seiner Leiche symbolisierte brutal die große Angst vor dem wahren Wort, ganz nach dem Motto: Verschließen wir die wenigen mutigen Münder, verstecken wir uns hinter verlogener Fassade und machen wir uns und den anderen etwas vor. Oh, Herr, warum sind wir Menschen so unsagbar schwach? Die Fragen kreisten in Matthews Kopf.

»Johann wurde mein bester Soldat«, Hudson erzählte weiter und riss Matthew aus seiner Gedankenwelt. »Er schien sich vor nichts zu fürchten. In den Scharmützeln war er stets an vorderster Front. Bei den Sondereinsätzen perfektionierte er sein einmaliges Talent, zu töten. Was für eine Verschwendung. Dieser Junge hatte alle Voraussetzungen, einmal ein außergewöhnlicher Gelehrter, vielleicht sogar ein genialer Wissenschaftler zu werden. Er sprach fließend Französisch und Latein. Seinen wachen Geist drückte er in schlagfertig und messerscharf formulierten Sätzen aus. Er argumentierte mit beeindruckender Logik. Oh, was für eine Verschwendung!«

Hudson seufzte, schüttelte den Kopf und nahm einen kräftigen Schluck Bier. Er trank mit geschlossenen Augen. Matthew sah, wie sich am Rand des Oberlides eine winzige Träne bildete. Ralph wischte sich den Bierschaum vom Bart. Dabei glitt sein Daumen geschickt zum Auge, um das verräterische Zeugnis seiner Emotionen zu beseitigen. Er räusperte sich, nahm einen weiteren kräftigen Schluck und redete mit fester Stimme weiter: »Johann war ein Einzelgänger. Seine Kameraden mieden ihn. Dieser Junge, der im Gefecht wie ein Todesengel mit übernatürlichen Kräften über den Feind herfiel, war unheimlich, angsteinflößend. Sein subtiler Humor wirkte für viele arrogant, beleidigend und rätselhaft. Er gehörte nicht zu ihnen und bemühte sich nicht einmal ansatzweise um Sympathie und Anerkennung. Er aß stets allein. Wenn er keinen Dienst hatte, war er in ein Buch vertieft oder starrte gedankenverloren in die Weite. Eines Tages setzte ich mich zu ihm, ignorierte seine höfliche Distanz und suchte das Gespräch. Das tat ich von da an regelmäßig. Ganz allmählich taute der Junge auf, nicht vollständig, aber spürbar. Wir unterhielten uns über den Sinn dieses Krieges, werteten das eine oder andere Gefecht aus, sinnierten über den Ausgang des Nord-Süd-Konfliktes und über das Danach. Es machte Freude, sich mit diesem Jungen zu unterhalten. Meine Bemühungen, etwas über Johanns Vergangenheit zu erfahren, waren allerdings wenig erfolgreich. Ich war mir bald sicher, dass der Junge mit großem Unbehagen an seine Vergangenheit dachte. Nur wenig gab er über seine Herkunft preis. Er schien aus sehr wohlhabenden Verhältnissen zu stammen. Von seiner verstorbenen Mutter sprach er voller Wärme und Trauer. Seinen Vater musste er gehasst haben. Er hatte nur einen einzigen Satz über ihn verloren und damit seine ganze Verachtung zum Ausdruck gebracht. Die einzigartige Kampftechnik hatte ihm sein chinesischer Koch beigebracht. Mehr erfuhr ich nicht von ihm. Den Jungen umgab ein undurchdringlich erscheinendes Geheimnis. Doch ich schaffte es, ich weiß heute noch nicht, wie, dass er mir sein Vertrauen schenkte. Vielleicht war es nur die Tatsache, dass ich ihm aufmerksam zuhören konnte. Er teilte mir offen seine Gedanken mit. Viele Abende lauschte ich beeindruckt seinen philosophischen Ausführungen. Dieser Junge versuchte die Welt und speziell die Menschen zu verstehen. Aber die Antworten, die er dabei fand, fütterten lediglich seinen Zynismus.«

Hudson lachte bitter, bevor er weitersprach: »Wir kämpften im September 1863 am Chickamauga Creek gegen *Thomas* in einer der härtesten Schlachten dieses Krieges. Noch waren wir siegesgewiss, auch wenn sich im Juli bei Gettysburg bereits abzeichnete, was im Januar 1864 jedem halbwegs realistisch denkenden Soldaten bewusst wurde, nämlich dass dieser Krieg militärisch nicht mehr zu gewinnen war. Wir konnten nur beten, dass *Lincoln* die Präsidentschaftswahl gegen *McClellan* verlor. Wie ihr wisst, war das eine berechtigte Hoffnung. Denn auch der Norden war kriegsmüde. Und McClellan wollte Frieden durch Verhandlungen, was letztlich auf die Anerkennung der Sezession hinausgelaufen wäre. Und da McClellan zeitweise wie der sichere Sieger aussah, mussten wir nur bis Ende des Jahres durchhalten. Aber wie? Die Gesamtlage war aussichtslos. Der Norden war dem Süden sowohl an Menschen als auch Material weit überlegen. Bei der Frühjahrsoffensive griff *Grant* mit seiner Armee fast zeitgleich an allen Fronten an. *Sherman* rückte gegen Atlanta vor. Unsere Versorgung wurde zunehmend schlechter. Krankheiten breiteten sich unter unseren Truppen aus. Die Zahl der Deserteure nahm sprunghaft zu.«

Dem Marshal war anzusehen, wie er unter den Erinnerungen litt. Alles schien für ihn während des Erzählens wieder lebendig zu werden. Matthew blickte in ein müdes Gesicht und las in den traurigen Augen seines Freundes das gigantische Leid des Krieges.

»Ihr amüsiert euch stets über meine peinlich sauberen Stiefel. Wisst ihr noch, wie mich William, dieser kleine zerlumpte Tintenfinger, damit aufgezogen hat. Ich erinnere mich noch, wie er einmal lästerte, dass ich vor meinem letzten Atemzug mit dem Lappen den Staub von den Stiefeln wischen würde.« Hudson lachte.

Die Erinnerungen an den scharfzüngigen Freund glätteten seine Gesichtszüge. Dann setzte er seine Geschichte fort. Er war wieder ernst und verbittert: »Wer wie ich im Krieg bis zum Schluss auf der Seite des Südens gekämpft hatte, der weiß ein gutes Paar Stiefel zu schätzen. Das, was wir damals an den Füßen trugen, waren nur noch Überreste von Schuhwerk. An unseren Füßen konnte man den erbärmlichen Zustand der konföderierten Armee ablesen. Die Moral unserer Männer schwand angesichts der Sinnlosigkeit dieses Krieges. Wir wussten schon lange nicht mehr, wofür wir kämpften. Und so viele von uns starben. Sinnlos! Aber wir erfüllten auch im vierten Kriegsjahr weiterhin unsere Pflicht, welche auch immer. Und wir Forrest-Reiter allen voran. Im April nahmen wir Fort Pillow ein. Die Yankees wollten nicht kapitulieren. Und als sie es dann mussten, machten unsere Männer im Blutrausch über hundert Negersoldaten nieder. Es war eine Gräueltat mehr in diesem Krieg. Meine Leute waren daran nicht beteiligt. Auch wenn uns die toten Niggersoldaten gleichgültig waren, fanden wir das ehrlos und für unsere stolze Reiterarmee unwürdig. Johann hatte beim Anblick der massakrierten Neger einen gefährlichen Wutausbruch. Ich konnte ihn nur mit Mühe davon abhalten, sich die Schuldigen vorzunehmen. Denn für das, was dann passiert wäre, hätte man ihn sicher exekutiert.«

Hudson verstummte. Er starrte das leere Glas an. Seine Umgebung schien für ihn nicht mehr zu existieren. Mit Grabesstimme sprach er wie zu sich selbst: »Und dann fiel Atlanta, die wichtigste Stadt nach Richmond. Das bedeutete die endgültige Niederlage der Konföderation.

Shermans militärischer Erfolg verhalf Lincoln, das Blatt im Kampf um die Präsidentschaft zu wenden. Mit seiner Wiederwahl war der Untergang des Südens besiegelt. Aber unser General und seine Männer kämpften weiter – für Ruhm, für Hoffnung, für was-weiß-ich-was.«

Der Marshal ließ sich in die Lehne seines Stuhls zurückfallen. Er drehte den Kopf in Richtung Küche, aus der Nancys Arbeitsgeräusche zu vernehmen waren. »Whisky, bringe gleich eine ganze Flasche«, brüllte Hudson in den Raum, »und drei Gläser dazu.«

Nancy kam Hudsons Aufforderung umgehend nach. Flink eilte sie zum Tisch, stellte die Flasche in die Mitte und vor jeden der Männer ein leeres Glas. Matthew wollte erst abwehren. Er trank nahezu keinen Alkohol. Aber Hudson ließ ihm keine Wahl. Er goss alle drei Gläser voll und erhob seins mit einem Trinkspruch: »Trinken wir auf den Frieden, auf die Gesundheit und auf alle schönen willigen Weiber. Nur das ist wirklich wichtig.« Er wartete nicht auf eine Reaktion seiner Freunde, legte den Kopf in den Nacken und schüttete den gesamten Inhalt seines Glases in sich hinein. Sofort goss er das Glas wieder voll und hielt es seinen Freunden mit auffordernder Geste entgegen. Der Doc und Matthew stießen mit ihm an und nahmen anschließend einen kleinen Schluck, während Hudson wiederum sein Glas mit einem Zug leerte. Danach starrte er mit leerem Blick auf das leere Whiskyglas und schien abermals in seinen Erinnerungen zu versinken.

Matthew konnte sich nicht daran erinnern, den Marshal einmal derart aufgewühlt gesehen zu haben. Dieser charismatische Mann beeindruckte ihn stets durch seine souveräne Art. In diesem Augenblick schien er jedoch hilflos im Strom seiner Emotionen zu treiben. Als Hudson weitersprach, meinte Matthew ein leichtes Zittern in seiner Stimme zu vernehmen.

»Und dann kam der Tag, an dem ich Johanns Zusammenbruch erleben musste. Ich hatte diesen Jungen lieb gewonnen. Im gnadenlosen Gemetzel dieses Bruderkrieges hatte sich zwischen Johann und mir eine Art Vater-Sohn-Verhältnis entwickelt. Aber was ganz allmählich, in einer Zeit von einem knappen Jahr, entstanden war, löschte ein einziger Tag aus. Es geschah im November 1864. Wir folgten damals Shermans Truppen, die auf dem Weg von Atlanta zum Meer einen Pfad der Verwüstung schufen. An einem sonnigen, klaren Tag unternahm ich mit meinen Männern einen Aufklärungsritt. Wir sahen Rauch am Horizont. Ich vermutete den Feind dort und führte meine Männer in diese Richtung. Wir stießen in eine große Plantage vor. Die Besitzer dieses Anwesens mussten sehr wohlhabend sein. Eine Allee führte zu einem prächtigen Herrenhaus. Aus den Fenstern des Obergeschosses züngelten Flammen und trieben schwarze Rauchschwaden in den wolkenlosen Himmel. Ich ließ meine Männer absitzen und das Gelände sichern. Mit zwei Handvoll meiner besten Leute begann ich das Haus und dessen Umgebung nach feindlichen Soldaten abzusuchen. Wir schlichen uns vorsichtig an. Die Bäume boten ausreichend Deckung, sodass wir uns unbemerkt bis zum Vorplatz der Villa anpirschen konnten. Niemand war zu sehen. Hinter dem Haus fanden wir massakrierte Schwarze. Johann ging als Erster in das Haus. Beim Betreten hörten wir verdächtige Geräusche. Wir schlichen darauf zu. Drei heruntergekommene Yankees durchwühlten Vitrinen und Kommoden. Sie waren so sehr damit beschäftigt, dass sie uns erst bemerkten, als Johann einem dieser Banditen auf die Schulter klopfte und ihm mit übertriebener Höflichkeit seine Hilfe beim Aufräumen anbot. Augenblicklich griffen sie zu den Waffen. Doch vor diesen drei Mordgesellen stand kein gewöhnlicher Soldat. Sie hatten Johann Peterson vor sich, den gefährlichsten Killer, den dieser Krieg hervorgebracht hatte. Sie waren tot, bevor sie begriffen, dass sie keine Chance hatten. In der ersten Etage erledigten wir ebenso lautlos zwei weitere Plünderer. Und im Obergeschoss überraschten wir die Halunken, die damit beschäftigt waren, Feuer zu legen. Als sie uns sahen, fielen sie auf die Knie und winselten um Gnade. Ich ließ die beiden fesseln und stellte zur Bewachung einen Soldaten ab. Im Verhör hoffte ich, ein paar nützliche Informationen zu bekommen. Vier Soldaten befahl ich, das Feuer zu löschen. Mit dem Rest erkundete ich die anderen Zimmer. Als ich das Schlafgemach betrat, sah ich Johann vor dem großen Bett knien. Er hielt eine junge Negerin in seinen Armen. Sie war tot. Man hatte ihr die Kehle durchgeschnitten. Hals und Oberkörper der Toten waren blutüberströmt. Neben dem schwarzen Mädchen lag eine weiße Frau mittleren Alters. Sie war auf dieselbe Art ermordet worden. Das weiße Bettzeug war vom Blut der Getöteten getränkt. Beide Frauen waren nackt. Die gespreizten Beine verrieten, dass sie vor ihrer Ermordung geschändet worden waren. Es war eines jener schrecklichen Bilder des Krieges – kreiert aus Primitivität und Gnadenlosigkeit – Bilder, die uns in erschütternder Weise offenbaren, zu welch abscheulichen Taten Menschen fähig sind.«

Der Marshal verstummte und schaute Matthew in die Augen. Matthew spürte Hass und Verbitterung. Er konnte diesem Blick nicht Stand halten und wich ihm schon nach kurzer Zeit aus.

»Ich musste im Krieg viele solcher Bilder menschlicher Perversion ertragen«, fuhr Hudson mit leiser Stimme fort. »Wenn ich sie sah, fiel es mir sehr schwer, an die Existenz Gottes zu glauben. Ich hätte mir eher eine teuflische Macht vorstellen können, welche die Bestie Mensch geschaffen hat.«

Die drei Freunde schwiegen. Bernard zog an seiner Pfeife, blies langsam den Rauch aus und nickte bestätigend den Kopf. Matthew missfiel Hudsons Blasphemie. Ralph war ihm als gläubiger Christ bekannt. Von ihm hätte er solche Worte nicht erwartet.

Als der Marshal seine Erzählung fortsetzte, hörte Matthew nur widerwillig zu: »Ich schickte meine Soldaten aus dem Raum und war mit Johann und den beiden Leichen allein. Johann hatte die junge Tote an seine Brust gezogen, sie ganz fest an sich gepresst und bewegte seinen Körper im sanften Rhythmus, so, als ob er das Mädchen in den Schlaf wiegen wollte. Seine Hände streichelten zärtlich über ihr Gesicht. Ich konnte darauf noch die Angst und das Entsetzen erkennen. Trotzdem sah ich, dass sie zu Lebzeiten ein wunderschönes Mädchen gewesen sein musste. Wer war sie? Woher kannte Johann die junge Sklavin, die das furchtbare Schicksal ihrer Herrin teilen musste. Ich bekam keine Antwort auf diese Fragen. Stattdessen sah ich meinen sonst so kaltblütigen Soldaten leiden, so wie ich es nie für möglich gehalten hätte. Johann weinte. Er heulte wie ein Wolf und schrie seinen Schmerz durch das ganze Haus. Zusammengekrümmt hatte er sich an der Toten festgekrallt. Sein von Weinkrämpfen geschüttelter Körper bebte.

Ich hatte jegliches Zeitgefühl verloren und kann mich nicht mehr erinnern, wie lange wir in dem Zimmer allein waren. Später verstummte Johann. Er schaute zu mir auf. Ich blickte in seine geröteten Augen, und was ich darin sah, ließ mich erschauern: Es war der Blick eines Dämons mit unstillbarem Durst nach Rache. Ich wusste, was folgen würde, als er das tote Mädchen ganz behutsam wieder auf das Bett gelegt hatte und mit starrem Blick an mir vorbeiging. Ich ließ ihm Zeit, viel Zeit und hörte markerschütternde Schreie. Ich verließ das Zimmer erst, als es im Haus ganz still geworden war. Was ich im Flur zu sehen bekam, werde ich mein Leben lang nicht vergessen. Meine Männer starrten mit weit aufgerissenen Augen zum Ort des Schreckens. Sie hatten alles mit angesehen, nicht gewagt, dagegen einzuschreiten und bildeten regungslos einen Halbkreis hinter ihrem offenbar wahnsinnig gewordenen Kameraden. Dieser hockte zwischen zwei blutigen Körpern. Aus den aufgeschnittenen Bäuchen quollen die Gedärme. Es stank nach Blut und Exkrementen. Johann war blutbesudelt. Er hielt noch sein Messer in der Hand und starrte mich an. Sein Gesicht war zu einer teuflischen Fratze verzerrt.«

Hudson verstummte. Er schien weit zurück in einer furchtbaren Zeit zu sein, die unheilbare seelische Wunden erzeugt hatte.

Matthew hatte gebannt und erschüttert zugehört. Ihm war die brutale Welt des Krieges fremd und doch, das stellte er mit Entsetzen fest, fesselte sogar ihn diese Erzählung. Was sind wir Menschen nur für Geschöpfe? Mit Grausen hören wir zu, statt uns angeekelt abzuwenden. Wir bewundern die Soldaten, statt deren Gewalt zu verurteilen. Der Krieg macht keine Bestien aus uns – nein, im Krieg lebt der Mensch seine primitive, bestialische Seite aus. *Und führe uns nicht in Versuchung, sondern erlöse uns von dem Übel…* (Matthäus 6,13)

Welches Übel fragte sich Matthew in diesem Augenblick, als ihm das Zitat aus der Bergpredigt bewusst wurde. Das Übel sind wir! Oh, Herr, warum hast du uns als derart schwache Geschöpfe geschaffen? Und Matthew ertappte sich dabei, dass er diese Frage oft, viel zu oft an Gott richtete.

»Er hat einen nach dem anderen zu Tode gequält. Der zweite Plünderer muss sich wie im Vorzimmer der Hölle gefühlt haben, als er den bestialischen Tod seines Kumpans ansehen musste. Johann hatte sie zunächst entmannt, ihnen dann ganz langsam die Bäuche aufgeschlitzt, die Eingeweide zerstochen, schließlich die Kehlen durchgeschnitten und dabei leise eine melancholische Melodie gesummt.«

Der Marshal schenkte sich erneut ein und leerte das Whiskyglas wieder mit einem Zug. Dann redete er weiter:

»Wir mussten das Haus fluchtartig verlassen, da meine Wachen eine anrückende Yankee-Schwadron meldeten«, fuhr Hudson seine Erzählung fort. »Ich befahl meinen Männern den Rückzug. Johann hatte ich am Kragen gepackt, ihn von den Massakrierten weggezerrt und wie ein Kind zu den Pferden geführt. Er ließ es mit sich geschehen, summte nur immerzu ein Kriegslied. Wie hieß es noch? Ich habe es vergessen.

Damals meinte ich, Johann hätte den Verstand verloren. Aber er hatte sich schnell wieder in der Gewalt. Allerdings war Johann seit diesem Tag ein anderer geworden. Er isolierte sich vollständig und war für niemanden mehr erreichbar. Johann führte nur noch Befehle aus. Und das mit einer selbstmörderischen Hingabe. Er stürzte sich wie ein Besessener in jedes Gefecht. Ich war mir sicher, dass er den Tod suchte. Aber es schien, dass sich selbst der Tod vor ihm fürchtete. Wie durch ein Wunder blieb er unverletzt. Stattdessen tötete er mit Präzision und Effizienz. Er galoppierte in die feindlichen Reihen, schoss seine Revolver leer und tötete dann mit dem Säbel weiter. Schon bald erwarb sich der hochgewachsene, schlanke Kavallerist mit der zerrissenen und blutverkrusteten Uniform bei seinen Feinden den Ruf eines mörderischen Dämons. Vielleicht war das auch der Grund, warum er jede noch so wahnwitzige Attacke überlebte. Denn, wenn die Yankees ihn auf sich zukommen sahen, unseren gefürchteten Kampfruf hörten, den Johann mit der Inbrunst eines Wahnsinnigen brüllte, erstarrten sie vor Angst. Manche von uns bewunderten ihn als Helden, andere sahen in ihm einen Irren, die meisten aber hatten vor Johann nur Angst. Aber im Gefecht waren alle froh, wenn er in der Nähe war. Und das rettete dann auch unserem General das Leben. Es geschah am ersten April im letzten Kriegsjahr bei Plantersville/Alabama. Forrest wollte der von General *Wilsons* befehligten übermächtigen Kavallerie-Division den Weg nach Selma versperren. Dabei wurde Forrest selbst vom Gegner stark bedrängt und durch einen Säbelhieb verletzt. Er wäre dem Tode geweiht gewesen oder bestenfalls gefangen genommen worden, wenn nicht im allerletzten Augenblick Johann aufgetaucht wäre. Er kämpfte in bekannter Manier den Fluchtweg frei.

Es waren zwei furchtbare Tage für uns. Der Feind war uns nicht nur zahlenmäßig weit überlegen. Sie waren mit siebenschüssigen Repetierkarabinern ausgerüstet und wir verbluteten im Kugelregen dieses Gegners. Wir verloren 400 Mann, 2800 gerieten in Gefangenschaft. Forrest entkam nur mit Mühe und zog sich mit uns nach Tuscaloosa zurück.

Als wir in Sicherheit waren, befahl der General Johann zu sich. Er bedanke sich bei ihm und überreichte ihm die Tapferkeitsmedaille. Am nächsten Tag suchte ich Johann vergeblich. In meinem Zelt fand ich auf dem Feldbett einen Brief von ihm. Davor lag auf dem Boden die Tapferkeitsmedaille. Johann war desertiert.«

Hudson grinste. »Da hat dieser Bursche die Tapferkeitsmedaille einfach in den Dreck geworfen, einen Orden, den er sogar persönlich aus den Händen des Generals erhalten hatte. Unglaublich!« Der Marshal lachte laut und dröhnend. Er goss sich das Glas wieder voll.

Matthew stellte erstmals bei Hudson die Wirkung des Alkohols fest. So viel hatte er auch in seinem Beisein noch nie getrunken.

»Ich habe den Brief immer bei mir.« Hudson holte aus seiner Brusttasche ein vergilbtes Blatt Papier. Er faltete es vorsichtig auseinander. Er musste den Brief schon vielfach gelesen haben, denn das Papier war in den gefalteten Bereichen eingerissen. »Ich habe diesen Brief noch niemandem vorgelesen, nicht einmal Nancy. Und wenn ich nicht so besoffen wäre, so würde ich es wahrscheinlich auch heute nicht tun.«

Dann las er seinen Freunden den Inhalt des Briefes vor:

Lieber Ralph,
ich möchte mich mit diesen Zeilen von Dir verabschieden. Die Zeit mit Dir habe ich trotz dieses wahnwitzigen Krieges sehr genossen. Habe Dank für alles, für Deine Freundschaft, Fürsorge und für Dein aufrichtiges Bemühen, mich zu verstehen. Besonders Letzteres wird Dir in der letzten Zeit sehr schwergefallen sein. Ich habe mich gehen lassen und unmöglich aufgeführt. Dafür möchte ich mich entschuldigen und hoffe, dass Du mir verzeihen kannst. Ich möchte Dir mein Verhalten nicht erklären, zu groß ist der Schmerz über das Erlebte, zu stark mein Selbstmitleid. Eine alte Wunde ist wieder aufgebrochen. Meine Seele verblutet.

Ich will nicht mehr. Irgendwie hatte ich gehofft, dass dieser verdammte Krieg mich von meinem sinnlosen irdischen Dasein befreien würde. Doch statt einer Kugel in die Brust habe ich einen Orden bekommen, eine Tapferkeitsmedaille. Nicht, weil ich tapfer den Tod gesucht oder weil ich Tag für Tag tapfere Männer in anderen Uniformen getötet habe, nein, dafür habe ich das Stück Blech nicht bekommen. Ich musste dafür einem dieser Clowns, die uns als dressiertes Schlachtvieh im verrücktesten Zirkus auftreten lassen, das Leben retten. Dank meiner Heldentat kann unser General weitermachen und den letzten Rest unseres zerlumpten Haufens auf den Gegner hetzen. Der Krieg ist entschieden. Wir sind die Verlierer. Alle wissen es. Aber weil die Clowns den Zirkus lieben, muss das Vieh weiter geschlachtet werden. Sage dem General, dass er sich den Orden sonst wohin stecken kann und ich keine Lust mehr auf seinen Zirkus habe.

Wahrscheinlich wirst Du mein Handeln weder verstehen können, noch wirst Du es gutheißen. Aber Du sollst wissen, dass Du für mich ein ganz besonderer Mensch bist.

Ich wünsche Dir alles Gute. Pass auf Dich auf und überlebe irgendwie die wenigen Tage bis zur endgültigen Niederlage.

Ich werde Dich nie vergessen. Lebe wohl.

Dein Johann Peterson

Hudson schwieg. Er hielt das alte Papier noch minutenlang in den Händen. Seine Freunde sahen die Tränen. Eine betretene Ruhe beherrschte den Raum. Schließlich legte Hudson den Brief behutsam auf den Tisch.

Die drei Freunde starrten darauf.

Matthew erfasste die Bedeutung dieses vergilbten Stücks Papier mit den verblassten Schriftzügen. Es war ein Zeitzeuge aus der dramatischsten Epoche seines Freundes. Alles war wieder gegenwärtig. Aus dem letzten Winkel des Bewusstseins erschienen die verdrängten Bilder und entfachten den Brand in der Seele. Angeheizt durch den Alkohol lodert alles quälend im Herzen des sonst so starken Mannes. Mitleidig betrachtete Matthew den Marshal.

Der Marshal holte sich ein großes Tuch aus seiner Hosentasche und schnäuzte geräuschvoll. Als er weitersprach, klang seine Stimme rau und traurig: »Eine Woche nach Johanns Fahnenflucht bot der Oberbefehlshaber der CSA-Armee *Robert Lee* seinem siegreichen Gegenspieler *Ulysses S. Grant* die Kapitulation an. Knapp 27.000 Soldaten der Nord-Virginia-Armee streckten die Waffen. Die Niederlage war damit besiegelt. Am 4. Mai 1865, dem Tag der Beisetzung Abraham Lincolns, kapitulierten auch wir in Citronelle. Wir hatten überlebt. Als geschlagene, demoralisierte Meute wurden wir dann Ende Mai freigelassen. Ich ging nach Hause, stand schließlich vor den Trümmern unserer kleinen Farm, erfuhr vom Tod meiner Eltern und fühlte mich leer und unendlich verlassen. Ziellos trieb ich mich eine Weile herum, fing an zu trinken und ertappte mich, wie ich mich immer tiefer im Selbstmitleid verlor. Später wurde mir klar, dass ich auf dem besten Weg war, als Säufer und Jammerlappen zu enden. Ich riss mich also zusammen und begann wieder zu funktionieren. Ich schlug mich mit Gelegenheitsjobs durch, indem ich das tat, was ich gut konnte. Ich prügelte als Rausschmeißer die Unruhestifter und Raufbolde aus Spielhallen und Saloons und sorgte als Hilfssheriff für Ruhe und Ordnung. Bisweilen verdiente ich mir auch als Viehtreiber ein paar Dollar. Aber ich gebe zu, dieser Knochenjob war nichts für mich. Einen Sinn im Leben fand ich erst wieder bei euch in Wichita, meine Freunde.«

Wieder trat Stille ein. Matthew war gerührt von Hudsons Schlussbemerkung. Dem Doc schien es ähnlich zu gehen. Der entfernte umständlich die Tabakreste aus seiner Pfeife und fand im anschließenden Ritual des Stopfens seine willkommene Ersatzhandlung.

»In all den Jahren hörte ich immer wieder von einem Mann namens Wild John«, fuhr Hudson fort. »Es soll sich dabei um einen gebildeten Mann mit einer einmaligen Gabe zu töten handeln. Ein Killer und Spötter soll er sein. Wenn ich von diesem Mann hörte, musste ich stets an Johann denken. Ich hätte diesen Mann gesucht. Aber die Berichte über ihn kamen aus allen Himmelsrichtungen, sodass ich keinen klaren Ansatz fand, wo ich ihn hätte finden können. Entweder handelte es sich bei diesem Wild John um ein Phantom oder einen Vagabunden, der es keine zwei Tage an einem Ort aushielt. Seit längerer Zeit hatte man nichts mehr von ihm gehört.«

»Und dann sagte man dir, dass Wild John in Barners Saloon sei«, unterbrach Bernard den Marshal.

»Richtig. Ihr könnt euch sicher vorstellen, was ich bei dieser Nachricht empfunden habe. Ich bin regelrecht durch die Stadt gehetzt. Und mit der Überzeugung, dass ich Johann endlich wiedersehen würde, habe ich den Saloon betreten.«

»Und?«, fragte nun auch Matthew mit brennender Neugierde.

»Ich weiß nicht, ob es sich bei diesem Schnösel, der äußerlich eine Mischung aus **Wild Bill Hickok** und **Buffalo Bill** darstellen möchte, um diesen Wild John handelt. Ich kann euch auch nicht sagen, ob dieser sichtlich eitle Kerl mit dem geschniegelten Bart gefährlich ist. Wenn er es ist, dann blufft er hervorragend. Denn mich hat er eher amüsiert als beeindruckt. Um deine Frage zu beantworten, mein lieber Matthew: Nein, dieser Mann ist nicht mein Johann.«

Matthew sah dem Marshal in die Augen. Gehemmt, weil er Angst vor dessen Reaktion hatte, formulierte er die ersten Worte: »An dem Tag, als Turner erschossen wurde, sah ich vor deinem Erscheinen im Saloon einen Mann. Bernard begegnete ihm ebenfalls kurz, wäre fast mit ihm an der Tür zusammengestoßen. Dieser Mann hatte keinen Bart, war groß und schlank. Er schien nicht am Leben zu hängen, denn er legte sich unbewaffnet mit Roy Miller und seinen Männern an. Und mit beißendem Spott gab er allen im Saloon das Gefühl, dumm und unwürdig zu sein.«

Der betrunkene Hudson musterte Matthew. Dann hellte sich sein Gesicht auf: »Jetzt weiß ich wieder, wie das Lied heißt: *The Mistrel Boy.*«

Gewalt

...Die Konturen waren so klar, so eindeutig. Dieses Böse musste gewaltsam vernichtet werden, nur dann konnte das Gute überleben...

DER KAMPF BEGINNT

Die Sonne hatte sich bereits verabschiedet, war über das gigantische Grasmeer dem Horizont entgegengewandert und tauchte jetzt als roter Feuerball darin ein. Noch wollte sich der Tag mit trübem Licht gegen die einbrechende Nacht wehren. Doch der Sieg der Dunkelheit vollzog sich unerbittlich. Der wolkenverhangene Himmel erstickte jegliches Sternenlicht. Die hügelige Landschaft der Prärie versank in einer gespenstischen Schwärze. Nur die Millionen von Heuschrecken zirpten unbeeindruckt ihren unverwechselbaren Gesang und plädierten in dieser angsteinflößenden Finsternis für das fröhliche Leben.

Dem einsamen Reiter blieb keine Wahl. Er konnte unmöglich weiterreiten, ohne sich hoffnungslos zu verirren. Resigniert zügelte er seinen Wallach. Eigentlich wollte er bei Tagesanbruch in der Stadt sein. Jetzt aber musste er hier übernachten.

Er wollte zu seiner Liebsten. Das Treffen hatte er für einen Zeitpunkt geplant, zu dem selbst der ausdauerndste Säufer den Saloon schon verlassen hatte. Bereits mehrfach hatte er seine Miriam besucht. Schmunzelnd erinnerte sich Dread an das erste Wiedersehen. Er hatte kleine Steine an ihr Fenster geworfen. Miriams hübsches Gesicht war am Fenster erschienen. Sie hatte ihn sofort erkannt. Schon nach wenigen Augenblicken war sie vor ihm gestanden. Schluchzend hatte sich die kleine zierliche Frau in seine Arme geworfen und ihm ins Ohr gehaucht, wie glücklich sie über sein Kommen sei. Beide hatten dann eine alte Scheune am Stadtrand gefunden, die sich hervorragend für ihr geheimes Rendezvous eignete. Für sie wurde dieser Ort ein Paradies. Sie liebten sich, schmiedeten Pläne und träumten von einer gemeinsamen Zukunft.

Bereits beim ersten Treffen hatte Miriam ihn mit flehenden Worten zur gemeinsamen Flucht gedrängt. Sie würde ihm überallhin folgen. Aber Dread hatte ihr erklärt, warum er das nicht konnte. Er hatte Robert Murphy sein Wort gegeben. Er würde wie sein großes Vorbild David Turner zu seinem Wort stehen. Niemals würde er wieder feige weglaufen. Sein Entschluss, sich am Kampf gegen das Böse zu beteiligen, war unwiderruflich. Denn dieses Böse konnte unmissverständlich in der Gestalt von Baker und seiner Regulatoren personifiziert werden. Es offenbarte unverhohlen einen niederträchtigen Plan. Die Konturen waren so klar, so eindeutig. Dieses Böse musste gewaltsam vernichtet werden, nur dann konnte das Gute überleben!

Gewalt! Zum allerersten Mal in seinem Leben war er sich sicher, dass es keine Alternative zur gewaltsamen Auseinandersetzung mit dem Bösen gab. Sein Leben und die große Liebe hätten keinen Sinn, wenn er diesen Kampf nicht aufnehmen würde. Seine Entscheidung stand fest. Nicht einmal Miriam konnte ihn davon abbringen.

Enthusiastisch hatte er seinen Entschluss verteidigt und Miriam beschworen, ihm zu vertrauen. Mit vielsagendem Grinsen hatte er dabei beteuert, dass sie nicht weglaufen mussten. Sie müssten nur das Böse besiegen und Miriam solle dabei helfen. Sie hatte ihn daraufhin sehr lange schweigend angesehen. Dann hatte Miriam ihn geküsst und liebevoll über den Kopf gestreichelt. Er sei ein Träumer, hatte sie zu ihm gesagt. Aber wenn es solche Träumer wie ihn nicht gäbe, dann wäre diese verrohte, ungerechte Welt verloren, hatte sie dann mit Glanz in ihren Augen hinzugefügt.

Das Wort Flucht kam seitdem nie wieder über ihre Lippen, denn Dread vertraute ihr ein Geheimnis an, das ihr Herz rasen ließ.

Miriam, seine Miriam! Was war sie für eine großartige, wunderbare Frau. Gerührt erinnerte sich Dread an den Abend, als sie ihm zum ersten Mal sagte, dass sie ihn liebe. Sein Herz schlug schneller.

»Ich liebe dich auch«, sprach er leise in die dunkle Prärie. Dread schmerzte der Gedanke, dass seine Miriam umsonst in der Scheune auf ihn warten würde. In seiner Fantasie sah er sie, wie sie mit großer Sorge vergebens auf ihn wartete und wie sie schließlich traurig, mit gesenktem Kopf wieder zum Saloon zurückkehrte. Bei diesen Bildern musste er unwillkürlich weinen.

Frustriert stieg Dread vom Pferd ab. Er befreite seinen Wallach von Sattel und Decke. Danach rieb er ihn sorgfältig ab. Das Tier liebte das. Es genoss die Berührung und stupste zum Dank Dreads Wange mit seinem weichen Maul. Die warme Luft aus seinen Nüstern streifte wohltuend sein Gesicht. Dread musste unwillkürlich lachen. Er umarmte den Hals des Wallachs und presste sein Gesicht an das warme Fell. Er spürte das Vertrauen dieses großen, starken Lebewesens, das bewegungslos seine Umarmung zuließ.

Der Wallach schnaubte in die Dunkelheit der Prärie und gab dem schwarzen Cowboy Wärme und Halt. Dread löste die Umarmung. Er streichelte zärtlich den Nasenrücken und die Mähne des Tieres. Mit zufriedenem Schnauben und einem weiteren Stupser erwiderte der Wallach die Zärtlichkeit des Menschen.

»Danke, du alter Gauner«, sprach Dread zu seinem Pferd. Das Tier hatte ihn aus seiner melancholischen Talfahrt wieder in die Wirklichkeit zurückgeholt.

Dread bereitete sein Nachtlager vor. Gerne hätte er ein Feuer entfacht. Aber das konnte er nicht wagen. Er befand sich auf ehemaligem Hoke-, jetzt Baker-Land. Hier lauerte der Feind. Dread wäre unweigerlich verloren, wenn er Bakers Männern in die Hände fallen würde. Denn der Krieg kannte keine Gnade. Und es herrschte Krieg, seitdem es bei einer Schießerei zwischen Bakers Regulatoren und Murphys Männern die ersten Toten gegeben hatte.

Krieg! Jeder wusste, dass es dazu kommen würde. Wie in einer Eiterblase hatte sich Krankhaftes angesammelt, hatten menschliche Gier und Aggressivität den mit krankem Gewebe vergleichbaren Scheinfrieden zum Platzen gebracht.

Das Unausweichliche geschah vor drei Wochen. Bakers Leute waren damals plötzlich aufgetaucht und hatten ohne Vorwarnung das Feuer auf die kleine Gruppe von Murphys Cowboys eröffnet, die gerade mit Ausbesserungsarbeiten am Grenzzaun beschäftigt waren.

Dread erinnerte sich noch an jedes Detail. In seinem Gedächtnis reihte sich die Erinnerung in klaren Bildern aneinander. Es ertönten die dazu gehörenden Geräusche. Er sah den verwundeten Jesse, wie er sich am Boden wälzte. Er hörte seine Schmerzensschreie. Dread sah Ben Murphy und Tim, die beide vor Angst gelähmt auf den blutenden und brüllenden Jesse starrten. Er erinnerte sich noch an den Gesichtsausdruck dieser beiden Trottel, der nicht frei von einer gewissen Situationskomik war, als er sich mit einem Hechtsprung auf sie warf, sie zu Boden riss und ihnen wahrscheinlich dadurch das Leben gerettet hatte. Er hörte sich, wie er die beiden unter Schock stehenden Männer anschrie, wie er ihnen befahl, ihre Pistolen zu ziehen und zu schießen. Dread sah, wie er selbst über den Pistolenlauf die sich nähernde, beängstigend große Reitergruppe anvisierte. Er spürte die Erschütterung in seiner Hand, als er den Schuss abfeuerte. Dabei war er sich der Sinnlosigkeit dieser Aktion bewusst, weil die Entfernung zu den Angreifern viel zu groß war. Er hörte das Krachen neben sich und vernahm Jesses nervendes Schreien. Dread spürte wieder die Angst, die Wut des Soldaten, der überleben wollte und dafür kämpfen musste.

Aber sie hatten sich dem Gegner mutig gestellt. Mit ihren Pistolensalven konnten sie die Angreifer so weit beeindrucken, dass diese ihre Pferde zügelten und sich darauf beschränkten, mit ihren Gewehren auf sie zu feuern. Dread und die anderen Cowboys hatten verängstigt Deckung gesucht und sich ganz flach an den Boden gedrückt. Wenn sie gekonnt hätten, wären sie wie Präriehunde in den schützenden Bau unter die Oberfläche verschwunden. Dread hörte noch jetzt das Pfeifen der Geschosse, konnte sich gut der vielen Einschläge um sich herum erinnern. Mit Grauen wurde ihm wieder bewusst, wie er damals nur darauf gewartet hatte, getroffen zu werden.

Oh, er kannte dieses Gefühl. Schon der Gedanke daran, löste blankes Entsetzen bei ihm aus: Erst kommt der Schlag, der einen herumreißt, so heftig und unerwartet wie der Fausthieb eines unsichtbaren Riesen. Dann folgt der Schock, in dem man erstaunt und fassungslos versucht, eine irrwitzige Situation zu erfassen. Und schließlich begreift man das Entsetzliche. Gleichzeitig setzt der Schmerz ein. Er kann gedämpft und nur von kurzer Dauer sein, wenn man schwer getroffen und dem Tode nah ist. Der Schmerz kann aber auch bestialisch sein und sich wie ein glühender Pfahl in den Körper bohren. Die noch vorhandene Kraft und der Atem reichen dann nicht aus, um diesen Schmerz aus sich herauszuschreien. Es ist ein furchtbares, ein erbärmliches und unbeschreiblich menschenunwürdiges Gefühl. Das alles hatte der Soldat Dread Moore schon erlebt. Seine Nackenhaare sträubten sich, als er sich daran erinnerte.

Dread hatte an jenem Tag gebetet, dass ihn die Kugeln verschonen mögen. Als erfahrener Soldat konnte er nur hoffen, dass Bakers Männern die Gewehrmunition ausging, und wenn nicht, dass er nur einen kurzen Schmerz erleiden musste. Panik hatte die Cowboys der Running M Ranch beherrscht. Dread, der diesen Zustand aus vielen Gefechten nur zu gut kannte, hatte seine Angst verdrängen können, indem er Befehle brüllte. Diese bewirkten, dass die Cowboys die Trommeln ihrer Revolver leer schossen, sofort wieder nachluden und ohne nachzudenken weiter feuerten. Dread hatte damals keine bessere Idee. Er wollte sich und die anderen so lange damit beschäftigen, bis die Kugeln ausgingen oder die Faust des Riesen zuschlug.

Noch jetzt spürte Dread die ohnmächtige Wut über ihre hoffnungslose Lage, mit unausweichlichem Ausgang dieses Kampfes. Und sie wären ohne ihn verloren gewesen. Denn einer von ihnen war ruhig und unbeeindruckt geblieben. Er schien frei von jeglicher Angst zu sein. Im Kugelhagel des Gegners war er seelenruhig zu seinem Pferd gegangen, hatte die zusammengerollte Decke vom Sattel gelöst und den darin verborgenen Spencer-Karabiner herausgeholt. Mit starrer Miene, den Gegner fokussierend, hatte er den Karabiner durchgeladen, die Visierung auf die richtige Entfernung eingestellt, mit ruhigen Bewegungen eines geübten Scharfschützen angelegt, nur kurz gezielt und den Abzug ohne das Gewehr zu verreißen ausgelöst. Auf die gleiche Weise hatte er unmittelbar danach einen zweiten Schuss abgegeben. Zwei Regulatoren waren von ihren Pferden gefallen. Bakers Männer hatten daraufhin sofort die Flucht ergriffen und ihre beiden reglos am Boden liegenden Kameraden zurückgelassen.

Diese schnelle, vollkommen unerwartete Wendung glich einem Wunder. Alle waren froh, noch einmal davongekommen zu sein. Sie hatten dann Jesse versorgt, dem ein Gewehrprojektil den Oberschenkelknochen zerschmettert hatte. Glücklicherweise war keine Hauptschlagader verletzt. Als sie sich in absoluter Sicherheit wiegen konnten, waren sie zu den beiden getroffenen Regulatoren gegangen.

Das abstoßende Bild, das sich den Cowboys damals bot, offenbarte die perverse Wirkung kriegerischer Auseinandersetzungen. Dread konnte dieser Anblick nicht mehr erschüttern. Er hatte in seinem Leben zu viele Zeugnisse menschlicher Grausamkeiten sehen müssen. Das dargebotene Bild der beiden toten Regulatoren stellte eines der Lieblingsmotive des Teufels dar: Der eine Mann lag in einer unnatürlichen Seitenlage, die besonders durch die abartige verdrehte Lage der Extremitäten auffiel. Der Einschuss hatte das Gesicht entsetzlich entstellt. An der Stelle des rechten Auges klaffte ein grässliches dunkles Loch, an dessen blutigen Rändern sich bereits die ersten Fliegen tummelten. Ein Teil des Hinterkopfes war weggerissen. Blutige Hirnmasse klebte an der faustgroßen Öffnung. Der andere lag auf dem Rücken, den Mund weit aufgerissen. Seine leblosen Augen starrten in den Himmel. Das Hemd über der Brust war blutdurchtränkt.

Ben hatte sich bei diesem Anblick neben den Leichen übergeben müssen. Der Todesschütze stand teilnahmslos neben ihm. Mit einem infernalischen Grinsen hatte er nur einen Satz gesagt: »Und da waren es nur noch vierunddreißig böse Buben.«

Murphys Männer kannten ganz genau die Zahl ihrer Gegner. Sie wussten es von Dread, der es wiederum von seiner Miriam erfahren hatte. Bei diesem Gedanken musste er lächeln. Sie war die süßeste Spionin, die er sich vorstellen konnte. Dread musste Miriam dazu nicht lange überreden. Ihr Herz lechzte nach Rache. Nun wurde ihr eine Möglichkeit gegeben, ihren Anteil dazu beizutragen, den Mann, der sie ins Unglück gestürzt hatte, in den Abgrund zu reißen. Sie erfüllte diese Aufgabe mit größtem Eifer, horchte sich um, stellte Fragen und berichtete Dread bei jedem Treffen mit Stolz, was sie in Erfahrung hatte bringen können.

Dread befreite sich von seinen Stiefeln, legte sich auf den Grasboden und zog die Decke über sich. Den Kopf auf den Sattel gebettet, starrte er in die Dunkelheit. Wie schnell war die Zeit verflogen, stellte er mit Erstaunen fest. Knapp zwei Monate waren seit dem Tod ihres Vormanns Turner vergangen.

In der lauen Sommernacht versuchte der schwarze Cowboy schnell einzuschlafen. Er musste bei Tagesanbruch wieder zur Ranch zurückreiten. Dread dachte mit einem tiefen Seufzer an seine Miriam. Er würde sie nächste Woche wieder besuchen. Jetzt musste er aber schlafen, befahl er sich und schloss die Augen. Dabei zogen die Ereignisse der letzten Wochen an ihm vorüber.

Immer wieder drängte sich Turners Tod in sein Bewusstsein. Vor ihm erschien dieser großartige Mann. Dread hörte die angenehme Stimme, die ruhig und souverän Anweisungen erteilte. Er spürte die kalte Leere. In seiner Brust schmerzte die furchtbare Erkenntnis, dass er diesen Menschen, den er so sehr bewundert hatte, niemals wiedersehen und hören würde. Er würde sich aber stets an ihn erinnern. Vielleicht sah David Turner ihn jetzt, in diesem Moment, und wusste von seinen Taten. Er würde sich sicherlich über seinen schwarzen Cowboy freuen.

Dread wälzte sich auf die Seite. Er konnte nicht einschlafen. Die Emotionen waren zu stark. Unbewusst dachte er an den Tag nach Turners Tod, an dem der Boss die furchtbare Nachricht erhalten hatte, der Tag nach einer schlaflosen Nacht, der erste Tag ohne Turner. Hoffnung und Freude hatten die Running M Ranch verlassen.

Der Boss schien damals am meisten zu leiden, auch wenn er sich bemüht hatte, es keinen merken zu lassen. Murphy hatte sein Pferd gesattelt und war, ohne ein Wort zu sagen, losgeritten. Keiner durfte ihn begleiten, keiner kannte sein Ziel, keiner hatte eine Instruktion erhalten. Murphy hatte seine Männer sich selbst überlassen. Das hatte man auf dieser Ranch noch nie erlebt. Es herrschte Ratlosigkeit.

Drei Tage später war er mit Turners Leichnam zurückgekehrt. Tags darauf fand auf dem kleinen Friedhof der Ranch, der Ruhestätte von Elisabeth Murphy, die Beerdigung statt. Der Pfarrer war gekommen und hatte den Trauergottesdienst zelebriert.

Murphy hatte angeordnet, dass David Turner neben seiner Ehefrau ruhen sollte. Zwischen den beiden Gräbern sollte jedoch noch ausreichend Platz für ein weiteres Grab bleiben. Murphy hatte diese Ruhestätte für sich reserviert und sprach das bei der Trauerfeier dann auch aus: »Ich weiß, dass ich einmal neben meiner größten Liebe und meinem größten Respekt beerdigt sein werde. Ich sehe daher meinem Ende gefasst entgegen. Aber vorher habe ich noch etwas zu erledigen. Und ich schwöre an dieser Stätte, nicht eher zu ruhen, bis ich Baker, dieses gierige, skrupellose Monstrum, vernichtet habe!« Es waren Murphys erste Worte nach der Todesnachricht. Er sprach sie vor David Turners offenem Grab.

Wie sehr hasste Dread Beerdigungen! Auf seinem Lebensweg durch Elend und Krieg hatte er schon viele, mehr als genug miterleben müssen. Wie vielen Freunden und Kameraden er endgültig Lebewohl gesagt hatte, wusste Dread nicht mehr. Im Krieg war man nach jeder blutigen Schlacht und jedem kleineren Scharmützel bemüht gewesen, die Gefallenen nach christlichem Brauch zu beerdigen. Oft in Massen. In Reih und Glied waren sie vor anonymen Gräbern angetreten, froh, selbst noch einmal mit dem Leben davongekommen zu sein. Sie hatten von Offizieren etwas von Heldentum vernommen, hatten die üblichen Gebete nachgesprochen. Und wenn man unter dem verscharrten Leichenberg einen guten Freund vermutet hatte, waren noch ein paar stille Worte des Abschiedes dazu gekommen. Man hatte zudem gehofft und gebetet, dass dem Freund all seine begangenen Sünden vergeben wurden und er den Weg in das Himmelreich finden möge. Dann war man zur nächsten Schlacht angetreten, hatte getötet, dabei überlebt und anschließend die Toten beerdigt. So war es weiter und weiter gegangen im grausamen Verlauf des Krieges. Dabei war der Soldat Dread Moore zunehmend abgestumpft und gleichgültig geworden.

Bei David Turners Begräbnis hatte Dread gelitten wie nie zuvor. Ungeniert hatte er vor dem Grab geweint. Die Worte des Pfarrers waren wie aus der Ferne zu ihm gedrungen. Er hatte sie verstanden, aber sie trösteten ihn nicht. Auch die ihm bekannten Gebete hatten nicht die Kraft, ihn den endgültigen Abschied akzeptieren zu lassen. Als der Pfarrer den Schlusssegen gesprochen hatte, war sich Dread seiner inneren Leere bewusst gewesen. Verwirrt, enttäuscht und zugleich zutiefst erschrocken war ihm klar geworden, dass er im Gebet keinen Trost gefunden hatte.

Aber dann war Robert Murphy an das Grab getreten und hatte diese vier Sätze gesagt, hatte sich vor dem offenen Grab tief verneigt und anschließend stumm die Trauergemeinschaft verlassen.

Von seinen Gefühlen getrieben, hatte sich Dread gleich nach Murphys Abgang von der Gruppe gelöst. Entschlossen war er an Turners Grab getreten und hatte mit fester Stimme gesagt: »David Turner, ich habe in meinem ganzen Leben noch nie einen Menschen so bewundert wie dich. Ich werde dich niemals vergessen. Du bist für deine Männer gestorben. Dein Tod soll nicht umsonst gewesen sein. Denn ich werde bis zu meinem letzten Atemzug dein Vermächtnis ehren und bemüht sein, danach zu handeln. Du lebst für mich weiter und sollst stolz auf mich sein!« Nach diesen Sätzen hatte Dread sich wie sein Boss vor dem Grab verneigt und war mit einem erhabenen Gefühl und innerem Frieden zurück in die Gruppe getreten.

Dread schmunzelte, als er daran dachte. Ungewollt hatte er bei dieser Feier etwas sehr Ergreifendes ausgelöst, denn nach ihm war jeder Cowboy an das Grab getreten und hatte sich mit ein paar andächtigen Worten verabschiedet. Dread war stolz darauf.

Auf Pete war Dread besonders stolz. Pete! Er hatte es nicht zugelassen, dass die Cowboys der Running M Ranch im Chaos auseinandergingen. Er war es, der nach Turners Tod alle Cowboys zum Zusammenhalt eingeschworen hatte: »Wir sind Turners Männer und wir werden so weitermachen, als ob er noch da wäre. Wir ehren ihn am besten, wenn wir in seinem Sinne weiter auf der Ranch arbeiten und zusammenhalten. Und eines Tages werden wir ihn rächen. Ich weiß zwar noch nicht wie, aber ich weiß, dass wir es machen werden.« Bei seinen letzten Sätzen hatte er Joe angeschaut, der den kleinen Spaßvogel zunächst erstaunt und dann mit anerkennendem Grinsen gemustert hatte. Pete registrierte von da ab jeden Abend im Bunkhouse die geleistete Arbeit, legte die Aufgaben für den kommenden Tag fest und verteilte diese auf die Cowboys. Dank Petes Initiative war auch nach Turners Tod und der Depression ihres Bosses die komplette Mannschaft auf der Running M Ranch verblieben. In gewohnter Weise erledigten die Cowboys alle anfallenden Arbeiten. Pete erwies sich als kluger und vorausschauender Organisator. Schon bald würzte auch sein wieder gewonnener Humor die Versammlungen. Er hatte mit seiner lockeren Art und cleveren Führung in nur wenigen Tagen den Respekt der ganzen Mannschaft erworben.

Dread erinnerte sich an Petes Worte vor Turners Grab: »Sie können sich auf mich verlassen.« Nur wenige Worte waren es. Aber sie drückten deutlich aus, was sich Pete zur Aufgabe gemacht hatte.

Diese Erinnerungen wirkten auf Dread wie eine machtvolle, positive Kraft. Er hörte Joe, wie er nach Petes erster Versammlung im Bunkhouse zu Dread gesagt hatte: »Die wahre Größe eines Mannes sieht man erst nach seinem Tod. David Turner war ein großer Mann, ein ganz besonders großer. Nur im Schatten solcher Männer kann sich eine Gemeinschaft wie eure entwickeln. Ich hätte nicht gedacht, dass mich Menschen noch positiv überraschen können. Ihr tut es gerade.«
In der Tat schienen die dramatischen Ereignisse die Männer auf der Running M Ranch gestärkt zu haben.

Du musst jetzt endlich schlafen, ermahnte er sich. Aber Dread konnte das nicht erzwingen. Er wälzte sich auf die andere Seite und grübelte weiter:

Am frühen Morgen des Tages nach Turners Beerdigung hatte Pete gerade die Aufgaben verteilt. Sie waren so ins Gespräch vertieft gewesen, dass keiner das Kommen ihres Bosses bemerkt hatte. Der hatte seine Cowboys gemustert und dabei gelächelt. Erstmals hatten sie ihn wieder lächeln sehen.

»Männer, wir müssen einige Dinge besprechen«, hatte Murphy in auffallend ruhigem Ton gesagt, »zunächst benötige ich einen neuen Vormann. Ich denke, den habe ich bereits. Pete, ich danke dir für dein beherztes Handeln in den Stunden meiner Ohnmacht. Ich möchte, dass du der neue Vormann auf der Running M Ranch wirst. Du kannst Turners Zimmer im Blockhaus beziehen. Über dein Gehalt reden wir dann später.« Murphy hatte dann eine kurze Pause eingelegt. Mit fester Stimme und deutlich lauter hatte er sich dann an seine Cowboys gewendet: »Unsere Zukunft bedrückt mich aber viel mehr. Das will ich jetzt unbedingt mit euch besprechen. Ich habe gestern etwas geschworen. Ich muss wissen, ob ihr mich immer noch dabei unterstützen wollt.«

Robert Murphy hatte nach diesen Worten jedem einzelnen seiner Cowboys in die Augen gesehen. Keiner wich seinem Blick aus. Einige nickten kurz, die anderen bejahten seine Antwort. Joes Antwort war sein geheimnisvolles, kaltes Grinsen.

Dem harten Robert Murphy waren daraufhin Tränen der Rührung aus den Augen getreten. Er hatte sich dafür nicht geschämt.

»Boss, ich übernehme gerne die Aufgabe des Vormanns. Aber ich schlafe im Bunkhouse, so wie alle Cowboys. Stimmt es Ben? Wenn wir Bakers Männer so platt gemacht haben, dass eine sich im Voll-Suff hinkniende Heuschrecke bequem über sie hinweg kotzen kann, komme ich auf ihr Angebot zurück.« Pete hatte wieder einmal alles gesagt und gleichzeitig die Männer zum Lachen gebracht.

»Du sprichst es an, mein lieber Pete. Ja, wir werden diese Bande platt machen. Aber dazu benötigen wir viel mehr Männer. Wir sind insgesamt fünfzehn. Wir bräuchten die doppelte Anzahl. Bringt mir Männer! Ich zahle den üblichen Preis. Und wenn ich mich dafür ruinieren muss!«, hatte Robert Murphy geantwortet.

Es hatte damals eine heftige Diskussion gegeben, wie sie sich verstärken könnten.

»Das ist alles ganz gut und schön«, hatte sich überraschend Joe in das Gespräch eingemischt. Alle, einschließlich Robert Murphy, waren augenblicklich still geworden und hatten erwartungsvoll auf diesen Mann geschaut. »Zuerst müssen wir wissen, mit wie vielen Gegnern wir es zu tun haben. Weiter wäre es sehr hilfreich, wenn wir über die Gewohnheiten und vielleicht sogar Aktionen unseres Gegners Bescheid wüssten. Und was die Verstärkung betrifft: Mir wären fünf Männer, auf die ich mich verlassen kann, lieber als zehn, von denen drei im Kampf weglaufen und zwei mir in den Rücken schießen. Holt nur Männer, die ihr sehr gut kennt.« Joe hatte nach diesen Worten eine Pause eingelegt. Dann war wieder dieses undurchsichtige, arrogant wirkende Grinsen über sein Gesicht gehuscht. »Ideal wäre ein Spion in den Reihen von Bakers Männern. Aber ich denke, das ist nicht realisierbar. Aber unser Dread steckt im wahrsten Sinne des Wortes in einer potenziellen Informationsquelle. Die Dame hat regen Verkehr mit allen möglichen Männern und könnte uns sicherlich von großem Nutzen sein.«

Dread hätte sich am liebsten auf Joe gestürzt. Jeder hatte seinen labilen Gemütszustand erkannt. Keiner hatte gelacht oder eine zweideutige Bemerkung fallen lassen.

»Gut Männer, so machen wir es«, hatte dann Murphy gesagt, bevor Dread etwas entgegnen konnte. »Nehmt Kontakt zu Männern auf, denen ihr voll vertrauen könnt. Sagt ihnen, was ich ihnen zahle. Verhehlt aber auch nicht die Gefahr, die mit dem Job verbunden ist. Pete, übernimm die Männer und erledigt die Arbeit. Dread, du kommst mit mir.«

Robert Murphy hatte Dread aufgefordert, zu ihm zu kommen und war mit ihm ins Blockhaus gegangen. Er hatte sich dort sehr aufmerksam Dreads Geschichte angehört. Als er von Miriam und ihrem Schicksal erzählte, hatte Murphy mit trauriger Miene und einem Seufzer seine Anteilnahme erkennen lassen. Das Schicksal der armen Mrs. Hoke sei ihm bekannt, hatte er Dread kurz mitgeteilt. Dreads Freude war grenzenlos gewesen, als er Miriams Geschichte bestätigt wusste. Murphy hatte ihm dann vorgeschlagen, in die Stadt zu reiten und Miriam um ihre Unterstützung zu bitten. Wenn sie einwilligte, sollte sich Dread jede Woche mit ihr treffen.

Murphys abschließende Worte hallten noch jetzt in Dreads Gedächtnis: »Reite los, Junge, und versuche dein Glück. Übrigens, der Wallach gehört von diesem Moment an dir. Er ist abgezahlt. Richte Miriam meine Grüße aus. Sie hat mein Wort, dass ich sie bei Barner freikaufen werde, wenn sie uns hilft und wir Erfolg haben.«

Und so hatte Dread dankbar seine Rolle als Kundschafter übernommen.

Auch die Anzahl der Crew auf der Running M Ranch hatte sich erhöht. Insgesamt vier Männer aus dem Freundeskreis einzelner Cowboys waren zu Hilfe gekommen. Ein weiterer Mann namens Hugh Reemann hatte Murphy um Anstellung gebeten. Der

Mann, dessen Aussehen und Bewaffnung eindeutig den Gunfighter erkennen ließen, hätte mit Baker noch eine offene Rechnung zu begleichen und war sich sicher, dass er bei Murphy eine Gelegenheit dazu bekommen würde. Nur zu gerne hatte der Boss diesen Mann eingestellt.

Das Leben auf der Running M Ranch hatte sich seit dieser Zeit verändert. Nachts wurden Cowboys zur Wache abgestellt. Die Arbeit wurde nur noch in der Gruppe verrichtet. Alle Männer trugen Schusswaffen. Vier Männer waren während der Arbeit mit den Rindern draußen auf den Weiden stets als Wachen eingeteilt.

Merkwürdigerweise kam es jedoch zu keiner Auseinandersetzung mit Bakers Leuten. Und so war die Crew der Running M Ranch leichtsinnig geworden, zu leichtsinnig, wie sich schon bald herausstellen sollte. Bakers Regulatoren waren ganz überraschend auf Dread und seine vier Gefährten losgegangen, an einem Ort, an dem es keiner für möglich gehalten hätte. Was für ein unglücklicher Zufall.

Die Gedanken wurden seichter und die Bilder verschwommener. Der Übergang in den Schlaf erfolgte sanft. Im Traum erschien Turner. Er winkte ihm lachend zu. Dread wollte zu ihm, konnte sich aber nicht vom Fleck rühren. Turner drehte sich um und entfernte sich übernatürlich schnell. Dread wollte ihn rufen, aber kein Wort kam aus seiner Kehle. Schließlich war David Turner verschwunden. Dread lief durch die Stadt. Erschrocken stellte er fest, dass er gänzlich nackt war. Die Leute sahen ihn nicht an. Keinem fiel seine Nacktheit auf. Er wollte seine Blöße verdecken, hatte aber keine Hände mehr. Wo sind seine Hände? Er spürte Angst und Pein. Dread begann zu rennen. Nur schnell weg, bevor sie sehen, dass er splitternackt durch die Straßen ging. Plötzlich sah er nah vor sich Miriams Gesicht. Er nahm ihren Atem auf, der nach Pferd roch. Sie stupste ihn unsanft mit der Stirn, die sich überraschend weich anfühlte. Sie blies ihm mit einem schnaubenden Geräusch ins Gesicht. Warum roch sie so intensiv nach Pferd? Sie stieß ihn noch einmal, dieses Mal noch heftiger.

Dread erwachte. Er sah unmittelbar vor sich die Schnauze seines Pferdes. Der Wallach stupste ihn nochmals und Dread war jetzt wieder vollständig in der Realität zurück. Erschrocken registrierte er, dass die Sonne bereits aufgegangen war. Er hatte verschlafen.

Und dann hörte Dread das Trommeln von Pferdehufen. Es waren viele. Seine Nackenhaare sträubten sich, als er die Reiter sah. Es waren Bakers Regulatoren, die sich im Galopp näherten. Sie hatten ihn gesehen und hielten geradewegs auf ihn zu.

DER SPION

Hugh Reeman kehrte in bester Stimmung von seinem geheimen Treffen auf die Running M Ranch zurück. Er erreichte die Koppel, in der die anderen Pferde seinen Hengst schnaubend begrüßten. Reeman mochte keine Pferde. Ihr Geruch widerte ihn an. Und die Fliegenschwärme, die sie förmlich anzogen, nervten ihn. Aber in diesem Moment schaute er ohne den üblichen Groll auf die Tiere. Er spürte die Silberdollars in seiner Tasche und wusste, dass noch mehr davon auf ihn warteten. Reeman wunderte sich darüber, keinen von Murphys Cowboys anzutreffen. Sollten sie etwa heute keine Wache aufgestellt haben? Zuzutrauen wäre es dieser Ansammlung von Schwachköpfen. Ein Haufen naiver Trottel, die wie Kinder alles ausplaudern, dachte er amüsiert über die Mannschaft der Running M Ranch. Sein Job war so einfach, dass er dafür eigentlich kein Geld nehmen dürfte. Aber, und er grinste, während er diese Gedanken hegte, verschmitzt in sich hinein: Das muss doch keiner erfahren. Er hatte Informationen verkauft, gute, äußerst hilfreiche Informationen. Der Lohn war somit mehr als nur verdient.

Dann werde ich mal den stinkenden Gaul absatteln und mich ohne Rechtfertigung über meinen späten Ausritt zur verdienten Ruhe begeben. Schade, meine Geschichte, die ich mir für heute ausgedacht habe, wäre es wert gewesen, erzählt zu werden. Aber auch gut, so kann ich sie beim nächsten Mal verwenden, dachte er und stieg fröhlich vom Pferd. Er nahm das Tier schroff am Zügel und zerrte es Richtung Koppeleingang.

»Der Held kehrt vom erfolgreichen Erkundungsritt aus dem Feindesland zurück«, Reeman fuhr beim Klang dieser Worte erschrocken zusammen. Er drehte sich um. Seine rechte Hand umfasste dabei behände den Griff seines Revolvers. Mit dem Daumen spannte er den Hahn. Zu mehr kam er nicht. Er spürte einen harten Schlag auf sein Kinn. Dann versank seine Welt in der Dunkelheit.

Als Reeman wieder das Bewusstsein erlangte, lag er bäuchlings auf einem Pferderücken. Fest wie ein Bündel auf einem Packpferd verschnürt, befand er sich in einer äußerst unbequemen Lage. Zudem war er geknebelt.

Panik erfasste ihn. Mühsam drehte er den Kopf zur Seite, um auf den Reiter blicken zu können, der sein Pferd am Zügel haltend hinter sich führte. Er sah in der Dunkelheit nur vage Umrisse. Der Mann war sehr groß, schlank, mit breiten Schultern. Trotz der Dunkelheit erkannte Hugh Reeman diesen Mann. Es war dieser unheimliche Cowboy mit dem angsteinflößenden Blick. Reeman mied auf der Ranch den Kontakt mit ihm, so gut es ging. Er kannte nicht einmal den Namen dieses Cowboys. Der Gefesselte bekam immense Angst.

Sie ritten über eine Stunde im leichten Galopp. Reeman hatte unerträgliche Schmerzen. Jede Erschütterung marterte ihn. Seine Angst verwandelte sich in ohnmächtige Wut. Sollte er jemals wieder freikommen, würde er diesen Hurensohn zu Tode quälen. Er malte sich aus, was er mit ihm machen würde. Diese Fantasiebilder ließen ihn seine eigene Qual ertragen.

Als sie eine kleine Baumgruppe erreichten, zügelte der Reiter sein Pferd. Er stieg mit katzenhafter Geschmeidigkeit ab und ging auf Reeman zu. Dann löste er die Schnur, mit der er Reeman auf das Pferd gebunden hatte und hob mit Schwung die fest verschnürten Füße an.

Wie ein Mehlsack knallte der Gefesselte auf den harten Grasboden. Der Knebel dämpfte die Schmerzensschreie. In Reemans Lendenbereich bohrte ein unerträglicher Schmerz.

Sein Peiniger schleifte ihn wie ein erlegtes Wild über den Boden zu einem Baum, durchschnitt die Fesseln an seinen Händen, führte sie rücklings um den Baum herum und band sie wieder zusammen. Reeman wollte sich wehren, hatte aber keine Chance. Er bekam eine Kraft zu spüren, der er nicht gewachsen war. Zudem handelte dieser Mann schnell. Mit dem Rücken an den Baum gelehnt befand sich Reeman schließlich in einer annähernd sitzenden Position. Seine Arme waren hinter ihm verdreht um den Baum gewunden, und der fest verschnürte Strick hatte sich in seine Handgelenke gefressen. Er erlitt noch nie gekannte Schmerzen, schrie, stöhnte und wimmerte durch den Knebel.

»Nun reiß dich mal zusammen und mach nicht so ein Geschrei. Ich habe doch noch gar nicht angefangen«, sprach mit einem schon fast besänftigenden Ton dieser unheimliche Mann.

Reeman durchfuhr ein eisiger Schauer. Was hatte der Mann vor, fragte er sich und beobachtete, wie der Cowboy Brennmaterial zusammensuchte und es zu einem Haufen schichtete. Kurze Zeit später loderte ein Feuer und erhellte die unmittelbare Umgebung.

»Deine Freunde sind nicht in der Nähe. Sie haben keinen Tipp erhalten. Und so können sie dir auch nicht helfen«, sagte der Mann, ging unmittelbar vor Reeman in die Hocke und schaute ihn aus nächster Distanz an. Die Kälte in seinen Augen ließen Reeman erstarren.

»Beginnen wir ohne Umschweife. Ich bin ein begeisterter Anhänger des kurzen, ergebnisorientierten Gesprächs. Du weißt, warum ich dich zu diesem kleinen Meinungsaustausch eingeladen habe?«

Reeman schüttelte verneinend den Kopf.

»Das finde ich aber jetzt richtig peinlich. Ich stelle dir eine Frage. Und du belügst mich dreist. Offensichtlich bleibt mir nichts Anderes übrig, als dich einer peinlichen Befragung zu unterziehen.«

»Du weißt sicherlich, was eine „peinliche Befragung“ ist. Nein? Oh, da kann ich Abhilfe schaffen. Also spitz die Ohren. Ich gebe dir vollkommen kostenlos Geschichtsunterricht: Die katholische Kirche hat im Mittelalter diese äußerst effiziente Methode zur Wahrheitsfindung berühmt gemacht. Pein wurde vom lateinischen Wort „poena“ abgeleitet, das Strafe bedeutet. Die Inquisition konnte auf der Grundlage ihrer peinlichen Befragungen jedem, der nach ihrer Ansicht anders dachte, den Prozess machen. Man nannte diese Abweichler „Häretiker“ oder auch „Ketzer“. Die Unbelehrbaren, schätzungsweise 40.000 bis 60.000, wurden verbrannt. Kein schöner Tod. Aber die vorherige peinliche Befragung war in der Regel deutlich schmerzhafter. Die Folterknechte waren dabei sehr kreativ. Nur Blut durfte keins fließen. Da hielt man sich strikt an die Etikette.«

Der Mann stand auf, ging zu seinem Pferd und löste etwas vom Sattel. Reeman erkannte einen Holzknüppel, den der Mann spielerisch in den Händen drehte. Im Plauderton setzte er seinen Monolog fort: »Man durfte huren, lügen, betrügen oder gar Schlimmeres tun, wenn man seine Sünden danach beichtete oder wenigstens so tat, als ob man sie aufrichtig bereute. Aber die Kirche anzuzweifeln oder gar einen anderen Glauben zu haben, war Sünde und musste hart bestraft werden. Zugegeben, ihre Praktiken im Umgang mit den Abtrünnigen erscheinen mir nicht ganz unumstritten. Aber wie sagt man doch so schön: Der Zweck heiligt die Mittel.«

Während des letzten Satzes hatte der Mann Reeman erreicht. Er verstummte und hieb aus dem Handgelenk den Holzknüppel auf Reemans rechtes Bein.

Reeman spürte, wie seine Kniescheibe brach. Ein höllischer Schmerz drohte ihm, die Sinne zu rauben. Ein furchtbares Stechen bohrte sich vom Knie bis in sein Herz. Er schrie in den Knebel und wand sich, soweit es die Fessel zuließ. Tränen schossen ihm in die Augen. Reeman bäumte sich auf, brüllte all seine Qual in den Knebel.

Der Mann schaute ungerührt auf den Gequälten. Dabei klopfte er mit dem Holzknüppel rhythmisch in die freie Handfläche. Als Reeman die ersten grauenhaften Schmerzwellen überwunden hatte, ging er wiederum nah vor seinem Delinquenten in die Hocke.

»Du weißt, warum du hier bist?«

Dieses Mal nickte Reeman.

»Geht doch. Warum nicht gleich so. Ich werde dir jetzt den Knebel aus dem Mund nehmen. Und dann will ich wissen, was du denen gesagt hast. Alles! Du kannst davon ausgehen, dass ich einiges bereits weiß. Ich habe dich beobachtet und belauscht. Solltest du mich also belügen oder etwas verschweigen, dann wird das, was du soeben erlebt hast, dir als ein sanftes Vorspiel erscheinen. Also, bist du nun bereit, mit mir zu plaudern?«

Reeman beeilte sich, seine Bereitschaft zu signalisieren. Sein Gesicht war eingefallen. Das Feuer beleuchtete seine schmerzverzerrte Grimasse.

Seelenruhig entfernte der Mann den Knebel.

»Der Überfall auf uns am Grenzzaun war kein Zufall. Oder?«

»Nein«, antwortete Reeman beflissen. Er hoffte auf Schonung, wenn er jetzt alles gestehen würde. Auf keinen Fall wollte er noch einmal eine solche Höllenqual erleben. Sein Bein erschien ihm wie eine einzige offene Wunde. In ihm hämmerte ein furchtbarer, pulsierender Schmerz. Hastig und abgehackt antwortete er: »Ich treffe mich mit einem Verbindungsmann. Er wartet immer am Sonntagabend von 9 bis 10 Uhr auf mich. Wenn ich etwas zu berichten habe, komme ich zum vereinbarten Ort. Ich hatte ihm damals auch erzählt, wann und wo Ben Murphy mit nur vier Männern kleine Ausbesserungsarbeiten vornehmen würde.«

»Wissen sie von Dread und seiner Hure?«

»Den Nigger werden sie sich in wenigen Stunden schnappen. Und von der Schnüffel-Hure wissen sie auch.«

»Was wollten sie noch von dir erfahren?«

»Wie viele ihr seid, wie der Tagesablauf aussieht, ob ihr nachts Wachen aufstellt und wenn ja, wo diese gewöhnlich postiert sind«, antwortete Reeman vor Schmerz stöhnend.

Der Fremde stand auf. Nachdenklich schaute er auf den ihn ängstlich anstarrenden Gefangenen herab. Der Blick beider Augenpaare traf sich. Hugh Reeman schien das Blut in den Adern zu gefrieren. Seine Nackenhaare sträubten sich. Die Kälte und Erbarmungslosigkeit, die er in den Augen dieses unheimlichen Cowboys las, erzeugten Todesangst, die selbst den Schmerz in seinem Bein vergessen ließ. Er würde sterben. Reeman begann zu wimmern und zu flehen.

»Sir, lassen Sie mich frei. Ich gebe Ihnen viel Geld. Sie können sich darauf verlassen, dass ich die Gegend sofort verlassen werde. Bitte! Ich gebe Ihnen mein Wort. Haben sie Erbarmen, Mister.«

Der Mann musterte Reeman amüsiert. »Geld habe ich genug. Und dein Wort ist so viel wert wie ein Fliegenschiss. Aber wir müssen in der Tat die Unterhaltung beenden. Ich muss dich noch eingraben und will rechtzeitig wieder auf der Ranch sein. Ich habe nämlich meinen Wachposten verlassen, und das soll doch unbemerkt bleiben.«

Er ging nah auf den wimmernden Spitzel zu, zog sein Jagdmesser aus der Scheide, fasste Reeman mit der freien Hand in die Haare und riss dessen Kopf brutal nach hinten.

Der Spion hatte entsetzt die Augen aufgerissen, als ihm die Kehle durchgeschnitten wurde. Sein Hals schien zu verbrennen. Er röchelte nach Luft. Aber er konnte nicht mehr atmen. Er spukte und hustete Blut. Der Lebenssaft spritze im Rhythmus seines Herzschlages aus seinem Hals. Er ertrank förmlich am eigenen Blut. Nach kurzem Todeskampf war Hugh Reeman tot.

Der Killer hatte blitzschnell gehandelt. Ungerührt hatte er auf den Sterbenden geschaut und dabei mit pedantischer Gründlichkeit sein Jagdmesser gereinigt. Nachdem Reeman tot war, schritt er zu seinem Pferd, band die Schaufel vom Sattel und hob die Grube aus. Dann warf er die Leiche hinein und schaufelte die Grube wieder zu. Er arbeitete schnell. Die Zeit drängte. Als Reeman unter der Erde lag, blickte der Mann auf die Stelle, welche die Leiche verbarg. Er spuckte darauf.

»Die Zeit ist reif, Fliegenschiss. Ich werde mich zwangsläufig um deinesgleichen kümmern müssen«, sprach der Killer leise. Er griff den Zügel des zweiten Pferdes, schnalzte mit der Zunge, wendete sein Pferd und galoppierte Richtung Running M Ranch.

BESIEGT UND GEFANGEN

Dread war aufgesprungen. Seine Verfolger hatten sich in drei Gruppen geteilt, sodass sie ihm den Weg abschneiden konnten. Fächerförmig näherten sie sich schnell. Es schien aussichtslos, ihnen jetzt noch zu entkommen. Doch Dread dachte nicht ans Aufgeben. Mit geübtem Griff sattelte er seinen Wallach. Er streifte ihm das Zaumzeug über, schwang sich, so wie er war, in den Sattel und spornte seinen Wallach zu wildem Galopp an. Der militärische Drill half ihm, auch jetzt in dieser bedrohlichen Situation die Nerven zu behalten. Er verschenkte keine Sekunde.

Die Reitergruppen waren inzwischen gefährlich nahegekommen. Schüsse peitschten durch den Morgen. Dread vernahm das Pfeifen der Projektile. Er achtete nicht darauf und konzentrierte sich auf sein Pferd. Der Wallach war ein fantastisches Tier. Dread hörte sein gleichmäßiges Schnaufen. In ihm keimte die Hoffnung, dass sie es doch schaffen konnten. Der Wallach war schneller. Dread war der bessere Reiter. Er drehte sich nach seinen Verfolgern um und sah, dass sich der Abstand tatsächlich vergrößert hatte. Dread feuerte sein Pferd an. Er rief ihm seine Kosenamen zu und amüsierte sich über die Ohren seines vierbeinigen Freundes, die sich ständig bewegten.

Und dann brach das Pferd mit einem Mal zusammen. Dread wurde aus dem Sattel geschleudert. Den Aufprall auf den Grasboden konnte er abmindern, indem er sich gekonnt abrollte. Er sah, wie sein Wallach sich überschlug und unweit von ihm liegen blieb. Das Tier versuchte, wieder auf die Beine zu kommen. Aber die Hufe fanden keinen Halt. Der Körper erschlaffte. Nur den Kopf konnte das Pferd noch anheben. Dread, der vom Sturz ganz benommen war, kroch auf seinen geliebten Wallach zu. Er hörte das unregelmäßige Schnaufen des Tieres, sah, wie Blut aus den Nüstern spritzte und bemerkte dann die stark blutende Schusswunde.

»Nein«, schrie Dread. Er erreichte das Tier und nahm den großen Kopf in seine Arme. Er strich über den Nasenrücken, küsste die blutenden Nüstern und weinte dabei bitterlich. Dread ging in die Hocke und bettete den Kopf des Wallachs auf seinen Schoß. Ein letztes Mal hob er ihn, stupste Dreads Wange und hinterließ dabei einen nassen, blutigen Fleck. Dann verdrehte das Tier die Augen, sodass nur noch das Weiße des Augapfels zu sehen war. Schwer fiel der Kopf auf Dreads Schoß.

»Nein, nein«, schrie Dread. Er streichelte das leblose Tier und Tränen stürzten wie Bäche über seine Wangen.

»Der plärrt ja wie ein Weib. Und das wegen eines Kleppers.«

Dread blickte beim Klang dieser Stimmer hasserfüllt hoch und sah, dass ihn die Regulatoren umzingelt hatten. Doch seine Augen hefteten sich feindselig auf den Reiter, der mit boshaftem Grinsen auf ihn herabblickte.

Hank war nah an Dread herangeritten, der immer noch vor dem toten Pferd hockte. Der schwarze Cowboy musste den Kopf in den Nacken legen, um seinen Feind anblicken zu können.

»Nun, feiger Nigger, wolltest du Reißaus nehmen und schnell zu deiner Hure reiten. Pech für dich. Aus dem Fick wird nichts. Dein schwarzer Schwanz bleibt trocken. Aber wir werden uns um die Fotze kümmern. Und ich werde sie so richtig herannehmen. Ich höre sie jetzt schon laut und geil stöhnen, wenn sie es endlich einmal von einem richtigen Mann besorgt bekommt«, sagte Hank und schaute dabei Beifall heischend auf seine Kameraden. Einige grölten bei diesen vulgären Worten auch tatsächlich lauthals los. Andere blickten kalt auf den schwarzen Cowboy herab.

Dread wusste, dass jetzt alles vorbei war. Er hatte keine Gnade zu erwarten. Aber er würde nicht kampflos sterben. Sein Hass verlieh ihm Kraft. Blitzschnell sprang er auf und zerrte den verdutzt dreinschauenden Hank vom Pferd. Beide Männer fielen hart auf den Boden. Dread hatte sich mit beiden Händen fest an Hank gekrallt. Mit der unbändigen Kraft eines Wahnsinnigen drehte er seinen Feind auf den Rücken und schlug ihm die Faust ins Gesicht. Hanks Hinterkopf knallte gegen den harten Boden. Dread registrierte, wie sich die vor Angst geweiteten Augen seines Gegners verdrehten. Seine linke Hand umschloss Hanks Hemdkragen mit eisernem Griff. Er drehte die Faust, sodass er ihn drosselte. Hanks ersticktes Röcheln und die heraus gedrückten Augen erzeugten in Dread eine primitive Freude. Er schlug mit der rechten Faust in die verhasste, blutüberströmte Visage. Mit einer sadistischen Genugtuung spürte er, wie seine Faust beim ersten Hieb das Nasenbein zerschmetterte. Der zweite Hieb zertrümmerte das rechte Jochbein. Er holte nochmals aus. Dieser Schlag würde ihn töten. Eine innere Ruhe stellte sich ein. Nur für einen Bruchteil nahm Dread einen Schatten wahr. Dann krachte etwas gegen sein Gesicht. Ein grelles Licht erschien vor Dreads Augen, bevor er das Bewusstsein verlor.

Als Dread wieder zu sich kam, lag er rücklings auf dem Grasboden. Seine linke Gesichtshälfte schmerzte furchtbar. Er konnte nur mit dem rechten Auge sehen. Nicht weit von ihm lag Hank bewegungslos am Boden. Dieser Mistkerl ist tot, frohlockte er.

Dread wollte seine Befriedigung mit der Nachahmung von Joes diabolischem Grinsen ausdrücken. Aber der Versuch, eine derartige Mimik zu erzeugen, erstickte in stechender Pein. Sein Schädel schien zu platzen. Stetig nahm der pochende Schmerz zu.

Er beobachtete, wie einer von Hanks Kumpanen Wasser aus einer Trinkflasche über dessen Kopf schüttete. Enttäuscht registrierte Dread, wie Hank sich wieder bewegte. Er war nicht tot. Laut stöhnend rappelte Hank sich mühsam auf. Seine Begleiter verspotteten ihn und grölten ausgelassen.

»Hank, dem Nigger hast du es wie ein echter Mann gegeben. Den hast du so richtig rangenommen. Willst du es seiner Hure auch so hart besorgen?«

Hank taumelte auf Dread zu. Sein deformiertes Gesicht sah fürchterlich aus. Dread erkannte in diesem Monstergesicht eine unbändige Wut und den Durst nach Rache.

Traurig dachte Dread an seine Miriam. Er würde sie nie mehr sehen, würde niemals mehr ihre liebe Stimme hören und ihren wunderschönen Körper spüren können. Miriam! Sie war das größte Glück in seinem Leben.

Hank war nur noch wenige Schritte von ihm entfernt. Wie ein Betrunkener bewegte sich der massige Regulator auf Dread zu. Dieser wollte sich aufrichten, aber ein unerträglicher Kopfschmerz ließ den Versuch bereits im Ansatz scheitern. Und so verharrte Dread, bis Hank unmittelbar vor ihm stand. Sein entstelltes Gesicht verzerrte sich zu einer Fratze, als er den Versuch unternahm, Dread etwas zu sagen. Statt Worte brachte er jedoch nur röchelnde Laute hervor. So stand er vor seinem hilflos am Boden liegenden Opfer, ballte die Fäuste und wollte losschlagen.

Dread spannte seinen Körper an, ignorierte den Schmerz und trat mit aller Kraft zu. Er traf ihn unterhalb des Knies. Hank wurden förmlich die Beine weggerissen. Plump fiel der massige Körper zu Boden. Dread vernahm den Schrei, der vom Grölen der Meute übertönt wurde. Die Regulatoren genossen das Schauspiel. Mit eisernem Willen richtete sich Dread auf. Der einsetzende Kopfschmerz drohte ihm, die Sinne zu rauben. Aber er schaffte es, sich über seinen Feind zu werfen. Dreads Hände tasteten nach Hanks Kehle. Plötzlich wurde er durch einen Fußtritt von Hank heruntergestoßen und landete nach halber Drehung auf dem Rücken. In seinem Kopf hämmerte der Schmerz. Dread registrierte eine Silhouette über sich. Dumpf und wie aus großer Entfernung drangen die Worte zu ihm:

»Respekt, du bist ein harter Hund und alles andere als feige. Hätte ich nicht den Gewehrkolben an deinen schwarzen Schädel geknallt, wäre Hank jetzt wahrscheinlich tot. Du bist ein Killer, Nigger. Und ich bin so stolz, dass wir dem Marshal den Mörder übergeben können, der seinen Freund umgebracht hat. Denn nur der Mörder von William Howard kann diese Uhr bei sich haben.«

Dread nahm wie durch einen nebligen Schleier eine pendelnde Taschenuhr vor sich wahr. Aber er verstand nicht.

»Und was du, als wir dich fingen, gestanden hast, wird bald jedes geschwätzige Maul in Wichita zu berichten wissen«, fuhr der Mann mit leiser Stimme fort. »Benzo wird das übernehmen. Er ist der beste meiner Männer, wenn es darum geht, Scheißhausparolen zu verbreiten. Benzo wird die keusche Mary vögeln und ihr die ganze Geschichte anvertrauen. Die wird es wiederum ihrer Mutter erzählen. Oh, oh, ich schätze, nach spätestens zwei Tagen weiß ganz Wichita, dass der redliche Schreiberling von dir ermordet wurde, weil er dem feigen Komplott deines Bosses gegen Mister Baker auf die Schliche gekommen ist. Darüber wollte er in seiner Zeitung berichten. Das musste dein Boss verhindern. Er hat dich geschickt, um diesen wahrheitsliebenden, geachteten Zeitungsmann für immer zum Schweigen zu bringen.«

»Lüge«, presste Dread aus sich heraus.

»Stimmt«, antwortete der Mann, »aber der Pöbel mag Sensationen. Und wenn der so redliche Rancher Murphy sich als ein Mann entpuppt, der Mordaufträge erteilt, so ist das eine gewaltige und somit höchst willkommene Sensation. Jetzt darf der neidische und missgünstige Mob ganz offen das Denkmal beschimpfen und umstoßen.«

»Damit kommt ihr nicht durch«, brachte Dread keuchend vor Schmerzen hervor.

»Oh doch, verlass dich darauf. Du wirst bis zu dem Tag, an dem du gehenkt wirst, ohne Erfolg leugnen. Du hattest die Uhr bei dir. Dabei wird das gestreute Gerücht uns zusätzlich nützen. Aber das wirst du wahrscheinlich nicht mehr erleben. Der Plan ist genial, Nigger. Du bist unsere höchste Trumpfkarte.«

Der Mann erhob sich und erteilte mit barscher Stimme Befehle: »Jeff und Luke, ihr bringt Hank zum Doktor. Erzählt ihm, dass Hank sich mit einem Nigger geprügelt hat und wir ihm zu Hilfe gekommen sind, sonst hätte er unseren armen Hank wahrscheinlich umgebracht. Damit schließt ihr eure Geschichte sogar mit einem wahren Satz ab.«

Die Regulatoren lachten über die letzte Bemerkung ihres Anführers laut, der weitere Anweisungen von sich gab. Ein Teil der Männer wurde zur Baker-Ranch zurückbeordert. Knapp die Hälfte sollte ihren Anführer zum Marshal begleiten.

Dread wurde auf ein Pferd gehievt. Mit seinen gefesselten Händen konnte er sich nur mühsam am Sattelknauf festhalten. Ihm war schwindelig. Er musste sich mehrfach übergeben. Das Erbrochene klebte an seiner Hose. Der säuerliche Geruch steigerte seine Übelkeit. In seinem Kopf pochte unerbittlich ein furchtbarer Schmerz. Dieser drohte, ihn um den Verstand zu bringen.

Dread hatte in seinem Leben bereits viele Tiefpunkte erlebt. Die Hoffnungslosigkeit, die ihn in diesem Augenblick ergriff, eröffnete eine neue Dimension des Leidens. Er sollte als Mörder gehenkt werden. Seinen Boss sowie seine Kameraden wollte man verleumden. Dread erinnerte sich, was Hank über seine Miriam gesagt hatte, und die Angst um sie machte ihn fast wahnsinnig.

Als sie losritten, drehte sich Dread zu seinem Wallach um. Er verabschiedete sich von diesem wunderbaren Tier und nahm auch Abschied von all seinen Hoffnungen, die er in die Zukunft gesetzt hatte.

»Oh Herr, hilf! Beschütze meine Miriam. Nimm mein Leben, aber wende alles Unheil von meiner Liebsten ab«, flüsterte Dread. »Beschütze meine Miriam, ich flehe dich an!«

DIE PREDIGT

Matthew saß an seinem kleinen Schreibtisch. Das düstere Licht der einsetzenden Dämmerung zwang ihn, eine Kerze anzuzünden. Durch das geöffnete Fenster drang der Lärm einer aufgebrachten Menschenmenge. Das ist jetzt schon der zweite Abend, sinnierte er.

Seit Howards Ermordung kam Wichita nicht mehr zur Ruhe. Die Ereignisse hatten sich überschlagen. In endlosen Debatten ereiferten sich die braven Bürger über die Ereignisse der letzten Tage und diskutierten ausgiebig über die möglichen Hintergründe. Howards Tod, das Duell zwischen Roy Miller und David Turner sowie das überraschende Auftauchen des berühmtesten Revolvermanns des Westens und dann sein urplötzliches Verschwinden lieferten bereits eine Menge Gesprächsstoff. Tatsachen vermischten sich mit persönlichen Theorien, die wiederum aus dem beschränkten Blickwinkel manches Erzählers wahnwitzige Interpretationen generierten. Jetzt schien sich der Kreis zu schließen, als endlich Howards Mörder gefasst wurde. Seine Schuld war unumstritten. Man hatte bei diesem Neger die berühmte Taschenuhr des Redakteurs gefunden. Und schon bald skandierten die braven Bürger Parolen über diesen Nigger, der angeblich ein gedungener Killer war. Er hatte Howard getötet, weil dieser von seinem niederträchtigen Vorhaben wusste: Er sollte nämlich den mächtigen Baker im Auftrag von Rinderbaron Murphy beseitigen. Jetzt trat das wahre Gesicht dieses Mannes an die Öffentlichkeit. Murphy hatte dies lange genug hinter einer Fassade der Redlichkeit und des Anstandes verbergen können. Doch man hatte es schon immer gewusst, bestätigten sich die empörten Bürger gegenseitig: Die Mächtigen sind alle gleich! Sie gehen über Leichen. Murphy und seine Cowboys sind nicht besser als Baker mit seinen Regulatoren. Sollen sie sich doch gegenseitig umbringen. Das wäre das Beste für Wichita und seine Bürger. Die Menschen steigerten sich in einen selbstgerechten Zorn. Sie verlangten nach Vergeltung und richteten ihren ganzen Frust auf den Nigger. Er solle hängen, am besten sofort.

Eine wütende Menge versammelte sich bereits den zweiten Abend vor dem Gefängnis und forderte einen schnellen Prozess mit umgehender Hinrichtung des Killer-Niggers. Die Handwerker der Stadt, sogar der gutmütige Schmied war unter ihnen, hatten bereits das Podium des Galgens vor dem Office aufgebaut, ohne dass es vom Marshal oder einem ordentlichen Gericht den Auftrag dazu gegeben hätte. Die Masse schrie nach Gerechtigkeit. Deutlich war zu spüren, dass sie diese auch in ihre eigenen Hände nehmen würde. Am nächsten Tag sollte die Hinrichtungsstätte fertig sein. Die Geduld der braven Bürger wäre dann zu Ende.

Matthew war aufgebracht. Er wurde sich in diesem Moment der Stimmung der Menschen in Wichita bewusst. Er wollte, nein, er musste in seiner nächsten Predigt mit überzeugenden Worten mahnen und wachrütteln. Das Verhalten der Menschen seiner Gemeinde enttäuschte ihn zutiefst.

Matthew fiel es schwer, sich zu konzentrieren. Seit einer halben Stunde saß er bereits vor dem unbeschriebenen Blatt Papier und konnte keinen Einstieg finden. Immer wieder schweiften seine Gedanken ab. Der Lärm des Pöbels benebelte seine Sinne.

Und dann, wie ein Funke, der sich als klarer Kontrast in der Finsternis abzeichnet, erhellte ein Gedanke Matthews Geist. Er setzte die Feder an. *„Vater, vergib ihnen, denn sie wissen nicht, was sie tun"* (Lukas 23:34), schrieb er auf das noch reine Papier. Mit diesem Zitat aus dem Lukasevangelium würde er seine Predigt beginnen. Jesus wollte die Schuldigen vor dem Zorn Gottes schützen. Dazu gehörte zweifellos auch der Pöbel, der seine Kreuzigung verlangte. Die Parallele war für Matthew bezeichnend. Die Menschen wussten nichts über Unschuld oder Schuld des Verurteilten, waren aber aufgehetzt und forderten sensationslüstern das Leiden und den Tod eines ihnen unbekannten Menschen.

Ja, zufrieden lehnte er sich zurück. Das ist ein guter Einstieg. Matthew wusste jetzt, wie er seine Predigt aufbauen würde. Er würde das Verhalten des Pöbels bei der Kreuzigung Jesu ansprechen und mahnende Worte finden. Dann würde er die abendlichen Versammlungen vor dem Gefängnis ansprechen. Mit Sicherheit würde ein aufrichtiges Herz wie das des Schmieds beschämt sein. Beim Ehepaar Hoke hatte Matthew allerdings keine Hoffnung. Aber, und dessen war er sich sicher, auch für die Hokes würden ihm noch gute Argumente einfallen.

Matthew hetzte die Feder über das Papier. Die Gedanken flossen direkt in seine Hand, die sie schnell und fast automatisch auf das Blatt übertrug.

Matthew würde seiner Gemeinde ins Gewissen reden. Jedem! Denn er hatte erhebliche Zweifel an der Schuld des eingesperrten Schwarzen, auch wenn er anfangs geneigt war, dem Gerücht Glauben zu schenken. Die Suche nach dem Schuldigen wäre beendet. Man könnte endlich loslassen, denn man hätte Gewissheit. Aber er hatte ab dem Moment gezweifelt, als Miriam vor ihm stand und ihn anflehte, mit ihr zum Gefängnis zu gehen.

Matthew lehnte sich zurück. Seine Gedanken wanderten zu dem Tag zurück, als sich die Kunde über die Verhaftung von Williams Mörder in Wichita in Windeseile verbreitet hatte. Matthew saß damals in seinem Zimmer und las in der Bibel. Ein zaghaftes Klopfen an seiner Tür hatte ihn aufhorchen lassen. Nach einer kurzen Pause wiederholte sich das Klopfen, sodass Matthew zur Tür gegangen war. Als er sie geöffnet hatte, war ihm beim Anblick von Miriams vertrautem Gesicht der Atem gestockt. Miriam hatte den Weg zu ihm gefunden. Seine Miriam! Wie hatte sich Matthew über diesen Besuch gefreut. Ihm war sofort ihr besorgtes Gesicht aufgefallen. Ihre Augen waren gerötet gewesen. Kaum dass sie sein Zimmer betreten hatte, war sie sofort in Tränen ausgebrochen. Matthew hatte die junge Frau in seine Arme genommen und fest an sich gedrückt. Miriam hatte dann aufgehört zu weinen und ihm von dem schwarzen Cowboy erzählt, der auf der Murphy-Ranch arbeitete. So erfuhr er von Dread Moore. Miriam hätte niemals geglaubt, sich wieder in einen Mann verlieben zu können. Aber das war jetzt passiert. Sie wusste, dass auch Dread sie liebte. Miriam war überzeugt gewesen, dass es sich bei dem inhaftierten Schwarzen um ihren Dread handeln würde. Unter Tränen hatte sie Matthew um Hilfe angefleht. Sie hatte darum gebettelt, dass er mit ihr zu dem vermeintlichen Mörder ins Gefängnis gehen möge. Der Marshal sei sein Freund und würde diesen Besuch zulassen, hatte sie im flehenden Ton immer und immer wieder gesagt. Schließlich hatte er eingewilligt.

Im Raum wurde es dunkler. Matthew seufzte. Sein Blick richtete sich auf das Licht der Kerze. Er starrte die tanzende Flamme an und spürte, wie er von einer angenehmen Ruhe erfasst wurde. Er genoss diesen Anblick und den sich zunehmend ausbreitenden inneren Frieden. In diesem Zustand amüsierten ihn die Bilder, die sich in seinen Erinnerungen klar aneinanderfügten. Tatsächlich hatten die entsetzten Gesichter der braven Bürger beim Anblick ihres Pfarrers, der im eiligen Schritt mit einer stadtbekannten Hure Hand in Hand dem Gefängnis entgegengeeilt war, etwas Urkomisches.

»Wie unrein sind nur die Gedanken der Menschen«, sprach Matthew im einsamen Zimmer zu sich selbst. Matthew hatte Miriam helfen wollen, auch wenn er sich beschämt eingestehen musste, dass er eifersüchtig war, als er von Miriams großer Liebe erfuhr.

Als sie an jenem Morgen das Marshal-Office erreicht hatten, wurden sie von Ralph sofort eingelassen. Gerührt erinnerte sich Matthew an die Ereignisse, die sich im Office abgespielt hatten. Er blickte auf die ruhig tänzelnde Kerzenflamme und erlebte alles noch einmal:

Ralph schloss gleich hinter ihnen wieder die Tür. Das irritierte Matthew, denn die Tür zum Office war normalerweise nie verschlossen. Auch die Tatsache, dass Ralph seine Waffen bei sich trug, steigerte Matthews Sorge. Der Marshal erwartete offensichtlich Ärger und verhielt sich deshalb vorsichtiger als sonst.

Miriam eilte durch das Office und betrat den zweiten Raum, in dem sich die drei Zellen befanden. Matthew folgte ihr.

Nur eine Zelle war belegt. In dieser lag der Gefangene auf der Pritsche. Er bewegte sich nicht. Nur der Brustkorb hob und senkte sich ganz flach und zeigte, dass er noch lebte. Es war ein Schwarzer von kräftiger Statur. In seiner zerrissenen, schmutzigen Kleidung sah er erbärmlich aus. Sein Gesicht war furchtbar entstellt. Die rechte Seite war so angeschwollen, dass nur ein schmaler Schlitz das Auge andeutete. Es roch säuerlich nach Erbrochenem. Neben dem Mann saß Bernard Russel und legte dem Verletzten einen Verband an.

Miriam schrie beim Anblick des Mannes auf. Sie rannte in die Zelle und ließ sich vor der Pritsche auf die Knie fallen. Ganz langsam führte sie ihren linken Arm über den Verletzten und beugte sich anschließend behutsam über ihn. Ihr Blick ruhte auf dem zerschundenen Gesicht. Mit dem Handrücken ihrer rechten Hand streichelte sie zärtlich die gesunde Gesichtshälfte. Minutenlang verharrte sie in dieser Position. Nur ihre Hand bewegte sich, tastete vorsichtig über die Verletzung, als wolle sie diese damit heilen.

Die Freunde ließen Miriam gewähren. Bernard war aufgestanden und hatte sich in den äußeren Bereich der Zelle zurückgezogen. Nachdenklich betrachtete er die junge Frau. Ihre Körpersprache und Mimik zeigten, dass dieser Mann ihr sehr viel bedeutete.

Unvermittelt richtete sich Miriam auf und drehte sich mit anklagendem Blick in Hudsons Richtung, der am Eingang des Zellenbereiches stehen geblieben war.

Matthew erriet ihre Gedanken. Er teilte sie in diesem Moment sogar mit ihr.

Der Marshal verstand sofort. Er hob abwehrend beide Arme. »Ich habe den Burschen nicht angefasst«, stellte Hudson klar. »Roy Miller und seine Männer haben mir den Mann in diesem Zustand übergeben. Sie hätten bei ihm Williams Uhr gefunden und sie erzählten mir, dass der Neger den Mord gestanden hatte.«

»Das ist eine Lüge«, schrie Miriam und schlang wieder ihre Arme um den Verletzten, als wollte sie ihn vor allem Unheil schützen.

Russel legte beide Hände auf Miriams schmale Schultern, die vom herzerweichenden Schluchzen zitterten. »Ruhig, Miriam, ganz ruhig. Fass ihn nicht so stark an. Er hat eine schlimme Gehirnerschütterung und benötigt jetzt viel Ruhe«, sprach er besänftigend auf die junge Frau ein. »Der Marshal sagt die Wahrheit. Er hat gleich nach der Einlieferung dieses Mannes nach mir rufen lassen.«

»Ich habe nicht den Marshal der Lüge bezichtigt«, stellte Miriam klar. Tapfer unterdrückte sie die Tränen, »Dread hat keinen Mord begangen. Das würde er niemals tun!«

»Ich glaube auch nicht, dass er es getan hat«, entgegnete Hudson. Er schaute Miriam fest in ihre vor Erstaunen weit aufgerissenen Augen. »Was ich allerdings glaube, interessiert nicht. Über seine Schuld oder Unschuld muss ein ordentliches Gericht entscheiden.«

»Ist euch schon einmal der Gedanke gekommen, dass wir jetzt dennoch Williams Mörder kennen?«, mischte sich Russel mit ruhiger, nachdenklicher Stimme ein.

»Ja, gleich in dem Moment, als sie mir Williams Uhr übergeben hatten, wusste ich es. Sie hatten mich dabei angegrinst, den halb toten Neger vor meine Füße fallen lassen und etwas von Gerechtigkeit gefaselt. Ja, ich habe es von Anfang an geahnt. Jetzt bin ich mir sicher! Die Handschrift ist eindeutig. Aber ich habe keinen Beweis«, die Wut in Hudsons Stimme war unüberhörbar.

»In der Tat, ein perfider Plan. Und wenn man den Mob hört, scheint er aufzugehen«, erwiderte Russel. »Was wirst du jetzt tun?«

»Schau, dass du den Burschen transportfähig machen kannst. Ich werde ihn dann nach Dodge City bringen. Ich weiß jetzt, in welche Richtung ich ermitteln muss. Ich werde etwas finden. Dann hat der Mann vor einem fairen Gericht eine Chance.«

Als Miriam das hörte, sprang sie auf, rannte zu Hudson und fiel ihm um den Hals. Wie sich diese kleine, zierliche Frau an den riesigen Mann schmiegte, wirkte grotesk. Um mit ihren Händen seine Schultern zu erreichen, musste sie sich auf die Zehenspitzen stellen. Die Männer schmunzelten gerührt.

»Danke, vielen, vielen Dank, Marshal«, sprach Miriam inbrünstig.

»Ist schon gut«, der Marshal löste sanft ihre Hände und schob Miriam etwas von sich. »Noch ist dein Neger nicht in Dodge und noch ist er nicht freigesprochen.«

Ein Stöhnen veranlasste alle, auf den Gefangenen zu schauen. Er hatte das gesunde Auge geöffnet und bemühte sich, seinen Oberkörper aufzurichten. Der Versuch misslang. Schlaff fiel er wieder zurück. Tapfer unterdrückte er seine großen Schmerzen.

Miriam war sofort wieder bei ihm. Sie beugte sich über den Verletzten, küsste, streichelte ihn und wiederholte immer wieder dieselben Worte: »Liebster, alles wird gut.«

Der Schwarze erwiderte die Zärtlichkeit. Er streichelte mit einer Hand Miriams Wange. Trotz seiner Entstellung sah man, dass er sich freute. »Miriam, meine süße Miriam«, brachte er mühsam hervor. Er lallte wie ein Betrunkener. Aus seinem gesunden Auge rann eine Träne.

Matthew kehrte langsam in die Gegenwart zurück. Im flackernden Kerzenschein sah er noch deutlich die Gesichter dieser beiden von der Gesellschaft ausgestoßenen Menschen, das der Hure und das des vermeintlichen Mörders. Matthew spürte die gewaltige Kraft, die diese beiden Menschen im Augenblick ihres Wiedersehens entfaltet hatten. Nur die Liebe setzt eine solche Kraft frei! Sie vermag alles Rationale in den Hintergrund zu drängen, lässt ausschließlich die Herzen sprechen und alles Unglück auf dieser Welt banal erscheinen, wenn nur das geliebte Wesen ganz nah ist.

Die Flamme flackerte hektisch, denn die vollkommen heruntergebrannte Kerze gab ihr keine Nahrung mehr. Mit einem letzten trotzigen Aufzucken verlosch das Licht. Urplötzlich umgab Matthew die Dunkelheit. Bewegungslos saß er da. Er war ergriffen. Schamvoll registrierte er ein unwürdiges Gefühl. Neid! Denn Matthew würde diese Form der Liebe niemals spüren.

Wütend über sich selbst, sprang Matthew auf. Er tastete nach den Streichhölzern und zündete eine neue Kerze an.

»Reiß dich zusammen«, tadelte er sich mit leiser Stimme, »du liebst alle Menschen, und du dienst dem Herrn.« Matthew lief durch das dunkle Zimmer wie ein gefangenes Tier in einem Käfig. Er wollte sich von diesem Bann befreien und sein inneres Gleichgewicht wieder herstellen. Er war der Pfarrer seiner Gemeinde. Er konnte und er durfte die Worte des Herrn an die Menschen weitergeben. Die Menschen seiner Gemeinde konnten sich darauf verlassen, dass er für alle da war. Er musste ein Vorbild sein. Er war ein Diener Gottes. Das würde er auch stets sein. Das waren seine Bestimmung und seine Pflicht, solange er lebte.

Matthew setzte sich wieder an den Schreibtisch. Er las den Text seiner Predigt durch und kritzelte Notizen an den Rand. Er war wieder in seinem Element, empfand im kreativen Schaffen die Ruhe und Befriedigung, die er vor Kurzem so vermisst hatte.

Doch schon bald wanderten seine Gedanken wieder zu diesem Dread Moore. Die Worte, die der Schwarze damals in seiner Zelle mühsam aus sich herausgepresst hatte, stimmten Matthew sorgenvoll. Unaufgefordert hatte der schwarze Cowboy zu sprechen begonnen und dabei ununterbrochen Miriams Hand gestreichelt. Unter sichtlichen Schmerzen hatte er den Grund seines Ritts nach Wichita geschildert und beschrieben, wie er in die Hände der Regulatoren gefallen war. Er hatte daraufhin Miriam angefleht, aus der Stadt zu fliehen. »Sie wissen alles, sie wollen auch dich fertig machen«, hatte er zu Miriam gesagt. Und wahrlich, die Äußerungen des Schwarzen klangen bedrohlich. Doch Miriam wollte nicht fliehen. Sie würde von Finley beschützt werden, denn sie war Barners Eigentum. Nicht einmal Bakers Männer würden es wagen, ihr Leid zuzufügen. Matthew seufzte. Hoffentlich hat Miriam recht. Ihr Optimismus schien gerechtfertigt. Barner war ein einflussreicher Mann und er machte Geschäfte mit Baker. Nein! Das würden sie nicht wagen. Sie werden ihr nichts tun, redete sich Matthew ein.

Er lehnte sich zurück. Es war spät geworden. Doch noch immer lärmten die wütenden Bürger vor dem Gefängnis. »Hängt den Mörder. Verjagt Murphy«, hörte er. Matthew schüttelte traurig den Kopf. Waren das die Menschen, die er so schätzte? Bernard hatte recht. Bakers perfider Plan ging auf. Wie schnell fruchteten wenige böse Worte. Wie leicht ließen sich die Herzen vergiften.

Matthew tauchte die Feder in das Tintenfässchen. In fein säuberlicher Schrift zitierte er aus Jakobus 3: *„Denn so ist es mit unserer Zunge. So klein sie auch ist, was kann sie nicht alles anrichten. Ein kleiner Funke setzt einen ganzen Wald in Brand."*

Matthew hatte eine grobe Vorstellung, wie er seine Predigt weiterführen würde. Er würde Nächstenliebe und nicht Hass predigen. Und er würde seine Gemeinde auffordern, ihren Verstand zu gebrauchen. Denn ein hinterhältiger Plan ging nur bei böswilligen und einfältigen Menschen auf. »Ihr«, so würde er sich an seine Gemeinde wenden, »seid aber weder böswillig noch einfältig«. Ja! So würde er sie aufrütteln, an ihr Gewissen, an ihre Ehre appellieren. Zufrieden mit sich selbst kritzelte Matthew Notizen an den Seitenrand. Er würde morgen an seiner Predigt weiterarbeiten. Sie würde gelingen, wahrscheinlich eine der besten werden, die er jemals gehalten hatte. Er hatte noch drei Tage Zeit. Sie würde perfekt werden. Und Matthew brannte jetzt schon darauf, sie zu halten.

Er lauschte. Der Lärm der wütenden Menge war nicht mehr zu hören. Sie hatte sich aufgelöst. Die meisten waren nach Hause gegangen. Nur noch einzelne Stimmen drangen halblaut in sein Zimmer. Würden sie sich morgen wieder zur Randale zusammenfinden? Bahnte sich eine Lynchjustiz an? Konnte er bis Sonntag warten, um den Menschen in das Gewissen zu reden?

Matthew stand auf und schüttelte die unangenehmen Fragen von sich ab. Unmöglich, Ralph Hudson war der Stadt-Marshal. Keiner würde es wagen, sich diesem Mann entgegenzustellen.

Matthew ging zu seiner Schlafstätte. Er war müde. Schnell machte er sich für die Nacht fertig. Als er im Bett lag, kreisten seine Gedanken wieder einmal um Miriam. Dann dachte er an seine Predigt und schlief zufrieden ein.

Am nächsten Morgen war Matthew mit dem optimistischen Gefühl erwacht, mit dem er am Abend zuvor eingeschlafen war. Voller Tatendrang war er aufgestanden, hatte sich gewaschen, rasiert und war zur Toilette gegangen. Nachdem er sorgfältig seine Kleidung ausgewählt hatte, war er dann zu Nancys Café gegangen.

Außer sonntags frühstückte Matthew immer bei Nancy. Meist traf er dort seine Freunde. Auch für diesen Tag hatte er es erhofft und vorsorglich seine Predigt mitgenommen. Er hatte Glück. Bernard war da gewesen. Beim gemeinsamen Frühstück hatte er mit ihm über seine Predigt diskutiert. Auch dieses Mal hatte Bernard ein paar gute, für ihn typisch unorthodoxe Anregungen parat, mit denen Matthew seiner Gemeinde die Botschaft plausibel vermitteln konnte. Wieder einmal profitierte Matthew vom Gedankenaustausch mit seinem Freund. Er lernte viel durch Bernard, dessen kluge Argumente ihn stets überzeugten.

So war es auch, als sie sich an diesem Morgen über Miriam unterhalten hatten. Matthew hatte seine Verwunderung darüber geäußert, dass die junge Frau trotz ihrer schrecklichen Geschichte in der Lage war, sich noch einmal derart zu verlieben. Was ihm Bernard daraufhin geantwortet hatte, ging Matthew nicht mehr aus dem Kopf:

»Ein Herz, das erst einmal die wahre Liebe empfunden hat, wird, solange es schlägt, fähig und willens sein, dieses schönste sowie wertvollste aller Gefühle immer wieder intensiv zu empfangen und weiterzugeben!«

Nun saß Matthew noch unter dem Eindruck des Gespräches mit seinem Freund am Schreibtisch. Er überflog den Text seiner Predigt und machte sich daran, Bernards Gedanken einzuarbeiten.

Jetzt hatte er die Worte parat, mit denen er die Hokes und ihresgleichen blamieren würde. Er würde dafür Bernards überzeugende Art übernehmen, würde mit logischen Argumenten verlogene Ansichten entkräften. Matthew notierte sich an bestimmten Stellen, was er tun wollte. Er würde während seiner Predigt in die Reihen seiner Gemeinde gehen und vor Mrs. Hoke stehen bleiben. Er würde dies zeitlich so gestalten, dass dies mit der Äußerung über seine Zweifel an der Schuld des Schwarzen erfolgen würde. Er würde behaupten, dass ihm auch seine Uhr gestohlen wurde. Für jeden sichtbar würde er dann seine Uhr aus der Tasche ziehen und in den Schoß von Mrs. Hoke fallen lassen. Gleich darauf würde er mit gespielter Entrüstung auf Mrs. Hoke zeigen und mit ironischem Unterton die Frage stellen, ob Mrs. Hoke eine Diebin sei. Matthew musste bei der Vorstellung dieser Szene laut auflachen. Im Geiste sah er das verdutzte Gesicht von Mrs. Hoke. Er freute sich jetzt schon auf diesen Augenblick.

Hastig notierte Matthew sich die Stichworte. Dann las er weiter, bis er zu der Stelle kam, an der er seinen zweiten Angriff auf die Unvernunft vornehmen wollte. Er fand die Stelle, führte mit der Feder einen schwungvollen Verweisstrich aus der Textpassage zum unteren freien Blattbereich und formulierte die Fragen aus, die er an seine Gemeinde zu stellen gedachte:

»Wem hat William Howard vom geplanten Mordkomplott an Harrison Baker erzählt? Ist hier jemand im Raum?« Matthew würde sich viel Zeit nehmen und mit seinen Blicken durch jede Reihe der Anwesenden wandern. Dann würde er seinen aufrüttelnden Satz bringen: »Merkwürdig, auch mir hat Howard davon nichts erzählt, obwohl ich sein bester Freund war.«

Matthew wurde von einem Gefühl der Zufriedenheit erfasst. Er las den Text zu Ende und wusste, dass er sein Ziel erreichen würde. Er stand auf und ging mit fröhlicher Miene durch das Zimmer. Er wollte sich gerade neues Papier holen, um seine Predigt ins Reine zu schreiben, als er von einem zaghaften Klopfen aus seiner beschwingten Stimmung gerissen wurde.

Er kannte dieses Klopfen. Die Freude in ihm steigerte sich. Hastig eilte er zur Tür und öffnete sie schwungvoll. Sein fröhliches Lächeln erstarb. Vor ihm stand Miriam. Ihr Gesicht war entstellt. Das Lid des rechten Auges war geschwollen und das Gewebe außen herum bläulich-rot verfärbt. Die Unterlippe war aufgeplatzt und ebenfalls stark geschwollen. Das Kinn war nur oberflächlich vom Blut gesäubert worden. Ein Hämatom am Unterkiefer verstärkte die abstoßende Verfärbung. Matthew sah auf Miriams Hals Würgemale und blutige Kratzer. Es war offensichtlich, dass sie brutal misshandelt worden war. Wie gelähmt stand Matthew vor ihr. Seine Augen füllten sich mit Tränen.

Miriam schlüpfte an ihm vorbei und schloss die Tür.

Sie standen sich gegenüber und Matthew blickte voller Mitleid auf die junge Frau, der augenscheinlich Schlimmes widerfahren war.

Miriam sah mit leerem Blick an ihm vorbei. Mit monotoner Stimme begann sie zu erzählen:

Sie hatte Stimmen im Saloon gehört. Sie war darüber verwundert gewesen, denn zu dieser Zeit war normalerweise nur Finley damit beschäftigt, den letzten Zecher hinauszuwerfen und eine für ihn akzeptable Ordnung im Saloon herzustellen. Vorsichtig hatte sie ihre Tür geöffnet und sich lautlos der Treppe genähert. Sie war in die Hocke gegangen, hatte zwischen dem oberen Treppengeländer hindurchgeschaut und dabei ihren Kopf nur so weit vorgelehnt, wie es für ihr Vorhaben nötig gewesen war. Ihre Sinne waren auf das Äußerste geschärft. Sie hatte die Stimmen der Anwesenden im Saloon leicht zuordnen können. Deutlich hörte sie die Worte.

»Morgen schlagen wir zu. Die Leute in der Stadt sind so weit. Ein Teil meiner Männer wird sich unter sie mischen und die Randale anzetteln. Vielleicht haben wir Glück, und der Marshal fängt sich gleich zu Beginn eine Kugel ein«, hatte sie Bakers schneidige

Stimme vernommen. »Gleichzeitig wird der Großteil meiner Männer Murphys Ranch angreifen. Sie werden schon heute Abend an der Grenze Stellung beziehen. In dem Moment, wenn der Nigger am Galgen baumelt und Hudson hoffentlich ausgeschaltet ist, greifen sie Murphy an.«

»Du spielst mit einem hohen Einsatz«, hatte Barner darauf gewarnt.

»In der Tat, aber wenn alles nach Plan verläuft, gehört uns ab Sonntag diese Stadt mit dem gesamten Umland. Dafür lohnt sich dieser Einsatz«, hatte Baker geantwortet.

»In der Tat. In der Tat«, hatte Barner mit anerkennendem Lachen erwidert.

»Miller«, im Befehlston hatte Baker die dritte Person angesprochen, »du bist morgen in der Stadt dabei. Wenn alles erledigt ist, reitest du mit den Männern umgehend zu Murphys Ranch. Schau nach dem Rechten und sorge gegebenenfalls für eine vollständige Erledigung des Auftrages. Weder Murphy, sein Sohn noch einer seiner Cowboys dürfen überleben. Und brennt alles nieder.«

»Wird gemacht, Boss!«

»Übrigens, ist Reeman instruiert?«

»Seit heute Abend wird er nach dem Zeichen Ausschau halten und wenn es losgeht, die Wachen ausschalten.»

»Gut. Und gehe morgen gleich bei Tagesanbruch in das Haus des Schreiberlings. Ich habe ihn überall gesucht. Es bleibt nur noch der Chaosraum von diesem Schmierfinken übrig. Er muss ihn mir letztens abgerissen haben, als er sich an meinem Fuß festgekrallt hatte. Irgendwo wird er in seinem Unrat herumliegen. Finde ihn. Es wäre fatal, wenn andere es täten.«

Roy Miller hatte nach Bakers Anweisungen mit ruhiger, gleichgültiger Stimme geantwortet, so, als ob er einen Auftrag zum Einkaufen erhalten hätte. Mit einem »wird gemacht«, hatte er sich verabschiedet. Miriam hatte seine Schritte auf den quietschenden Dielen zum Ausgang deutlich hören können. Das klappende Geräusch der Pendeltür war das letzte gewesen, das von seiner Anwesenheit im Saloon gezeugt hatte.

»Dieser Mann, Baker, macht mir Angst. Große Angst!«

»Mir auch. Aber solche Männer braucht man, wenn man mächtig werden will. Also stell angsteinflößende Männer in deine Dienste. Belohne sie reich. Schmeichle ihnen und überzeuge sie davon, dass sich das Arrangement mit dir für sie lohnt. Vor allem mach sie abhängig von dir und zeig dabei deine Überlegenheit. Wenn dir das gelingt, dann fressen sie dir aus der Hand. Dann hast du die wirkungsvollste Waffe, die du für das Erreichen deiner Ziele benötigst. Denn, wenn die Menschen vor dir Angst haben, sind sie nur noch unbedeutende Zwerge, mit denen du schließlich machen kannst, was du willst.«

»Respekt, Baker, du musst unbedingt in die Politik.«

»Vielleicht werde ich das auch einmal tun. Aber jetzt will ich erst einmal reich werden. Und ich meine damit richtig reich!«

Beide Männer hatten daraufhin schallend gelacht.

Miriam war wie gelähmt gewesen. Das Gehörte war so furchtbar, so abscheulich, dass sich ihr die Nackenhaare gesträubt hatten. Ganz langsam hatte sie sich von ihrem Platz zurückgezogen und aufgerichtet. Sie wollte schnell wieder in ihr Zimmer zurück. Ihr Inneres war in Aufruhr. Sie hatte nur einen Gedanken: Ich muss das verhindern. Ich muss alle warnen!

»Na, schöner Bastard, hast du gelauscht?«, hatte sie urplötzlich Finleys Stimme ganz dicht hinter sich vernommen. Miriam hatte erschrocken aufgeschrien, sich dabei umgedreht und in Finleys grinsendes Gesicht gesehen.

Und dann war für Miriam zum wiederholten Male das Tor zur Hölle aufgestoßen worden. Grob wurde sie die Treppe hinuntergezogen und derb zu Baker gestoßen. Sie war dabei zu Boden gefallen und lag hilflos vor dem Rancher und ihrem Boss auf dem schmutzigen, übel riechenden Boden.

»Hat sie alles gehört?«

»Ich denke ja. Ich hatte sie ungefähr zehn Minuten beobachtet und mich an sie herangeschlichen. Die Kleine ist eine eifrige Spionin.«

»Bring sie in das Nebenzimmer. Da sind fünf meiner Leute. Sie können sich mit ihr vergnügen und sie dann erledigen. Sage ihnen das. Und sie sollen die Leiche so verschwinden lassen, dass sie niemals gefunden wird.«

»Nein, sie muss noch ihre Schulden abarbeiten«, hatte Barner daraufhin protestiert.

»Wie viel?«

»Tausendfünfhundert!«

»Ich gebe dir Halunken Siebenhundert und schätze, dass du dabei immer noch ein Geschäft machen wirst.«

Baker hatte lachend seine Hand ausgestreckt. Barner hatte nicht gezögert und äußerst erheitert eingeschlagen. Beide Männer hatten daraufhin in bester Laune den Saloon verlassen.

Miriam war mit Finley allein gewesen. Sie hatte ihn angefleht und um ihr Leben gebettelt. Aber Finley hatte sie unbeeindruckt von ihrem Geschrei zur Tür des kleinen Nebenzimmers geschliffen, das nur besonderen Gästen vorbehalten war. In panischer Angst waren Miriams Schreie in ein hysterisches Kreischen übergegangen. Als ihr Finley daraufhin mit der Faust brutal ins Gesicht geschlagen hatte, war sie für kurze Zeit ohnmächtig geworden.

Sie war erst wieder bei vollem Bewusstsein, als sie in den Raum gestoßen wurde. Fünf Männer hatten sie, von ihrem Geschrei alarmiert, erwartungsvoll angeschaut.

»Einen schönen Gruß von Mr. Baker. Ihr könnt mit der Hure machen, was ihr wollt. Wichtig ist nur, dass sie am Ende tot und unauffindbar ist.«

Finleys Stimme war ruhig und eiskalt. Er hatte Miriam mit brutalem Griff von hinten an den Oberarmen gepackt und so heftig in die Richtung der Männer gestoßen, dass sie der Länge nach auf den Boden gefallen war. Die Männer hatten laut gejohlt. Wie ein Stück Schlachtvieh war sie gepackt und auf einen Tisch geworfen worden. Für Miriam wiederholte sich ihr schlimmster Albtraum. Sie hatte geschrien, gebettelt und geflucht. Doch die Männer hatten kein Erbarmen. Miriam hatte aus Leibeskräften ihre Angst und Wut aus sich heraus gebrüllt. Eine Hand hatte sie brutal gewürgt, sodass ihre Schreie in einem dumpfen Röcheln erstickt waren. Mehrfach war sie der Ohnmacht nahe gewesen. Die Männer hatten mitleidlos gelacht und sie mit Schlägen malträtiert. Miriam hatte schließlich einen Zustand erreicht, in dem aus ihr jeglicher

Lebenswillen gewichen war. Sie hatte mit dem Leben abgeschlossen und das Schicksal um ein möglich schnelles Ende angefleht.

Plötzlich schlug eine Tür mit lautem Knall zu. Im Raum wurde es augenblicklich still.

Finley, der regungslos die abscheuliche Szene verfolgt hatte, drehte sich mit einer wieselschnellen Drehbewegung zur Tür um. Gleichzeitig war seine rechte Hand zum Griff der Pistole geschossen. Miriams Blick war irrwitziger Weise in diesem Moment nur auf diese Hand gerichtet. Sie sah den Daumen, der mit einem Zug den Hahn des Revolvers gespannt hatte.

»Hallo Mister Barmann, ich halte es in der Regel für hochgradig unhöflich, ein zärtliches Intermezzo zu stören. Aber mir erscheint es, dass der Dame weder das Vorspiel noch die Perspektive so recht gefallen.«

Alle Anwesenden waren wie gelähmt. Selbst Finley hatte den Revolver keinen Millimeter aus seinem Gürtel bewegt. Die ruhige, souveräne Stimme mit dem Südstaatendialekt hatte etwas Bedrohliches. Der Mann, der wie aus dem Nichts in den Raum gekommen war und mit herablassendem Lächeln die Szene betrachtete, verbreitete Angst. Er war sehr groß, sehnig und hatte ein hochmütiges Gesicht mit eiskalt dreinblickenden Augen. Miriam war im Augenblick seines Erscheinens dem Wahnsinn nahe gewesen. Sie hatte diesen Fremden unter einem Tränenschleier wahrgenommen und dessen geisterhafte Erscheinung zunächst nicht begreifen können. Doch dann hatte sie wieder Hoffnung. Sie hatte den Mann mit Neugierde gemustert und mit Erschrecken feststellen müssen, dass dessen Hand nur auf einem großen Jagdmesser ruhte, fast so, als ob er lediglich den Messergriff als Handablage nutzen wollte.

»Sir, ich würde an Ihrer Stelle umgehend das Zimmer verlassen und vergessen, was Sie gesehen haben«, hatte dann Finley mit leiser Stimme mehr gezischt als gesagt.

»Mister Barmann, wir wissen doch beide, dass ich das nicht zu tun gedenke.«

»Los, Finley, knall den Kerl endlich ab«, hatte Miriam hinter sich eine ungeduldige Stimme vernommen.

»Selbst, wenn Sie mit dem Messer so schnell sind, wie ich glaube, haben Sie keine Chance, Sir«, hatte Finley gesagt und dabei blitzschnell seinen Revolver gezogen.

Im Raum hatte jeder auf den Knall des Revolvers gewartet. Stattdessen ging ein heftiges Zucken durch Finleys Körper, bevor dieser kraftlos zusammenbrach. Unglaublich! Das Geschehene grenzte an Hexerei. Finley lag tot vor den Füßen des Fremden und dieser hielt, unfassbar für alle im Raum, Finleys Waffe in der Hand. Mit einer teuflischen Grimasse hatte der Mann auf Miriams Peiniger geblickt und die Mündung des Revolvers auf sie gerichtet.

»Mädchen, wie heißt du?«

»Miriam.«

»Miriam? Dread's Miriam?«

Er hatte den Namen ihres Geliebten genannt, sich als Verbündeter zu erkennen gegeben. Miriam hätte diesem angsteinflößenden Killer um den Hals fallen können.

»Ja! Dread und ich, wir lieben uns«, hatte Miriam mit zittriger Stimme geantwortet.

Für einen Bruchteil war auf dem Gesicht des Fremden ein gerührtes Lächeln zu erkennen gewesen. Als er sich anschließend an die fünf Männer wandte, war jegliches Menschliche aus seinem Gesicht verschwunden. Miriam hatte nie zuvor in eine solche, von Hass und Abscheu verzerrte Grimasse geblickt. Sie wusste in jenem Augenblick, dass diese Männer keine Gnade zu erwarten hatten.

»Zwei von euch Feiglingen haben bereits ihre Pistolen abgelegt. Ihr anderen drei Memmen werdet jetzt dasselbe tun. Ihr könnt auch kämpfen. Ihr seid drei gegen einen. Aber Abschaum wie ihr kann lediglich zu fünft eine kleine Frau schänden«, hatte der Fremde dann zu den Männern gesagt und anschließend angewidert in ihre Richtung gespuckt.

»Sir, warum beleidigen Sie uns? Wir haben nichts gegen Sie. Lassen Sie uns miteinander reden.«

»Euch kann man nicht beleidigen. Man müsste Shakespeares Talent haben. Denn für Euresgleichen bedarf es neuer Vokabeln. Allerdings muss in eurem Fall der fäkalienorientierte Wortschatz erweitert werden, damit die für solch stinkende Maden zutreffenden Eigenschaften benannt werden können. Also, was ist nun? Wenn ihr nicht augenblicklich eure Waffen ablegt, fasse ich das als Angriff auf und jage jedem eine Kugel in seinen hohlen Kopf.«

Die drei Männer hatten gehorcht und ihre Pistolen abgelegt. Miriam war darüber sehr verwundert. Denn damit war nach ihrer Überzeugung die einzige Überlebenschance dieser Männer vertan.

»Schiebt mit den Füßen die Pistolen zu mir her und tretet zur Wand zurück. Miriam, heb die Waffen auf, leg sie auf den Tisch und stell dich dann hinter mich.«

Der Fremde hatte seine Anweisungen ruhig und bestimmt gegeben. Die Männer hatten beflissen gehorcht. Miriam hatte die Pistolen aufgehoben und in einer Reihe auf den Tisch gelegt. Danach war sie hinter ihren Retter getreten. Dort konnte sie die Gesichter der fünf Männer sehen, die sie so gequält hatten. Sie sah in jeder der verhassten Visagen Angst. Das hatte Miriam in vollen Zügen genossen. Die Aussicht, dass sie diese Männer sterben sehen würde, hatte sie mit einer großen Genugtuung erfüllt.

Der Fremde hatte den ersten Revolver vom Tisch genommen, die Trommel entriegelt, sodass er sie ausklappen konnte. Die Patronen waren klappernd auf die Holzdielen gefallen. Anschließend hatte er die Waffe achtlos in den Raum geworfen. Dabei hatte der Mann aus dem Süden die Männer nicht aus den Augen gelassen.

»Nun, Miriam, erzähle! Was gibt es Neues aus der Kloake zu berichten?«

Mit wenigen Worten hatte Miriam von der geplanten Lynchjustiz berichtet, bei der auch der Marshal getötet werden sollte. Dann erzählte sie vom Überfall auf die Running M Ranch, der von den Baker-Männern begangen werden sollte. Während sie das alles berichtete, hatte sie in den Gesichtern ihrer Peiniger lesen können, was in ihnen vorging. Auch ihr Held, der gerade dabei gewesen war, die Trommel der letzten Waffe zu leeren, hatte das registriert.

»Ihr gehört zu Bakers Horde?«

»Ja, Sir, wir sind Bakers Männer. Und wenn uns jetzt etwas passiert, dann ergeht es Ihnen schlecht.« Es war wieder dieselbe Stimme, die schon zuvor aus der Gruppe zu hören war.

»Jetzt bekomme ich richtig Angst. Wie heißt du, Bote des Schreckens?«

»Gus, Gus Buttler.«

»Gus, wie es scheint, bist du der Sprecher dieses Dreckhaufens. Du meinst, besonders clever zu sein, glaubst, die Situation vollständig zu überblicken und im Griff zu haben. Gus, du bist ein Idiot. Sei dankbar, dass dir wenigstens kurz vor deinem Tod jemand diese Wahrheit sagt.«

Dann hatte Miriams Retter mit dämonischem Grinsen die Mündung seines Revolvers zur Decke gerichtet und langsam Patrone für Patrone aus der Trommel fallen lassen. Als die sechste Patrone herausgefallen war, hatte er zu Miriams Entsetzen und Erstaunen der fünf Männer gesagt: »Wir wollen doch keinen unnötigen Lärm machen.«

»Auf ihn!« Gus hatte sein Messer aus dem Stiefel gezogen und war mit seinen Kumpanen auf den großen Mann zugestürmt.

Miriam war in jenem Moment vor Angst und Schrecken wie gelähmt gewesen.

Doch was sie dann zu sehen bekam, war unglaublich. Der Fremde war nicht zurückgewichen, sondern hatte sich ihnen entgegengeworfen. Einer griff Fünf an!

Gus hatte als erster Kontakt. Durch eine rasante Körperbewegung des Fremden stieß Guss Messerklinge ins Leere. Er hatte dagegen einen tödlichen Schlag auf den Kehlkopf erhalten. Röchelnd war er zu Boden gesunken und mit herausgequollenen Augen erstickt.

Der zweite Angreifer war tot, noch bevor er zu Boden gegangen war. Der Fremde hatte ihm mit einem Handkantenschlag auf die Nasenwurzel Splitter vom Schädelknochen ins Gehirn getrieben und ja gleichzeitig dem dritten mit einem heftigen Tritt gegen die Kniescheibe das Bein gebrochen. Dieser hatte vor Schmerz wie ein abgestochenes Schwein gequiekt.

Nur einen Wimpernschlag danach hatte der vierte einen Faustschlag in den Bauch erhalten und sich vor Schmerz gekrümmt.

Der Fremde hatte ihn zugleich am Haarschopf gepackt und seinen Schädel so gegen die Tischkante geschmettert, dass er platzte.

Der fünfte Baker-Mann hatte mit entsetztem Gesicht das Schicksal seiner Kameraden verfolgt. Jäh hatte er sich vom Kampfgetümmel abgewandt und wollte fliehen. Voller Panik war er, mit vor Todesangst verzerrter Fratze, an Miriam vorbeigerannt. Der unheimliche Kämpfer war ihm gefolgt, hatte sich auf ihn gehechtet und war mit ihm zu Boden gegangen. Auf dem Rücken seines Opfers kniend hatte er mit der einen Hand das Kinn, mit der anderen den Hinterkopf gepackt. Mit einem kraftvollen Ruck hatte er dem fünften Mann dann das Genick gebrochen. Dasselbe Schicksal ereilte kurz darauf seinen immer noch erbärmlich schreienden Kumpanen.

Miriam war entsetzt und fasziniert, wie schnell und brutal dieser Mann gekämpft hatte.

Der große Mann war danach seelenruhig zu Finleys Leiche gegangen, hatte ihm das Messer aus der Brust gezogen, ein Stück Stoff aus dessen Hemd gerissen und dann auffallend sorgfältig sein großes Jagdmesser gereinigt.

Schließlich hatte er Miriam angeschaut, sie freundlich angelächelt und mit einer unerwartet warmen Stimme angesprochen: »Mädchen, zieh dir ein neues Kleid an und warne zuerst den Marshal. Jemand muss dann Murphy Bescheid geben, dass er mit seinen Männern sofort in die Stadt kommen muss. Wenn keine Zeit vergeudet wird, können sie Sonntagmittag hier sein. Der Spuk wäre dann schnell vorbei. Die Reihen dieses Ungeziefers lichten sich.«

»Ich werde das erledigen«, hatte Miriam daraufhin geantwortet. »Ich werde zum Pfarrer gehen. Der wird seinen Freund, den Marshal, warnen. Vom Doc werde ich mir ein Pferd geben lassen und die Nacht durchreiten. Ich kenne den Weg auch im Dunkeln. Schließlich war das einmal mein Land. Den Weg, den ich nehme, kennen Bakers Männer sicherlich nicht. Aber was wird mit Bakers Bande? Die wird die Running M Ranch überfallen!«

»Gib acht, dass du ihnen nicht in die Arme fällst«, hatte der Mann daraufhin grinsend gesagt. »Die Tölpel werden leicht zu finden sein. Denn über ihre Fährte würde selbst ein blinder und völlig besoffener Apache stolpern.«

Dann hatte der Mann auf die Leichen geschaut und sich bei Miriam nach einem Hinterausgang erkundigt. Den hatte sie ihm gezeigt und auch auf Finleys Pferd und den kleinen Planwagen im Stall daneben hingewiesen.

»Sehr gut, ausgezeichnet«, hatte der Fremde gesagt. »Ich werde die Leichen nach draußen befördern und dann verschwinden lassen. Du machst hier wieder Ordnung und beseitigst alle Spuren. Der Barmann wird zwar schon bald vermisst. Aber unsere Gegner wissen nichts. Das soll möglichst bis Sonntagmittag so bleiben. Also lass uns keine Zeit verschwenden«, waren seine letzten Worte. Dann hatte er die erste Leiche geschultert und war nach draußen gegangen.

Der Fremde war daraufhin verschwunden.

Miriam war wieder die Treppen hoch in ihr Zimmer gegangen. Es war still auf dem Gang gewesen. Alle Huren waren in ihren Kammern geblieben. Sie hatten oder sie wollten nichts gehört haben – eine Überlebensphilosophie, die in diesem Gewerbe stark ausgeprägt ist. Miriam hatte sich in ihrem Zimmer die Fetzen abgestreift, hastig ein neues Kleid angezogen und war danach sofort zu Matthew geeilt.

Matthew hatte angewidert und entsetzt Miriams Geschichte angehört. Die furchtbaren Neuigkeiten und die Brutalität erschütterten ihn zutiefst.

»Geh bitte zum Marshal, erzähl ihm, was Baker vorhat. Ich werde Hilfe holen«, hörte er Miriam wie aus der Ferne sagen.

»Ja, ja, mache ich sofort«, antwortete er mit belegter Stimme.

»Reiß dich zusammen, Matthew, wir müssen jetzt schnell handeln!«, sagte Miriam, drehte sich um und verließ entschlossen den Raum.

Das Kämpferische in Miriams Stimme und ihr couragiertes Auftreten weckten Matthew aus seiner Lethargie.

»Ja, reiß dich zusammen!«, sagte er zu sich selbst. Er zog seine Jacke über und eilte zu seinem Freund Ralph Hudson.

Der Horizont war rot gefärbt, als würde dahinter ein riesiges Feuer lodern. Facettenreich ging dieses Rot in den klaren Nachthimmel über, an dem noch matt die Sterne leuchteten. Der Wind furchte Wellen in das hohe Präriegras. In der angenehmen Frische des Morgens war das laute Zirpen der Heuschrecken zu hören. Bald würde die Sonne aufgehen. Ihr gleißendes Licht am wolkenlosen Himmel würde den Tag anheizen.

Das Halbblut Bob Martinez erlebte diesen Tag nicht mehr. Er lag rücklings mit durchgeschnittener Kehle versteckt im hohen Gras. Nur wenige Fuß daneben lag ein zweiter Toter mit einer klaffenden Stichwunde in der Brust. Es war Bobs Kumpan Jeff. Bob und Jeff sollten etwas abseits der Crew die Pferde bewachen. Sie waren die Neuen und mussten die Tätigkeiten ausüben, wozu die anderen keine Lust hatten. Der Tod musste bereits vor einigen Stunden eingetreten sein, denn das Blut an ihren Wunden, an denen sich Scharen von Fliegen tummelten, war getrocknet. Dass auch Pferde da gewesen waren, war nur noch am niedergetretenen Gras, den Hufspuren und Kotballen zu erkennen. Die Tiere waren verschwunden, ohne dass es jemandem aufgefallen war. Die beiden Männer, die am oberen Rand der Senke als Wache abgestellt waren, hätten das Unheil bemerken müssen. Aber sie waren noch vor Bob und Jeff umgebracht worden. Der Tod ereilte sie im hellen Schein des vollen Mondes ebenso lautlos, brutal und schnell.

Unweit der beiden Wachen hatte Little Bill mit zweien seiner Freunde am abfallenden Hang der Senke sein Nachtlager aufgeschlagen. Er stammte von einer holländischen Einwandererfamilie aus Pennsylvania ab und war nach Texas gezogen. Dort hatte er sich einer Bande angeschlossen und war an Bank- und Postkutschenüberfällen beteiligt gewesen. Little Bill war ein intelligenter und gebildeter Mann. Er wusste, dass man als Mitglied in einer solchen Bande über kurz oder lang im Zuchthaus oder in einem Sarg enden würde. Also hatte er sich rechtzeitig von dieser gefährlichen Zweckgemeinschaft gelöst und war nach Kansas weitergezogen. In Baker fand er einen Boss, dessen skrupellose Cleverness ihn beeindruckte. Überdies zahlte Baker gut. Little Bill erfasste rasch, dass sein neuer Boss große Ziele hatte und er bei Erfolg davon profitieren würde. Allerdings, und das war das einzige Übel, Little Bill fühlte sich im Kreis der Baker-Regulatoren nicht besonders wohl. Die Crew setzte sich überwiegend aus ordinären und verrohten Männern zusammen. Es waren zweifelhafte, gescheiterte Existenzen, deren Verhalten und Gespräche bei Little Bill nur Verachtung und Ablehnung hervorriefen. Doch fand er zwei Männer, die sich von der Masse unterschieden und mit denen Little Bill ein Gespräch führen konnte, ohne dass ihm die Ohren schmerzten.

Einer davon war Thomas Tracy, der aus einer Anwaltsfamilie stammte und den es als jungen Mann wie Little Bill in den Westen gezogen hatte, um das große Abenteuer zu suchen und Geld zu machen.

Der zweite Mann nannte sich Old Jim. Er war der Sohn einer Lehrerin und eines Bergarbeiters. Old Jim hatte seine Frau und die zehnjährige Tochter verlassen und war zunächst als Viehtreiber und Kurier tätig gewesen. Später hatte er sich dem berüchtigten Harry Leroy angeschlossen und mit ihm vor allem Postkutschen ausgeraubt. Bei einem dieser Überfälle wurden sie in Colorado von einer Posse gejagt und schließlich gestellt. Es gab eine wilde Schießerei, bei der Old Jim entkommen konnte. Leroy wurde allerdings gefasst und an Ort und Stelle aufgeknüpft. Old Jim hatte das Weite gesucht und in Kansas bei Bakers Regulatoren eine Anstellung gefunden, die er mit verschmitztem Grinsen als äußerst seriös und zukunftsträchtig bezeichnete.

Das Trio war innerhalb der Mannschaft nicht beliebt. Sie galten als arrogant. Aber besonders Little Bill und Old Jim hatten den Ruf gefährlicher Revolvermänner, sodass sich keiner mit ihnen anlegte.

In dieser Nacht hatten die drei lange über die bevorstehende Aktion gesprochen und ihre vielversprechende Zukunft erörtert. Der Boss würde für die Verwaltung seines riesigen Landes clevere Leute benötigen. Darin waren sich die drei einig. Und sie hatten keinen Zweifel daran, dass ihre Zeit schon bald kommen würde. Zufrieden waren sie eingeschlafen. Schnell waren sie gestorben.

Sie wurden wie vom Blitz getroffen aus ihren Träumen gerissen. Sie nahmen noch kurz einen brennenden Schmerz im Hals wahr, als ihnen die Kehle durchgeschnitten wurde. Der Messerstich in die Brust beschleunigte dann ihren Tod.

Die Senke war groß genug, um den Regulatoren ausreichend Platz für das Nachtlager zu bieten. Und sie war tief genug, dass der Präriewind darüber wegwehte, ohne dass die Männer ihn zu spüren bekamen. Sie hatte eine Länge von ungefähr zweihundert Yards und war sehr schmal. Man hätte meinen können, dass sie durch den kraftvollen Handkantenschlag eines Riesen geschaffen worden war. Die Senke schien eine ideale Übernachtungsstätte zu sein. Sie konnte sich jedoch auch als Falle erweisen, denn sie bot keinerlei Deckung. Doch mit derartigen Gedanken hatten sich diese Männer offenbar nicht beschäftigt. Sie wähnten sich in absoluter Sicherheit und hatten am oberen Ende Wachen postiert. Dem anderen, weit von der Übernachtungsstelle entfernten schmalen Ende hatten sie keinerlei Bedeutung beigemessen. Außerdem waren sie es, vor denen man sich fürchten sollte.

Die Männer waren bereit zum Kampf. Ihr Auftrag und Plan waren klar: Sie sollten sich nach dem Frühstück bereithalten. Wenn bis zehn Uhr kein Bote eine anderslautende Instruktion brächte, würden sie sich auf den Weg zur Running M Ranch machen. Dort sollten sie unbemerkt ihre Stellung beziehen und die Nacht abwarten, bis Reeman das vereinbarte Zeichen gab. Dann würde alles schnell gehen. Sie würden erbarmungslos zuschlagen und wie ein furchtbarer Dämon über Murphys Männer herfallen. Sie hatten das Überraschungsmoment auf ihrer Seite. Sie waren von der Anzahl und der Kampfkraft deutlich überlegen. Es würde ein kurzer Kampf werden. Keiner zweifelte am Ausgang.

Noch schliefen die Männer. Einige träumten von einer verheißungsvollen Zukunft, andere mit der freudigen Erregung des Jägers vor der Jagd.

Der Tag erwachte. Langsam schob sich die rote Sonnenscheibe über den Horizont. Sie stieg genau am Ende der Senke auf, wo sie sich auf weniger als zehn Schritte verengte und in eine hohe Bodenwelle mündete. Es wurde allmählich hell. Das Schnarchen einzelner Männer vermischte sich in einer beruhigenden und friedvollen Weise mit den Geräuschen der Prärie.

Den Rücken der aufgehenden Sonne zugewandt, kniete ein Mann auf dem Hügel und blickte aus dem hohen Gras auf die schlafende Gruppe. Er hatte vor sich eine Decke ausgebreitet, auf der in pedantischer Ordnung ein Spencer-Karabiner und ein Dutzend einzelner Randfeuerpatronen Kaliber.52 zum Nachladen bereitgelegt waren. Der Mann schätzte diese Waffe. Er hatte bereits im Krieg ein solches Gewehr erbeutet. Die Kavallerie der Unionstruppe war damit ausgerüstet und mit der Feuerkraft dieses Gewehrs den Truppen der Konföderierten weit überlegen gewesen. Damals musste er sich jedoch von dem Karabiner wieder trennen. Die konföderierte Armee hatte keine passende Munition. Mit der Waffe, die jetzt auf der Decke bereitlag, war er bestes vertraut. Er hatte sie eingeschossen und die Visierung auf verschiedene Distanzen eingestellt. Das Röhrenmagazin im Kolben war mit sieben Patronen geladen. Der Mann würde während des Kampfes das Magazin einmal aus dem Kolben herausziehen und neu mit Patronen füllen. Er hatte das trainiert, sodass er das in einer viertel Minute schaffte. Dieses Gewehr hatte zudem eine Magazinabschaltung, sodass es auch als Einzellader verwendet werden konnte. Der Mann hatte für den Kampf neunzehn Schuss mit diesem Gewehr eingeplant. Neunzehn Schuss für fünfzehn Männer. Er konnte sich demnach vier Fehlschüsse leisten. Er hielt das für eine realistische Kalkulation. Der Mann war ein Scharfschütze, der seine Präzision im Krieg vielfach unter Beweis gestellt hatte. Neben dem Gewehr und der Munition lag zusätzlich ein schwerer Kavalleriesäbel griffbereit. Die Spitze und Schneide waren rasiermesserscharf. Nur wenige Fuß hinter der Bodenwelle war das Pferd des Mannes angepflockt. Es schnaubte leise und seine Ohren bewegten sich aufmerksam in alle Richtungen. Als es nichts Beunruhigendes wahrnahm, senkte es den Kopf nach unten und zupfte am Gras.

Regungslos verharrte der Mann in seiner Position. Sein Blick war auf die schlafenden Regulatoren gerichtet, die in der Morgendämmerung nur undeutlich zu sehen waren. Als der Mann die Gruppe gefunden hatte, war es genau diese Stelle, an die er sich zuerst angeschlichen hatte. Groß war seine Überraschung gewesen, als er keinen Wachposten angetroffen hatte. Dieses Versäumnis erhärtete seine Auffassung, dass es sich bei diesen Baker-Regulatoren um Dilettanten handelte. Zu der Überzeugung war er bereits während des Scharmützels am Grenzzaun gekommen. Denn ernst zu nehmende Kämpfer wären damals unmöglich von vier Männern aufzuhalten gewesen. Krieger greifen unerbittlich an und kalkulieren für einen Sieg auch Verluste ein. Diese Horde in der Senke bestand lediglich aus bewaffneten Halunken. Der Mann, der sie in diesem Augenblick musterte, war ein Krieger, einer, der sich mit aller Entschlossenheit dem Kampf stellt, der aber auch Respekt hatte; einer, der sich bewusst war, dass Überheblichkeit mit Leichtsinn einhergeht und das Risiko eines Kampfes nur unnötig erhöht. Deshalb hatte er auch diese Crew sehr lange beobachtet. Erst als im Lager absolute Ruhe eingekehrt war und er sich sicher war, die Position jedes Mannes zu kennen, hatte er sich wie eine Raubkatze an die schlafende Bande angeschlichen. Lautlos und schnell hatte er die Wachen beseitigt. Die Pferde hatte er lediglich losgebunden und dann sich selbst überlassen. Das Ausschalten des abseits lagernden Trios war für ihn die riskanteste Aktion. Sie war jedoch notwendig, denn diese Männer hätten schnell den Rand der Senke erreichen und ihn während des Kampfes seitlich attackieren können. Er hatte sich Zeit genommen und sein Vorhaben mit entsprechender Geduld und tödlicher Akribie ausgeführt. Er war ein Meister im lautlosen Anschleichen und schnellen Töten. Diese Fähigkeit hatte er in vielen Sondereinsätzen während des Krieges erworben.

Der Mann spürte die zunehmend kräftiger scheinende Sonne im Rücken. Ein neuer Tag begann.

In der Senke erwachten die ersten Männer. Ihr Anführer, seine Rolle hatte er am Vorabend deutlich zu erkennen gegeben, streckte sich und gähnte lautstark, sodass auch die letzten Schläfer geweckt wurden.

Das war der Augenblick, auf den der Mann gewartet hatte. Er griff nach dem Karabiner und legte sich auf die Decke, vor der er sich bereits ein optimales Sichtfeld auf die Senke geschaffen hatte. Der Scharfschütze nahm mit dem Gewehr eine stabile Position ein, indem er sich auf die Ellenbogen stütze. Beim Einatmen legte er die Wange auf den Gewehrschaft. Langsam ließ er die Luft aus seiner Lunge ausströmen, brachte Kimme und Korn in Übereinstimmung, visierte den Kopf des Anführers an und legte den Finger hart an die Abzugszunge. Nebenbei las er am Gras die Stärke und Richtung des Windes ab. Die Grashalme bogen sich stark nach links, sodass er das Zielbild mit routinierter Dosierung nach rechts unten versetzte. Er hatte das Gefühl für den Wind und wusste, dass dessen Wirkung gekoppelt mit dem Drall des Geschosses zu einer Abweichung nach links oben führt. Jetzt hatte er die Atmung so reguliert, dass Brust- und Bauchmuskulatur völlig entspannt waren. Er verstärkte die Grifffestigkeit seiner Abzugshand am Gewehrgriff, fokussierte die Visierung und erhöhte den Druck des Zeigefingers kontinuierlich bis zum Auslösen des Abzuges. Er ließ den Schuss brechen, ohne den Körperzustand zu verändern, repetierte das Gewehr, spannte den Hahn und visierte das nächste Ziel an. Und er tötete weiter.

Charlie Wells war mittlerweile 46 Jahre alt. Bereits mit vierzehn lief er von zu Hause weg. Sein Vater war ein streng religiöser Zeitgenosse. Die beiden älteren Brüder waren Prediger und des Vaters Stolz. Ganz anders verhielt es sich mit dem wilden, widerspenstigen Charlie. Den ständigen Streit zu Hause hatte er nicht mehr ausgehalten, er war weggelaufen und hatte zunächst auf einer Ranch in Texas angeheuert. Doch schon kurz danach hatte er sich einer Bankräuberbande angeschlossen. Nach einer Schießerei war er gefasst und wegen Totschlags zu fünfzehn Jahren Zuchthaus verurteilt worden. Dank des Einsatzes seiner Brüder hatte man ihn begnadigt. Wells versuchte es zunächst mit der Arbeit in einer Bar. Doch rasch langweilte ihn das. Er schloss sich wieder einer Bande an und überfiel in Missouri zwei Banken. Steckbrieflich gesucht, tauchte er in Oklahoma unter. Dort hörte er von Baker, der gute Männer suchte. Er gehörte zu den ersten Männern, die der Rancher für seine Privatarmee rekrutiert hatte. Charlie Wells hatte es nie bereut, für Baker zu arbeiten. Wells stieg nach Roy Miller zum zweiten Mann auf und genoss dieses Privileg sichtlich.

Charlie Wells war hoch motiviert. Er hatte etwas wieder gutzumachen. Denn sein Versagen als Anführer beim Überfall auf Murphys Männer am Grenzzaun hatte seinem Ansehen stark geschadet. Er war Baker sehr dankbar für diese zweite Chance. Dieses Mal würde er seine Sache gut machen.

Jetzt reckte sich Charlie Wells und gähnte herzhaft den Rest seiner Müdigkeit heraus. Blinzelnd schaute er in die aufgehende Sonne. Es würde ein schöner, ein heißer Tag werden. Er würde mit seinen Männern wie ein Tornado über die Murphy-Farm fegen. Die Gedanken an den bevorstehenden Überfall ließen sein Herz schneller schlagen. Er spürte eine Anspannung, die ihn angenehm erregte. In diesem Moment fühlte sich Charlie Wells stark und mächtig. Er hörte den Knall des Schusses nicht, denn die Kugel drang in seine Stirn ein und riss ihm den halben Schädel weg. Charlie Wells war sofort tot.

Unmittelbar hinter Wells hatte sich Bud Reb gerade aus seiner Schlafdecke geschält. Der Knall des Schusses und der vor ihm zusammenbrechende Wells ließen ihn augenblicklich hellwach werden. Der ehemalige Viehdieb kreischte einen Warnruf. Gleichzeitig griff er nach seinem Revolver. Weil er nicht wusste, aus welcher Richtung der Schuss kam, stand er mit erhobener Waffe im Anschlag und drehte sich, den Rand der Senke absuchend, um die eigene Körperachse. Ein gigantischer Schlag auf die Brust warf Reb rückwärts. Seine Arme wurden nach hinten geschleudert. Er fiel wie ein gefällter Baum auf den Rücken. Bud Reb war sofort tot.

Im Lager der Regulatoren herrschte Chaos und Aufruhr. Als der dritte Schuss Red Brukner in den Bauch traf und dieser sich mit furchtbaren Schmerzensschreien am Boden wälzte, erkannten alle die Richtung, aus der geschossen wurde. Der Tod kam direkt aus dem grellen Sonnenlicht. Panik erfasste die Männer. Einander anschreiend, feuerten sie geblendet ihre Waffen ab.

Schuss um Schuss folgte aus dem Licht. Und jedes Mal raffte es einen der Regulatoren hin. Bei Chris Jank, einem ehemaligen Spieler, Bankräuber und Pferdedieb zertrümmerte die tödliche Kugel die Halswirbelsäule.

Jeff Robberts hatte dagegen keinen schnellen Tod. Die Kugel traf die Lunge, wurde durch eine Rippe noch abgelenkt, verletzte dabei eine Hauptschlagader und trat am Rücken wieder aus. Jeff Robberts blieb noch ausreichend Zeit, über sein Leben nachzudenken, bevor er verblutete.

Tomas McLean zerschmetterte die Kugel das rechte Schultergelenk. Markerschütternd gellten seine Schmerzensschreie aus dem Lärm des Kampfes und steigerten das Grauen bei den wild um sich schießenden Regulatoren.

Philip Tucker war ein reizbarer Mann. Er war erst seit einem viertel Jahr in Bakers Dienst und erwarb sich schnell den zweifelhaften Ruf eines skrupellosen sowie brutalen Draufgängers. Nachdem Kid Selmann in der Hüfte getroffen zu Boden gegangen war, registrierte er die Pause des Angreifers. »Der Hurensohn muss nachladen«, brüllte er seine Kameraden an. »Lasst uns aus diesem Loch verschwinden. Benjamin, James, Billy, mir nach. Der Rest die andere Seite hoch. Wir schnappen uns das Schwein.«

Tucker rannte los und erklomm, ohne sich nach den anderen umzusehen, auf kürzestem Weg die Steigung. Der ehemalige Soldat, Viehdieb und Eisenbahnräuber hatte den Rand der Senke fast erreicht, als ihn die Kugel genau in seine Schläfe traf.

Billy Long war Tucker direkt gefolgt. Wie immer, denn der einfältige Billy machte stets alles, was Tucker ihm auftrug. Jetzt sah Billy, wie aus dem Kopf des Mannes, um dessen Wohlwollen er ständig gebuhlt hatte, seitlich ein rötlicher Strahl aus Blut und Hirnmasse herausschoss. Fassungslos verharrte er auf der Stelle und blickte auf den leblosen Körper vor ihm. Sein ehemaliger Korporal war tot. Billy war ihm bedingungslos im Krieg gefolgt, war mit ihm desertiert und bis zu diesem Augenblick stets an Tuckers Seite. Eine Leere erfasste ihn. Was sollte er jetzt tun? Billy kam nicht mehr dazu, eine Antwort auf diese Frage zu finden. Die Kugel drang seitlich in seinen Körper ein und zerfetzte sein Herz. Billy Long war bereits tot, als er zu Boden ging und in die Senke zurückrollte.

Auf der anderen Seite traf es die Brüder Bat und Mart Smith, zwei ehemalige Cowboys, welche die harte Arbeit satthatten und bei Baker das wilde, lockere Regulatoren-Leben genossen. Bei Bat zertrümmerte die Kugel den Oberschenkelknochen. Als sein Bruder ihm zu Hilfe eilen wollte, wurde dieser tödlich in die Brust getroffen. Der hinter den beiden Brüdern her eilende Henry Burt erlitt dasselbe Schicksal wie Mart.

James Hardee hatte es geschafft. Er erreichte den Rand der Senke, robbte noch einige Meter durch das hohe Gras, richtete sich dann auf und rannte auf die Stelle zu, wo er die angepflockten Pferde vermutete. Er wollte nur schnell weg, weit weg. Hardee war ein ehemaliger Satteltramp, der sich früher durch Pferdediebstahl und kleinere Überfälle auf Reisende über Wasser gehalten hatte. Bei Baker hatte er gehofft, leichtes Geld mit wenig Aufwand und geringem Risiko zu verdienen. Doch was jetzt passierte, überstieg Hardees schrecklichste Lebenserfahrungen. Das war ein Gemetzel. Mit vor Grauen weit aufgerissenen Augen rannte er um sein Leben. Als er die Stelle erreichte, an der die Pferde sein sollten, fand er nur die Leichen von Bob und Jeff. Völlig außer Atem beugte er sich nach vorn und stütze sich mit den Händen auf seine Oberschenkel. In dieser Position vernahm er hinter sich das rhythmische Trommeln von Pferdehufen. Überrascht und hoffnungsvoll drehte er sich um. Das Letzte, was er in seinem Leben sah, war das Aufblitzen der Klinge, die auf ihn niederfuhr und seinen Kopf vom Rumpf trennte.

Bill Hoke kniete am Boden. Sein Körper wurde von hysterischen Weinkrämpfen geschüttelt. Er hatte gesehen, wie einer seiner Kumpane nach dem anderen zu Boden ging. Keiner der Männer stand mehr. Das Feuer war eingestellt worden, kein Schuss fiel mehr. Es war bedrückend ruhig geworden. Nur das grauenhafte Stöhnen und Wimmern der Verwundeten war zu hören. Hoke hörte den Reiter, der sich zunächst von ihm entfernte und jetzt wieder näherkam. Und dann sah er ihn. Gekonnt trieb er sein Pferd den Hang herunter. Bill konnte nur die Silhouette von Pferd und Reiter erkennen, denn die Sonne schien ihm direkt ins Gesicht. Todesangst lähmte ihn. Sein Herz raste. Er hatte einen staubtrockenen Mund. Panik erfasste ihn. Er konnte das Wasser nicht halten und pinkelte sich wie ein Kleinkind in die Hose. Bill Hoke versuchte, den Colt zu heben. Sein ganzer Arm war verkrampft. Seine Schusshand zitterte. Er schaffte es nicht mehr, die

Waffe auf den Reiter zu richten. Ein wuchtiger Schlag auf die Brust riss seinen Oberkörper nach hinten. Hokes letzte Gedanken galten seiner wunderschönen Schwägerin, um die er seinen Bruder so sehr beneidet, deren Schändung er mit lustvoller Gehässigkeit miterlebt hatte. Und dann war er tot.

Benjamin Váldez entstammte einer texanischen Farmerfamilie. Schon als Halbwüchsiger fiel er als Meisterschütze und streitsüchtiges Großmaul auf. Nachdem er im Streit einen Mann getötet hatte, war er nach Arkansas geflohen. Doch auch dort musste er nach einem Zwist, bei dem er seinen Widersacher erstochen hatte, das Weite suchen. Als der Krieg ausbrach, hatte er sich sofort zur Armee der Südstaaten gemeldet, war kurz darauf desertiert und hatte eine Zeit bei der Unionsarmee gedient. Auch von dort war er desertiert, um sich dann einer Partisanenbande anzuschließen. Nach dem Krieg hatte er Pferde und Rinder gestohlen, aber auch mit verschiedenen Banden Postkutschen überfallen. Als er sich wieder einmal vor dem Gesetz in Sicherheit bringen musste, war er nach Oklahoma geflohen und später nach Kansas weitergezogen.

Bei Baker hatte Váldez dann eine Anstellung ganz nach seinem Geschmack gefunden. Was jedoch jetzt um ihn herum geschah, behagte ihm ganz und gar nicht. Váldez lag bewegungslos auf dem Bauch. Er stellte sich tot. Unter sich hatte er den gespannten Revolver in der Hand. Instinktiv hatte Váldez gleich zu Beginn der Schießerei die Überlegenheit des Killers erkannt. Den Revolver unter sich verbergend, hatte er sich zu Boden geworfen. Kaltblütig auf seine Chance lauernd, lag er da. Er verließ sich jetzt ganz auf sein Gehör. Er hörte das Trommeln der Pferdehufe, den Schusswechsel des Reiters mit den noch lebenden Regulatoren und begriff die Taktik des unheimlichen Angreifers. Denn dieser hatte im Galopp die gesamte Senke durchquert und seine noch lebenden Kumpanen ausgeschaltet. Und jetzt schien er jeden am Boden liegenden Körper zu überprüfen. In größerem zeitlichem Abstand krachten zwei Pistolenschüsse. Der lässt keinen überleben, erkannte Váldez und erinnerte sich an seine Partisanenzeit.

Der Reiter kam näher, immer näher. Váldez atmete ganz flach. Seine Hand umfasste fest den Revolvergriff. Er würde seine

Chance nutzen. Vielleicht stieg der Killer vom Pferd ab, um besser seine Wunde sehen zu können. Wenn er großes Glück hätte, würde der Mann ihn mit dem Fuß oder gar mit der Hand auf den Rücken drehen. Blitzschnell wollte sich dann Váldez bei der ersten Berührung drehen und seine Waffe auf den überraschten Gegner abfeuern. Die List musste gelingen. Erregt, konzentriert und jeden Muskel seines Körpers angespannt, wartete Váldez auf seinen Gegner. Er registrierte, wie der Mann an ihm vorbeiritt. Und dann wurde es ganz ruhig. Váldez hielt den Atem an. Sein Herz raste, sodass er schon befürchtete, sich dadurch zu verraten.

»Hallo Opossum«, hörte Váldez eine Stimme mit starkem Südstaatenakzent hinter sich, »ich nenne dich einfach einmal so. Denn das Opossum stellt sich bei Gefahr tot. Doch das Sich-tot-Stellen ist sehr schwierig. Man muss atmen. Ein atmender, zudem auch noch angespannter Mann kann jedoch mit der kleinen schlauen Beutelratte nicht konkurrieren.«

Váldez hörte den Hohn. Das machte ihn wütend.

»Und was mag wohl das Opossum in der verborgenen Hand halten? Ich schätze, es wird sich nicht um einen Blumenstrauß handeln.«

Der Bastard hatte ihn durchschaut. Mit dieser Erkenntnis drehte sich Váldez blitzschnell und feuerte in die Richtung, aus der die Stimme kam. Sein Revolver krachte. Er spürte die Erschütterung in seiner Hand. Gleichzeitig trafen ihn zwei Kugeln in seinem Oberkörper. Váldez fühlte sofort, wie jegliche Kraft aus ihm entwich. Er blickte erstaunt auf den Revolver, der sich aus seiner Hand drehte, sich einen Moment am Zeigefinger verhakte und dann dumpf auf den Boden fiel. Seine Revolverhand sank schlaff auf den Boden. Váldez drehte mühsam den Kopf in Richtung des Schützen. Er sah den Killer. Der hatte die Position gewechselt, nachdem er Váldez angesprochen hatte. »Du bist gut, ich wusste es gleich nach den ersten Schüssen«, hauchte er. Grinsend blickte Váldez in den auf ihn gerichteten Pistolenlauf. Er hörte den Knall nicht mehr. Die in seinen Schädel eindringende Kugel zerfetzte sein Gehirn.

Ein kräftiger Wind fegte über den Ort, an dem fast zwei Dutzend Menschen getötet worden waren. Kein Schuss knallte mehr, kein Angst- oder Schmerzensschrei entweihte die friedlichen Geräusche der Prärie. Doch das Bild der verstreut herumliegenden Leichen war das schockierende Zeugnis eines grausamen Gemetzels.

Bewegungslos verharrten Reiter und Pferd am oberen Rand der schmalen Senke. Mit versteinerter Miene wanderte der Blick des Reiters über sein Werk. Der neue Plan war geglückt. Eigentlich hatte er vorgehabt, den Regulatoren die Pferde wegzunehmen sowie einige Männer zu töten oder zu verletzen. So wären sie Gefangene der Prärie und keine Gefahr mehr für Murphy oder ihn gewesen. Als der Mann jedoch das Nachtlager gefunden hatte und diese Männer sich ihm wie Schießscheiben auf einem Übungsplatz präsentierten, hatte er sich zum kompromisslosen Töten entschlossen. Er hatte zweiundzwanzig Menschen das Leben genommen. Keiner dieser Männer würde mehr lachen oder fluchen können. Keiner hatte mehr eine Chance, seinen Lebensweg zu korrigieren und vielleicht sein wahres Glück zu finden. Sie lagen in den abartigsten Körperhaltungen und mit gebrochenen Blicken an der Stelle, an der alles Irdische gewaltsam ein Ende gefunden hatte. Bei vielen der Leichen war das Gesicht vom Entsetzen oder Schmerz abstoßend verzerrt.

Der Mann hatte schon viele Menschen getötet. Aber dieses „Abschlachten" lösten in ihm Gewissensbisse aus. Das war ein Gefühl, das er schon lange nicht mehr kannte. Sein sonst so kaltes Herz schlug heftig. Er fühlte sich elend. War das seine Rolle? War er der Richter und gleichzeitig der Vollstrecker? Hatte jeder, den er heute getötet hatte, dieses Schicksal verdient? Und wer war er, der das Recht hatte, über Leben und Tod zu entscheiden?

Der Mann riss sich aus seinen zermürbenden Gedanken. Gröber, als ihm lieb war, zog er am Zügel seines Pferdes, wendete es und galoppierte Richtung Stadt. Er hatte es eilig. Er hatte noch zu tun.

Über der Senke kreiste der erste Geier.

Bereits nach dem Erwachen fühlte Dread sich deutlich besser. Die Schwellung des rechten Auges war zurückgegangen. Er konnte wieder räumlich sehen. Statt der quälenden Kopfschmerzen spürte er nur noch einen erträglichen Druck an Stirn und Schläfen. Die Übelkeit war verflogen. Auch die fiebrige Mattigkeit der letzten Tage lähmte nicht mehr seinen Körper und Geist. Er atmete schmerzfrei und spürte die wiederkehrende Kraft in sich. Beglückt registrierte er einen großen Appetit. Er hatte Hunger, gewaltigen Hunger. Wie wenig doch der Mensch braucht, um sich gut zu fühlen, dachte er in diesem Moment. Sein malträtierter Körper hatte den Kampf gewonnen.

Dread schloss die Augen. Mit Freude und Erleichterung merkte er, dass die hässlichen Bilder nicht mehr erschienen. Sie hatten ihn in den letzten beiden Tagen und Nächten geängstigt: Es waren bizarre, eklatante und kontrastreiche Formen, die sich mit hässlichen Fratzen assoziieren ließen und in ihren dunklen, bedrückenden Farben Furcht erzeugten. Diese Bilder waren ihm schon einmal erschienen, als er nach seiner schweren Verletzung bei Fort Pillow um sein Leben gekämpft hatte. Waren das die Bilder des nahenden Todes? Dread war sich in den letzten beiden Tagen nicht bewusst gewesen, dass er mit dem Tod gerungen hatte. Leer und gleichgültig hatte er sich gefühlt. Er hatte nur noch seine Ruhe gewollt und war in Lethargie versunken. Nur der Gedanke an seine Miriam hatte seinen müden Geist noch in Bewegung gehalten. Er wollte sie sehen, wollte ihre Nähe spüren. Es gab etwas, für das es sich zu leben lohnte. Müde hatte er zu Gott gesprochen und ihn angefleht, seine Miriam zu schützen. Er würde dafür alles tun. Jeden Eid würde er dafür leisten, jede Bürde auf sich nehmen. Er wollte seine Liebste in Sicherheit wissen und sie wenigstens noch einmal sehen. Doch Miriam war nicht gekommen. Ihr plötzliches Auftauchen im Gefängnis schien eine Ewigkeit her gewesen zu sein.

»Miriam«, entfuhr es Dread mit rauem Tonfall.

»Es geht ihr gut«, vernahm er eine tiefe Stimme aus nächster Nähe.

Erschrocken öffnete Dread seine Augen und richtete sich von seinem Lager auf. Der Kopfschmerz verstärkte sich. Ein leichter Schwindel ließ ihn mit halb aufgerichtetem Oberkörper verharren. Gestützt auf beide Unterarme blickte er auf den Mann, der ihn nachdenklich vom Eingang seiner Zelle aus betrachtete.

»Miriam, geht es gut. Sie ist zu Murphys Ranch geritten, um Hilfe zu holen«, sagte Ralph Hudson so ruhig und gleichgültig, als ob es sich um eine triviale Angelegenheit handeln würde.

»Was für Hilfe, und warum?«, fragte Dread.

»Die braven Bürger dieser Stadt wollen dich lynchen. Hast du den Lärm in den letzten Nächten nicht gehört?«

Dread erschauderte. Ja, jetzt erinnerte er sich an diese ungewöhnliche Geräuschkulisse, die in seinem Dämmerzustand mehr als bedeutungsloses Rauschen vorbeigezogen war. Er sollte gelyncht werden. Dreads Herz raste in seiner Brust. Die Übelkeit nahm wieder zu, sodass er befürchtete, sich übergeben zu müssen. Er erinnerte sich an Millers zynische Worte. Panik schnürte ihm die Kehle zu.

»Keine Sorge«, Hudsons souveräne Stimme wirkte beruhigend, »Hunde, die bellen, beißen nicht. Und sollten sie es versuchen, werden sie mich kennenlernen.«

Dread richtete sich vorsichtig auf und setzte sich. Der Schwindel war verflogen. Davon ermutigt, stand er langsam von seiner Pritsche auf. Er stand etwas wackelig und unsicher, blickte aber in aufrechter Haltung auf sein Gegenüber. Dread spürte das Leben in sich. Erst jetzt bemerkte er, dass er saubere Kleidung anhatte. Er musterte irritiert das Hemd und die Hose.

»Der Doc hat dich neu eingekleidet. Deine alten Klamotten waren unbrauchbar, völlig zerrissen und vollgekotzt. Ein Skunk duftete im Vergleich zu dir wie ein angenehmes Parfüm.«

Dread musste unwillkürlich lächeln. Und er freute sich, dass der Marshal freundlich zurück schmunzelte.

»Ich habe einen Bärenhunger«, sagte Dread.

»Nun, wie es aussieht, bist du zäher Bursche über den Berg. Es sah die letzten beiden Tage nicht gut für dich aus. Der Doc ist heute Morgen deinetwegen nur ungern zu den Nolans geritten. Die junge Mrs. Nolan bekommt ihr erstes Baby. Er müsste eigentlich zurück sein, wollte nach seinem Patientenbesuch nur noch schnell in Williams Haus etwas suchen. Du weißt schon, der William Howard, unser Freund, den du ermordet haben sollst.«

Dread wollte protestieren. Doch Hudson wendete sich von ihm ab und winkte dabei mit einer resignierenden Handbewegung ab.

»Komm, ich habe Brot und einen guten Schinken«, und ohne auf eine Reaktion von Dread zu warten, ging Hudson in sein Office.

Dread folgte ihm durch die weit offenstehende Zellentür. Als er das Office betrat, saß Hudson bereits an seinem großen Tisch und lud Dread mit einer Geste ein, sich auf den freien Stuhl ihm gegenüberzusetzen. Der Marshal schob ihm ein Glas hin, füllte es mit Wasser und holte einen Laib Brot sowie einen imposanten Schinken hervor. Der Anblick und vor allem der Duft des Schinkens ließ Dread das Wasser im Mund zusammenlaufen.

»Den Schinken haben mir vor einer Woche die Wards geschenkt. Eine brave Familie. Sie haben eine kleine Farm gleich am Stadtrand. Gestern Abend habe ich sie unter dem randalierenden Pöbel gesehen«, Hudson schob Dread den Schinken entgegen und reichte ihm dazu sein großes Jagdmesser über den Tisch. »Schneide dir ein ordentliches Stück ab. Dieser Schinken ist ein wahrer Traum. Und nimm dir reichlich Brot dazu. Unser Bäcker versteht sein Handwerk. Ihn habe ich übrigens gar nicht weit von den Wards gesehen. Liebenswerte, eigentlich hochanständige Menschen, die aber abends grölend den Strick für dich fordern. Die Welt ist verrückt.«

Dread hörte nur oberflächlich zu. Der Hunger beherrschte seine Gedanken. Hastig schnitt er sich eine dicke Scheibe vom Schinken und nahm sich ungeniert ein großes Stück Brot.

Schweigend saßen die beiden Männer am Tisch und aßen. Dread kaute hastig und zerteilte mit kräftigen Kieferbewegungen den schmackhaften Schinken. Auch das Brot verschlang er schnell.

Schmunzelnd goss der Marshal seinem Gefangenen Wasser nach. Bedächtig kaute er kleine Portionen und ließ Dread Zeit, seinen Hunger zu stillen.

Als Dread sich mit entspanntem Gesicht aufrichtete und zufrieden an den Stuhl lehnte, fragte ihn der Marshal: »Erzähle von dir.

Woher kommst du? Was hast du gemacht, bis du zu Murphy gekommen bist?«

Und Dread erzählte Ralph Hudson seine Lebensgeschichte, wie er in der Sklaverei aufgewachsen, in den Wirren des Krieges geflüchtet war und wie er als Soldat gegen den Süden gekämpft hatte. Der Marshal hörte interessiert zu. Erst als Dread von seiner schweren Verwundung während des Gefechtes um Fort Pillow erzählte, unterbrach Hudson seinen Bericht.

»Du warst in Fort Pillow dabei?«, fragte der Marshal mit sichtlich bewegter Stimme.

»Ja, ich wurde niedergestochen.« Dread lief ein kalter Schauer über den Rücken, als er sich erinnerte, wie er sein Gewehr weggeworfen und sich mit erhobenen Armen auf die Knie fallen gelassen hatte.

»Ich werde das Gesicht des Soldaten, der mir mit irrem Blick „Keine Gnade! Keine Gnade!" schreiend das Bajonett in die Brust gerammt hatte, niemals vergessen können. Als er zustieß, hatte ich mich instinktiv etwas weggedreht. Die Klinge verfehlte mein Herz. Nur der Umstand, dass neben mir ein Kamerad in derselben Position wie ich gekniet und um Gnade gebettelt hatte, sorgte dafür, dass der Soldat sofort von mir abließ. Wie von Sinnen hatte er auf meinen Kameraden eingestochen und dabei hysterisch „Keine Gnade!" gekreischt. Bevor ich in Ohnmacht gefallen war, hatte ich noch gesehen, wie meinem Kameraden der Bauch aufgeschlitzt wurde und ihm die herausquellenden Eingeweide mit dem Bajonett zerstochen wurden. In meinen Alpträumen sehe ich diese Bilder und höre seine furchtbaren Schreie noch jetzt. Ich habe viele solche Albträume. Manchmal wundere ich mich selbst darüber, dass ich bei den vielen Grausamkeiten, die ich erlebt habe, nicht den Verstand verloren habe.«

Dread stützte sich mit den Ellenbogen auf den Tisch und verdeckte mit beiden Händen sein Gesicht. Im Gefecht um das Fort Pillow wäre er fast gestorben. Dort wurde er am schwersten verletzt. Wie durch ein Wunder hatte er das nach langer schwerer Zeit, in der er zwischen Leben und Tod schwebte, überlebt.

Beide Männer schwiegen.

»Ich war Offizier bei Forrest«, unterbrach Hudson die Stille. »Ich war zwar damals nicht dabei, aber ich gehörte zu der Truppe, die das getan hat.«

Dread nahm die Hände vom Gesicht und starrte den Marshal an. Seine Augen waren vor Schreck und Erstaunen weit aufgerissen.

Hudson konnte seinem schwarzen Gefangenen nicht ins Gesicht schauen. Mit gesenktem Blick sprach er weiter: »Bei den Kapitulationsverhandlungen wollte der Kommandant des Forts eine Stunde Bedenkzeit. Forrest vermutete eine Hinhaltetaktik, bis die Yankee-Verstärkung anrückte. Also erteilte er mir den Befehl, mit meinen Männern die Umgebung zu erkunden.

Ein befreundeter Offizier erzählte mir später, was beim Gefecht vorgefallen war. Forrest hatte den Verteidigern nur zwanzig Minuten Bedenkzeit für eine bedingungslose Kapitulation gewährt. Die Lage war für die Verteidiger aussichtslos gewesen. Unsere Männer waren damals überzeugt, dass der Gegner kapitulieren würde und warteten entspannt. Als jedoch der kommandierende Yankee-Offizier *William Bradfort* antwortete, dass er nicht aufgeben würde, wurden sie in den Kampf geschickt.

Ich weiß nicht, was unsere Soldaten so irrsinnig handeln ließ. War es der sinnlose Kampf um ein unbedeutendes Fort, dessen Verteidiger schon nahezu besiegt waren? War es die Tatsache, dass sie auf schwarze Soldaten stießen? Mein Freund berichtete, dass viele Negersoldaten flohen, aber ihre Gewehre dabei auf unsere Männer abfeuerten. Im wütenden Angriff unserer Soldaten und im Durcheinander von Fliehenden sowie sich Ergebenden muss es dann zu dem grauenhaften Massaker gekommen sein. Zunächst vereinzelt, dann im kollektiven Wahn hatten unsere Männer „Keine Gnade!" geschrien und alles niedergemacht, was sich ihnen in den Weg gestellt hat. Dabei wurden auch etliche Negersoldaten umgebracht, die sich uns ergeben wollten.«

Hudson sprach nicht weiter. Er blickte auf und sah Dread in die Augen. Es war ein trauriger und aufrichtiger Blick, der Dread berührte.

»Wie gesagt, ich war nicht unmittelbar dabei. Aber ich schäme mich dafür. Unsere stolze Fahne war ab diesem Tag beschmutzt. Ich kann mich bei dir nur für das entschuldigen, was meine Kameraden dir und deinen Kameraden angetan haben. Es macht das Verbrechen nicht ungeschehen. Es wird auch deine Albträume nicht abstellen. Aber verzeihe uns, wenn du kannst. Der Krieg macht aus Männern wilde Bestien. Und Bestien kennen weder Gnade noch Fairness. Verzeih uns, Dread Moore, du hast gute Männer erleben müssen, die im kriegerischen Wahn ihre dunkelste Seite ausgelebt haben. Ich bin mir sicher, dass die meisten von ihnen, sich bis zu ihrem Tod dafür schämen und um Vergebung flehen werden. Verzeih!«

Der Marshal verstummte. Dread schwieg. Die Worte berührten und beeindruckten ihn. Beide Männer musterten sich wortlos.

»Ich habe kein Recht anzuklagen. Und ich habe den Soldaten bei Fort Pillow schon lange vergeben«, unterbrach Dread das Schweigen, »Ich war während der Indianerkriege bei den *Buffalo Soldiers*. Bei einer Strafexpedition hatten wir ein Indianerdorf überfallen und auf alles geschossen, was sich bewegte. Wir haben an diesem Tag mehr hilflose Menschen als Stammeskrieger getötet. Ich war dabei, habe auch skrupellos um mich geschossen und bei den vor uns flüchtenden Gestalten weder auf Frauen, Kinder noch Alte geachtet. Ich war ein Mörder in Uniform. Ohne nachzudenken, ohne menschliche Gefühle zu empfinden, habe ich einem Befehl gehorcht. Ich kann mir das bis heute nicht verzeihen und bitte Gott seither inständig um Vergebung. Ich habe das Massaker bei Fort Pillow überlebt, um später selbst unschuldige Menschen niederzumetzeln.«

»Kriege sind grausam. Niemand gewinnt dabei, denn sie erzeugen nur Schmerz und Kummer. Kein kämpfender Soldat kommt unbefleckt aus dem Krieg zurück. Keiner kann von sich behaupten, im Kampf niemals als Bestie gewütet zu haben. Wir haben beide furchtbare Schlachten überlebt. Unsere Wunden sind verheilt. Aber unsere Seelen sind für immer geschädigt«, sinnierte Hudson.

Er griff unter den Tisch, holte eine Flasche Whisky hervor und goss sein Wasserglas damit halb voll. Dread lehnte ab, als der Marshal sich anschickte, auch ihm etwas einzugießen zu wollen.

»Gewalt begleitet die Menschen, seit sie auf dieser Erde wandeln. Und es hat nicht den Anschein, dass sie daraus Lehren ziehen. Wir Menschen sind in der Tat das abscheulichste Lebewesen auf dieser Welt und ganz offensichtlich zu dumm oder nicht willens, Konflikte mit dem uns gegebenen Verstand zu lösen. Im Gegenteil, Kriege werden mit Mut, Tapferkeit und Heldentum in Verbindung gebracht und somit glorifiziert, sodass immer wieder Idioten wie ich sich auch noch begeistert für diesen Wahnsinn freiwillig melden. Irre, einfach vollkommen absurd! Dieser ganze Irrsinn ist nur im Suff zu ertragen«, sprach der Marshal, leerte mit einem Zug das Glas, und wie zum Beweis seines letzten Satzes füllte er es wieder.

Dread musste unwillkürlich schmunzeln. Dieser riesige, Respekt einflößende Mann hatte keine Hemmungen, seine Schwächen und seinen Kummer zu zeigen. Die offene und ehrliche Art beeindruckte ihn. Dread empfand große Sympathie für diesen Menschen.

Dann wechselten sie das Thema und plauderten über heitere Dinge. Der Marshal berichtete von den geistreichen und witzigen Wortgefechten, die sich William Howard mit dem Doc geliefert hatte. Und Dread erzählte Geschichten vom Spaßvogel Pete. Beide Männer lachten. Die trübe Stimmung war bald verflogen. Hudson holte öfter die Uhr hervor und wunderte sich, dass der Doc bisher nicht erschienen war. Aber das war bei der augenblicklichen Stimmung nebensächlich.

Die Zeit verging unbemerkt. Es war bereits früher Abend, als Hudson wieder einmal die Uhr hervorholte und mit nachdenklichem Gesicht auf das Zifferblatt blickte. Er wollte gerade etwas sagen, als ein Stein die Fensterscheibe zerschlug und krachend auf dem Boden landete.

»Marshal gib den Killernigger heraus, sonst holen wir ihn uns«, grölte eine Männerstimme von der Straße herein. »Unsere Geduld ist am Ende. Heute Abend wird der Nigger gehenkt.«

Augenblicklich zog Hudson seinen Revolver und eilte seitlich zum Fenster. Vorsichtig warf er einen Blick nach draußen, bevor er die schweren Holzläden schloss. Es wurde dunkel im Raum. Dread sah jetzt durch die Ritzen der Läden Feuer leuchten.

»Der Mob hat sich wieder versammelt und brüllt einander Mut zu. Heute haben sie Fackeln dabei. Das ist nicht gut, überhaupt nicht gut«, der Marshal drehte sich zu Dread um, der selbst im dämmrigen Raum Hudsons besorgten Blick wahrnehmen konnte.

»Geh zurück in deine Zelle, schließ sie ab und nimm den Schlüssel an dich. Ich werde heute den Spuk beenden. Sollte mir das misslingen, dann Gnade dir Gott, Dread Moore.«

Dread verließ das Office und ging in seine Zelle. Er sah noch, wie der Marshal seine Schrotflinte lud und Richtung Tür ging. Dreads Herz raste. Er setzte sich auf die Pritsche. Jeder Muskel seines Körpers war angespannt. Seine Sinne waren auf das Äußerste geschärft. Dread hörte die schweren Schritte des Marshals, nahm deutlich das Geräusch des Türschlosses und das anschließende Knarren der aufgehenden Tür wahr. Dann hörte er, wie Hudson mit seiner Bärenstimme wütend in die Menge brüllte: »Wenn ihr nicht augenblicklich hier verschwindet, werde ich euch Pack auseinandertreiben!«

Ein Schuss krachte. Dread vernahm ein dumpfes Geräusch, als ob ein schwerer Körper zu Boden gegangen sei. Dann hörte er, wie sich eine schreiende Menschenmenge der Tür näherte und in das Office eindrang. Dreads Nackenhaare sträubten sich. Er roch den Angstschweiß, der aus seinen Poren drang.

Und dann standen sie vor seiner Zelle. Ihre Fackeln erhellten den Raum. In vorderster Reihe sah er Hanks entstellte Fratze. Dread wich in den hintersten Winkel seiner Zelle zurück. Hank rüttelte an der Zellentür.

»Wo ist der verdammte Schlüssel«, schrie Hank nach hinten. Als ob er mit seinem Hass die Tür öffnen könnte, starrte Hank auf das Türschloss. Dann hielt er seine Fackel in die Zelle und richtete seinen Blick auf Dread.

Der schwarze Cowboy starrte entsetzt die lärmende Menschenmenge an, die jetzt den engen Gang vollständig ausfüllte.

»Jetzt bist du dran, dreckiger, feiger Nigger. Jetzt bringen wir es zu Ende«, mit bösem, widerlichem Grinsen genoss Hank den Augenblick.

Doch die stabile Zellentür ließ sich weder durch Rütteln noch durch Treten öffnen. Hank warf seinen massigen Körper dagegen. Die Tür hielt stand. Sich die schmerzende Schulter haltend, schrie Hank die hinter ihm stehende Meute an: »Bringt mir den verdammten Schlüssel. Der muss doch zu finden sein!«

Dreads Beine zitterten. Sein Herz hämmerte wie wild. Schweiß lief ihm den Rücken hinunter. Er hatte alle Hoffnung verloren. Er würde jetzt sterben. Man würde ihn lynchen. Seine Augen füllten sich mit Tränen. Verschwommen sah er, wie sich ein Mann nach vorn drängte und Hank beiseiteschob. Dread erkannte Roy Miller. Dieser musterte die Tür und rief nach dem Schmied. Kurz danach schob sich die riesige Gestalt des Schmieds nach vorn. Miller zeigte auf das Schloss. Der Schmied nickte kurz und verschwand.

»Wir bekommen die Tür auf, mit oder ohne Schlüssel. Du kannst den Vorgang beschleunigen, indem du mir den Schlüssel gibst, schwarzer Mann. Dann hast du es schneller hinter dir«, sagte Roy Miller mit unbewegter Miene. Seine Stimme war ruhig, sachlich und ohne Emotionen.

Dread erfasste sein Schicksal. Er musste das Unausweichliche akzeptieren. Sein Herzschlag verlangsamte sich. Kalt musterte er die Menschentraube vor seiner Zelle. Er sah erregte Gesichter, sah lüsterne Vorfreude. Einige lachten und genossen sichtlich seine Panik. Dread sah das alles und wurde wütend. Er löste sich aus der Zellenecke, spuckte angewidert aus und holte den Schlüssel aus dem Versteck hervor. Langsam näherte er sich Miller. Dann reichte er ihm den Schlüssel durch die Gitterstäbe.

»Ja, bringen wir es hinter uns. Bieten wir den guten, aufrichtigen Bürgern ihr verdientes Spektakel«, sagte Dread und wunderte sich selbst darüber, wie ruhig er dabei war. Er spürte nur noch Hass und Verachtung. Das elende Pack sollte sein Schauspiel haben. Aber er würde ihnen nicht den Gefallen tun und um sein Leben betteln. Er betete zu Gott, dass dieser ihm die nötige Kraft dafür gab.

»Respekt, schwarzer Mann, du hast Eier«, sprach Miller anerkennend und schloss dabei die Zellentür auf. Er packte Dreads rechten Unterarm und drehte ihn auf den Rücken. Dann schob er Dread auf zwei Männer zu, die erkennbar zu ihm gehörten. »Führt den Nigger zum Galgen«, befahl er, »Hank, du kommst mit mir, wir kümmern uns um den Marshal.«

Dread ließ sich ohne Widerstand nach draußen führen. Gott gib mir Kraft, betete er still und schaute dabei trotzig in die Gesichter, die ihn anstarrten. Eine Frau spuckte ihm ins Gesicht und beschimpfte ihn mit kreischend-hysterischer Stimme als Mörder. Dread ignorierte sie und wiederholte im Geist mantraartig seine Affirmation: Gott gib mir Kraft. Ich werde stark und stolz diese Welt verlassen. Ich werde diesen Mob enttäuschen. Ich werde dieses armselige Pack auslachen. Gott gib mir Kraft!

Als Dread nach draußen geführt wurde, prallte er fast mit dem Schmied zusammen, der verschwitzt von seiner Werkstatt gerannt kam und hastig atmend Werkzeug in seinen riesigen Pranken hielt.

»Ihre Kunst wird nicht benötigt, Meister«, sagte Dread mit seltsam ruhiger Stimme, »ich hatte einen Schlüssel.«

Schließlich stand er auf der Straße. Ganz Wichita schien auf den Beinen zu sein. Dread blickte zur Seite und sah den Marshal am Boden liegen. Er lebte noch. Aber er schien schwer verletzt zu sein. Gepresst atmend lag er auf der Seite.

Dreads und Hudsons Blicke trafen sich.

»Es war mir eine große Ehre, Sie kennengelernt zu haben, Mister Hudson«, sagte Dread.

Derb wurde er weiter Richtung Galgen gestoßen. Dread starrte auf die Schlinge. Auf der Plattform stand ein Mann, der die Funktion des Henkers ausüben sollte. Dread hatte diesen Mann schon gesehen. Auch er gehörte zu Bakers Regulatoren. Unablässig wiederholte Dread im Geist den einen, für ihn jetzt einzig bedeutsamen Satz: Herr gib mir Kraft!

»Hängen wir Hudson gleich mit auf. Er macht mit dem Nigger gemeinsame Sache«, schrie Miller in die Menge.

»Ja, hängt ihn gleich mit auf«, brüllte ein weiterer Mann. Es war Hank.

Und das Unfassbare geschah, die Menge schrie mit und forderte nun auch den Tod ihres Marshals.

Dread musste die Leiter zur Plattform der Hinrichtungsstätte hinaufsteigen. Oben angekommen, fesselte der Henker seine Hände hinter dem Rücken. Dread spürte, wie ihm die Knie weich wurden. Still betete er und bot alle Energie auf, um trotzig in die ihn angaffende Menge zu blicken. Dabei sah er auch Miller und Hank, die den schwer verletzten Marshal Richtung Galgen schleiften. Der Mut verließ ihn. Tränen trübten seinen Blick. Dread dachte an seine Miriam. Nie wieder würde er sie in die Arme nehmen können. »Oh Herr, gib mir Kraft«, betete er leise. Dread schloss die Augen und ergab sich seinem Schicksal. Hier und jetzt würde alles enden. Doch sein Leben war nicht sinnlos gewesen. Er hat die große Liebe kennengelernt. Noch nie war er so glücklich, hatte so ein schönes und großartiges Gefühl erlebt. Dread lächelte. Er würde in Gedanken an seine Miriam und mit Liebe im Herzen sterben.

»Halt«, schrie ein Mann so laut, dass Dread erschrocken die Augen aufriss. Er sah den Doktor, der sich eilig einen Weg durch die Gaffer bahnte.

»Seid ihr wahnsinnig geworden?«

Bernard Russell war außer sich. Er hastete durch die Menge und hatte bald Miller und Hank erreicht, die ihn, den Marshal zwischen sich haltend, verdutzt anblickten.

Russell ignorierte die beiden Regulatoren, bückte sich und untersuchte den Marshal. Hank packte den Doc und stieß ihn von sich, sodass er rücklings auf den Boden fiel. Russell kam sofort wieder hoch. Kaum, dass er wieder stand, wandte Russel sich der Menschenmenge zu. Augenblicklich wurde es still. Deutlich war der Respekt zu spüren, den die Menschen für ihren Doc empfanden.

»Was tut ihr hier?«, richtete sich Bernard Russel vorwurfsvoll an die Menge. »Wollt ihr tatsächlich euren Marshal und einen Unschuldigen lynchen?«

»Er ist schuldig. Er ist ein Mörder«, sagte kleinlaut ein Mann aus der Menge.

»Ach ja, und woher weißt du das?«, antwortete Russel.

»Es gibt Beweise. Man fand bei ihm Howards Uhr«, sagte ein anderer.

»Sind das wirklich überzeugende Beweise? Die Uhr lieferten Bakers Männer zusammen mit dem halb tot geschlagenen Schwarzen bei Hudson ab. Ich kann euch beweisen, dass dieser Mann es nicht war. Mein Freund Howard hatte eine merkwürdige Wunde in der rechten Handfläche. Ich weiß jetzt, woher diese stammt.

Davon! Ich fand das unter der Druckmaschine in Williams Haus.« Russell zog einen glänzenden Gegenstand aus seinem Jackett und hielt ihn sichtbar nach oben.

Ein Raunen ging durch die Menge. Aufgeregt sprachen die Menschen miteinander. Die aus vielen Worten gespeisten chaotischen Laute hörten sich wie das bedrohliche Brummen eines gigantischen Hornissenschwarms an.

Als Russel weitersprach, trat sofort wieder vollkommene Stille ein: »Viele haben sie sicherlich schon einmal gesehen. Nur ein Mann in Wichita schmückt seine Stiefel mit derart wertvollen Sporen. Und wer dieses Sporenrad betrachtet, wird Blut darauf sehen.«

Russell wollte weiterreden. Aber ein Schlag mit dem Revolvergriff auf den Hinterkopf brachte ihn abrupt zum Schweigen.

Geschockt verfolgten die versammelten Bürger von Wichita, wie ihr Doc ohnmächtig zusammenbrach. In der Menschenmenge herrschte eine gespenstige Stille. Dread sah wütende Augenpaare, die auf die beiden Regulatoren gerichtet waren. Dennoch wirkten die Menschen gelähmt. Noch! Denn die Stimmung der Masse richtete sich jetzt gegen Bakers Männer. Nur die Angst vor Miller schien eine Eskalation zu verhindern. In Dread keimte ein winziger Funken Hoffnung.

»Schluss jetzt!«, Miller schob seinen Revolver wieder in das Holster, »knüpft den Nigger auf und dann ist Hudson dran.«

Dread hörte den Atem seines Henkers. Dieser war dicht hinter ihn getreten. Als er Dread den Strick um den Hals legen wollte, fegte unbändige Wut die Schicksalsergebenheit hinweg. Instinktiv handelte der im Kampf geschulte Ex-Soldat. Mit voller Kraft trat er mit der Hacke auf den Fuß des Henkers, drehte sich blitzschnell um und rammte dem Mann sein Knie in den Schritt. Schreiend brach der Regulator auf der Plattform zusammen. Beide Hände zwischen die Beine haltend, wand er sich vor Schmerz am Boden. Von einer dunklen, ihm aus dem Krieg bekannten Macht beherrscht, trat Dread brutal gegen den Kopf seines Gegners. Der Mann war augenblicklich still.

Dreads Herz raste. Er duckte sich in der Erwartung, dass Miller oder seine Männer gleich auf ihn schießen würden. Doch nichts passierte. Dread drehte sich zu Miller um. Sein ganzer Körper war angespannt. Dabei nahm er alles um sich herum in einer übernatürlichen Deutlichkeit wahr. Er registrierte eine gespenstische Stille. Sein Blick fing die Gesichter der sich vor dem Galgen drängenden Menschen ein, die alle gebannt in dieselbe Richtung blickten. Diese in Bruchteilen von Sekunden aufgenommenen Eindrücke erklärten sich in einer spektakulären Weise, als Dreads hastender Blick auf Miller ruhen blieb.

Dreads Angst, Wut und sein Hass schlugen in ungezügelte Freude um. Er war gerettet! Dread entspannte sich. Lächelnd blickte er sich um. Er sah die Menschen, die sich um ihren Doc kümmerten, erfasste, wie der Schmied die beiden Regulatoren überwältigte, die Dread zum Galgen geführt hatten, und registrierte, wie die Menge Platz für einen bevorstehenden Kampf machte. Für Dread gab es dabei keinen Zweifel über dessen Ausgang.

Ein Bürger der Stadt kletterte die Leiter zur Plattform empor. Er stellte sich hinter Dread und löste die Fesseln. Der Mann konnte Dread nicht in die Augen sehen. »Entschuldigung«, flüsterte er.

Dread musste darüber laut lachen, verstummte jedoch sofort wieder. Er wollte die neue Situation mit ungeteilter Aufmerksamkeit genießen. Von seiner erhöhten Position hatte er die beste Sicht auf das Geschehen.

Kein Laut war zu hören. Die Welt schien stillzustehen. In gebannter Erwartung waren alle Augenpaare auf die Kontrahenten gerichtet. Das Überraschende, Unerwartete versetzte die Menschenmenge in eine tranceähnliche, hoch erregte Erwartung.

Miller und Hank hatten den Marshal losgelassen. Hudson kniete am Boden und hatte kraftlos den Kopf gesenkt. Die Aufmerksamkeit beider Regulatoren galt jetzt einem Mann, der sich ihnen entgegengestellt hatte.

Dieser Mann stand in lässiger Haltung vor dem Trio und musterte Miller mit überheblichem Grinsen. Dread hatte ihn sofort erkannt. Nur sah er ihn das erste Mal bewaffnet. Und dieses Bild passte zu ihm, dem unheimlichen, angsteinflößenden Joe, in dessen tief hängendem Halfter seines Revolvergurtes der berühmte Peacemaker steckte. Zusätzlich befand sich im Gürtel vor dem Bauch eine zweite Waffe, ein alter Perkussionsrevolver.

»Hallo Major«, sagte Joe zu Hudson, »schon wieder finde ich Sie in misslicher Lage. Dieses Mal nicht vom Pferd eingeklemmt, sondern von zwei Hackfressen flankiert.«

Der Marshal hob beim Klang der Stimme den Kopf. Ungläubig blickte er zu dem Mann auf. Augenblicklich erhellte sich Hudsons Gesicht. Er lachte. Es war das glückliche, befreite Lachen eines Mannes, dessen Freude sich zu überschlagen schien. Als wenn der Marshal entspannt in einem Stuhl sitzen und nicht mit schwerer Verletzung am Boden knien würde, fragte er mit heiterer Stimme: »Johann, was in Gottes Namen hat dich hierher verschlagen?«

»Ich hörte, du hast Schwierigkeiten. Und das war nicht übertrieben, wie man sieht. Entschuldige, dass ich zu spät gekommen bin«, sagte Joe.

»Woher wusstest du von meinen Problemen?«, fragte Hudson. Es hatte den Anschein, als ob die beiden Männer sich derart über das Wiedersehen freuten, dass Millers und Hanks Anwesenheit für sie bedeutungslos war. Doch Dread registrierte sehr wohl, dass Joe sowohl Miller als auch Hank nicht aus den Augen ließ.

»Ein Satteltramp erzählte es mir, bevor er mir sein Messer in die Brust stoßen wollte.«

»Ein Mann hat dich von vorn angegriffen?«, Hudson lachte, hielt aber dann inne, da ihn Schmerzen zu quälen schienen.

»Oh, Mister Revolvermann, jetzt habe ich Sie mit Hackfresse betitelt«, richtete sich Joe postwendend an Miller, »wie dumm von mir. Jetzt muss ich Ihnen Satisfaktion gewähren. Nun denn, ich weiß, Sie kennen kein Pardon. Hank, wie sieht es aus, kannst du noch bis drei zählen? Übrigens, wer hat denn dich so übel zugerichtet? Wie kann man so einen sympathischen Kerl wie dir so etwas antun?«

»Sir, ich würde mich aus der Sache heraushalten«, sagte Miller. »Sie wissen wahrscheinlich nicht, mit wem Sie sich anlegen. Ich habe reichlich Männer hier und noch zwei Dutzend vor der Stadt.«

»Mister Revolvermann, meinten Sie Gus und seine Hampelmänner oder diese Witzfiguren, welche die Murphy-Ranch überfallen sollten? Übrigens, es waren nur zweiundzwanzig. Oder soll ich etwa vor dem Heckenschützen Angst haben, der auf meinen Freund Ralph geschossen hat? Ich würde an Ihrer Stelle nicht auf diese Typen bauen. Ihr wahrhaft schlechtes Personal steht Ihnen nicht mehr zur Verfügung, Mister Revolvermann.«

Hudsons Lachen klang höhnisch. Er schien in bester Stimmung zu sein, als er sagte: »Miller, Sie wissen nicht, wer da vor Ihnen steht. Ich weiß es. Und ich muss Ihnen leider mitteilen, dass Sie nicht mehr lange zu leben haben. Denn vor ihnen steht mein bester Soldat, der tödlichste Kämpfer, den ich je gesehen habe. Als ich hörte, dass Wild John in der Stadt sei, habe ich sofort an diesen Mann gedacht.«

Dread entging Joes vielsagendes Grinsen nicht, als Hudson den Namen des berühmten Revolverhelden nannte. Und nicht nur Dread sah es.

Doch wenn Miller beeindruckt war, so verstand er es perfekt, das zu verbergen. Mit ausdrucksloser, versteinerter Miene fixierte er sein Gegenüber. Hank dagegen stand die blanke Angst ins Gesicht geschrieben. Dread genoss diesen Anblick.

»Also, Mister Revolvermann, ich gewähre Ihnen die Ihnen zustehende Satisfaktion. Bei drei ziehen wir die Pistolen. Hank, du zählst, und natürlich lade ich dich herzlichst ein, auch deine Waffe zu ziehen.«

Hank hob sofort beide Hände und schuf mit hastigem Seitwärtsschritt einen ausreichenden Platz zwischen sich und Miller. Dann begann er zu zählen.

Bei „zwei" griff Miller nach seinem Revolver. Er schaffte es, den Hahn zu spannen und die Waffe fast vollständig aus dem Holster zu ziehen.

Als Hank „drei" zählte, war Miller im Begriff, auf sein Gegenüber anzulegen. Im selben Moment traf ihn ein gewaltiger Schlag auf die Brust. Der gefürchtete Revolvermann brach tödlich getroffen zusammen.

Auch wenn Dread am Ausgang dieses Duells nicht gezweifelt hatte, faszinierte ihn dennoch Joes Schnelligkeit.

Alle Augen waren auf den Todesschützen und sein Opfer gerichtet. Hank, der sich in diesem Moment unbeobachtet fühlte, nutzte das zur Flucht. Die Todesangst verlieh ihm ungeahnte Geschwindigkeit. Er hetzte zu einem angepflockten Pferd, band es mit zittrigen Händen los, schwang sich auf dessen Rücken und galoppierte aus der Stadt.

Joe stieß einen kurzen Pfiff aus. Wie durch Zauberei stand kurz danach Joes Mustang neben seinem Besitzer.

»Dread, die Ratte gehört dir«, rief Joe dem schwarzen Cowboy zu, »du kannst mein Pferd nehmen.«

Dread reagierte pfeilschnell. Er sprang von der Plattform. Den stechenden Kopfschmerz ignorierte er. Behände schwang er sich in den Sattel. Der Mustang sträubte sich. Doch Joe tätschelte den Hals des Tieres. Dread nahm die beruhigende Wirkung wahr.

»Hier, den wirst du brauchen«, sagte Joe und gab Dread seinen Colt, »fünf Kugeln dürften reichen.«

Dread schnalzte und berührte mit den Fersen die Flanken des Pferdes. Der Mustang galoppierte so heftig aus dem Stand an, dass sogar der erfahrene Kavalleriesoldat über diese Dynamik staunte. Ein solches Tier hatte er noch nie geritten. Der Mustang atmete ruhig und galoppierte mit Dread aus der Stadt. Dread meinte, er flöge. Die Begeisterung über dieses unglaubliche Tier ließ ihn seine starken Kopfschmerzen vergessen.

Die abendliche Dämmerung war bereits fortgeschritten. Aber der Vollmond am wolkenlosen Himmel erhellte die Prärie, sodass Dread den flüchtenden Reiter matt vor sich sehen konnte.

Die Jagd zog sich hin, denn Hank hatte einen beachtlichen Vorsprung. Doch nach hartem, ausdauerndem Galopp zeigte sich die Klasse des Mustangs. Er holte immer weiter auf. Schon bald konnte Dread Details erkennen. Er sah, wie Hank die Sporen in die Flanken seines Pferdes stieß und mit einer Hand auf das Tier einschlug.

Stetig verkürzte Dread den Abstand. Hank blickte sich um. Er sah, dass er keine Chance hatte, zu entkommen. Hank feuerte auf seinen Verfolger. Die hektischen Bewegungen verrieten blanke Panik. Und weil er aus vollem Galopp hinter sich schießen musste, war es kaum möglich, Dread oder dessen Pferd zu treffen.

Mit der Abgebrühtheit eines in vielen Gefechten gestählten Kavalleriesoldaten ignorierte Dread die auf ihn abgegebenen Schüsse. Er war von der leidenschaftslosen Kälte des kämpfenden Soldaten beseelt, der sich jetzt nur noch auf seine Aufgabe konzentrierte. Er hob sich leicht aus dem Sattel, sodass er die Reit-Bewegungen besser ausgleichen konnte. Routiniert hob er die Pistole mit nach oben gestrecktem Arm. Langsam führte er den Colt nach unten und verstärkte dabei die Druckhärte auf dem Abzug. Der Schuss brach zu früh. Dread wiederholte den Vorgang. Beim zweiten Versuch löste er den Abzug zum idealen Zeitpunkt aus. Hank wurde aus dem Sattel geworfen.

Dread zügelte den Mustang. Er stieg ab und streichelte ausgiebig Hals- und Nasenrücken des schnaufenden Tiers. Dann ging er zu der reglos am Boden liegenden Gestalt.

Der Mann, der ihm so gemein mitgespielt hatte, lag nun ganz still. Hank war mit voller Wucht auf den Boden geschleudert worden. Sein rechtes Bein war unnatürlich abgewinkelt. Der Oberschenkel war gebrochen. Ein blutiger, zersplitterter Knochen hatte sich durch den Hosenstoff gebohrt. Der sonst so unangenehm lärmende Mensch war jetzt vollkommen ruhig. Keinerlei Anzeichen deuteten darauf hin, dass er noch lebte.

Dread beugte sich über das verhasste Gesicht. Er sah gebrochene Augen, die in den abendlichen Himmel gerichtet waren. Hank war tot.

Dread richtete sich wieder auf. Erstaunt registrierte er, wie gleichgültig er beim Anblick seines toten Feindes war. Er fühlte weder Genugtuung noch Reue. Stattdessen breitete sich eine wohltuende innere Ruhe in ihm aus.

»Es ist vorbei, endlich vorbei«, sprach Dread halblaut zu sich selbst. Alle Anspannung fiel von ihm ab. Eine wohlige Welle der Erleichterung durchflutete ihn. Vor seinem geistigen Auge erschien das geliebte Gesicht.

»Miriam, meine süße Miriam, ich kann dich schon bald umarmen und werde dich für immer festhalten!«

Dread weinte vor Glück.

EPILOG

Es gibt Plätze, die eine berauschende Magie verströmen. Empfindsame Menschen spüren dort eine Aura, die tief in das Innere ihrer Seele auszustrahlen vermag. Und wenn das feinsinnige Gemüt sich an einer solchen Stelle in euphorischer Stimmung verzückt, so wird es diesen Platz lieben. Es wird diesen Hort der Freude und Entspannung so oft, wie nur möglich, aufsuchen.

Dread hatte einen solchen Lieblingsplatz. Dort dankte er Gott für die Kraft und Ausdauer, die er ihm geschenkt hatte. Und er dankte dem Herrn für die großartigen Menschen, die er kennenlernen durfte.

An diesem Platz genoss Dread sein großes Glück. Hier träumte und philosophierte er, hier blickte er hoffnungsfroh in die Zukunft. Es war der Ort, an dem ihn Visionen begeisterten, an dem er die Gegenwart verarbeitete und die Zukunft plante. Nichts schien ihm an dieser Quelle der Kraft und des Frohsinns unmöglich, kein Problem schien unlösbar, kein Ärgernis hielt der vitalen Lebensfreude stand, an der sich Dread an diesem Ort regelrecht zu laben schien.

Am Ende jedes Arbeitstages erstieg Dread die leichte Anhöhe zu dem uralten verkrüppelten Baum, der seit ewigen Zeiten hartnäckig seinen einsamen Platz in der Gräserlandschaft behaupten konnte. Dread begrüßte den Baum jedes Mal wie einen alten Freund, setzte sich unter ihn und lehnte sich stets an gleicher Stelle an seinen Stamm.

Hier, an diesem geliebten Fleck, hatte Dread die beste Sicht auf die Ranch. Er schaute genau auf das wuchtige Tor, dessen geöffnete Flügeltüren den Weg zum Blockhaus freigaben. Über dem Eingangsbereich, an dem Bakers Männer damals den armen Max Hoke aufgehängt hatten, stand der Namenszug, dessen Anblick auch nach über einem Jahrzehnt sein Herz schneller schlagen ließ: „Moore-Ranch".

Er, der ehemalige Sklave, war jetzt ein respektierter Pferdezüchter und bewirtschaftete gemeinsam mit seiner Frau Miriam erfolgreich diese Ranch. Er hatte sich in den Jahren einen Ruf als Pferdeflüsterer erworben, der bereits bis nach Texas gedrungen war. Er hatte Joes Methode noch perfektioniert. Die von ihm gezüchteten und zugerittenen Pferde waren so begehrt, dass er oft Kunden vertrösten musste. Dread war jetzt ein geschätzter Bürger Wichitas, ein erfolgreicher und gut situierter Rancher.

Noch heute erschien ihm alles wie ein Wunder. Sicherlich hatte er dafür sehr hart gearbeitet und sich gegen Vorbehalte und Widerstände durchsetzt. Aber alles wäre niemals ohne seine Freunde und Gönner möglich gewesen. Dreads grenzenlose Dankbarkeit, die er für diese Menschen empfand, konnte er nicht Worte fassen. Aber er konnte diese Dankbarkeit fühlen. Und diese Empfindung entfaltete sich in der intensiven Kraft der Liebe und Freundschaft.

Dread hatte im Laufe der Jahre ein festes Ritual entwickelt, das er beharrlich zelebrierte, wenn er seinen Lieblingsplatz erreicht hatte. Er betete für das Wohl dieser Menschen.

Eine dieser Personen war Robert Murphy. Er hatte nicht nur Wort gehalten und Miriam bei Barner ausgelöst. Er hatte noch viel, viel mehr getan.

Dreads Gedanken eilten wieder einmal in jene bewegte Zeit zurück. Er erinnerte sich an die Gerichtsverhandlung, in der Baker des Mordes an Howard und darüber hinaus des gemeinschaftlich mit Barner geplanten Überfalls auf die Running M Ranch angeklagt worden war. Es war merkwürdig, aber an den Ausgang dieser Gerichtsverhandlung erinnerte sich Dread nach so vielen Jahren ohne Zorn. Es war eher eine zynische Erkenntnis über die Bedeutung von Recht und Gerechtigkeit.

In der Verhandlung war der Mord an Howard nach der Beweisaufnahme Bakers Vormann Miller angelastet worden.

Miriams Aussagen über das belauschte Gespräch im Saloon hatten Bakers und Barners Anwälte geschickt zerlegt. Sie hatten Miriam der Lügen bezichtigt. Eine stadtbekannte Hure wollte sich an unbescholtenen Bürgern rächen und ihnen Ungeheuerliches unterstellen, hatten sie wortreich argumentiert und Miriam sogar als Ehefrau eines gehenkten Viehdiebes diskreditiert. Miriam war von den Anwälten gekonnt und skrupellos in das Kreuzverhör genommen worden, sodass sie mitten in der Verhandlung weinend aus dem Gerichtssaal gerannt war. Dieses Verhalten war dann von den Verteidigern als Eingeständnis ihrer Schuld deklariert worden. Wenn Dread sich an Miriams Verzweiflung und Demütigung erinnerte, verschleierten Tränen der Rührung seinen Blick.

Die gesamte Gerichtsverhandlung war eine Farce. Gerissene Anwälte hatten die Schuldigen entlastet und die Unschuldige diffamiert. Schließlich wurde dann Recht gesprochen. Die beiden Verbrecher waren frei gewesen, denn man hatte ihnen nichts beweisen können. Beweisstücke wie Bakers goldener Stiefelsporn mit unverkennbaren Blutspuren waren durch Baker im Kreuzverhör erklärt worden: Baker war wegen eines Zeitungsartikels bei Howard gewesen und hatte seinen Unmut über dessen Inhalt geäußert. Es war zum Streit gekommen und der ebenfalls anwesende Miller hatte Howard geschlagen, der genau vor Bakers Füßen zu Boden gegangen war. Dabei muss er den Sporn abgerissen haben. Baker hatte den Redakteur nach diesem Streit wütend verlassen. Überzeugend, mit jeder Körperfaser Aufrichtigkeit heuchelnd, hatte Baker im Zeugenstand des Gerichtssaals auf die Bibel geschworen, dass Howard noch am Leben gewesen war, als er ihn verlassen hatte. Miller war jedoch noch länger bei dem Redakteur geblieben und muss ihn dann getötet haben.

Auch der grauenhafte Leichenfund vor Murphys Land, der die Theorie eines geplanten und durch Wild John vereitelten Überfalls stützte, hatte als Beweis nicht ausgereicht. Von den Verteidigern waren die wildesten Fiktionen vorgetragen worden, welche die Theorie eines Überfalls auf die Running M Ranch infrage gestellt hatten.

Doch Baker war trotz seines Freispruchs erledigt gewesen. Barner, der das sofort erkannt hatte, war gleich nach der Gerichtsverhandlung auf Distanz gegangen. Mit diesem windigen Geschäftsmann wollte er ab sofort nichts mehr zu tun haben, hatte er jedem, der es hören wollte, wortreich mit empörter Stimme versichert.

Damals hatte Murphy die Gelegenheit erkannt und eiskalt gehandelt, denn er war nicht nur ein erfolgreicher Rancher, sondern auch ein gewiefter Geschäftsmann. Murphy hatte die beiden korrupten Männer in der Hand und nutzte das kurzerhand und schonungslos aus. Baker wollte so schnell wie nur möglich Kansas

verlassen. Barner war auffällig um die Gunst der Bürger dieser
Stand bemüht. Sowohl Barner als auch Baker hatten seine harten
Bedingungen akzeptieren müssen. Das gesamte Land des ehemaligen Rinderbarons mit Viehbestand hatte Murphy zum Spottpreis bekommen. Und Barner hatte Miriam für 500 Dollar freige-
ben müssen.

Kaum war Miriam wieder frei, war Murphy bei ihr aufgetaucht
und hatte ihr den Kaufvertrag überreicht, mit dem sie ihre Ranch
und ihr Land zurückkaufen konnte. Der Preis und die finanziel-
len Bedingungen waren derart moderat, dass Miriam vor Glück
weinend sofort unterschrieben hatte.

Am Tag, als Miriam und Dread die Ranch bezogen hatten, fanden sie zehn Rinder als Einzugsgeschenk des großzügigen Rinderbarons vor. Weitere zehn Longhorns hatten sie von ihm als
Hochzeitsgeschenk bekommen.

Die Hochzeit, Dreads schönster und glücklichster Tag! Wie wunderschön war sie anzusehen gewesen, seine Braut. Robert Murphy hatte sie in die Kirche geführt. Stolz hatte der Bräutigam die
bewundernden Blicke aller Anwesenden registriert. In ihrem
kostbaren weißen Brautkleid – das Hochzeitsgeschenk von Bernard Russell – hatte Miriam eine übernatürliche Schönheit und
Anmut verkörpert, die den Anwesenden ein Raunen der Bewunderung entlockt hatte. Dread klangen noch die schelmischen
Worte seines Trauzeugen im Ohr: »Du Glückspilz, du schwarzer«, hatte ihm Pete ins Ohr geflüstert.

Pete, der kleine sommersprossige Vormann der Running M
Ranch und Dread waren mittlerweile beste Freunde geworden.
Die beiden trafen sich so oft wie möglich. Und wenn Not am
Mann war, eilte der Spaßvogel zur Moore-Ranch, um zu helfen.
Robert Murphy drückte stets ein Auge zu. Der hart gesottene
Rancher wusste, was er an seinem tüchtigen Vormann hatte. Pete
ging in seiner Tätigkeit förmlich auf. Er erfüllte täglich sein Versprechen, das er David Turner gegeben hatte. Er organisierte perfekt die Arbeit und hatte die geniale Gabe, dabei Spaß und Froh-
sinn zu verbreiten. Pete schaffte es sogar, aus Ben einen brauchba-
ren Cowboy zu machen. Und so war es nicht verwunderlich, dass

Robert Murphy seinem Vormann sehr viele Freiheiten einräumte, zumal Murphys Affinität für das Ehepaar Moore bekannt war.

Zu Dreads engstem Freundeskreis gehörte auch Doc Bernard Russel, den er uneingeschränkt bewunderte. Er war der edelste und gebildetste Mensch, den Dread in seinem bisherigen Leben kennengelernt hatte. Russels Hilfsbereitschaft schien grenzenlos zu sein. Der Doc war immer für seine Miriam und ihn da gewesen. Und ohne Bernard Russel wäre das schönste und größte Wunder, das dem liebenden Paar widerfahren ist, nicht geschehen.

Wahrlich ein Wunder! Niemals hätten die beiden damit gerechnet. Denn nach ihrer brutalen Vergewaltigung und dem Abgang des Kindes galt Miriam als unfruchtbar. Doch dann hatte der Herr dieses Wunder geschehen lassen. Dread würde diesen Moment niemals vergessen, in dem Miriam ihm mit strahlendem Gesicht mitgeteilt hatte, dass sie schwanger sei. Er war damals vor Glück schier durchgedreht.

Doch die Schwangerschaft war äußerst problematisch verlaufen. Miriam hatte Blutungen und war am Ende an das Bett gefesselt gewesen. Bei der Geburt seiner kleinen Tochter hatte Dread um deren Leben bangen müssen. Doch noch viel schlimmer war die panische Angst, die Dread damals um seine Miriam hatte. Einen Tag nach der Niederkunft hatte sie sehr hohes Fieber bekommen und war stündlich schwächer geworden.

Mutter und Kind hätten niemals überlebt, wenn sie nicht von diesem exzellenten Arzt behandelt worden wären. Bernard Russel war in der schlimmsten Zeit auf der Ranch geblieben und hatte übermüdet Tag und Nacht um das Leben von Mutter und Kind gekämpft. Dread staunte noch heute über Russels ruhiges und souveränes Agieren in den kritischsten Phasen, als Dread sich schon mit dem Gedanken befasst hatte, dass er seine Frau verlieren würde. Doch Bernard Russell hatte das schier Unmögliche geschafft. Er brachte Mutter und Kind durch.

In der Zeit, in der der Doc auf der Ranch war, hatte Dread auch den Menschen Bernard Russell kennenlernen dürfen. Er verbrachte mit ihm viel Zeit beim Schachspiel, welches Dread von ihm geduldig beigebracht bekommen hatte. In den Stunden, in denen Dread unbeschreibliche Ängste um seine Miriam ausgestanden hatte, waren das königliche Spiel und die anregenden sowie lehrreichen Gespräche mit diesem außergewöhnlichen Mann eine hilfreiche Ablenkung gewesen.

Für Dread war Bernard Russell ein Held. Er bewunderte ihn uneingeschränkt. Und er war über alle Maßen stolz, diesen Mann seinen Freund nennen zu dürfen, auch wenn er bis zum heutigen Tag nicht verstehen konnte, wie er und seine Familie zu dieser Gunst gekommen waren.

Bernard Russell war sein bester Freund und der Pate seiner Tochter Adia. Den afrikanischen Namen hatte der Doc den glücklichen Eltern vorgeschlagen. Adia bedeutet Geschenk. Einen zutreffenderen Namen konnte es nicht geben. Dread und seine Miriam hatten damals sofort zugestimmt.

Echte Freundschaft ist etwas Heiliges. Auch Joe konnte sich dem nicht verschließen. Er kam nach Wichita, um seinem Freund, dem Marshal, zu helfen.

Joe! Immer wieder erschien dieser unheimliche Mann in Dreads Erinnerungen. Dread verdankte Joe alles. Er verdankte ihm sein Leben!

Joe oder Johann, wie ihn der Marshal nannte, hatte gnadenlos getötet. Aber was wäre gewesen, wenn dieser kalte und zynische Mann mit dem berüchtigten Nickname „Wild John" nicht in Wichita erschienen wäre? Könnte man heute in dieser Stadt friedlich seinen Geschäften nachgehen? Wäre Murphy in der Lage gewesen, ein beispiellos gutes Nachbarschaftsverhältnis von Farmern und Ranchern zu schaffen? Wäre Wichita und dessen Umland heute eine Gegend, in der die meisten Menschen glücklich leben und arbeiten konnten? Für Dread stand fest: Wenn Joe nicht nach Wichita gekommen wäre, hätte das Böse und somit das Gesetz des Stärkeren sowie Rücksichtslosen gesiegt.

Dread schüttelte gedankenverloren den Kopf. Er philosophierte wieder einmal über sein Lieblingsthema: Der ewige Kampf zwischen Gut und Böse, das Aufeinandertreffen der Gegensätze mit ihren ganz speziellen Waffen.

Die wirkungsvollste Waffe des Guten ist die Liebe! Sie zähmt das Raubtier im Menschen. Sie ist die Quelle, die in eine vollendete Harmonie strömt. Zugleich spendet sie eine ungeheure Kraft.

Aber kann die Liebe bornierten Hass bezwingen? Ist die aggressive, nicht selten manische Gier nach Macht durch die Liebe zu besänftigen?

Nein, keine Chance! Dread hatte zu viel erlebt, um sich bei diesen Fragen in Illusionen zu verlieren. In diesem Kampf benötigt das Gute einen Verbündeten, einen Kämpfer, der möglichst noch grausamer als das Böse ist und dessen Herz weder Skrupel noch Erbarmen kennt. Das Böse würde sich ohne einen solchen Kämpfer wie eine tödliche Seuche ausbreiten.

Mit Joe hatte das Gute einen solchen Kämpfer gehabt!

Dread kannte Joes Geschichte. Vom Doc hatte er Details erfahren. Und so konnte er sich ein vages Bild vom Leben dieses Mannes machen. Joe hatte Furchtbares erleben müssen. Aber ohne Joes Unglück wäre Dreads Glück niemals möglich gewesen. Ihre Schicksale erklärten den Widersinn des Lebens, Schicksale, die nicht nur Gewalt erlebt, sondern auch ausgeübt hatten.

Gewalt, die furchtbar, aber deren Notwendigkeit im Kampf gegen das abgrundtief Böse für Dread unbestritten ist. Aber wer entscheidet, wann Gewalt dem Guten und wann dem Bösen dient? Der Mensch?

Dread fand keine Antwort. Nur eines stand für ihn fest: Gewalt ist unmenschlich. Sie versteinert die Herzen. Sie verbrennt die Seelen. Und wer wie Joe Tod und Vernichtung bringt, erntet Kälte und Einsamkeit: Kälte von außen, weil die Menschen entsetzt sind; Kälte von innen, weil Herz und Verstand abstumpfen. Dem geächteten Krieger widerfährt weder Sympathie, erst recht nicht Liebe. Und somit bleibt ihm das Tor zu den Herzen der Menschen verschlossen.

Joe hatte jedoch einen festen Platz in Dreads Herzen. Neben dem Gefühl der Dankbarkeit empfand Dread eine Mischung aus Bewunderung, Sympathie und Mitleid für diesen Mann.

Was ist wohl aus Joe geworden, fragte sich Dread. Er hatte nie wieder etwas von ihm gehört. Ob er heute noch in Oklahoma lebte? Dorthin wollte er nämlich zurück, hatte er damals zum Abschied seinem Freund Hudson gesagt. Hatte er doch noch seinen Frieden und vielleicht sogar das Glück gefunden? Oder führte die letzte große Landfreigabe dazu, dass der gigantische Siedlerstrom nicht nur das einzige noch den Indianern verbliebene Land wegnahm, sondern auch Joes endlich gefundenen Frieden zerstörte. Dread wünschte Joe alles Glück dieser Erde und dass seine Seele zur Ruhe kommen möge. Er betete inständig dafür.

Dread schloss in seine Gebete auch den Mann mit ein, welcher der eigentliche Grund für Joes Erscheinen in der Gegend von Wichita war. Dread hatte den Marshal während seiner Verhaftung kennengelernt. Das Gespräch, das er mit diesem aufrechten Mann am Tag der versuchten Lynchjustiz geführt hatte, würde er niemals vergessen können. Die beiden Männer hatten an diesem für Dread so denkwürdigen Schicksalstag nicht nur Gemeinsamkeiten ihrer Geschichte erfahren. Zwei ehemalige Feinde im Krieg machten miteinander Bekanntschaft und fanden sich sympathisch. Dread bedauerte noch heute, dass der Marshal schon kurz nach seiner Genesung mit seiner Nancy Wichita verlassen hatte. Die Kugel hatte sein Schultergelenk getroffen. Sein rechter Arm war dadurch in seiner Beweglichkeit stark eingeschränkt. Der Marshal hatte seinen Dienst aber nicht nur wegen seiner Behinderung quittiert. Der Abend, als ihm außer seinem Freund Bernard keiner aus der Stadt beistehen wollte, hatte den harten Mann verbittert. Selbst ein Krieger aufseiten des Gesetzes hatte die Kälte zu spüren bekommen, sinnierte Dread.

Hudson lebte jetzt in Boston. Nancy hatte dort wieder ein kleines Café eröffnet. Hudson half ihr dabei, hatte Dread von Russell erfahren.

»Oh Herr, ich danke dir für alles«, sprach Dread laut. Der Wind trug diese mit einem Gefühl unbeschreiblicher Liebe und Dankbarkeit verbundenen Worte in die Prärie hinaus.

»Ich werde stark sein und so leben, wie es dir gefällt«, sagte er noch lauter und drückte seinen Willen und Vorsatz aus, »ich werde dich nicht nur preisen und deine Gebote achten, ich will viel mehr, ich will jeden Tag stolz darauf sein, dass ich anständig gewesen bin!«

Dread sprach täglich und das mehrmals zu Gott. Aber er wollte nicht nur beten und sich mit der Hoffnung auf ein Zeichen an Gott wenden. Ein Zeichen, das vielleicht den Weg zum Licht, zur besseren Welt aufzeigt. Dread war sich sicher, dass es viele Menschen wie ihn gab, die an die Existenz Gottes glaubten und sich mit aufrichtigen Gebeten an ihn wandten.

Aber wer inbrünstig betet und den Herrn preist, wird dadurch nicht ohne Weiteres zum guten Menschen. Dread, der durch den Sumpf menschlicher Fehler und Schwächen marschiert war, sprach den Menschen die Fähigkeit ab, nach den Geboten des Herrn zu leben. Dread glaubte an das Gute, war aber vom Bösen im Menschen überzeugt. Das ist die Ursache für den ewigen Kampf zwischen den Extremen: Aufrichtigkeit gegen Niedertracht, Großzügigkeit gegen Gier, Hilfsbereitschaft gegen Egoismus, Friedfertigkeit gegen Gewalt. So wie der Mensch in der Lage ist, inbrünstig zu lieben, so ist er auch fähig, abgrundtief zu hassen. Der Hass aber vergiftet die Herzen und generiert die abscheulichsten Taten. Im schlimmsten Fall steigert sich das in einem kollektiven zerstörerischen Wahn. Anders lassen sich die furchtbaren Kriege und die fortwährende Gewalt von Menschen gegen Menschen nicht erklären.

Dread glaubte nicht daran, dass der Mensch sich jemals ändern würde. Er ist so, wie er geschaffen wurde. Er trägt das Gute wie das Böse in sich und lebt das aus, wozu er neigt, zu dem er animiert wird und was er grundsätzlich darf.

Aus seinen Erfahrungen und Erkenntnissen heraus hatte sich Dreads Lebensphilosophie entwickelt: Er hatte kein Recht, andere zu verurteilen. Er hatte selbst Schlimmes getan. Er konnte die Vergangenheit nicht mehr korrigieren. Aber in der Gegenwart und Zukunft würde Dread alles dafür tun, um anständig zu sein.

Ja, anständig wollte er sein! Er wollte zu den Guten gehören. Dafür lebte Dread nach seinem eigenen Kodex. Er wollte jeden Tag die Menschen, die er liebte, glücklich machen. Er wollte für sie da sein, wenn sie ihn bräuchten. Er wollte sie beschützen. Und sie sollten an seinem Handeln sehen, wie sehr er sie liebte. Der Glanz in Miriams Augen, Adias glückliches Lachen und Bernards anerkennende Worte entlohnten und motivierten ihn immer wieder aufs Neue. Dread wollte so sein wie seine großen Vorbilder David Turner und Bernard Russel. Er wollte jedem Menschen aufgeschlossen sowie fair begegnen und dessen Eigenheiten tolerieren, solange diese nicht der Gemeinschaft schadeten.

Dread strebte danach, sich die Achtung und den Respekt der Menschen zu verdienen. Als Geschäftspartner stellte er die Zufriedenheit seiner Kunden über den Profit. Als Ehrenmann war ihm sein gegebenes Wort heilig. Und als Mensch begegnete er der Welt mit Herzlichkeit und Verständnis.

Dread konnte es sich mittlerweile leisten, von seinem Wohlstand etwas abzugeben. In größeren Abständen fuhr er mit seiner Frau in das Reservat der Nez Percés und brachte ihnen Lebensmittel, Decken und Geschenke für die Kinder. Die Indianer freuten sich, wenn der schwarzen Rancher mit seiner Frau, die Indianerblut in sich hatte, zu ihnen kam, um zu helfen. Dread fühlte sich nach jeder Mission besser.

Dread erhob sich. Aufrecht stand der schwarze Rancher neben dem verkrüppelten Baum. Der Abendstern leuchtete am Himmel. Die Sonne war schon unter dem schmalen roten Streifen am Horizont abgetaucht.

Dread schloss die Augen und genoss die Geräusche der Prärie. Er fühlte sich in diesem Augenblick unbeschreiblich zufrieden und glücklich.

Ein breites Lächeln erhellte sein Gesicht, als er an den nächsten Tag dachte. Es war Adias Geburtstag. Dread und seine Miriam würden diesen Tag mit ihren liebsten Menschen verbringen. Pete und Bernard würden kommen. Leider würde der Doc auch den Pfarrer mitbringen. Dread mochte diesen Mann nicht. Sein schwermütiges Wesen und vor allem die Art, wie er Miriam anschaute, nährten stets Dreads Ressentiments. Dread schüttelte das ungute Gefühl ab. Miriam hing an diesem Mann und er liebte seine Frau viel zu sehr, um seine Antipathie offen zu zeigen.

Sie würden Adias zehnten Geburtstag gebührend feiern. Pete hatte bereits angedeutet, dass auch sein Boss vorhatte, anlässlich dieses Jubiläums die Moore-Ranch aufzusuchen. Murphy wollte die Moores überraschen. Aber Pete konnte wieder einmal sein Plappermaul nicht halten.

Dread musste bei diesem Gedanken grinsen. Oh, Pete, du guter alter Freund, dachte er, wie lange kennen wir uns nun schon.

Seine Gedanken wanderten in die Zeit zurück, in der er als Cowboy auf der Running M Ranch tätig gewesen war. Längst verloren geglaubte Bilder kreisten vor seinem geistigen Auge.

Schlagartig stach ein Ereignis aus dem Dunst vieler Erinnerungen heraus. Als wenn es soeben geschähe, sah sich Dread bei seinem verzweifelten Rettungsversuch an der ehemaligen Bisonsuhle. Klar und detailliert tauchte in seinem Gedächtnis das Bild der völlig entkräfteten Kuh auf. Deutlich hörte er, wie er Pete fragte: »Worin besteht der Sinn des Lebens?«

Ein lautes, herzhaftes Lachen entrang sich der Brust des ehemaligen Sklaven, Soldaten, Cowboys und jetzigen Ranchers, den man einst mit „Feigling" beschimpft hatte.

Dread hatte die Antwort selbst gefunden!

NACHWORT DES AUTORS

Die Handlung dieses Romans spielt in einer Region, die umgangssprachlich als der „Wilde Westen" bekannt ist. Geografisch handelt es sich um das Gebiet, das zum größten Teil westlich des Mississippi liegt. In diese unbekannte, unerforschte Gegend drangen in der „Pionierzeit" des 19. Jahrhunderts Siedler ein. Legitimiert wurde diese Landnahme durch Gesetze der US-Regierung. Aus den besiedelten Territorien bildeten sich schrittweise Bundesstaaten heraus.

Einher ging dieser Prozess mit der Auseinandersetzung mit den Indianern. Diese wurden zunehmend durch das US-Militär geführt. Der „Oklahoma Land Run" im April 1889 in das letzte den Indianern verbliebene Territorium bildete den Abschluss der Landbesetzung durch Siedler. Das Massaker an den Lakota-Sioux im Dezember 1890 und kleinere spätere Scharmützel beendeten die durch die US-Regierung geführten Indianerkriege. Die Besiedlung war abgeschlossen, der Widerstand der Indianer gebrochen und damit die Epoche des „Wilden Westens" beendet.

Die Romanfiguren sind frei erfunden. Alle Namen von Personen, die tatsächlich gelebt haben, sind im Text fett-kursiv hervorgehoben. Gleich nach meinem Nachwort findet der Leser im Kapitel „Historische Personen" alle Informationen, die im historischen Kontext zu meiner Geschichte stehen.

In diesem Roman wurde Fiktion mit historischen Tatsachen konfrontiert. Das geringe Zeitfenster ließ jedoch keine korrekte Chronologie der Ereignisse zu. Eine genaue Datierung mit entsprechender Einordnung in die Zeitskala findet der Leser nach dem Kapitel „Historische Personen".

Bei der Suche nach einem geeigneten Ort erschien mir Wichita in Kansas als ideale Kulisse. Diese Stadt wurde 1872 mit der Eröffnung der Wichita & South Western Railroad-Eisenbahnstation zum Umschlagplatz für abertausende Rinder. In solchen rasant wachsenden Orten mit ihren Saloons und Bordellen tummelten sich auch die Glücksritter und Revolvermänner. Häufig entstand hier ein rechtsfreier Raum, in dem sich nur der Stärkere und

Rücksichtslosere durchsetzte. Wichita war damals eine typische Stadt im sogenannten „Wilden Westen".

Die Stadtväter von Wichita sowie Historiker mögen mir jedoch verzeihen, dass ich diese Stadt mit Weidekriegen und Lynchjustiz in Verbindung gebracht habe. Ich fand nämlich bei meinen Recherchen keinen Hinweis darauf.

Weidekriege & Revolvermänner
Kämpfe um Weideland und Wasserstellen gab es Ende des 19. Jahrhunderts vorwiegend im Westen der USA. Rancher lieferten sich untereinander oder mit Siedlern blutige Fehden. Sogenannte Rinderbarone mit entsprechend großem Besitz an Land und Vieh leisteten sich zum Teil kleine Privatarmeen. Diese rekrutierten sich in der Regel aus Cowboys, Abenteurern und Revolvermännern, die auch Regulatoren genannt wurden. Todeslisten, auf denen die Namen aufsässiger Siedler standen, gab es tatsächlich. Und es wurden auch Prämien für jeden gehenkten oder erschossenen Rustler (Bezeichnung für Viehdieb) gezahlt.

Da mich die Menschen, ihre Lebensweise und Motive interessieren, wollte ich dem Leser die Männer, die als Revolverheld bezeichnet wurden, möglichst realistisch beschreiben. Deshalb orientierte ich mich an historischen Biografien. Ich fand diese in dem Buch „Gunfigther" von *Bill O'Neal*. Er war selbst Urenkel eines Revolvermannes und schuf mit seinem Buch ein umfangreiches Nachschlagewerk (*Encyclopedia of Western Gunfighters*), das ein reales Bild vom Leben und meist auch Sterben dieser Männer liefert. Und so verfasste ich in meinem Roman teilweise die Lebensläufe der Regulatoren in Anlehnung an Revolvermänner, die tatsächlich gelebt haben. Allerdings habe ich dabei die Namen geändert.

Lynchjustiz
Mit der versuchten Lynchjustiz führte ich den Roman zum dramatischen Höhepunkt. Auch wenn ich bei meinen Recherchen keinen Hinweis auf eine Lynchjustiz in Wichita fand, möchte ich nicht ausschließen, dass es im Umland zu derartiger Selbstjustiz kam.

In den Jahren 1860 bis 1870 war das Lynchen besonders im Westen der USA weitverbreitet. In dieser Zeit wähnten sich die Bürger im Recht, wenn sie einen vermeintlichen Verbrecher aufhingen. Denn die Bürger waren vom damals fehlenden Rechtssystem enttäuscht. Die Schwäche des Staates mit seiner ineffizienten, mangelhaften Strafjustiz stand im deutlichen Widerspruch zur Erwartung der Bürger, die eine schnelle und harte Bestrafung von Verbrechern forderten. Es gab zahlreiche Opfer, die vom Mob sogar aus dem Gefängnis geholt und umgehend gelyncht wurden. Allerdings hatte man sich nicht die Arbeit gemacht, vorher eine Hinrichtungsstätte zu bauen. In meinem Roman habe ich diese Aktion aus dramaturgischen Gründen erfunden.

Besonders im Westen der USA kam in dieser Zeit der Aufbau staatlicher Strukturen nur sehr langsam voran. Die zunehmend wachsende Kriminalität während des Bürgerkriegs und in der Zeit des Goldrausches sorgte für ein Rechts-Vakuum, das die Bürger häufig dazu bewog, das Recht in ihre Hände zu nehmen. Kaum zu glauben, dass solche Aktivitäten heute als Wegbereiter für die spätere korrekte Umsetzung der Justiz bewertet werden.

Lynchaktionen waren in der Regel ein Magnet für sensationsgierige Zuschauer, welche die Hinrichtung erregt verfolgen konnten, ohne dass sie eine Strafe zu befürchten hatten.

Dass Lynchjustiz nicht immer der Gerechtigkeit diente, sondern auch politisch motiviert sein konnte, lässt sich an der Hinrichtung von Sheriff *Henry Plummer* vermuten, der 1864 mit weiteren dreiundzwanzig Männern gehenkt wurde, da man ihm Mord und Raubüberfälle in der Bergbaugegend um Virginia City vorgeworfen hatte. *Plummer* vertrat Südstaatler, die mit den Konföderierten sympathisierten, während seine Richter zum Lager der Republikaner gehörten. Der Historiker *Manfred Berg* schreibt in seinem Buch „Lynchjustiz in den USA", dass diese Hinrichtung Teil eines Machtkampfs vor dem Hintergrund des amerikanischen Bürgerkriegs war.

Nach dem amerikanischen Bürgerkrieg wurde mehr und mehr gelyncht, um die schwarze Bevölkerung einzuschüchtern. Besonders in den Südstaaten starben bei rassistisch motivierten Lynchaktionen tausende Schwarze. *Manfred Berg* beschreibt in seinem

Buch die Angst vieler weißer Amerikaner vor einer sogenannten Negerherrschaft, die sich in dieser Zeit besonders im Süden entwickelte und somit Lynchjustiz an Schwarzen im Unterbewusstsein vieler Weißer legitimierten.

Erschreckend sind die Zahlen, die *Berg* in seinem Buch nennt: So schätzt er, dass zwischen 1882 und 1946 etwa 4700 Amerikaner gelyncht wurden, davon ungefähr 3500 Schwarze. Und 80 Prozent dieser Lynchaktionen fanden im Süden der USA statt. Der berüchtigte Ku-Klux-Klan trat dabei vielfach als Akteur auf.

Cowboys & Pferde

Im Zentrum meiner Geschichte stehen Männer, die auf einer Ranch arbeiten. Da meine Kenntnisse über Cowboys ausschließlich aus Hollywoodfilmen stammten, „wühlte" ich mich durch zahlreiche Abhandlungen, aus denen ich ein realistisches Bild über das Leben und Arbeiten dieser Männer gewann. Es überraschte mich nicht, dass sich das reale Arbeitsleben der Cowboys deutlich von der Kinowelt unterschied.

In Wirklichkeit war es ein Knochenjob, den diese Männer, jeder Dritte von ihnen war ein Schwarzer, zu bewältigen hatten. Sie waren über lange Zeiträume Wind und Wetter ausgesetzt. Beim Viehtrieb saßen sie bis zu sechzehn Stunden im Sattel und riskierten für einen Monatslohn von dreißig Dollar ihr Leben, wenn eine Herde in Panik geriet und alles im Weg Stehende niedertrampelte oder wenn sie durch Banden angegriffen wurden.

Bei ihrer Arbeit auf der Ranch zogen sie sich häufig schwere Verletzungen zu, wenn sie etwa die Rinder mit dem Brandeisen markierten. Sie hausten in Bretterverschlägen (Bunkhouse), nicht selten bis zu zwölf in einem Raum. Im Winter waren viele Cowboys erwerbslos und gezwungen, sich mit Gelegenheitsjobs durchzuschlagen. Die Arbeit und das Leben dieser Männer waren sehr hart, viele von ihnen litten unter Rheuma und ihrer ramponierten Wirbelsäule.

Was wäre der Cowboy ohne sein Pferd. Als Städter, der ein Pferd gerade einmal von einer Kuh unterscheiden konnte, kam ich nicht umhin, mich ausführlicher mit diesen Tieren zu beschäftigen. Bei der Suche nach entsprechender Literatur stieß ich auf den weit über die Grenzen Amerikas hinaus bekannten Pferdeflüsterer *Monty Roberts*. Sein Buch „Der mit den Pferden spricht" begeisterte mich. *Roberts* überzeugte mich nicht nur als außergewöhnlicher Pferdekenner, sondern auch als ein großer Tierfreund. Seine berühmte „Join-Up-Methode", mit der er Tausende Pferde binnen einer halben Stunde an Sattel, Zaumzeug und Reiter gewöhnt hat, basiert auf dem vertrauensvollen Umgang des Menschen mit dem Tier. Statt Gewalt und Zwang bietet er dem Pferd die Zusammenarbeit an und nutzt dabei seine umfangreichen Kenntnisse über das Wesen und Verhalten dieser Tiere.

Roberts faszinierende Join-Up-Methode habe ich in meinem Roman detailliert in der Szene vorgestellt, in der Black Devil gezähmt wurde.

Geißeln der Menschheit

Als „Geißeln der Menschheit" werden die furchtbaren Seuchen bezeichnet, die millionenfach Tod und Elend über die Menschheit gebracht und trotz medizinischen Fortschritts bis heute ihren Schrecken nicht verloren haben. Gegenwärtig erlebt die Menschheit eine Pandemie, die in brutaler Deutlichkeit die Verletzbarkeit unserer Welt aufzeigt.

Für mich gibt es jedoch eine noch grausamere Geißel. Sie scheint in unseren Genen verwurzelt zu sein und setzt Kräfte frei, die einerseits die Entwicklung der Menschheit vorantreiben, andererseits unglaubliches Leid generieren. Die Geschichte zeigt in einer beängstigenden Klarheit eine ständige Wiederholung derselben Szenarien: Geniale Innovationen stehen primitiver Gewalt und grausamer Unterdrückung gegenüber. Und die Geißel, die nach meinem Verständnis dafür verantwortlich ist, nenne ich „Machtgier". Sie entartet in ihrer perversen Form den Menschen zum aggressivsten, rücksichtslosesten und gnadenlosesten Lebewesen auf diesem Planeten, das Lust am Töten empfinden und sich mit wohligem Grausen an brutalsten Bildern berauschen kann.

In meinem Roman habe ich mich dieser Thematik in vielen Szenen gewidmet und durch meine Figuren die verschiedenen Sichtweisen dargestellt. Dabei habe ich mich auch bemüht, die gewalt-

samen Szenen so abschreckend und abstoßend wie möglich zu erzählen.

Das Verbrechen an den Indianern

Wenn man die Geschichte Amerikas betrachtet, so kann man
schwerlich das Verbrechen an den Ureinwohnern dieses Kontinents leugnen. Das, was der weiße Mann den Indianern angetan
hat, grenzt an Genozid.

Von den Weißen eingeschleppte Krankheiten wie Pocken, Ma-
sern, Typhus, Diphtherie und Grippe dezimierten die Zahl der Indianer in erschreckenden Dimensionen. Versklavung, Zwangs-
umsiedlungen, Massaker, Kriege, Kopfgeldjagden und Hunger-
nöte erhöhten die Todesrate der Ureinwohner noch drastisch.
Wurde ihre Zahl 1492, im Jahr der Entdeckung des Kontinents
durch *Christoph Kolumbus*, in Nordamerika auf fünf bis zehn Millionen geschätzt, so zählte man im Jahr 1800 nur noch 600.000 *Native Americans*. Im Jahr 1900 lebten nur noch 237.000 Indianer.

Der Schweizer Historiker *Aram Mattioli* veröffentlicht in seinem
Buch „Verlorene Welten" diese schockierenden Zahlen und beschreibt das Drama der Indianer Nordamerikas.

Bei der Besiedlung des Ostens der USA, wo sich die weißen Siedler in Nordamerika zuerst niederließen, wurden die Indianer sys-
tematisch vertrieben. Besonders die Stämme des Nordostens hatten bereits Ende des 18. Jahrhunderts den größten Teil ihres Landes verloren. Mit dem *Indian Removal Act* (1830) verbannte die US-
Regierung die indigenen Völker in die Landstriche westlich des
Mississippi.

Der Goldrausch (1848) und das Heimstätten-Gesetz (1862) sorgten dafür, dass tausende Siedler und Glücksritter in den Lebens-
raum der Ureinwohner eindrangen, ihr Ackerland und ihre Jagd-
gründe zerstörten. Die Indianer wehrten sich. Der Konflikt eskalierte in Strafexpeditionen der US-Armee und Massakern. Es gab
einen regelrechten „Ausrottungskrieg". Städte setzten Prämien
für indianische Köpfe, Ohren und Skalps aus. *Mattioli* bezeichnet
in seinem Buch die von Todesschwadronen verübten Verbrechen
als *regionale Genozide* (Völkermorde).

General *Philipp H. Sheridan* versetzte dann mit dem Feldzug im Jahr 1868 der indianischen Lebensart den Todesstoß. Im Winterkrieg führte er seine Truppen gegen alle Ureinwohner, die sich nicht in Reservaten aufhielten. Dabei gab es viele Überfälle auf sogenannte „schlafende Dörfer", bei denen nicht nur Krieger, sondern auch viele Frauen, Kinder und Greise getötet wurden. Der im Roman genannten berühmt-berüchtigten Spruch „Nur ein toter Indianer ist ein guter Indianer" soll auf einem zynischen Ausspruch von *Sheridan* basieren, der gesagt haben soll, dass die einzigen guten Indianer, die er je gesehen hatte, tot waren.

Es war ein ungleicher Kampf zwischen den Indianern und der US-Armee. Im Buch „*Das Herz Amerikas*" von *Theodor Geus* und *Christian Heeb* wird diese Tragödie deutlich herausgehoben: „*Zwischen 1793 und 1881 wurden mehr als 400000 Indianer getötet, die Verluste unter den amerikanischen Soldaten hingegen mit 2283 beziffert*" (Geus/Heeb S.22).

Im Krieg gegen die Indianer wandten die Weißen eine weitere infame Methode an: Sie schlossen mit den Stämmen insgesamt 370 Verträge ab, die sie nach Belieben wieder brachen.

Einher ging dieser Vernichtungskrieg mit einer fast vollständigen Ausrottung der Bisonherden während des Eisenbahnbaus. In den Jahren 1866 bis 1878, so schreiben *Geus/Heeb*, wurden 30 Millionen Bisons abgeschlachtet und somit den Indianern die Lebensgrundlage genommen.

In meinem Roman habe ich zwei repräsentative Beispiele für das Verbrechen an den Ureinwohnern Amerikas ausgewählt: das an den sogenannten fünf zivilisierten Stämmen, zu denen die Cherokee, Creek, Chicasaw, Choctaw sowie Seminolen zählten, und das am friedvollen Stamm der Nez Percé.

Die sogenannten fünf zivilisierten Stämme hatten sich dem Christentum geöffnet und sogar mit entsprechenden Gesetzen und einer Verfassung Gesellschaftsformen der Weißen übernommen. Aus eigener Kraft schafften sie zu Beginn des 19. Jahrhunderts einen bemerkenswerten wirtschaftlichen und kulturellen Aufschwung. *Geus/Heeb* stellen das in ihrem Buch am Beispiel der *Cherokee-Republik* heraus, in der es Kirchen, Schulen, Farmen, Obstplantagen, Textilfabriken und die erste Porzellanmanufaktur

Amerikas gab. Und mit dem *Cherokee-Phoenix* wurde sogar eine überregionale Zeitung herausgegeben.

Die Gier der Weißen nach Land schützte diese zivilisierten Stämme nicht vor der Deportation. Eskortiert von der US-Kavallerie mussten etwa 18.000 Cherokee und 20.000 Creek im Jahr 1831 ihre Heimat verlassen und wurden durch Wälder, Sümpfe und Schneestürme nach Westen getrieben. Auf der langen Strecke bis in den dürren, heißen Osten Oklahomas starben tausende Indianer. Dieser Leidensweg ging als „Weg der Tränen" in die Geschichte ein. Der Bischof von New York verurteilte ihn mit folgenden Worten: *„Was dort im Süden geschieht, ist finsterste Barbarei, mehr noch, es ist einfach verbrecherisch"(Geus/Heeb S.20).*

Das zweite Beispiel beschreibt das bittere Los der Nez Percé. Dieser friedvolle Stamm hatte 1805 mit dem Verwaltungsbeamten *Meriwether Lewis* einen Friedensvertrag geschlossen und nie gebrochen. Als aber 1863 in den Wallowa-Bergen, die laut Vertrag von 1855 zum Lapwai-Reservat gehörten, Gold gefunden wurde, begann das Drama, das zum Krieg mit der US-Armee führte. Ich habe die wesentlichen Fakten dieses unnötigen Feldzuges im Roman verwendet und mich dabei auf das Buch von *Richard H. Dillon „Indianerkriege"* bezogen.

Der amerikanische Historiker *Francis Jennings* bezeichnete das, was nach der Entdeckung des Kontinents durch Christoph Kolumbus geschah, als „europäische Invasion". Und mir scheint, dass es dafür keinen besseren Begriff gibt. Denn die Geschichte lehrt uns, dass sich die Europäer rücksichtslos das Land der Indianer aneigneten und dabei die Bewohner dieses Kontinents fast ausrotteten.

Sklaverei – der Gipfel menschlicher Erniedrigung
Die Sklaverei gehört zu den grausamsten Formen der Unterdrückung. Menschen wurden als Ware gehandelt und ihr Wert dabei ausschließlich nach dem Nutzen für ihren Besitzer bestimmt.

Diese brutale Unterdrückung und das skrupellose Machtverständnis bestimmten auch die amerikanische Geschichte.

Zuerst wurden die Indianer von Portugiesen und Spaniern versklavt. Jedoch erwiesen sich die *Native Americans* als aufsässige und nur bedingt belastbare Arbeitskräfte, die zudem an den eingeschleppten Krankheiten zu Tausenden starben. Dann wurden die widerstandsfähigeren Afrikaner versklavt. Der spanische König Karl V. segnete diese Praxis offiziell ab. Er erteilte 1537 jedem Kolonisten die Lizenz, zwölf „Negersklaven" zu importieren.

Zu den Portugiesen und Spaniern gesellte sich eine dritte Nation, die viel Geld am Sklavenhandel verdiente: die Holländer. Im Krieg gegen die Portugiesen gewannen sie das Privileg des Sklavenhandels in der Neuen Welt und letztlich die Vormachtstellung an der Goldküste (Küstengebiet Westafrikas). Zunächst belieferten sie die spanischen Besitzungen, später dann die Siedlungen auf den westindischen Inseln sowie entlang der Ostküste Nordamerikas mit Sklaven. Weitere Länder, die sich am Sklavenhandel beteiligten, stiegen vorzeitig aus: Dänemark 1803, England 1807 und Frankreich 1818.

Ende des 18. Jahrhunderts boomte im Süden der USA die Baumwollproduktion, die sich im Zeitraum von 1790 bis 1860 vervierfachte und zum wichtigsten Exportgut der USA wurde. Auf den Plantagen wurden immer mehr Arbeiter benötigt, und so nahm auch der Sklavenhandel gewaltig zu. Die USA entwickelten sich zur größten Sklavenhaltergesellschaft der Welt.

Man schätzt die Gesamtzahl der nach Amerika verschifften Afrikaner auf rund zehn Millionen. Unter unmenschlichsten Verhältnissen mussten die Sklaven den langen Transport überstehen, der je nach Wetterlage fünf bis zwölf Wochen dauerte. Auf engstem Raum, wie Vieh auf mehreren Decks dicht zusammengedrängt und aneinander gekettet, beförderte ein Schiff bis zu 600 Sklaven. Wegen der katastrophalen Bedingungen, einschließlich fehlender Hygiene, schätzt man ihre Sterbequote auf 13 Prozent.

Neben dem ökonomischen Ziel der Sklavenhaltung wollten die Spanier und Portugiesen die „Heiden" bekehren. Ihre Methode war mehr als zweifelhaft. Denn bevor ein Sklavenschiff die Goldküste Richtung Brasilien verließ, wurden die Schwarzen in Massentaufen bekehrt. Danach waren sie wieder nur „Ware".

Alle Informationen über die Sklaverei habe ich aus dem Nachschlagewerk *„Geschichte der Sklaverei"* von *Susanne Everett* entnommen. Im Roman flossen weitere Fakten aus diesem Buch ein, die das Leben der Sklaven auf einer Plantage betreffen. Dazu gehört auch das barbarische Auspeitschen, die häufigste praktizierte Form der Bestrafung.

Krieg – die bestialischste Form der Gewalt

Die Geschichte der Menschheit ist untrennbar mit Kriegen verbunden. Das ist leider eine der bittersten Tatsachen. Es vergeht kein Tag, an dem auf diesem Planeten Menschen ihre Konflikte nicht in kriegerischen Auseinandersetzungen lösen wollen. Und selbst zwei verheerende Weltkriege, deren Gesamtopferzahl auf bis zu 95 Millionen Menschen geschätzt wird, hat die Menschheit nicht geläutert. Die Bestie Krieg wütet nach wie vor an jedem Tag in einer Region dieser Erde. Und stets geht es nur um das eine – Macht!

In dem Roman wird die „Bestie" am Beispiel des amerikanischen Bürgerkrieges beschrieben. Dieser Krieg basierte auf den unterschiedlichen Ambitionen von Nord- und Südstaaten zur Sklavenhaltung. Bereits im Vorfeld führte dies zu heftigen Debatten im US-Senat. Als 1860 *Abraham Lincoln*, ein erklärter Gegner der Sklaverei, zum 16. Präsidenten der USA gewählt wurde, zogen die Sklaven-Staaten ihre politischen Konsequenzen. South Carolina erklärte am 20. Dezember 1860 seinen Austritt aus der Union. Im Februar 1861 verabschiedeten sechs Staaten eine Verfassung, die *Confederate States of America*. Weitere fünf Staaten schlossen sich kurz darauf dieser Konföderation an. *Jefferson Davis* wurde zum Präsidenten gewählt, Richmond als Hauptstadt erklärt und sich eine eigene Flagge gegeben. Die *Sezession* (Abspaltung) wurde Realität. Man begann mit der Enteignung von Unions-Eigentum, was auch die militärischen Anlagen einschloss. Dabei widersetzte sich die unionstreue Besatzung des *Fort Sumter*. Am 12. April 1861 eröffneten Südstaatentruppen mit dem Artilleriebeschuss auf diese Festung im Hafen von Charleston (South Carolina) das blutigste Kapitel auf amerikanischem Boden. Eine Nation begab sich in einen Bürgerkrieg, der als Sezessionskrieg in die Geschichte einging und rund 670.000 Amerikanern (360.000 Unions-Soldaten, 260.000 CSA-Soldaten, 50.000 Südstaaten-Zivilisten) das Leben kostete.

Der im Roman beschriebene Kriegsverlauf mit den geschilderten Schauplätzen basiert auf historischen Tatsachen. Das betrifft auch die Gefechte und Orte, in denen meine Romanhelden den Krieg erleben mussten. Für eine korrekte Darstellung der Ereignisse und Personen diente mir als Literaturvorlage vorrangig das akribisch zusammenstellte Werk *„Der amerikanische Bürgerkrieg"* von *Bernd G. Langing*.

Als repräsentatives Beispiel für das sinnlose Töten und entartete menschliche Verhalten habe ich das Gefecht um Fort Pillow ausgewählt, das vom amerikanischen Militärhistoriker *David J. Eicher* als eines der traurigsten Ereignisse der amerikanischen Militärgeschichte bezeichnet wurde.

Wie es zu dem Massaker an den sich ergebenden, überwiegend schwarzen Unionssoldaten gekommen ist, wurde bis heute nicht eindeutig geklärt. Sowohl Quellen der Unionstruppen als auch der Konföderierten belegen das Abschlachten wehrloser Soldaten. Überdies gab es jedoch widersprüchliche Ergebnisse der zur Klärung eingesetzten Untersuchungskommission. Zum Beispiel wurde ermittelt, dass die Unionsflagge noch über dem Fort wehte, was darauf hindeutet, dass keine Kapitulation stattgefunden hatte. Teilweise stützen die Waffenfunde die Aussagen von CA-Soldaten, dass die US-Soldaten bei der Flucht weiter geschossen hatten.

Ich habe mir in meinem Roman die schriftstellerische Freiheit genommen, das Massaker während des Gefechts um Fort Pillow so darzustellen, wie ich es für wahrscheinlich halte.

Religion und Menschlichkeit

„Religionen sind zu schonen, sie sind für Moral gemacht", singt der deutsche Liedermacher *Herbert Grönemeyer* in seinem genialen Lied *„Stück vom Himmel"* und spricht mir damit aus der Seele.

Religionen schreiben Normen des Anstands fest. Der Glaube kann den Menschen motivieren, nach den Geboten seiner Religion zu leben und Nächstenliebe zu praktizieren.

Jedoch wurden und werden heute noch Religionen benutzt, um Machtinteressen zu bedienen. Die Geschichte zeugt von unzähligen Verbrechen, die im Namen der Religion verübt worden sind und die unglaubliches Leid über die Menschen gebracht haben.

Anstand ist keine Frage der Religion. Anstand spiegelt sich ausschließlich im Verhalten wider!

In meinem Freundes- und Bekanntenkreis gibt es bemerkenswerte Menschen, gläubige Christen sowie Atheisten, deren Bildung, Charakter und Verhalten ich bewundere. Ihre außergewöhnlichen Persönlichkeits-Merkmale fließen in die Figuren meiner Romanhelden ein. Bernhard Russel, David Turner, Robert Murphy, Ralph Hudson, William Howard und der lustige Pete sind keine Fiktion. Es gibt diese Typen, und sie zeigen uns die liebenswertesten und bewunderungswürdigsten Seiten der Spezies Mensch.

Ich widme diesen Roman der Liebe und Freundschaft und hoffe, nicht nur gut unterhalten, sondern Sie auch zum Innehalten und zur Selbstreflexion gebracht zu haben.

In diesem Sinne wünsche ich Ihnen, liebe Leserin und lieber Leser, eine gute Zeit und viel Erfolg bei Ihren Bemühungen, anständig zu leben.

Ihr Mario Gonsierowski (November 2024)

ÜBER DEN AUTOR

Mario Gonsierowski, geboren 1956 im sächsischen Wilkau-Haßlau, veröffentlichte bisher nur Fach- und Trainingsbücher und publizierte in speziellen Fachzeitschriften.

Mit seinem ersten Roman erfüllte sich der erfolgreiche Trainer, dessen Sportler bei Olympischen Spielen, Welt- und Europameisterschaften Siege und Medaillen erzielten, einen Traum.

HISTORISCHE PERSONEN

Bradfort, Wiliam (1827 – 1864)
Major in der US-Armee

Im Gefecht um das Fort Pillow übernahm er für den tödlich verwundeten Major Boot das Kommando der Garnison und weigerte
sich, rechtzeitig zu kapitulieren.

Cody, William F. *„Buffalo Bill"* (1846 – 1917)
Bisonjäger; Scout; Showman

Von der Eisenbahngesellschaft Kansas Pacific angestellt, war
Cody für die Fleischbeschaffung der Eisenbahnarbeiter verantwortlich. Binnen kurzer Zeit erwarb er sich den Ruf eines außergewöhnlichen Büffeljägers. Laut Medien soll er in 18 Monaten
4280 Bisons erlegt haben.
Während der Indianerkriege diente Cody als Armeescout.
1883 gründete er „Buffalo Bills Wild West" und führte mit großem Erfolg eine zirkusähnliche Show auf.

Earp, Wyatt (1848 – 1929)
Eisenbahnarbeiter; Pferdedieb; Büffeljäger; Saloonbesitzer; Spieler; Ordnungshüter; Goldsucher

Earp arbeitete mit Anfang zwanzig als Streckenarbeiter bei der Ei-
senbahn. Später ging er zwei Jahre auf die Büffeljagd. Wegen
Pferdediebstahls wurde er im Indian Territory festgenommen.
Danach versuchte er sein Glück als Spieler.
1878 war er Stadtpolizist in Wichita. Ihm wurde Korruption vorgeworfen, er weigerte sich, Bußgelder abzuliefern, sowie die Fest-
nahme bei einer Prügelei führte zu seiner Entlassung aus dem Polizeidienst. Danach wurde er Polizist in Dodge City und schließlich stellvertretender Marshal von Dodge.
Weltberühmt wurde Earp durch die Schießerei am O.K. Korral in
Tombstone, wo er als Deputy Marshal und Saloon-Anteilhaber tätig war.

Forrest, Nathan Bedford (1821 – 1877)
Sklavenhändler; Farmer; Generalmajor CS-Armee; Mitbegründer
Ku-Klux-Klan

Ohne militärische Ausbildung begann Forrest den Krieg als gemeiner Soldat.
Forrest galt als ein militärisches Genie und entwickelte ein neuar-
tiges Kavalleriekonzept. Im Krieg wurde er als gefürchtetster Ka-
vallerieoffizier eine Legende. Sein Ruf war nach der Eroberung
des Fort Pillow beschädigt.
Am 2. April 1865 wurde Forrest in der Schlacht von Selma besiegt.
Er kapitulierte einen guten Monat später und ging in die Gefangenschaft.
Nach dem Krieg war er Mitbegründer und erster Imperial Wizard
des Ku-Klux-Klans.

Grant, Ulysses S. (1822 – 1885)
Generalleutnant, Oberbefehlshaber der US-Armee; 18. Präsident
der USA.

Grant wird durch Lincoln zum Oberbefehlshaber der US-Armee
ernannt und löste den erfolglosen McClellan ab.
Er bewährte sich als moderner Armeeführer Nordamerikas und
nutzte mit großem militärischem Geschick die Überlegenheit an
Menschen und Material. Seine Erfolge verhalfen Lincoln zur Wiederwahl als Präsident.
Nach dem Krieg wechselte Grant in die Politik und war von 1869
bis 1877 der 18. Präsident der USA.

Hickok, James Butler „*Wild Bill*" (1837 – 1876)
Scout & Scharfschütze der US-Armee; Ordnungshüter; Spieler;
Showman

Seinen Spitznamen erwarb sich Hickok während des Bürgerkriegs, als er gerade so einem Lynchmob entkam, und eine Frau
schrie: „Gut für dich, Wild Bill!"

Nach dem Krieg tötete Hickok als Spieler und Sheriff mehrere Männer in Duellen, war in zahlreiche Schießereien verwickelt und avancierte zum berühmtesten Revolvermann des Westens, der auch als Showman an Wild-West-Shows teilnahm (auch bei Buffalo Bill).
Am 2.8.1976 wurde er während eines Kartenspiels von *Jack Mc-Call* hinterrücks erschossen.

Joseph oder Hinmaton Yalatkit (1832 – 1904)
Häuptling der Nez Percé

Chief Joseph, wie er von den Weißen genannt wurde, war einer der würdevollsten Helden des Wilden Westens, vor dem seine militärischen Gegner, die Generale *Sherman*, *Miles* und *Howard*, allergrößten Respekt hatten. Er wurde als aufgeschlossener und intelligenter Mann mit auffallend gutem Benehmen charakterisiert. Joseph war Häuptling der Wal-lam-wat-Gruppe der Nez-Percé. Dieser außergewöhnliche Mann, der in einer Missionsschule ausgebildet worden war, wollte mit den Weißen in Frieden leben und alle Konflikte in Verhandlungen lösen.
Als das fruchtbare Land der Nez Percé für weiße Siedler freigegeben und die Indianer umgesiedelt werden sollten, konnte Chief Joseph das zunächst durch sein besonnenes und geschicktes Verhandeln verhindern. Aber schließlich wurden die Nez Percé von der US-Armee ultimativ gedrängt, das Wallowa-Tal zu verlassen und in das zugewiesene Lapwai-Reservat zu ziehen. Der Konflikt eskalierte. Joseph wollte sich mit seinem Stamm nach Kanada absetzen und mit *Sitting Bulls* Sioux verbünden. Auf ihrer Odyssee wurden die Indianer von der US-Armee attackiert. Es kam zum Nez-Percé-Feldzug, in welchem sich Joseph als genialer militärischer Führer erwies und in den Gefechten gegen deutlich überlegene, von General *Howard* geführte US-Truppen bemerkenswerte Erfolge erzielte.
Joseph verbot seinen Kriegern, Skalps zu nehmen und unschuldige Siedler zu töten. Als die Nez Percés von General *Miles* kurz vor der kanadischen Grenze angegriffen wurden und große Verluste erlitten, musste Joseph am 5. Oktober 1877 kapitulieren.

Unter großem Protest von Menschenrechtlern wurde Joseph mit seinem Stamm in Kansas angesiedelt. Erst 1885 durften sie dank der Fürsprache von *Miles* und *Howard* in das Colville-Reservat im Bundesstaat Washington umsiedeln. Dort starb Joseph am 21.9.1904 als gebrochener Mann.

Karl der V. (1500 – 1558)
Monarch

Karl der V. war einer der historisch mächtigsten Regenten, der über riesige Gebiete in Europa und Amerika herrschte.
Ab 1516 war Karl der V. König von Spanien. Ab 1519 war er zunächst König, ab 1530 Kaiser des Heiligen Römischen Reiches (Herrschaftsgebiet in der Mitte von Europa).

Kolumbus, Christoph (1451 – 1506)
Seefahrer; Vizekönig Neuspanien

Kolumbus wird in der Regel die Entdeckung Amerikas zugeschrieben. Wissenschaftler wiesen jedoch durch entsprechende Funde nach, dass weit vor ihm die Wikinger diesen Kontinent erreicht hatten.
Die historisch dennoch unbestrittene Leistung beruhte auf einem kapitalen Navigationsfehler. Denn Christoph Kolumbus wollte einen neuen Seeweg nach Indien finden und gewann für sein Unternehmen das spanische Königspaar als Geldgeber. Vertraglich regelte er, dass er bei Erfolg als Vizekönig ein Zehntel der Einnahmen aus diesem Land als persönlichen Gewinn verbuchen konnte.
Kolumbus trat seine Seereise am 3. August 1492 mit drei Schiffen an. Er selbst fuhr auf dem größten, der Santa Maria. Am 12.10.1492 kam er auf einer Insel der Bahamas an und meinte, diese gehörte zu Indien. Daher nannte er die Menschen, die er dort antraf, „Indianer".
Der Schiffbruch der Santa Maria im Dezember zwang Kolumbus, aus den Schiffstrümmern einen Stützpunkt zu erbauen und vor seiner Rückreise nach Spanien vierzig Mann seiner Besatzung zu-

rückzulassen. Damit schuf er die erste spanische Kolonie auf dem amerikanischen Kontinent.

Drei weitere Seereisen führten Kolumbus an die Küste Mittel- und Südamerikas.

Kolumbus regierte als Vizekönig chaotisch. Seine Pläne zur Kolonisation scheiterten. Man wies ihm Korruption nach. Auch die grausame Behandlung der Indianer, die er in seiner Regierungszeit zu verantworten hatte, führten zu seiner Absetzung als Vizekönig. 1500 wurde er in Ketten nach Spanien zurückgebracht.

1506 starb Christoph Kolumbus ruhm- und mittellos in Valladolid. Bis zu seinem Tod war er überzeugt davon, dass er einen neuen Seeweg westwärts nach Asien gefunden hatte. 1502 widerlegte der Florentiner *Amerigo Vespucci* diese Theorie und fand heraus, dass es sich nicht um Asien, sondern um einen neuen Kontinent handelte. Ihm zu Ehren wurde 1507 auf einer Weltkarte dieser Kontinent „America" getauft.

Die historische Leistung des Christoph Kolumbus ist dennoch unbestritten. Seine Seereisen mit der Wiederentdeckung des amerikanischen Kontinentes führten zur dauerhaften Kolonisierung von Menschen aus anderen Kontinenten. Allerdings aus der Betrachtung der „Indianer" war es eher eine „Invasion" (siehe „Nachwort des Autors").

Lee, Robert (1807 – 1870)
Oberbefehlshaber der CS-Armee

Der Virginier Lee war bis 1861 Oberst im US-Heer. Nach den Schüssen von Fort Sumter wurde ihm das Kommando über die US-Armee angeboten, was er ablehnte.

Nachdem sein Heimatstaat aus der Union ausgetreten war, gab Lee sein Offizierspatent zurück und wurde zunächst militärischer Berater von *Jeff Davis*. Später übernahm er das Kommando über die Nord-Virginia-Armee und wurde der erfolgreichste General des konföderierten Heeres. Seinen Ruhm erwarb er sich als außergewöhnlicher Heerführer durch zahlreiche Siege gegen einen an Menschen und Material überlegenen Gegner. Ab Januar 1965 wurde er zum Oberbefehlshaber der CS-Armee ernannt.

Am 9.4.1865 kapitulierte Lee und gab gegenüber General Grant für sich und seine Soldaten das Ehrenwort, nie wieder Krieg gegen die Vereinigten Staaten zu führen.

Lincoln, Abraham (1809 – 1865)
16. Präsident der Vereinigten Staaten von Amerika

Als republikanischer Kandidat gewann Lincoln die Präsidentschaftswahl und trat sein Amt im März 1861 als 16. Präsident der USA an.
Bei Ausbruch des Krieges bestand seine militärische Intension vorrangig darin, die Einheit der Nation zu erhalten. Erst nach den bitteren Niederlagen in den ersten Kriegsjahren wurde die Befreiung der Sklaven als Motiv in den Vordergrund gestellt.
Im November 1864 setzte sich Lincoln im Präsidentschaftswahlkampf gegen seinen demokratischen Konkurrenten McClellan durch und wurde für eine weitere Amtszeit bestätigt.
Am 14.4.1885 wurde er bei einem Theaterbesuch von einem fanatischen Südstaatenanhänger in den Kopf geschossen und erlag tags darauf seinen Verletzungen.
Abraham Lincoln wurde besonders durch den Sieg im Bürgerkrieg zur Symbolfigur des „Uncle Sam". Als einer der bedeutendsten Präsidenten in der Geschichte der USA drang er auf die Wiederherstellung der Union und setzte die Abschaffung der Sklaverei durch. Ferner schuf er in seiner Regierungszeit die Grundlagen für einen zentral regierten modernen Industriestaat.
Bei der Besiedlung des Westens, was insbesondere mit dem Heimstättengesetz („Homestead Act") und dem Anschluss dieser Region an das nationale Eisenbahnnetz („Pacific Railroad Act") vorangetrieben wurde, zeigte er sich den Indianern gegenüber kompromisslos. Er betrachtete sie als „Mündel" der Regierung, die auf den „richtigen" Weg geführt werden müssen. Die im Westen lebenden indigenen Völker wurden in die Reservation gebracht und diejenigen, die sich dagegen wehrten, mit militärischer Gewalt dazu gezwungen.

McClellan, Georg B. (1826 – 1885)
Oberbefehlshaber der US-Armee; demokratischer Gegenkandidat
Lincolns; Gouverneur von New Jersey

McClellan war als Oberbefehlshaber des Heeres ein hervorragender Organisator, der eine schlagkräftige Armee formte. Allerdings handelte er als Heerführer viel zu zögerlich und neigte zu absurden Fehleinschätzungen des Kräfteverhältnisses, sodass die militärische Überlegenheit der US-Truppen nicht konsequent genutzt und McCleelan deshalb von Lincoln abgesetzt wurde.
Nach seinem Ausscheiden aus dem Militär wechselte McClellan in die Politik und trat 1864 im Präsidentschaftswahlkampf als demokratischer Kandidat gegen Lincoln an. Er wollte den Krieg durch Verhandlungen mit dem Süden beenden, was die Anerkennung der Sezession bedeutet hätte. Anfangs sah er im kriegsmüden Norden wie der sichere Sieger aus. Die Eroberung Atlantas durch General Sherman sorgte acht Wochen vor der Wahl für den Umschwung zugunsten Lincolns.
Von 1878 bis 1881 war McClellan Gouverneur von New Jersey.

Plautus (ca. 250 – 184 v. Chr.)
römischer Dichter

Plautus ist vorwiegend durch seine Komödien berühmt, an die sich bedeutende Dichter wie z. B. Shakespeare und Lessing anlehnten.

Schumann, Robert (1810 – 1856)
Komponist; Dirigent; Musikschriftsteller

Schumann war ein deutscher, im sächsischen Zwickau geborener Komponist. Er zählt zu den bedeutendsten Komponisten des 19. Jahrhunderts.
In seiner ersten Schaffensphase komponierte Robert Schumann vorrangig Klaviermusik. Sein 1838 entstandenes Klavierstück „Träumerei" gilt heute als Verkörperung der romantischen Klaviermusik.

Von neuen Schaffensimpulsen beflügelt, schrieb Schumann Sinfonien und Kammermusik. Seine „Frühlingssinfonie" zählt zu Schumanns meistgespielten Kompositionen.

Schumanns ehrgeizigstes Projekt stellte seine einzige Oper „Genoveva" dar. Er komponierte dafür die Musik und schrieb darüber hinaus auch die Texte.

Von einer psychischen Krankheit gequält, musste Schumann sein künstlerisches Wirken mehrmals unterbrechen, um sich auszukurieren. Sein Zustand verschlechterte sich im Februar 1854 derart, dass er seinem Leben durch einen Sprung in den Rhein ein Ende setzen wollte. Daraufhin wurde er in einer Privatheilanstalt stationär behandelt, wo er im Juli 1856 verstarb.

Sherman, William T. (1820 – 1891)
US-Generalmajor, Oberbefehlshaber des westlichen Kriegsschauplatzes

Sherman ist wohl einer der berühmtesten Generale des amerikanischen Bürgerkriegs.

Die Karriere dieses Offiziers verlief nicht geradlinig. Zu Beginn des Krieges war er Regimentskommandeur, wurde im selben Jahr zum Brigadegeneral befördert und aufgrund einer Fehleinschätzung wieder seines Kommandos enthoben.

Nach der Schlacht von Shiloh, die zu den blutigsten des Krieges zählte, wurde er zum Generalmajor befördert. Als kommandierender General unter Grant war er am Feldzug gegen die Stadt Vicksburg beteiligt, die im Juli 1863 kapitulierte.

Berühmt und berüchtigt wurde er als Oberbefehlshaber des westlichen Kriegsschauplatzes. Sein Name ist untrennbar mit der Einnahme und Zerstörung Atlantas und dem anschließenden „Marsch zum Meer" verbunden.

Mit der Eroberung Atlantas sorgte er für die überraschende Wende im Präsidentschaftswahlkampf mit dem erdrutschartigen Sieg von Lincoln.

Shermans Feldzug von Atlanta zur Hafenstadt Savannah, die als „Marsch zum Meer" in die Geschichte einging, stellte eine bisher unbekannte Form der Kriegsführung dar. Ohne eigenen Nachschub führte er seine Truppen nach Savannah, erbeutete die Nahrung für seine Truppen und zerstörte auf seinem Weg dorthin die gesamte Infrastruktur auf einer Breite von 60 Meilen (ca. 97 km). Mit dieser Taktik der verbrannten Erde wurde er auch als „Vater des totalen Krieges" betitelt und schwächte damit die Südstaaten maßgeblich.

Thomas, George H. (1816 – 1870)
Generalmajor der US-Kavallerie

Obwohl sich sein Heimatstaat der Konföderation anschloss, hielt Thomas der Union die Treue, was zum Bruch mit seiner Familie führte.

Seine Standhaftigkeit in der Schlacht am Chickamauga im September 1863 brachte Thomas den Spitznamen „Rock of Chickamauga" (Der Fels von Chickamauga) ein. Allerdings erlitt die US-Armee bei dieser Schlacht, die zu den verlustreichsten des Krieges gehörte, gegen die Konföderierten eine Niederlage. Doch Thomas ermöglichte den US-Truppen durch seine Umsicht und Standhaftigkeit den geordneten Rückzug und bewahrte sie vor einer Katastrophe.

Trotz seiner unbestrittenen Kompetenz erhielt Thomas im Sezessionskrieg nie ein Oberkommando, da man aufgrund seiner Herkunft seine Loyalität anzweifelte.

Wilson, James H. (1837 – 1925)
Generalmajor der Unionsarmee

Wilson, der vorher Grants Adjutant war, übernahm im Oktober 1864 als kommandierender General das Kavalleriekorps unter dem Oberkommando von Sherman und erwarb sich im Franklin-Nashville-Feldzug große Verdienste bei der Zerschlagung der Südstaaten-Tennessee-Armee. In der Schlacht um Selma bezwang sein an Reitern und Bewaffnung weit überlegenes Korps die gefürchteten Forrest-Reiter.

Wilsons Truppen nahmen am 10. Mai 1865 den flüchtenden konföderierten Präsidenten Jefferson Davis fest.

ZEITTAFEL

1831 – „Weg der Tränen"

Knapp 40.000 Indianer der sogenannten „zivilisierten Nationen"
mussten, von der US-Kavallerie eskortiert, ihre Heimat verlassen
und wurden nach Westen in das Indianer-Territorium (späterer
Bundesstaat Oklahoma) getrieben.
Die Vertreibung erfolgte vor dem Hintergrund eines zunehmenden Landbedarfs europäischer Siedler mit der damit verbundenen Expansion im nordamerikanischen Grenzland. Nach Schät-
zungen starben auf diesem langen Weg ungefähr ein Viertel der
Indianer durch Krankheiten, Kälte, Erschöpfung und Hunger.
Diese grausame Deportation ging als „Weg der Tränen" in die
Geschichte ein.

1861   12. April – Beginn des Bürgerkrieges

Der militärische Konflikt zwischen Nord- und Südstaaten wird
mit dem Beschuss des Fort Sumters durch konföderierte Truppen
eingeleitet.

1862   12. bis 16. Februar – Schlacht um Fort Donelson

Die Schlacht um Fort Donelson fand auf dem westlichen Kriegs-
schauplatz in der Nähe der Kleinstadt Dover in Tennessee statt
und führte zur größten Niederlage der konföderierten Truppen
seit Beginn des Bürgerkrieges. Am dritten Kampftag gelang *Forrest* mit 700 Reitern die Flucht. Die Garnison des Forts kapitulierte
und über 10.000 konföderierte Soldaten ergaben sich Grants
Truppen. Strategisch hatte diese Kapitulation eine erhebliche Bedeutung. Nachdem bereits am 6.2.1863 das Fort Henry kapituliert
hatte, verloren die konföderierten Tennessee-Truppen unter dem
kommandierenden General *Johnston* ein Drittel ihrer Streitmacht,
was erhebliche Auswirkungen auf ihre Verteidigungslinie hatte.

1862   20. Mai – Heimstättengesetz

Präsident *Abraham Lincoln* unterzeichnete den „Homestead Act"
am 20.5.1862. Mit diesem Gesetz wurde die Landnahme legitimiert und eine entscheidende Voraussetzung für die Besiedlung
des Westens geschaffen. Relativ mittellose Menschen erhielten
die Chance, sich als Landbesitzer im unerschlossenen Westen
eine Existenz aufzubauen. Gegen eine Gebühr von 14 Dollar
konnte jeder Amerikaner ab einem Alter von 21 Jahren 65 Hektar
Prärieland erwerben und es besitzen, wenn er es darauf fünf Jahre
aushielt.
Tausende Siedler machten sich mit ihren Planwagen, in Trecks organisiert, auf den Weg in ein unbekanntes, ihnen Glück verhei-
ßendes Land. Die Realität war allerdings für die meisten Siedler
äußerst entbehrungsreich und nicht selten dramatisch.

1863   03. Februar – Kampf um Fort Donelson

Knapp ein Jahr nach dem das Fort Donelson an die US-Armee
verloren gegangen war, greift *Forrest* dieses Fort an und verliert
dabei 650 Reiter.

1863   01. bis 03. Juli – Schlacht bei Gettysburg

Mit mehr als 43.000 Opfern und knapp 6.000 Gefallen war die
Schlacht bei Gettysburg die blutigste des amerikanischen Bürger-
krieges und leitete den Wendepunkt des Krieges zugunsten der
Union ein.

**1863   19. bis 20. September – Schlacht um Chickamauga
Creek**

Am 19. September traf *Thomas* westlich des Chickamauga auf die
abgesessenen *Forrest*-Reiter. Das Eröffnungsgefecht gehörte zu
den härtesten Schlachten des Krieges, in der am Ende die konföderierten Truppen die Union besiegten.

1863   12. April – Kampf um Fort Pillow

Nach dem Gefecht um Fort Pillow wird den siegreichen *Forrest*-Truppen vorgeworfen, um die 100 größtenteils farbige Gefangene ermordet zu haben.

1864   02. September – Kapitulation Atlanta

Am 2.9.1864 marschierte das 2. Massachusetts/XX. Korps in Atlanta ein, nachdem vorher erbitterte Schlachten zwischen den beiden Armeen geschlagen worden waren. *Lincoln*, der die Erfolgsmeldung von *Sherman* per Telegraf erhalten hatte, erklärt den 5.9. zum nationalen Feiertag.

Am 7.9. forderte *Sherman* die Bevölkerung von Atlanta auf, ihre Stadt zu verlassen. Er setzte am 11.9. ein Ultimatum von 10 Tagen, innerhalb dessen die Stadt geräumt werden muss.

Atlanta wurde zu neunzig Prozent zerstört. Die sich zurückziehenden konföderierten Truppen hatten bereits alles verbrannt, was von militärischem Wert war.

Shermans Truppen vollendeten die Verwüstung durch die Zerstörung des gesamten wirtschaftlichen Bestands. Damit wollte *Sherman* bei seinem „Marsch zum Meer" das Hinterland sichern und begann mit seiner berüchtigten Strategie der „verbrannten Erde". Die Bürger Atlantas kehrten nur wenige Monate später zurück und bauten ihre Stadt wieder auf. Atlanta bekam den Spitznamen „Phoenix City".

Schon 1868 wurde Atlanta Hauptstadt des Bundesstaates Georgia.

1864   08. November – Präsidentenwahl

Abraham Lincoln konnte sich gegen den demokratischen Kandidaten *George B. McClellan* klar durchsetzen: Er erhielt 212 von 233 möglichen Wahlmännerstimmen und 55 Prozent der Wähler stimmten für ihn.

Diesen Sieg verdankte er einzig den militärischen Erfolgen der Generäle *Sherman* und *Sheridan*. Letzterer besiegte konföderierte

Truppen, die zeitweise Washington bedroht hatten. Dies führte zu einer deutlichen Wende im Wahlkampf. Denn die kriegsmüden Bürger hatten nach endlosen, verlustreichen Stellungskriegen kein Vertrauen mehr in die Regierung. Der als „Friedenskandidat" auftretende *McClellan* sah in diesem Wahlkampf noch kurz vorher als der sichere Sieger aus.

1864   15. November bis 21. Dezember – „Marsch zum Meer"

Der Marsch der von Sherman geführten Truppen von Atlanta zur Hafenstadt Savannah ging als „Marsch zum Meer" in die amerikanische Geschichte ein. Sherman brach mit traditionellen militärischen Prinzipien und drang ohne eigenen Nachschub in das Feindesland vor. Er wies seine Truppen an, alles zum Leben Notwendige zu erbeuten und den Rest zu zerstören.

1865   01. April – Schlacht bei Plantersville/Alabama

Gen. Lt. *Forrest* wird bei dem Versuch, der Kavallerie von *Wilson* den Weg nach Selma zu verlegen, durch einen Säbelhieb verletzt. Seine Truppen müssen der erdrückenden Übermacht weichen und verlieren 400 Mann.

1865   09. April – offizielles Ende des Bürgerkrieges

Das Ende des Krieges wird mit der Kapitulation der Nord-Virginia-Armee von *General Robert E. Lee* in Appomattox Court House festgesetzt. Die letzten Truppen der Konföderierten kapitulierten am 23. Juni 1865.

1865   04. Mai – Kapitulation *Forrest*

Forrest kapituliert in Citronelle/Alabama.

1874 – Heuschreckenplage in Kansas

Heuschrecken neigen zu massenhafter Vermehrung. Diese führt dann dazu, dass Abermillionen dieser Insekten über Felder, Bäume und Sträucher herfallen und alles kahl fressen.
Bei der Heuschreckenplage in Kansas wurde fast die gesamte Ernte vernichtet. Die drohende Hungersnot konnte durch die Unterstützung der damals vom Gouverneur *Thomas Osborn* geführten Regierung verhindert werden.

1875 – Erfindung des Stacheldrahtzauns

Der Texaner *Joseph Glidden* entwickelte einen Draht mit zwei miteinander verseilten Spanndrähten, in die ein Stachel eingesetzt wurde. Dieser Stacheldraht diente den Rinderzüchtern zur Einzäunung des Weidelandes. Zugleich beendete der Einsatz dieses Stacheldrahtes die uneingeschränkte Bewegungsfreiheit auf den Weideflächen des Westens.

1877   17. Juni bis 05. Oktober – Nez Percé Feldzug

Die Nez Percé weigerten sich, in das ihnen zugewiesene Reservat zu ziehen. Stattdessen flohen sie Richtung Kanada und legten in einem Gewaltmarsch eine Strecke von 2.700 Kilometern zurück. Dabei kam es zu mehreren militärischen Auseinandersetzungen mit den sie verfolgenden US-Truppen. Die Nez Percé, die von ihrem Häuptling *Joseph* geführt wurden, wehrten die Verfolger ab und fügten den an Bewaffnung und Kämpfern weit überlegenen US-Truppen mehrere Niederlagen zu. Kurz vor der kanadischen Grenze mussten die Indianer aufgeben.
Die ganze Nation war von den Indianern beeindruckt. Oberst *Miles* bezeichnete sie als die mutigsten Krieger und besten Scharfschützen, denen er je begegnet war. Und selbst *Sherman* zollte den Kriegern ob ihrer kämpferischen Fähigkeiten als auch ihrer menschlichen Würde höchsten Respekt.

1877   Oktober – Ansiedlung Nez Percés in Kansas

Die Nez Percé wurden nach ihrer Kapitulation in verschiedene
Reservate in Kansas gebracht. 1879 wurden sie im Indianerterrito-
rium (Oklahoma) angesiedelt, wo viele von ihnen starben. Erst
1883 wurde einem Teil erlaubt, in ihre Heimat in das Lapwai-Reservat zurückzukehren. Chief *Joseph* wurde dagegen in das Colville-Reservat im Bundesstaat Washington verlegt, wo er bis zu
seinem Tod vergeblich darum kämpfte, in seine geliebte Heimat
zurückkehren zu dürfen.

1889   22. April – Landfreigabe Oklahoma

In der Sprache der Choctaw-Indianer bedeutet „okla" Mensch
und „humma" rot. Von diesen beiden indianischen Worten wurde „Oklahoma" abgeleitet. Allen indianischen Völkern, die man
in das „Indian territory" verdrängt hatte, wurde versprochen,
dass sie dort für ewig ihren Frieden finden würden.
Mit dem „land run" in das Gebiet von Oklahoma brachen die
Weißen zum letzten Mal ihr Wort. Damit wurde das Schicksal der
Indianer besiegelt und zugleich die Besiedlung des Westens
durch die Weißen abgeschlossen. Am 22. April 1889 wurde um 12
Uhr mittags mit einer Gewehrsalve das Zeichen gegeben. Ge-
schätzte 50.000 Menschen warteten zum Teil seit Wochen auf dieses Signal, um sich ihren Traum vom eigenen Land zu erfüllen.

DANKSAGUNG

Ich danke meinen Lieblingsmenschen, auf die ich sehr stolz bin und deren Liebe und Freundschaft mir sehr viel bedeuten. Diese Menschen erklären mir den Sinn des Lebens und besonders ihre charakterlichen Eigenschaften erheben sie zu meinen großen Vorbildern.

Ganz besonders danke ich meiner lieben Frau Sibille, die mir immer wieder die Kraft und den Zauber der Liebe zeigt. Ihr Verständnis, das sie trotz meines damals zeitraubenden Jobs für meine „Schreiblust" aufgebracht hatte, kann ich gar nicht genug herausheben. Denn die meisten Kapitel dieses Romans entstanden in unseren toskanischen Urlaubsparadiesen.

Ohne meinen Freund Walter Neugebauer wäre dieser Roman niemals fertiggestellt worden. Er hat mich nach Durchsicht des Manuskriptes ermuntert, diese Geschichte zu veröffentlichen. Ferner profitierte ich bei der Überarbeitung von seinem beeindruckenden Wissen und journalistischen Können.

Sylvia Aumann, meine ehemalige Sportlerin und heute netteste Deutsch-Paukerin, die ich kenne, übernahm mit bemerkenswerter Kompetenz und Akribie die undankbare Aufgabe des Korrekturlesens. Darüber hinaus gab sie mir wertvolle Anregung für die Überarbeitung einzelner Textpassagen.

Der Verleger *Jill Münstermann* fischte den „Weidekrieg" aus dem gigantischen Meer voller im Selfpublishing veröffentlichten Bücher. Ihm und dem Team von *EK-2 Publishing* danke ich für das Vertrauen und die freundschaftliche Zusammenarbeit, in deren Ergebnis mein historischer Roman neu veröffentlicht wurde.

LITERATURVERZEICHNIS

Berg, Manfred   „Lynchjustiz in den USA"
Hamburger Edition, 2014

Dillon, Richard   „Indianerkriege"
Lechner, 1994

Everett, Susanne   „Geschichte der Sklaverei"
Weltbildverlag, 1998

Geus, Theodor   „Das Herz Amerikas"
Heeb, Christian   Umschau-Buchverlag, 1995

Hofmeister, Burkhard   „USA"
Heeb, Christian   Harenberg-Verlag, 2001

Langing, Bernd G.   „Der amerikanische Bürgerkrieg"
Weltbild-Verlag, 1998

Mattioli, Aram   „Verlorene Welten"
Klett-Cotta, 2019

Nauhaus, Gerd   „Robert Schumann in: Sächsische Leit-
bilder"
Akademie der Wissenschaften Leipzig,
1999

O´Neal, Bill   „Gunfighter"
Weltbild-Verlag, 2004

Roberts, Monty   „Der mit den Pferden spricht"
Gustav Lübbe Verlag, 1997

Yenne, Bill   „Indianerstämme"
Lechner, 1994

Weitere Knallerbücher von EK-2

Der Siebenjährige Krieg ist beendet, doch für Shingas, Krieger der Irokesen-Indianer, geht der Kampf gegen die Engländer weiter ...

Wandeln Sie auf den Spuren des berühmten wie berüchtigten Apachen-Kriegers Geronimo und lassen Sie sich von seiner wechselvollen Lebensgeschichte voller Höhen und Tiefen, Siege und Niederlagen inmitten der Indianerkriege mitreißen!

Eine Veröffentlichung der EK-2 Publishing GmbH

Friedensstraße 12
47228 Duisburg
Registergericht: Duisburg
Handelsregisternummer: HRB 30321
Geschäftsführerin: Monika Münstermann

E-Mail: info@ek2-publishing.com
Website: www.ek2-publishing.com

Cover/Umschlag: Mario Heyer
Autor: Mario Gonsierowski
Lektorat: Heiko Piller
Buchsatz: Heiko Piller

1. Auflage, November 2024